365 días

BLANKA LIPIŃSKA

365 días

Traducción de
Francisco Javier Villaverde González

Grijalbo

Penguin
Random House
Grupo Editorial

Título original: *365 dni*
Primera edición: abril de 2021

© 2018, Blanka Lipińska
© 2021, Penguin Random House Grupo Editorial, S. A. U.
Travessera de Gràcia, 47-49. 08021 Barcelona
© 2021, de la presente edición en castellano:
Penguin Random House Grupo Editorial USA, LLC.
8950 SW 74th Court, Suite 2010
Miami, FL 33156

© 2021, Francisco Javier Villaverde González, por la traducción
Diseño de la cubierta: Adaptación de la cubierta original de Edipresse Polska / Penguin
Random House Grupo Editorial
Fotografía de la cubierta: ©Shutterstock

ISBN: 978-1-64473-392-9

Impreso en Estados Unidos - *Printed in USA*

24 23 22 21 10 9 8 7 6 5 4 3 2 1

1

¿Sabes lo que significa eso, Massimo?

Giré la cabeza hacia la ventana para observar el cielo despejado y después dirigí la mirada hacia mi interlocutor.

—Me haré cargo de esa empresa, tanto si le gusta a la familia Manente como si no.

Me levanté de la silla; Mario y Domenico hicieron lo mismo y, pausadamente, se colocaron detrás de mí. Había sido una reunión agradable, pero demasiado larga, sin duda. Les di la mano a los hombres allí presentes y me encaminé hacia la puerta.

—Compréndelo, será lo mejor para todos.

Levanté el dedo índice.

—Un día me lo agradecerás.

Me quité la chaqueta y me fui desabrochando los botones de la camisa negra. Ya me encontraba en el asiento trasero del coche, disfrutando del silencio y el frescor del aire acondicionado.

—A casa —ordené entre dientes, y me puse a revisar los mensajes del móvil.

La mayoría eran de trabajo, pero también había un SMS

de Anna: «Estoy chorreando, necesito que me des mi merecido». Mi pene se movió dentro del pantalón. Suspiré, me lo coloqué y lo apreté con fuerza. Mi chica había intuido que estaría de mal humor. Sabía que la reunión iba a ser larga y que me pondría nervioso. También sabía qué cosas me relajaban. «Estate preparada para las doce», contesté y me senté cómodamente mientras observaba cómo el mundo desaparecía al otro lado de la ventanilla del coche. Cerré los ojos.

Volvió a escribirme. La polla se me puso como una barra de acero inmediatamente. «Dios, si no la encuentro, me volveré loco.» Habían pasado cinco años desde el accidente, cinco años desde mi muerte y posterior resurrección —«el milagro», como lo llamó el médico—, durante la que soñé con una mujer a la que aún no he visto jamás en mi vida consciente. La conocí en las visiones que tuve durante el coma. El olor de su pelo, la suavidad de su piel…; la acariciaba y todo parecía real. Cada vez que hacía el amor con Anna o con cualquier otra mujer, lo hacía con ella. La llamaba «Mi Reina». Era mi maldición, mi locura y, al parecer, también mi salvación.

El coche se detuvo. Cogí la chaqueta y salí. En la pista del aeropuerto me esperaban Domenico, Mario y los hombres que me habían acompañado. Quizá había exagerado un poco, pero a veces es necesario hacer una demostración de fuerza para desorientar al oponente.

Saludé al piloto, me senté en mi cómoda butaca y la azafata me sirvió un whisky con hielo. La contemplé fijamente; ella conocía mis necesidades. La observé con la mirada vacía, ella se sonrojó y sonrió coqueta. «¿Por qué no?», pensé, y me levanté decidido.

La chica pareció sorprendida. La agarré de la mano y me la llevé al gabinete privado del avión.

—¡Despega! —le grité al piloto y cerré la puerta.

La agarré del cuello y, con un movimiento rápido, la puse contra la pared. La miré a los ojos; estaba asustada. Acerqué mi boca a la suya, atrapé con mis labios su labio inferior y gimió. Los brazos le colgaban junto al cuerpo y clavó su mirada en mis ojos. La agarré por el pelo para que echara la cabeza hacia atrás, cerró los párpados y volvió a lanzar un gemido. Era preciosa, muy femenina. «Todo mi personal tendría que ser como ella.» Me gustaba todo lo hermoso.

—Arrodíllate —dije entre dientes empujándola hacia abajo.

Hizo lo que le ordenaba sin titubear. Susurré unas palabras para elogiarla por ser tan sumisa y, cuando abrió la boca, acaricié sus labios con el pulgar. No nos conocíamos, pero la chica sabía bien lo que tenía que hacer. Apoyé su cabeza contra la pared y empecé a desabotonarme la bragueta. La azafata tragó saliva ruidosamente, con sus grandes ojos fijos en mí.

—Ciérralos —le dije despacio mientras le pasaba el pulgar por los párpados—. Los abrirás cuando yo te lo permita.

Mi polla salió de golpe del pantalón, tan dura e hinchada que casi me dolía. Se la puse en los labios y la chica abrió mucho la boca, tal y como yo deseaba. «No sabes lo que te espera», pensé, y se la metí entera, sujetándole la cabeza para que no pudiera apartarla. Noté cómo se atragantaba y empujé aún más. Me encantaba verlas abrir los ojos llenas de temor, como si realmente creyeran que pretendía ahogarlas. La saqué poco a poco y le acaricié la mejilla, con delicadeza, casi con ternura. Vi cómo se tranquilizaba y lamía de sus labios la espesa saliva que había salido de su garganta.

—Quiero follarte la boca. —La chica tembló ligeramente—. ¿Puedo?

En mi cara no había ni pizca de emoción, ni rastro de sonrisa. Me miró un momento con sus enormes ojos y, tras unos segundos, asintió.

—Gracias —susurré acariciando sus mejillas con mis manos.

La apoyé contra la pared y volví a deslizarme por su lengua hasta llegar a la garganta. Apretó sus labios alrededor de mi miembro. «¡Así, así!» Mi cadera empezó a empujarla con fuerza. Noté que no podía respirar y enseguida comenzó a revolverse, así que la agarré con más firmeza. «¡Muy bien!» Hundió las uñas en mis piernas; primero trató de apartarme, después quiso herirme con sus arañazos. Cómo me gustaba…, me encantaba que lucharan, que se sintieran impotentes ante mi fuerza. Cerré los ojos y vi a Mi Reina arrodillada frente a mí; su mirada casi negra me atravesaba. Le gustaba que la poseyera de ese modo. La agarré del pelo con más fuerza, sus ojos desprendían deseo. No pude contenerme más, di otros dos fuertes empujones y me quedé extasiado mientras mi esperma salía y ella se atragantaba más aún. Abrí los ojos y vi que se le había corrido el maquillaje. Me aparté un poco para hacerle sitio.

—Trágatelo —le ordené, y volví a tirarle del pelo para que levantara la cabeza.

Cayeron lágrimas por sus mejillas, pero hizo lo que le había pedido sin rechistar. Saqué la polla de su boca y la chica resbaló por la pared hasta sentarse sobre sus talones.

—Lame. —Se quedó de piedra—. Hasta la última gota.

Apoyé las manos en la pared y la miré con enfado. Volvió a incorporarse y agarró mi pene con su pequeña mano. Empezó a sorber los restos de semen. Sonreí al ver cómo se esforzaba por obedecerme. Cuando me pareció que ya era suficiente, me separé de ella y cerré la bragueta.

—Gracias. —Le ofrecí mi mano y, cuando se levantó, le temblaban un poco las piernas—. Ahí está el lavabo —dije señalando con el dedo, a pesar de que ella conocía el avión a la perfección. Asintió y se dirigió a la puerta.

Volví con mis compañeros y ocupé mi asiento. Di un trago al magnífico licor, que ya no conservaba la temperatura idónea. Mario dejó el periódico y me miró.

—En tiempos de tu padre nos habrían matado a todos a tiros.

Suspiré, levanté la vista y golpeé la mesa con el vaso.

—En tiempos de mi padre traficaríamos con alcohol y drogas, no dirigiríamos las empresas más importantes de Europa. —Me recosté en mi butaca y dirigí una mirada furiosa a mi *consigliere*—. No soy el cabeza de la familia Torricelli por casualidad; fue una decisión muy meditada por mi padre. Desde pequeño se me preparó para que la familia entrara en una nueva era cuando yo tomara el poder. —Suspiré y me relajé un poco cuando la azafata pasó por nuestro lado sin hacer apenas ruido—. Sé que te gustaba pegar tiros, Mario. —Mi consejero, un hombre mayor, sonrió ligeramente—. Pronto usaremos las armas. —Lo miré con seriedad—. Domenico —dije dirigiéndome a mi hermano, que me estaba observando—, que tu gente empiece a buscar a esa puta de Alfredo. —Volví a mirar a Mario—. ¿Quieres tiroteos? Pues este no podrás evitarlo.

Di otro trago.

El sol empezaba a ocultarse cuando por fin aterrizamos en el aeropuerto de Catania. Me puse la chaqueta y caminamos hacia la salida de la terminal. Saqué mis gafas de sol y noté una bofetada de aire caliente. Miré hacia el Etna; aquel día se veía en todo su esplendor. «Los malditos turistas están de enhorabuena», pensé mientras entraba en el edificio climatizado.

—La gente de Aruba quiere una reunión para comentar el tema del que hemos hablado antes —me dijo Domenico, que iba a mi lado—. También tenemos que encargarnos de los clubes de Palermo.

Lo escuché atentamente e hice una lista mental de los asuntos que tenía que solucionar ese mismo día. De repente, a pesar de que tenía los ojos abiertos, todo se oscureció y entonces la vi. Parpadeé nervioso varias veces. Solo veía a Mi Reina cuando yo quería. Abrí mucho los ojos y desapareció. ¿Mi estado había empeorado y las alucinaciones se habían intensificado? Tenía que visitar al imbécil ese para que me hiciera un chequeo. Pero ya habría tiempo para eso; en ese momento tocaba solucionar de una vez por todas el tema del contenedor de cocaína que se había perdido. Aunque la palabra «perdido» no era la más adecuada en aquel caso. Ya estábamos llegando al coche cuando volví a verla. «Hostia puta, es imposible.» Me subí al coche y tiré de Domenico para que entrara por la otra puerta.

—Es ella —susurré con un nudo en la garganta mientras señalaba la espalda de una chica que caminaba por la acera alejándose de nosotros—. Es esa chica.

Sentí un zumbido en la cabeza, no me lo podía creer. ¿O quizá solo me lo había parecido? Me estaba volviendo loco. Los coches arrancaron.

—Frena un poco —dijo mi hermano cuando nos acercamos a ella—. ¡Joder, es cierto! —gritó cuando la alcanzamos.

Por un momento se me paró el corazón. La chica miraba hacia mí, aunque a través del cristal tintado no podía ver nada. Sus ojos, su nariz, su boca, todo era exactamente igual a como había imaginado.

Quise abrir la puerta, pero mi hermano me detuvo. Un hombre fornido de cabeza rapada llamó a Mi Reina y ella se dirigió hacia él.

—Ahora no, Massimo.

Me quedé paralizado. Estaba allí, viva; existía. Podía tenerla, tocarla, llevármela y estar siempre con ella.

—¡¿Qué coño haces?! —bramé.

—Está con alguien; no sabemos quién es.

El coche aceleró, pero yo no podía apartar la mirada de la figura de Mi Reina mientras se alejaba.

—Ahora mismo envío a mi gente para que la investigue. En cuanto lleguemos a casa, sabrás quién es. ¡Massimo! —Alzó la voz al ver que yo no reaccionaba—. Has esperado muchos años, puedes esperar unas horas más.

Lo miré lleno de ira y odio, como si quisiera matarlo en ese momento. La parte sensata de mi mente le daba la razón, pero el resto, que era mucho mayor, se negaba a hacerle caso.

—Te doy una hora —murmuré mirando fijamente el asiento que había delante de mí—. Tienes sesenta putos minutos para decirme quién es.

Aparcamos en el camino de acceso y, cuando me bajé del coche, se nos acercaron los hombres de Domenico y le entregaron un sobre. Él me lo dio a mí y, sin decir una palabra, me dirigí a la biblioteca. Quería estar solo para tener la posibilidad de creer que todo aquello era verdad.

Me senté al escritorio y, con las manos temblorosas, abrí el sobre por la parte superior y vacié su contenido sobre la mesa.

—¡Hostia puta! —Me llevé las manos a la cabeza cuando vi que las fotos, ya no retratos pintados por artistas sino auténticas fotografías, mostraban el rostro de Mi Reina. Tenía nombre, apellido, un pasado y un futuro que ni ella misma se esperaba. Llamaron a la puerta—. ¡Ahora no! —grité sin apartar la vista de las fotos y las notas—. Laura Biel —susurré mientras acariciaba su rostro en el papel cuché.

Tras media hora analizando el material que me habían entregado, me recosté en la silla y me quedé mirando fijamente la pared.

—¿Se puede? —preguntó Domenico asomando la cabeza por la puerta.

Como no reaccioné, entró y se sentó delante de mí.

—¿Y ahora qué?

—La traemos aquí —contesté sin cambiar de expresión, pero dirigiendo la mirada hacia Domenico, quien asintió.

—Pero ¿cómo piensas hacerlo? —Me miró como si yo fuera idiota, cosa que me irritó un poco—. ¿Irás a su hotel y le contarás que, cuando moriste, tuviste una visión en la que...? —Observó las notas que había delante de mí.

«Y en ellas estás tú, Laura Biel, que ahora serás mía», me dije.

—La secuestraré —decidí sin dudarlo—. Manda a tus hombres al piso de ese tal... —busqué el nombre de su novio en las notas—, Martin. Que se enteren de quién es.

—Quizá sea mejor decírselo a Carlo. Él vive allí —comentó Domenico.

—Bien, que la gente de Carlo reúna toda la información

que pueda. Tengo que encontrar la manera de que esa chica se presente aquí cuanto antes.

—No te va a hacer falta. —Miré hacia la puerta, de donde procedía la voz de mujer. Domenico también se volvió—. Aquí estoy. —Anna se acercó a nosotros sonriente. Sus largas piernas llegaban al cielo sobre aquellos altísimos tacones.

«Joder, me había olvidado completamente de ella», me recriminé.

—Bueno, os dejo solos. —Domenico se levantó con una sonrisa estúpida en los labios y se dirigió hacia la puerta—. Me ocuparé de lo que hemos hablado y mañana lo solucionamos definitivamente —añadió.

La rubia vino hasta mí. Separó mis rodillas con su pierna. Olía divinamente, como siempre, una mezcla de sexo y poder. Se levantó el vestido de cóctel de seda negra, se sentó a horcajadas sobre mí y me metió la lengua en la boca sin avisar.

—Pégame —suplicó mordiéndome el labio y restregando su coño contra la bragueta de mi pantalón—. ¡Fuerte!

Lamió y mordió mi oreja y, mientras, yo miraba las fotos esparcidas sobre el escritorio. Me quité la corbata, que antes ya había aflojado, me levanté y llevé a Anna al suelo. Le di la vuelta y le vendé los ojos con la corbata. Sonrió y se lamió el labio inferior. Tanteó con la mano hasta encontrar la mesa, abrió mucho las piernas y se tumbó sobre el tablero de roble. Alzó el culo cuanto pudo. No llevaba bragas. Me acerqué a ella y le di un fuerte azote. Gritó y abrió la boca. La visión de las fotografías sobre la mesa y pensar en el hecho de que Mi Reina estuviera en la isla hicieron que mi polla se pusiera dura como una roca.

—Eso es —murmuré frotando su raja húmeda sin desviar la vista de las fotos de Laura. La levanté del cuello y aparté todos los papeles que había bajo su cuerpo; a continuación, volví a dejarla sobre el tablero y alcé sus brazos por encima de su cabeza. Coloqué las fotos de manera que me miraran. Poseer a la mujer de las fotografías, eso era lo que más deseaba en aquel instante.

Estaba listo para correrme en cualquier momento. Me quité rápidamente el pantalón. Metí dos dedos en Anna y ella gimió y se retorció debajo de mí. Estaba húmeda y muy excitada. Empecé a hacer círculos con la mano en su clítoris y se agarró con más fuerza al escritorio sobre el que estaba tumbada. Con la mano izquierda la sujeté del pescuezo y con la derecha la azoté; sentí un alivio inexplicable. Miré otra vez la foto y la golpeé más fuerte. Mi chica gritaba y yo le pegaba como si así fuera a transformarse en Laura. Su culo estaba casi violeta. Me incliné y empecé a lamerlo, estaba caliente y palpitaba. Separé sus nalgas y comencé a pasar mi lengua por su dulce agujero, pero yo seguía viendo a Mi Reina.

—Sí... —gimió en voz baja.

«Necesito tener a Laura, necesito tenerla toda para mí», pensé levantándome y ensartando a Anna. Arqueó la espalda y un momento después se dejó caer sobre la madera, empapada en sudor. La follé con todas mis fuerzas, sin dejar de mirar a Laura. «Muy pronto, dentro de nada, esos ojos negros me mirarán cuando esté arrodillada ante mí.»

—¡Zorra! —Apreté los dientes al notar que el cuerpo de Anna se ponía rígido.

La penetré violentamente sin parar y sin importarme que una ola de orgasmo la estuviera alcanzando. Me daba igual. Los ojos de Laura hacían que no tuviera bastante, pero al mismo tiempo ya no podía contenerme. Necesitaba más, lo más intenso posible. Saqué mi polla de Anna y, con un rápido movimiento, la introduje en el agujerito de su culo. De su garganta surgió un grito salvaje de dolor y placer y noté cómo apretaba mi miembro. Mi polla estaba a punto de explotar, pero yo solo tenía ojos para Mi Reina.

8 horas antes

La alarma del despertador se me clavó literalmente en el cerebro.

—Levántate, querida. Ya son las nueve. En una hora tenemos que estar en el aeropuerto para empezar nuestras vacaciones sicilianas esta tarde. ¡Arriba! —Martin estaba en la puerta del dormitorio con una amplia sonrisa.

Abrí los ojos de mala gana. «Pero si aún es de noche… Lo de volar a esta hora ha sido mala idea», pensé. Desde que unas semanas antes había dejado mi trabajo, el día había perdido sus proporciones. Me iba a dormir demasiado tarde y me despertaba demasiado tarde, pero lo peor era que no tenía nada que hacer, aunque pudiera dedicarme a cualquier cosa. Había pasado mucho tiempo hundida en el cenagal de la hostelería y, cuando por fin conseguí el puesto que tanto anhelaba, directora de ventas, lo dejé todo porque había perdido el interés por el trabajo. Jamás hubiera pensado que a los veintinueve diría que estaba quemada, pero así fue.

El trabajo en el hotel me satisfacía y me sentía realizada, permitía que creciera mi ego exacerbado. Siempre que me enfrentaba a contratos importantes sentía un escalofrío de excitación, pero cuando los negociaba con personas mayores y más diestras en el arte de la manipulación, me volvía loca de alegría, sobre todo si yo salía ganando. Cada victoria en las luchas financieras me transmitía un sentimiento de superioridad y saciaba la parte vanidosa de mi carácter. Alguien podría decir que era una estupidez, pero para una chica de una ciudad pequeña que no había terminado la universidad, demostrar lo que vale a quienes la rodean es prioritario.

—Laura, ¿quieres cacao o té con leche?

—¡Martin, por favor! ¡Que es de noche! —Me di la vuelta y me tapé la cabeza con la almohada.

El reluciente sol de agosto entró en el dormitorio. A Martin no le gustaba la oscuridad, por eso no teníamos persianas en las ventanas. Decía que la oscuridad le deprimía y que para él era más fácil caer en una de esas depresiones que pedir un café en el Starbucks. Las ventanas daban al este y, para mi desgracia, el sol me molestaba cada mañana mientras aún dormía.

—He preparado cacao y té con leche. —Martin estaba en la puerta del dormitorio muy contento, con un vaso de bebida fría en una mano y una taza caliente en la otra—. Fuera hay como cien grados, así que supongo que elegirás la fría —dijo, y me ofreció el vaso al tiempo que levantaba el edredón.

Salí cabreada de mi madriguera. Sabía que el enfado no se me iba a pasar. Martin me miraba sonriendo. Por las mañanas, siempre rebosaba energía. Era un hombre con un físico poderoso, con la cabeza rapada, como esos a los que en mi ciudad se les llamaba «gorilas». Pero, aparte de la imagen, Martin no tenía nada que ver con esos tíos. Era la mejor persona que había conocido jamás, dirigía su propia empresa y, cuando ganaba mucho, donaba una buena suma a un orfanato, diciendo: «Dios me lo ha dado, así que lo comparto».

Tenía los ojos azules, con una mirada cálida y bondadosa; una nariz grande que le partieron una vez (no siempre había sido un chico bueno y sensato, qué le vamos a hacer); una boca carnosa, que era lo que más me gustaba de él, y una sonrisa encantadora capaz de desarmarme en un instante cuando yo tenía un arranque de furia.

Sus enormes antebrazos estaban adornados con tatuajes, aunque en realidad tenía tatuado todo el cuerpo, a excepción de los pies. Era inmenso, pesaba más de cien kilos y, cuando estaba con él, me sentía segura. A su lado, mi imagen resultaba grotesca: un metro sesenta y cinco y cincuenta kilos. Durante toda mi vida, mi madre me había dicho que practicara deporte, así que entrenaba en lo que fuera. Pero como enseguida me cansaba de lo que elegía, llegué a practicar todas las disciplinas posibles, desde la marcha atlética hasta el kárate. Gracias a ello, al contrario que mi chico, tenía un cuerpo fitness, un vientre plano y duro, piernas musculosas y nalgas firmes y bien esculpidas, como resultado de los millones de sentadillas que había realizado.

—Ya me levanto —dije, y me bebí de un trago el delicioso cacao frío.

Dejé el vaso y me fui al baño. Frente al espejo, me di cuenta de lo mucho que necesitaba unas vacaciones. Mis ojos casi negros estaban tristes y resignados: la falta de ocupación me había provocado apatía. Mis cabellos castaños caían por mi cara delgada y se posaban sobre los hombros. En mi caso, aquella longitud era todo un éxito, ya que no solían superar los quince centímetros. En circunstancias normales, habría opinado que estaba muy buena, pero no entonces. Me agobiaba mi conducta, mi aversión al trabajo, el no tener ni idea de lo que iba a hacer a partir de entonces. Mi vida profesional siempre ha influido en cómo me valoro. Sin tarjetas de visita en la cartera y sin un móvil de empresa, me daba la sensación de no existir.

Me lavé los dientes, me sujeté el pelo con horquillas, me di rímel en las pestañas y consideré que en aquel momento era todo lo que podía permitirme. Tampoco necesitaba más, ya que, debido a mi vagancia, meses atrás me había hecho el maquillaje permanente en las cejas, los ojos y la boca, lo cual me dejaba mucho más tiempo para dormir y reducía al mínimo las visitas matutinas al baño.

Fui al armario a coger la ropa que había dejado preparada el día anterior. Independientemente de mi humor y de los asuntos que tuviera que tratar —todo lo cual no podía dominar—, siempre tenía que vestirme de la forma más perfecta posible. Con la ropa adecuada, enseguida me sentía mejor y me daba la impresión de que los demás lo notaban.

Mi madre me repetía que una mujer, aunque sufriera, tenía que estar guapa, y como mi rostro no podía ser tan atractivo como de costumbre, debía evitar que se fijaran en él. Para el viaje elegí un *short* vaquero claro, una camisa blanca amplia y una chaqueta de algodón de grises mezclados, a pesar de que a las nueve de la mañana ya había treinta grados en la calle. En los aviones siempre me congelaba, y aunque antes del viaje tuviera que asarme, al menos durante el vuelo iba a gusto o todo lo a gusto que puede viajar alguien a quien le da pánico volar. Me calcé mis zapatillas de lona con cuña marca Isabel Marant. Ya estaba lista.

Entré en la cocina americana. El interior era moderno,

frío y austero. Las paredes estaban cubiertas de vidrio negro; la barra, iluminada con leds y, en lugar de mesa —como en las casas normales—, había una encimera con dos taburetes forrados en piel. El enorme sofá esquinero situado en medio daba a entender que el dueño no era precisamente enclenque. El dormitorio estaba separado del salón por un gran acuario. Era inútil buscar un toque femenino en aquel apartamento. Se ajustaba al eterno soltero que era el amo y señor de la casa.

Como siempre, Martin estaba pegado al ordenador. Daba igual lo que hiciera, ya fuera trabajar, recibir visitas o ver una película en la televisión; su ordenador —su mejor amigo— formaba parte inseparable de su persona. Era algo que me sacaba de quicio, pero, por desgracia, había sido así desde el principio, por tanto no me consideraba con derecho a cambiarlo. También yo había aparecido en su vida gracias a ese aparato hacía más de un año, por lo que habría sido hipócrita por mi parte pedirle de repente que renunciara a él.

Aquello había sido en febrero. Sorprendentemente, llevaba más de medio año sin pareja. Ya estaba un poco aburrida de aquella situación, o quizá la soledad me empezaba a molestar más de la cuenta. El caso es que decidí crear un perfil en una página de citas que me daba muchas alegrías y elevó mi ya de por sí alta autoestima. Durante una de aquellas noches de insomnio, mientras visitaba los perfiles de cientos de hombres, me topé con Martin, que buscaba a otra mujer que llenara una vez más su mundo. Me sorprendió y así fue como una chica menudita domó a un monstruo tatuado. Nuestra relación era atípica, porque ambos teníamos caracteres muy fuertes y explosivos; además, ambos disponíamos de intelecto y amplios conocimientos en el campo de nuestras profesiones. Esto nos atraía mutuamente, nos intrigaba y nos impresionaba. Lo único que faltaba en esta relación era atracción animal, pasión y deseo; nunca se produjo entre nosotros. Como lo definió una vez Martin de manera eufemística: «Mi amiguito ya ha tenido suficiente juerga en su vida». Pero yo era un volcán de energía sexual en erupción a la que daba salida gracias a la masturbación casi diaria. A pesar de ello, me sentía bien a su lado, segura y tranquila, y esto tenía para mí mucho más valor que el sexo. Al menos eso creía.

—Ya estoy lista, querido, solo necesito una ayuda divina para cerrar la maleta y podemos irnos.

Martin se apartó sonriendo del ordenador, lo guardó en la bolsa y se acercó a echarme una mano.

—Creo que podré apañármelas, mi niña —dijo estrujando una maleta en la que yo cabría entera—. Siempre la misma historia: exceso de equipaje, treinta pares de zapatos y a cargar inútilmente con medio armario, para que luego uses, como mucho, un diez por ciento de lo que te llevas.

Hice una mueca y crucé los brazos sobre el pecho.

—¡Pero así puedo elegir! —le recordé, y me puse las gafas.

Como de costumbre, en el aeropuerto experimenté una excitación malsana, o más bien miedo, porque, debido a mi claustrofobia, odiaba volar. Además, había heredado el pesimismo de mi madre, así que en todas partes presentía que me acechaba la muerte y una lata voladora con motores no me daba demasiada confianza.

En el luminoso vestíbulo de la terminal de salidas nos esperaban unos amigos de Martin que habían elegido el mismo destino que nosotros para pasar sus vacaciones. Karolina y Michał llevaban muchos años juntos; en algún momento se plantearon casarse, pero aún no lo habían hecho. Él era del tipo ligón charlatán, con el pelo corto, bronceado, un hombre bastante atractivo de ojos azules y pelo rubio claro. Solo le interesaban los pechos de las mujeres, algo que no se molestaba en ocultar. Ella, en cambio, era una morena alta de largas piernas y rasgos delicados. A primera vista no parecía gran cosa, pero, si se la observaba con atención, resultaba muy interesante. Ignoraba los arrebatos de macho de Michał de una forma sorprendente. Me preguntaba cómo lo hacía. Con lo posesiva que soy, yo no aguantaría con un hombre cuya cabeza se convertía en el periscopio de un submarino a la caza del enemigo cada vez que veía a una mujer. Me tomé dos tranquilizantes para no entrar en pánico a bordo ni ponerme en ridículo.

Hacíamos escala en Roma. Parábamos una hora y después, gracias a Dios, solo faltarían sesenta minutos de vuelo directo a Sicilia. La última vez que había estado en Italia tenía dieciséis años y, desde entonces, no guardaba muy buena opinión de sus habitantes. Los italianos eran ruidosos, muy pesados y no hablaban inglés. Para mí, el inglés era mi segunda lengua. Tras tantos años en las cadenas hoteleras, incluso a veces pensaba en inglés.

Cuando por fin aterrizamos en el aeropuerto de Catania, ya estaba atardeciendo. El tipo de la empresa de alquiler de coches tardaba demasiado en atender a los clientes y pasamos una hora en la cola. Me di cuenta de que Martin se estaba poniendo nervioso porque tenía hambre, así que decidí echar un vistazo a los alrededores, pero no había mucho que ver. Salí del edificio climatizado y sentí una bofetada de calor. A lo lejos se veía el Etna, humeante. Aquella imagen me sorprendió, a pesar de que sabía que era un volcán activo. Anduve mirando al frente, sin fijarme en que se acababa la acera y, antes de darme cuenta, tenía delante a un enorme italiano con el que casi choqué. Me detuve en seco a cinco centímetros de la espalda del hombre, pero este ni se movió, como si no se hubiera enterado de que casi aterrizo encima de él. Del edificio del aeropuerto salieron aprisa unos tipos con trajes negros y aquel otro parecía su escolta. No esperé a que pasaran, sino que me di la vuelta y me dirigí de nuevo al mostrador de alquiler de coches, rezando para que el nuestro ya estuviera preparado. Cuando estaba a punto de llegar, pasaron a mi lado tres SUV negros; el del medio aminoró al llegar a mi altura, pero no pude ver quién lo ocupaba porque tenía las lunas tintadas.

—¡Laura! —Oí el grito de Martin, que sujetaba en la mano las llaves del coche—. ¿Dónde te habías metido? ¡Nos vamos!

El Hilton Giardini Naxos nos recibió con un gran jarrón en forma de cabeza en el que había enormes lilas blancas y rosas. Su aroma se extendía por el impresionante vestíbulo del hotel, ricamente adornado con motivos dorados.

—Qué pasada, querido. —Me giré hacia Martin sonriendo—. Un poco estilo Luis XVI. No me extrañaría que en el baño de la habitación hubiera una bañera con patas de león.

Todos nos echamos a reír porque a los cuatro nos había dado la misma impresión. El hotel no era tan lujoso como debería, a pesar de pertenecer a la cadena Hilton. Tenía muchas deficiencias que mi experta mirada de especialista detectó enseguida.

—Lo importante es que la cama sea cómoda, que haya vodka y que el tiempo acompañe —comentó Michał—. Lo demás da igual.

—Es verdad, me olvidaba de que se trata de un nuevo viaje patológico; me siento agraviada por no ser una alcohólica como vosotros —dije haciendo un mohín forzado con los labios—. Tengo hambre; la última vez que comí fue en Varsovia. ¿Podemos darnos prisa e ir a cenar a la ciudad? Ya noto en la boca el sabor de la pizza y el vino.

—Lo dice una no alcohólica enganchada al vino y al champán —replicó Martin mordazmente mientras me pasaba el brazo por los hombros.

Como todos estábamos hambrientos, tardamos muy poco en deshacer las maletas y, quince minutos después, ya estábamos en formación de combate en el pasillo, delante de nuestras respectivas habitaciones.

Por desgracia, con tan poco tiempo no pude prepararme adecuadamente para salir, aunque mientras me dirigía a la habitación repasé mentalmente el contenido de mi maleta. Mis pensamientos se centraron en las prendas que se habrían arrugado menos tras el viaje. Me decidí por un vestido negro largo con una cruz metálica en la espalda, unas chancletas negras, un bolso de piel con flecos también negro, un reloj dorado y unos enormes aros dorados como pendientes. Me pinté a toda prisa la raya del ojo con lápiz negro, añadí algo de rímel a las pestañas para arreglar lo que quedaba tras el viaje y me empolvé un poco la cara. Al salir, cogí el brillo de labios con pintitas doradas y, con un movimiento «de memoria sin espejo», me los pinté.

Karolina y Michał me miraron extrañados en el pasillo. Llevaban exactamente la misma ropa con la que habían viajado.

—Laura, dime, ¿cómo es posible que te haya dado tiempo de cambiarte y maquillarte y que parezca que te hayas pasado todo el día preparándote para salir a cenar? —comentó entre dientes Karolina de camino al ascensor.

—Ya ves. —Me encogí de hombros—. Vosotros tenéis talento para beber vodka y yo soy capaz de preparar mentalmente todo el día para estar lista en quince minutos.

—Bueno, dejaos de tonterías y vamos a tomar algo —dijo Martin con tono decidido.

Los cuatro atravesamos el vestíbulo del hotel y salimos.

De noche, Giardini Naxos era hermoso y pintoresco. Las calles estrechas se llenaban de vida y de música, había gente joven y madres con sus hijos. Hasta que anochecía, Sicilia no empezaba a vivir, porque el intenso calor era insoportable durante el día. Llegamos a la zona del puerto, la parte más bulliciosa de la ciudad a esa hora. A lo largo del paseo marítimo había decenas de restaurantes, bares y cafeterías.

—Me moriré de hambre, me caeré redonda y ya no me levantaré —dijo Karolina.

—A mí lo que me mata es la falta de alcohol en sangre. Mirad ese sitio, es ideal para nosotros. —Michał señaló un restaurante de la playa.

Tortuga era un elegante restaurante con sillas blancas, sofás del mismo color y mesas de cristal. Por todas partes había velas encendidas y el tejado lo formaban unas enormes lonas de tela que se agitaban con el viento y daban la impresión de que todo el local se elevaba en el aire. Los reservados estaban separados por gruesas vigas de madera a las que se enganchaba la estructura desmontable del tejado de lona. Un lugar ameno, original y mágico. Había mucha gente, a pesar de que era un local caro. Martin hizo una señal al camarero y un rato después, gracias a unos cuantos euros, ya estábamos cómodamente sentados en unos sofás y hojeábamos el menú. Mi vestido y yo no encajábamos en el ambiente. Tuve la impresión de que todo el mundo me miraba, porque, entre tanto blanco, brillaba como una bombilla negra.

—Me siento observada, pero quién iba a pensar que íbamos a cenar en una jarra de leche —le susurré a Martin con una tonta sonrisa de disculpa.

Echó un vistazo alrededor, se inclinó hacia mí y susurró:

—Sufres manía persecutoria, niña. Pero como estás deslumbrante, que miren, si quieren.

Volví a echar una ojeada; parecía que nadie se fijaba en mí, pero notaba como si alguien me observara constantemente. Aparté de mí esa nueva enfermedad mental heredada de mi madre, busqué en la carta el pulpo a la parrilla que tanto me gustaba, escogí un prosecco rosado y ya estaba lista para pedir. El camarero era siciliano, por tanto, italiano, así que no podíamos esperar que fuera un as de la velocidad y tuvimos que armarnos de paciencia un rato antes de que se decidiera a acercarse a nosotros y tomar nota.

—Tengo que ir al lavabo —dije mirando a los lados.

En una esquina, junto a la hermosa barra de madera, había una pequeña puerta y me dirigí hacia allí. La crucé, pero por desgracia tras ella solo estaba el lavaplatos. Giré sobre mis pasos para volver y de repente choqué con un cuerpo que apareció delante de mí. Solté un quejido cuando mi cabeza se golpeó contra un sólido torso masculino. Dolorida, alcé la vista mientras me frotaba la frente. Ante mí había un italiano alto y atractivo. ¿No lo había visto antes, en alguna parte? Su gélida mirada me traspasó. No fui capaz de moverme mientras me miraba con aquellos ojos casi completamente negros. Había algo en él que me asustó de tal forma que me quedé paralizada.

—¿Te has perdido? —me preguntó en un inglés elegante y fluido, con acento británico—. Si me dices qué buscas, puedo ayudarte.

Me sonrió mostrando una fila de dientes blancos perfectos, me puso la mano entre los omoplatos, tocando mi piel, y me condujo a la puerta por la que había llegado hasta allí. Cuando noté su tacto, un escalofrío atravesó mi cuerpo, lo cual dificultó que caminara recta. Estaba tan turbada que, a pesar de mis esfuerzos, no conseguía pronunciar ni una palabra en inglés. Solo pude sonreír, o más bien hacer una mueca, y dirigirme hacia Martin; con tantas emociones, había olvidado por completo para qué me había levantado del sofá. Cuando llegué a la mesa, mis amigos ya se habían pimplado la primera ronda de bebidas y habían pedido una segunda. Me dejé caer en el sofá, cogí la copa de prosecco y me la bebí de un trago, mientras le hacía una clara señal al camarero de que necesitaba rellenarla enseguida.

Martin me miró con expresión divertida.

—¡Borrachuza! ¿No era yo el que tenía problemas con el alcohol?

—Me apetece beber, aunque no suele ocurrirme —contesté, un poco aturdida por haberme bebido el vino tan rápido.

—En el lavabo debe de haber algún tipo de encantamiento para que la visita te haya afectado de este modo, tesorito.

Al oír sus palabras me giré nerviosa buscando al italiano que había hecho que mis rodillas temblaran, como cuando conduje una moto por primera vez tras recoger el carnet de categoría A. No resultaría difícil encontrarlo entre tanta blancura, porque vestía como yo; no encajaba en el entorno. Pantalón negro amplio, camisa negra de la que sobresalía un rosario de madera y unos mocasines del mismo color. A pesar de que lo había visto solo durante un instante, recordaba perfectamente su imagen.

—¡Laura! —La voz de Michał me arrancó de mi búsqueda—. Deja de examinar a la gente y bebe.

Ni siquiera me había dado cuenta de que, sobre la mesa, habían dejado otra copa de vino espumoso. Decidí sorber poco a poco el líquido rosado, aunque tenía ganas de ventilármelo igual que la copa anterior, pues las piernas no dejaban de temblarme. Nos trajeron la comida y nos lanzamos sobre ella con voracidad. El pulpo estaba en su punto, acompañado solo con tomates dulces. Martin se zampó un calamar gigante cortado en trozos y servido con ajo y cilantro.

—¡Ay, la hostia! —gritó Martin levantándose del sofá blanco—. ¿Sabéis qué hora es? Más de las doce. Así que, Laura: «Cumpleaños feliz…».

Los otros dos también se levantaron y los tres se pusieron a cantar con alegría, en voz alta y al estilo polaco. Los clientes del restaurante los miraron con curiosidad; después se unieron a ellos y cantaron en italiano. En el local resonaron los bravos y los aplausos, pero yo deseé que se me tragara la tierra. Era una de las canciones que más odiaba. No creo que haya nadie a quien le guste, seguramente porque nadie sabe qué hacer mientras se la cantan: ¿aplaudir?, ¿cantar también?, ¿sonreír a todos? Cualquier solución es mala y uno siempre se queda con cara de idiota. Yo me levanté del sofá con una sonrisa alcohólica y artificial, y saludé con la mano a todos, hice una reverencia y agradecí las felicitaciones.

—¿Tenías que hacerme esto, Martin? —le gruñí con una sonrisa—. Recordarme lo vieja que soy no es agradable. Además, ¿era necesario que participara toda esta gente?

—La verdad duele, querida, qué le vamos a hacer. Pero para resarcirte y dar comienzo a esta celebración, he pedido tu champán favorito. —Cuando terminó de hablar, apareció el camarero con una botella de Moët & Chandon Rosé en una cubitera y cuatro copas.

—¡Me encanta! —grité dando botes en el sofá y aplaudiendo como una niña.

Mi alegría no pasó desapercibida al camarero, que me sonrió y, cuando acabó de servir el champán, dejó la cubitera con la botella sobre la mesa.

—¡Pues a tu salud! —dijo Karolina levantando su copa—. Por ti, para que encuentres lo que busques, tengas lo que desees y estés donde sueñes estar. ¡Felicidades!

Chocamos nuestras copas y las vaciamos de un trago. Cuando terminamos la botella, me entraron verdaderas ganas de ir al baño, pero esa vez decidí encontrarlo con ayuda del camarero, quien me indicó dónde estaba. Después de las doce, el restaurante se convirtió en club nocturno y la iluminación de colores cambió por completo el aspecto del lugar. El interior blanco, elegante y casi aséptico de antes se llenó con una explosión de tonalidades. De repente, aquella blancura cobró un sentido totalmente distinto, porque las luces podían verter sobre ella cualquier color. Mientras atravesaba el gentío en dirección al baño, tuve de nuevo la extraña sensación de que me observaban. Me detuve y miré con atención a la gente que me rodeaba. Sobre una tarima, apoyado en una de las vigas que separaban las mesas, estaba el hombre de negro, que volvió a dejarme helada con su mirada. Me examinó de arriba abajo tranquilamente, sin mostrar la menor emoción. Parecía el típico italiano, aunque era el hombre menos típico que había visto en mi vida. Su pelo negro caía revuelto sobre la frente, llevaba una barba de varios días bien arreglada y sus labios eran carnosos y claramente perfilados; parecían hechos para dar placer a las mujeres. Su mirada era fría y penetrante, como la de un animal salvaje dispuesto a atacar. Al observarlo de lejos, me di cuenta de que era bastante alto. Superaba por mucho a una mujer que se encontraba cerca de él, así que debía de medir uno noventa, más o menos. No sé cuánto rato estuvimos mirándonos; me dio la sensación de que el tiempo se paraba. Me sacó de mi ensimismamiento un hombre que chocó con mi hombro al pasar junto a mí. Como me había quedado rígida como una estaca, me balanceé sobre una pierna y caí al suelo.

—¿Estás bien? —me preguntó Black, que apareció junto a mí como si se hubiera materializado—. De no ser porque esta vez he visto que no has sido tú la arrolladora, pensaría que chocarte con extraños es tu manera de llamar la atención.

Me agarró con fuerza del codo y me levantó. Era sorprendentemente fuerte; lo hizo con asombrosa facilidad, como si yo no pesara. Esa vez me esforcé en dominarme y el alcohol que ardía en mis venas me infundió valor.

—¿Y tú siempre haces de pared o de grúa? —repliqué tratando de lanzarle la mirada más gélida que logré preparar.

Se alejó de mí sin apartar la vista y me miró de arriba abajo, como si no pudiera creer que fuera real.

—Llevas toda la noche observándome, ¿verdad? —le pregunté irritada. A veces tengo manía persecutoria, pero mi intuición nunca me falla.

El hombre sonrió, como si me estuviera burlando de él.

—Miro el club —contestó—. Controlo al servicio, compruebo si los clientes están satisfechos, busco mujeres que necesiten una pared o una grúa...

Su respuesta me divirtió y me turbó a la vez.

—Entonces te agradezco que hayas sido mi grúa y te deseo una buena noche. —Le lancé una mirada provocativa y me dirigí al baño. Cuando lo dejé a mi espalda, suspiré aliviada. Al menos en esa ocasión no había quedado como una completa estúpida y había sido capaz de hablar.

—Hasta la vista, Laura —oí que me decía.

Cuando me di la vuelta, solo vi a la gente divirtiéndose; Black había desaparecido.

¿Cómo sabía mi nombre? ¿Había estado escuchando nuestras conversaciones? No podía haber estado tan cerca, lo habría visto, lo habría notado.

Karolina me agarró del brazo.

—Ven, que si no nunca llegarás al baño y nos quedaremos aquí para siempre.

Cuando volvimos a la mesa, había otra botella de Moët sobre ella.

—Vaya, querido, veo que tenemos un cumpleaños por todo lo alto —comenté sonriendo.

—Pensé que la habías pedido tú —dijo Martin extrañado—. Ya había pagado y queríamos ir a otro sitio.

Eché una ojeada por el club. Sabía que la botella no había llegado por casualidad y que él seguía mirando.

—Probablemente sea un obsequio del restaurante. Con

ese «Cumpleaños feliz» a coro seguro que no les ha quedado más remedio —dijo Karolina riendo—. Ya que está aquí, bebámonosla.

Hasta que no terminamos la botella no dejé de moverme intranquila en el sofá, preguntándome quién era el hombre vestido de negro, por qué me miraba de aquel modo y cómo demonios sabía mi nombre.

El resto de la noche lo pasamos de club en club. Al amanecer, volvimos al hotel.

Me despertó un terrible dolor de cabeza. Claro..., el Moët. Me encanta el champán, pero la resaca que deja te revienta el cráneo. ¿Qué persona en su sano juicio se emborracha con champán? Con mis últimas fuerzas, me arrastré fuera de la cama y fui al baño. Busqué analgésicos en mi bolsa de aseo, me tomé tres y volví a meterme bajo las sábanas. Cuando unas horas después conseguí espabilarme, Martin no estaba a mi lado, el dolor de cabeza había pasado y por la ventana abierta llegaban las voces de gente divirtiéndose en la piscina. «Estoy de vacaciones, así que tengo que levantarme y broncearme.» Movilizada por ese pensamiento, me di una ducha rápida, me puse el bañador y media hora más tarde ya estaba lista para tostarme al sol.

Michał y Karolina se estaban bebiendo una botella de vino frío tumbados junto a la piscina.

—Es medicinal —dijo Michał ofreciéndome un vaso de plástico—. Siento dártelo en este vaso, pero son las normas, lo sabes mejor que nadie.

El vino estaba delicioso, fresco, así que vacié el vaso de un trago.

—¿Habéis visto a Martin? No estaba cuando me he despertado.

—Está trabajando en el vestíbulo del hotel. En la habitación, el internet era demasiado débil.

«Pues claro —pensé mientras me echaba en una tumbona—, el ordenador, su mejor amigo, y el trabajo, su amante favorita.» El resto del día lo pasé en compañía de los novios, que no paraban de abrazarse. De vez en cuando, Michał interrumpía ese preludio de amor para decir: «¡Vaya tetas!».

—¿Tomamos un aperitivo? —preguntó—. Voy a buscar a Martin. ¿Qué tipo de vacaciones son esas? No puede estar todo el día pegado al ordenador.

Se levantó de la tumbona, se puso una camiseta y se dirigió a la entrada del hotel.

—Hay momentos en que estoy harta de él. —Me giré hacia Karolina y ella me miró con los ojos muy abiertos—. Nunca seré lo más importante en su vida. Es más importante el trabajo que los amigos y que el placer. A veces me da la impresión de que está conmigo porque no tiene nada mejor que hacer y se encuentra cómodo así. Es un poco como tener un perro: cuando quieres, lo acaricias; cuando tienes ganas, juegas con él; pero cuando no te apetece su compañía, lo echas de tu lado, porque, a fin de cuentas, él es para ti, no tú para él. Martin charla más a menudo con sus amigos de Facebook que conmigo. Y de la cama ni hablemos.

Karolina se tumbó de lado y se apoyó en el codo.

—Laura, ya sabes cómo son las relaciones; con el tiempo, el deseo desaparece.

—Pero no después de año y medio… Llevamos juntos incluso menos. ¿Soy jorobada? ¿Hay algo malo en mí? ¿Tan extraño es que me apetezca follar, como a cualquier otra persona?

Karolina se levantó de la tumbona riendo y tiró de mí.

—Creo que necesitamos beber algo, porque preocupándote no cambiarás nada. ¡Mira dónde estamos! Es un sitio alucinante y tú eres delgada y bonita. Recuerda: si no es este, será otro. Vamos.

Me puse una túnica ligera floreada, me preparé un turbante con un pañuelo, cubrí mis ojos con unas seductoras gafas Ralph Lauren y me fui con Karolina al bar del vestíbulo. Ella fue a la habitación a dejar la bolsa y a preguntar qué pasaba con el aperitivo, porque no encontramos a nuestras parejas. Me acerqué al bar y le hice una señal al camarero. Pedí que nos sirvieran dos copas de prosecco frío. Sí, sin duda, era lo que necesitaba.

—¿Solo eso? —dijo una voz de hombre a mi espalda—. Pensé que tu paladar pertenecía al Moët.

Me di la vuelta y me quedé petrificada. De nuevo estaba delante de mí. Ese día no podía decir que fuera negro. Llevaba un pantalón de lino blanco apagado y una camisa clara, abierta, que combinaba a la perfección con su piel bronceada. Se quitó las gafas y volvió a atravesarme con su gélida mirada. Se dirigió en italiano al barman, que desde el momento en que apareció aquel hombre me ignoró por completo y se quedó muy quieto, esperando a que mi acosador pidiera. Ese día, escondida tras mis gafas de sol, me sentía excepcionalmente valiente, excepcionalmente furiosa y excepcionalmente resacosa.

—¿Por qué tengo la indiscutible sensación de que me sigues? —pregunté con los brazos cruzados sobre el pecho.

Levantó la mano derecha y, muy despacio, me quitó las gafas para ver mis ojos. Me sentí como si me hubieran arrebatado el escudo que me protegía.

—No es una sensación —dijo mirándome intensamente a los ojos—. Tampoco es una casualidad. Felicidades por tu vigésimo noveno cumpleaños, Laura. Espero que el siguiente sea el mejor de tu vida —susurró, y me besó en la mejilla con delicadeza.

Estaba tan confusa que no pude pronunciar ni una palabra. ¿Cómo sabía mi edad? ¿Y cómo demonios me había encontrado en el otro extremo de la ciudad? La voz del barman me sacó de aquel torbellino de ideas y me giré hacia él. Había dejado ante mí una cubitera con una botella de Moët rosado y una pequeña tarta con una vela encendida clavada en medio.

—¡La madre que...! —Me di la vuelta, pero Black se había evaporado.

—Bravo —dijo Karolina, que estaba llegando al bar—. Tenía que ser una copa de prosecco y me encuentro con una botella de champán.

Me encogí de hombros y recorrí el vestíbulo con la mirada buscando a Black, pero se lo había tragado la tierra. Saqué de la cartera una tarjeta de crédito y se la tendí al barman, pero en un inglés deficiente la rechazó diciendo que la cuenta estaba pagada. Karolina le dedicó una sonrisa radiante, cogió la cubitera con la botella y se fue hacia la piscina. Soplé la vela que seguía encendida sobre la tarta y la seguí. Estaba enfadada, desconcertada e intrigada. En mi cabeza se amontonaban diversas hipótesis que explicaban quién era ese misterioso hombre. Lo primero que me sugirió mi cerebro fue la teoría de que se trataba de un pervertido-acosador, pero no acababa de encajar con su imagen de encantador italiano que más bien se quita de encima a las admiradoras, no las persigue. No parecía precisamente pobre, a juzgar por los zapatos y la ropa de marca que llevaba. Y había mencionado algo de que comprobaba si los clientes estaban satisfechos en el restaurante. Así que la siguiente teoría que surgía de manera natural era que se trataba del gerente del lugar en el que cenamos. Pero ¿qué hacía en el hotel? Meneé la cabeza, como si quisiera sacudir de ella el exceso de ideas, y cogí la copa. «¿Qué más da?», pensé dando un trago. Seguro que había sido pura coincidencia y yo perdía el tiempo imaginando tonterías.

Nuestros hombres aparecieron cuando ya habíamos vaciado la botella. Estaban de un humor estupendo.

—¿Eso es el aperitivo? —preguntó Martin muy alegre.

En la cabeza me bullía el champán consumido, el de ese día y el de la noche anterior. Me cabreé por su despreocupación y salté:

—¡Joder, Martin! Hoy es mi cumpleaños y tú desapareces todo el día. Te da igual lo que hago o cómo me siento, y ahora apareces y preguntas por el aperitivo como si tal cosa. ¡Estoy harta! Harta de que siempre sea como tú quieres, de que siempre seas tú quien diga cómo ha de ser y de que yo nunca sea lo más importante en ninguna situación. ¡Y el aperitivo ha sido hace mucho, casi es hora de cenar!

Cogí la túnica, el bolso y, casi a la carrera, me fui hacia la puerta del vestíbulo. Lo atravesé deprisa y me encontré en la calle. Sentí que un torrente de lágrimas luchaba por salir de mis ojos y que iba a desbordarse en cualquier momento. Me puse las gafas y empecé a caminar.

Las callecitas de Giardini tenían un aspecto pintoresco. Junto a la acera crecían árboles cubiertos de flores; los edificios eran muy bonitos y estaban bien cuidados. Por desgracia, en mi estado de ánimo no era capaz de disfrutar de la belleza del lugar en el que me hallaba. Me sentía sola. De repente me di cuenta de que las lágrimas caían por mis mejillas y de que yo casi estaba corriendo y sollozando, como si quisiera huir de algo.

El sol empezaba a ponerse naranja mientras yo seguía caminando. Cuando se me pasó un poco el enfado, noté lo mucho que me dolían los pies. Mis sandalias de plataforma eran bonitas, pero no servían para correr un maratón. En una callejuela descubrí una pequeña cafetería típicamente italiana que parecía el sitio ideal para descansar, ya que en la carta tenían vino espumoso. Me senté en la terraza, desde la que se veía la superficie en calma del mar. Una señora me trajo la copa de vino que había pedido y me dijo algo en italiano mientras me acariciaba la mano. Dios, incluso sin entender ni una palabra, sabía que hablaba de lo patéticos que pueden llegar a ser los hombres y de que no merecen que derramemos lágrimas por ellos. Me quedé allí sentada mirando el mar hasta que oscureció. Por lo general, no habría sido capaz de levantarme de la silla después de beber tanto alcohol, pero lo había acompañado con una estupenda pizza cuatro quesos que resultó ser mejor receta contra las penas que el vino espumoso, y el tiramisú preparado por la señora era mejor que el mejor champán.

Me sentí lista para volver y enfrentarme a lo que había dejado atrás al huir, así que me dirigí tranquilamente hacia el hotel. Las callejuelas por las que caminaba estaban casi desiertas; se hallaban lejos del paseo principal, situado junto a la costa. En un determinado momento pasaron junto a mí dos SUV, y recordé que ya había visto unos coches parecidos delante del vestíbulo del aeropuerto.

La noche era muy calurosa. Yo estaba borracha, mi

cumpleaños tocaba a su fin y, en general, nada iba como debía. Torcí cuando se acabó la acera y me di cuenta de que no sabía dónde estaba. «Maldita sea, yo y mi sentido de la orientación.» Miré a mi alrededor y lo único que vi fueron las cegadoras luces de unos coches que se acercaban.

2

Cuando abrí los ojos, era noche cerrada. Eché un vistazo a la habitación y me di cuenta de que no tenía ni idea de dónde estaba. Yacía en una enorme cama iluminada por la luz de una farola. Me dolía la cabeza y tenía ganas de vomitar. «¿Qué demonios ha pasado? ¿Dónde estoy?» Intenté levantarme, pero no tenía fuerzas. Era como si pesara una tonelada, ni siquiera mi cabeza quería despegarse de la almohada. Cerré los ojos y volví a quedarme dormida.

Cuando me desperté de nuevo, seguía siendo de noche. No sabía cuánto tiempo había dormido. ¿Sería ya la noche siguiente? No se veía ningún reloj, ni tenía mi bolso ni mi teléfono. Esa vez conseguí incorporarme y me senté al borde de la cama. Esperé un momento hasta que la cabeza dejara de darme vueltas. Me di cuenta de que había una lamparita de noche junto a la cama. Cuando la luz llenó la habitación, vi que me encontraba en un lugar bastante antiguo y por completo desconocido para mí.

Los marcos de las ventanas eran enormes y estaban ricamente adornados. Frente a la pesada cama de madera había una gigantesca chimenea de piedra; solo había visto alguna parecida en el cine. En el techo había vigas viejas cuyo color combinaba perfectamente con el de los marcos. La habitación era cálida, elegante y muy italiana. Me acerqué a una ventana y poco después salí al balcón, que daba a un jardín cuya vista dejaba sin aliento.

—Qué bien que no siga durmiendo.

Al oír aquellas palabras me quedé helada y me subió el corazón a la garganta. Me di la vuelta y vi a un joven italiano. Sabía que lo era por su fuerte acento al hablar en inglés. También su aspecto confirmó mi sospecha. No era demasiado alto, como el setenta por ciento de los italianos que había visto. Su largo pelo moreno le caía sobre los hombros. Tenía unos rasgos delicados y una boca enorme. Se podía decir que era un chico guapísimo. Iba muy bien vestido, con un traje elegante, pero aun así parecía un adolescente. Sin embargo, era evidente que hacía ejercicio, y bastante, porque sus hombros ensanchaban desproporcionalmente su figura.

—¡¿Dónde estoy y por qué?! —solté cabreada, caminando hacia el joven.

—Refrésquese. Vendré a buscarla dentro de un rato y entonces conocerá los detalles —dijo y se marchó, cerrando la puerta tras él. Parecía como si hubiera huido de mí, cuando era yo la que estaba asustada en aquella situación.

Intenté abrir la puerta, pero, o bien estaba atascada, o bien el tío tenía la llave y la había echado. Maldije en voz baja. Me sentía impotente.

Junto a la chimenea había otra puerta. Encendí la luz y, ante mis ojos, apareció un cuarto de baño de ensueño. En el centro había una enorme bañera, un tocador en una esquina, un gran lavabo con espejo al lado y, en la otra esquina, una ducha en la que entraría sin problemas un equipo de fútbol. No tenía plato ni paredes, solo un cristal y un suelo de mosaico menudo. El baño era tan grande como el apartamento de Martin, en el que vivíamos juntos. «Martin... Seguro que está preocupado. O quizá no, quizá se alegra de que por fin nadie le moleste con su presencia.» De nuevo me invadió la rabia unida al miedo que me provocaba la situación en la que me encontraba.

Me puse frente al espejo. Mi aspecto era excepcionalmente bueno: estaba morena y había descansado bien, así que habían desaparecido las ojeras que llevaba últimamente. Seguía vestida con la túnica negra y el bañador que llevaba el día de mi cumpleaños, cuando salí corriendo del hotel. ¿Cómo iba a arreglarme sin mis cosas? Me desnudé, me duché, cogí un grueso albornoz blanco que colgaba de una percha y me di por refrescada.

Mientras examinaba la habitación en la que había despertado para buscar alguna pista que me indicara dónde estaba, la puerta se abrió y apareció de nuevo el joven italiano, quien me pidió que lo acompañara con un gesto enérgico. Cruzamos un largo pasillo decorado con jarrones llenos de flores. La casa estaba en penumbra, solo iluminada por la luz de las farolas que entraba por las numerosas ventanas. Recorrimos un laberinto de pasillos hasta que al final el joven se detuvo ante una puerta y la abrió. Cuando crucé el umbral, me encerró dentro y él se quedó fuera. Parecía una biblioteca: paredes llenas de estanterías con libros y de cuadros con pesados marcos de madera. En el centro había una chimenea encendida, tan espléndida como la de mi habitación, y a su alrededor se veían sofás tapizados en color verde oscuro con muchos cojines de tonos dorados. Junto a un sillón había una mesita y, sobre ella, una cubitera con una botella de champán. Me estremecí al verla; después de mis últimas locuras, no era alcohol lo que necesitaba.

—Siéntate, por favor. Reaccionaste mal al somnífero; no sabía que tenías problemas de corazón. —Oí una voz de hombre y vi una figura en el balcón, de espaldas a mí.

No moví ni un músculo.

—Laura, siéntate en el sillón. No te lo volveré a pedir; te sentaré a la fuerza.

La sangre me palpitaba en la cabeza. Podía escuchar los latidos de mi corazón y me pareció que me iba a desmayar. Todo empezó a oscurecerse.

—¿Por qué coño no me haces caso?

La figura del balcón vino hacia mí y me agarró de los brazos antes de que me cayera al suelo. Yo pestañeaba tratando de atrapar la claridad. Fui consciente de que me dejó sobre el sillón y me puso un cubito en los labios.

—Chúpalo. Has dormido casi dos días. El médico te puso un gotero para que no te deshidrataras, pero quizá tengas sed y sería normal que no te encontrases bien.

Conocía aquella voz y, sobre todo, su característico acento.

Abrí los ojos y me topé con aquella mirada fría y brutal. Ante mí estaba agachado el hombre que había visto en el restaurante, en el hotel y… ¡Dios, en el aeropuerto! Iba vestido como el día que aterrizamos en Sicilia y casi choco con la espalda de un enorme escolta. Llevaba un traje negro y una camisa negra con el cuello desabrochado. Era elegante y muy altivo.

Llena de rabia, escupí el cubito directo a su cara.

—¿Qué coño hago aquí? ¿Quién eres y con qué derecho me retienes?

Se secó de la cara el agua del hielo, recogió de la gruesa alfombra el frío cubito transparente y lo tiró al fuego de la chimenea.

—¡Contéstame, joder! —grité con un cabreo tremendo, olvidando por un instante lo mal que me sentía.

Intenté levantarme, pero me sujetó por los hombros con fuerza e impidió que me moviera.

—He dicho que te quedes sentada. No permito la desobediencia ni pienso tolerarla —bramó encima de mí, apoyado en los brazos del sillón.

Furiosa, levanté la mano y le solté una sonora bofetada. Sus ojos se encendieron con una ira salvaje y yo me hundí en el sofá por el miedo que despertó en mí. Se levantó despacio, se irguió e inspiró sonoramente. Me asusté tanto de mis actos que decidí no comprobar dónde estaba el límite de su paciencia. Se acercó a la chimenea, se quedó frente a ella y se apoyó con ambas manos en la parte superior. Pasaron unos segundos y él siguió callado. De no haber sido yo su prisionera, me hubiera sentido culpable y no hubiera parado de pedirle disculpas, pero en aquella situación solo podía experimentar enfado.

—Laura, eres tan rebelde que me extraña que no seas italiana.

Se dio la vuelta; sus ojos seguían en llamas. Decidí no comentar nada con la esperanza de enterarme de por qué estaba allí y cuánto tiempo duraría aquello.

De repente se abrió la puerta y entró el joven italiano que me había llevado hasta allí.

—Don Massimo… —dijo.

Black le lanzó una mirada de advertencia y el joven pareció quedarse de piedra. Se acercó a él y se detuvo tan cerca que sus mejillas casi se tocaban. Tuvo que inclinarse mucho, porque entre él y el joven italiano había más de veinte centímetros de diferencia.

La conversación entre ellos fue en italiano, calmada; el hombre que me tenía encerrada permaneció escuchando de pie. Contestó con una frase y el muchacho se marchó y cerró la puerta tras de sí. Black paseó por la habitación y después salió al balcón. Se apoyó con las manos en la barandilla y susurró algo.

Don... Pensé que en *El Padrino* se dirigían así a Marlon Brando, que interpretaba al cabeza de una familia mafiosa. De repente, todo empezó a encajar: los guardaespaldas, los coches con lunas tintadas, aquella casa, el que no soportara que le replicaran. Creí que la *cosa nostra* era un invento de Francis Ford Coppola, pero me encontraba en medio de una historia típicamente siciliana.

—¿Massimo...? —dije en voz baja—. ¿Puedo llamarte así o tengo que añadir el «don»?

El hombre se volvió y se dirigió hacia mí con paso decidido. El torbellino de pensamientos de mi cabeza me dejó sin aliento. El miedo invadió mi cuerpo.

—¿Crees que ahora lo entiendes todo? —preguntó sentándose en uno de los sofás.

—Creo que ahora sé cómo te llamas.

Sonrió ligeramente y pareció relajarse.

—Soy consciente de que esperas explicaciones, pero no sé cómo reaccionarás a lo que voy a decirte, así que mejor bebe.

Se levantó y sirvió dos copas de champán. Cogió una, me la dio, tomó un trago de la segunda y volvió a sentarse en el sofá.

—Hace años sufrí, digamos, un accidente; me dispararon varias veces. Es uno de los riesgos de pertenecer a mi familia. Cuando yacía moribundo, vi... —Se detuvo y se levantó. Se acercó a la chimenea, dejó la copa y suspiró—. Lo que te voy a contar es tan increíble que hasta que te vi en el aeropuerto no pensé que fuera cierto. Fíjate en el cuadro que cuelga sobre la chimenea.

Dirigí la vista hacia el lugar indicado. Me quedé helada. Era el retrato de una mujer; en concreto, de mi cara. Cogí mi copa y me la bebí de un trago. El sabor del alcohol me produjo un escalofrío, pero me tranquilizó, así que agarré la botella para rellenar la copa. Massimo continuó su relato:

—Cuando mi corazón se detuvo... te vi a ti. Tras semanas en el hospital, recuperé el conocimiento y, después, la movilidad. En cuanto estuve en condiciones de describir la imagen que continuamente aparecía ante mis ojos, llamé a un artista para que pintara a la mujer que había visto. Y te pintó a ti.

No se podía negar que la del cuadro era yo. Pero ¿cómo era posible?

—Te he buscado por todo el mundo, aunque quizá la palabra «buscar» sea excesiva, porque en mi interior tenía la seguridad de que un día estarías delante de mí. Y así ha sido. Te vi en el aeropuerto, al salir de la terminal. En aquel momento quise agarrarte y no soltarte nunca, pero era demasiado arriesgado. Desde entonces mis hombres no te perdieron de vista. Tortuga, el restaurante en el que entrasteis aquella noche, es mío, pero no fui yo quien te llevó a él, sino el destino. Cuando te vi allí, no pude resistirme a la posibilidad de hablar contigo, y después otro lance del destino quiso que estuvieras tras la puerta equivocada. Tengo que reconocer que tuve suerte. El hotel en el que te hospedabas también es mío, en parte…

Entonces comprendí de dónde había salido el champán de nuestra mesa y por qué me sentía constantemente observada. Quise interrumpirlo y hacerle un millón de preguntas, pero decidí esperar a ver qué ocurría.

—Tú también tienes que pertenecerme, Laura.

No me pude contener.

—Yo no pertenezco a nadie, no soy un objeto. No puedes poseerme, así, sin más. Me secuestras y piensas que soy tuya… —murmuré entre dientes.

—Lo sé. Por eso te voy a dar la oportunidad de que te enamores de mí y te quedes conmigo no por obligación, sino porque lo desees.

Solté una risa histérica. Me levanté del sillón con calma, despacio. Massimo no me detuvo cuando fui hasta la chimenea moviendo en la mano la copa de champán. Me la bebí entera y me volví hacia mi secuestrador.

—Te estás quedando conmigo. —Entorné los ojos y lo fulminé con una mirada de odio—. Tengo novio, que me estará buscando, familia, amigos, tengo una vida. ¡Y no necesito que me des la oportunidad de amarte! —El tono de mi voz se elevó con claridad—. Así que te pido, por favor, que me sueltes y me dejes volver a casa.

Massimo se levantó y fue al otro extremo de la habitación. Abrió un cajón y sacó dos grandes sobres. Volvió y se quedó de pie a mi lado. Se puso tan cerca de mí que noté su olor, una mezcla abrumadora de poder, dinero y colonia con un fuerte toque a especias. Esa mixtura tan cargada me mareó. Me entregó el primer sobre y comentó:

—Antes de que lo abras, quiero explicarte lo que hay dentro…

No esperé a que empezara; le di la espalda y rasgué el sobre de un tirón. Cayeron al suelo unas fotografías.

—Dios mío… —murmuré sollozando, y caí de rodillas tapándome la cara con las manos.

Se me encogió el corazón y empezaron a rodar lágrimas por mis mejillas. En las fotos aparecía Martin tirándose a una mujer. Evidentemente, estaban hechas a escondidas, pero por desgracia mostraban a mi novio, sin duda.

—Laura… —Massimo se arrodilló junto a mí—. Enseguida te explico lo que estás viendo, así que escúchame. Cuando te digo que hagas algo y tú haces lo contrario, la cosa acaba peor de lo que debería. Compréndelo y deja de luchar contra mí, porque en esta situación tienes las de perder.

Levanté los ojos llenos de lágrimas y lo miré con tal odio que incluso se apartó de mí. Estaba furiosa, desesperada, hecha trizas y todo me daba igual.

—¿Sabes qué te digo? ¡Que te den por culo! —Le tiré el sobre y fui hacia la puerta.

Massimo, aún arrodillado, me agarró de la pierna y tiró de mí. Me caí y me golpeé la espalda contra el suelo. En vez de ayudarme, Black me arrastró por la alfombra hasta que estuve debajo de él. En un abrir y cerrar de ojos, soltó el tobillo de mi pierna derecha y me sujetó por las muñecas. Me moví en todas direcciones, tratando de liberarme.

—¡Suéltame, hostia! —grité revolviéndome.

En un momento dado, mientras me zarandeaba para que me calmara, de su cintura se deslizó un arma y cayó al suelo. Al verla me quedé helada, pero Massimo pareció no prestarle atención y no apartó la vista de mí. Apretaba cada vez más fuerte mis muñecas. Al final dejé de luchar; yacía indefensa y bañada en lágrimas, pero él volvió a atravesarme con su gélida mirada. Bajó la vista hacia mi cuerpo medio desnudo: el albornoz que lo cubría se había subido bastante. Al verlo, siseó y se mordió el labio inferior. Acercó tanto su boca a la mía que dejé de respirar. Me pareció que absorbía mi olor y que enseguida iba a saber cuál era mi sabor. Pasó sus labios por mi mejilla y susurró:

—No haré nada sin tu permiso y tu buena disposición. Incluso cuando me parezca que lo tengo, esperaré a que tú lo quieras, a que me desees y vengas a mí. Pero eso no quiere decir que no tenga ganas de penetrarte hasta el fondo y contener tus gritos con mi lengua.

Al oír esas palabras, dichas en un susurro y con calma, me puse a cien.

—Deja de revolverte y escúchame un momento. Me espera una noche difícil; los últimos días tampoco han sido sencillos y no me estás facilitando la tarea. No estoy acostumbrado a tolerar la desobediencia, no sé ser delicado, pero no quiero hacerte daño. Así que, o bien te ato a la silla y te amordazo, o bien te suelto y haces lo que te diga sin rechistar.

Su cuerpo estaba pegado al mío; podía notar cada músculo de ese hombre de constitución extraordinariamente armónica. Al no reaccionar a sus palabras, movió hacia delante su rodilla izquierda, que mantenía entre mis piernas. Gemí en voz baja y reprimí un grito cuando se encajó entre mis muslos y estimuló zonas sensibles; involuntariamente, arqueé la espalda y volví la cabeza. Mi cuerpo solo se comportaba así en momentos de excitación y ese sin duda lo era, a pesar de la evidente agresión que estaba sufriendo.

—No me provoques, Laura —murmuró entre dientes.

—Vale, estaré tranquila, pero quítate de encima.

Massimo se levantó de la alfombra con elegancia y puso el arma sobre la mesita. Me cogió en brazos y me dejó en el sillón.

—Así será mucho mejor para los dos. Por lo que respecta a las fotos… En tu cumpleaños fui testigo de lo que ocurrió en la piscina entre tu novio y tú. Cuando saliste corriendo, supe que había llegado el día de introducirte en mi vida. Vi que tu novio ni se inmutó cuando te fuiste del hotel y entonces supe que no te merecía y que tu marcha no le iba a apenar durante mucho tiempo. Cuando desapareciste, tus amigos se fueron a comer, como si tal cosa. Entonces mi gente recogió tu equipaje del hotel y dejó una carta en la que le decías a Martin que rompías con él, te volvías a Polonia, te ibas de su casa y salías de su vida. Es imposible que no la leyera al volver a vuestra habitación después de la comida. Por la tarde, cuando pasaron por la recepción arreglados y de buen humor, un miembro del servicio habló con ellos y les recomendó uno de los mejores clubes de la isla, Toro, que también es mío, gracias a lo cual podía controlar la situación. Cuando mires las fotos, verás que resumen toda la historia que acabas de escuchar. Lo que ocurrió en el club… Bueno, bebieron y se divirtieron, hasta que Martin se interesó por una de las bailarinas. El resto ya lo has visto. Las fotografías hablan por sí solas.

Lo miraba desde el sillón con incredulidad. En unas horas, toda mi vida se había puesto patas arriba.

—Quiero volver a Polonia. Deja que me vaya a casa, por favor.

Massimo se levantó del sofá y se detuvo ante el fuego, que ardía ya sin fuerza y había dejado la habitación en una cálida penumbra. Se apoyó con una mano en la chimenea y dijo algo en italiano. Inspiró profundamente, se volvió hacia mí y comentó:

—Por desgracia, no será posible en los próximos trescientos sesenta y cinco días. Quiero que me dediques un año. Trataré de hacer todo cuanto pueda para que me ames, y si dentro de un año, el día de tu cumpleaños, nada ha cambiado, te soltaré. No es una propuesta, solo te informo; no te estoy dando a elegir, te digo cómo será. No te tocaré, no te haré nada que tú no quieras, no te obligaré a nada, no te voy a violar, si es lo que temes… Porque si realmente eres un ángel para mí, quiero respetarte en la misma medida que valoro mi vida. En esta residencia todo estará a tu disposición. Tendrás guardaespaldas no para controlarte, sino por tu seguridad. Tú misma elegirás a quienes te protegerán en mi ausencia. Podrás acceder a todas las estancias, no tengo intención de encerrarte. Por eso, si alguna vez quieres ir a divertirte o salir, no veo problema…

Lo interrumpí:

—No estás hablando en serio, ¿verdad? ¿Cómo voy a quedarme aquí tan tranquila? ¿Qué pensarán mis padres? No conoces a mi madre… Le dará un ataque cuando le digan que me han secuestrado y dedicará las fuerzas que le queden a encontrarme. ¿Eres consciente de lo que le harías? Prefiero que me pegues un tiro ahora antes que pasarme la vida culpándome si le pasa algo. Déjame salir de aquí, huiré y no volverás a verme. No tengo la intención de convertirme en una propiedad, ni tuya ni de nadie.

Massimo se acercó a mí como si supiera que iba a repetirse algo poco agradable. Alargó la mano y me dio el segundo sobre.

Lo cogí y me pregunté si debía abrirlo o iba a pasar lo mismo que antes. Observé atentamente el rostro de Black. Miraba el fuego, como si esperara mi reacción ante lo que contenía el sobre.

Lo abrí y, con la mano temblando, saqué más fotografías. «¿Qué demonios...?», pensé. Eran imágenes de mi familia: mi madre, mi padre y mi hermano. Aparecían en situaciones cotidianas, en casa, comiendo con amigos, durmiendo en sus habitaciones.

—¡¿Qué significa esto?! —pregunté confusa y muy cabreada.

—Es la póliza que me garantiza que no huirás. No arriesgarás la seguridad y la vida de tu familia. Sé dónde viven, qué hacen, dónde trabajan, a qué hora se acuestan y qué desayunan. No pienso vigilarte porque sé que no podré hacerlo cuando no esté aquí; no voy a encerrarte ni atarte. Lo único que puedo hacer es darte un ultimátum: dedícame un año de tu vida y tu familia estará segura y protegida.

Sentada frente a él, me planteé si de algún modo podría matarlo. La pistola estaba sobre la mesita que había entre nosotros y yo quería proteger a mi familia. Cogí el arma y apunté a Black. Siguió sentado muy tranquilo, pero sus ojos ardían de furia.

—Laura, me vuelves loco y me desesperas al mismo tiempo. Suelta el arma o la situación dejará de ser divertida y me veré obligado a hacerte daño.

Cuando terminó de hablar, cerré los ojos y apreté el gatillo. No ocurrió nada. Massimo se abalanzó sobre mí, me arrebató la pistola y me tiró del brazo para levantarme del sillón y derribarme sobre el sofá en el que había estado sentado. Me dio la vuelta y, con el cordón de uno de los cojines, me ató las manos a la espalda. Después me volvió a poner en el sillón; más bien me dejó caer en él.

—¡¡¡Primero hay que quitar el seguro!!! ¿Prefieres que hablemos así? ¿Estás cómoda? ¿Crees que matarme es tan sencillo? ¿Piensas que eres la primera que lo ha intentado?

Cuando dejó de gritar, se pasó las manos por el pelo, suspiró y me dirigió una mirada fría y furiosa.

—¡Domenico! —bramó.

El joven italiano apareció por la puerta, como si hubiera estado todo el tiempo al otro lado, esperando a que lo llamaran.

—Lleva a Laura a su habitación, pero no cierres con llave —dijo en inglés con su acento británico, para que yo lo entendiera. Después se dirigió a mí—: No voy a encerrarte, pero ¿te arriesgarás a escapar?

Tiró del cordón para levantarme y se lo entregó a Domenico, que se mostró impasible ante la escena. Black volvió a colocarse la pistola en el cinturón y se marchó de la estancia, no sin antes lanzarme una mirada amenazadora desde la puerta.

El joven hizo un amplio gesto con la mano para indicarme el camino y salió al pasillo llevándome «de la correa» con la que Massimo me había atado. Tras recorrer el laberinto de pasillos, llegamos a la habitación en la que me había despertado horas antes. Domenico me liberó las manos, saludó con la cabeza y cerró la puerta al salir. Esperé unos segundos y moví el picaporte; la llave no estaba echada. No sabía si quería cruzar el umbral. Me senté en la cama y un torrente de ideas golpeó mi cabeza. ¿Hablaría en serio? ¿Un año entero sin mi familia, sin mis amigos, sin Varsovia? Al pensar en ello, rompí a llorar. ¿Sería capaz de hacer algo tan cruel a mis seres queridos? No me fiaba de sus palabras, pero tampoco quería comprobar si era un farol. La ola de lágrimas que llenó mis ojos fue como una catarsis. No sé cuánto tiempo estuve llorando, pero al final me quedé dormida.

Me desperté hecha un ovillo; seguía llevando el albornoz blanco. Fuera todavía estaba oscuro. De nuevo, no sabía si continuaba siendo la misma horrible noche o ya era la siguiente.

Del jardín me llegaron voces masculinas amortiguadas. Salí al balcón, pero no vi a nadie. Los sonidos eran demasiado tenues como para que los que hablaban pudieran estar cerca. Pensé que ocurría algo al otro lado de la casa. Agarré insegura el pomo de la puerta, que seguía abierta. Me quedé en el umbral y, durante un rato largo, dudé en dar un paso adelante o retroceder. Ganó la curiosidad y recorrí el oscuro pasillo en dirección a las voces. Era una noche muy calurosa de agosto; las finas cortinas de las ventanas se agitaban con el viento salado del mar. La casa estaba en calma, sumida en la oscuridad. ¿Qué aspecto tendría de día? Sin Domenico, estaba claro que me iba a perder por el laberinto de pasillos y puertas; al poco tiempo, ya no sabía dónde estaba. Lo único que me guiaba era el sonido de una conversación entre hombres, que llegaba cada vez más clara. Crucé una puerta que estaba entreabierta y pasé a un inmenso vestíbulo con ventanas gigantes que daban al camino de acceso a la casa. Me acerqué a una de las ventanas y me apoyé en el marco, que me ocultaba parcialmente pero me permitía ver lo que ocurría fuera.

En la oscuridad, reconocí a Massimo; le acompañaban unos hombres. Frente a ellos había otra persona, arrodillada, que gritaba algo en italiano. Su rostro reflejaba el pánico que sentía al mirar a Black. Massimo permanecía tranquilo, con las manos en los bolsillos de su holgado pantalón negro. Observaba a aquel hombre con una mirada gélida y esperaba a que terminara de explicarse entre sollozos. Cuando se calló, Black le dijo una o dos frases con voz serena, sacó una pistola de la cintura y le disparó en la cabeza. El cuerpo del hombre se desplomó sobre el camino de piedra.

Al verlo, se me escapó un gritito, que traté de ahogar tapándome la boca con las manos. Sin embargo, fue lo suficientemente audible como para que Black apartara la vista del hombre caído y la dirigiera hacia mí. Su mirada era fría e indiferente, como si no le impresionara el acto que acababa de cometer. Agarró el arma por el silenciador y se la entregó al hombre que estaba a su lado. Yo me deslicé hasta el suelo.

Traté desesperadamente de tomar aire, pero sin éxito. Solo oía los latidos de mi corazón, cada vez más lentos, y notaba el pulso en la sien. Empecé a verlo todo oscuro y mi estómago me dio claras señales de que enseguida aparecería sobre la alfombra todo el champán que había bebido. Con manos temblorosas, intenté desatar el cinturón del albornoz, que parecía apretarme cada vez más y me impedía recuperar el aliento. Había presenciado la muerte de un hombre; mi mente reproducía la escena del disparo una y otra vez. Aquella imagen repetida hizo que el oxígeno abandonara mi cuerpo. Dejé de luchar y me rendí. Casi inconsciente, noté que el cinturón de mi albornoz se aflojaba y que dos dedos trataban de encontrarme el pulso en el cuello. Una mano me recorrió la espalda y el cuello hasta que me agarró de la cabeza mientras la otra pasaba bajo mis piernas. Me di cuenta de que me llevaban a otro sitio. Quise abrir los ojos, pero no fui capaz de levantar los párpados. A mi alrededor se oían sonidos, pero solo uno me llegó con claridad:

—Respira, Laura.

«Ese acento...», pensé. Sabía que me sujetaban los brazos de Massimo, los brazos de un hombre que, hacía un instante, le había quitado la vida a alguien. Black entró en una habitación y cerró la puerta de una patada. Sentí que me tumbaba en la cama mientras yo luchaba por recuperar la respiración; aunque era cada vez más acompasada, seguía sin ser lo bastante profunda como para ofrecerme la cantidad de oxígeno que necesitaba.

Massimo me abrió la boca con una mano y, con la otra, me colocó una pastilla bajo la lengua.

—Tranquila, nena, es un medicamento para el corazón. El médico que te cuida lo dejó por si se daba esta situación.

Al rato, mi respiración se volvió más acompasada, entraba más oxígeno en mi organismo y el corazón pasó del galope al paso. Me metí entre las sábanas y me dormí.

3

Al abrir los ojos, la claridad entraba en la habitación. Estaba tumbada sobre sábanas blancas; llevaba puesto un tanga y una camiseta, aunque recordaba que me había dormido con el albornoz. ¿Black me había cambiado de ropa? Para ello, habría tenido que quitarme el albornoz, lo que significaba que me habría visto desnuda. Esa idea no me resultó demasiado agradable, a pesar de que Massimo era un hombre tremendamente atractivo.

Ante mis ojos pasaron los acontecimientos de la noche anterior. Horrorizada, inspiré con fuerza y me cubrí la cara con la colcha. Todas aquellas impresiones —los trescientos sesenta y cinco días que me había impuesto, mi familia, la infidelidad de Martin y la muerte de aquel hombre— habían sido demasiadas para una sola noche.

—No he sido yo quien te ha cambiado de ropa —escuché que decía una voz amortiguada por la colcha.

Lentamente, asomé la cara para mirar a Black. Estaba sentado junto a la cama en un amplio sillón. Esa vez llevaba una indumentaria mucho menos formal, un pantalón de chándal gris y una camiseta blanca de tirantes anchos que dejaban al descubierto sus amplios hombros y sus brazos bien torneados. Iba descalzo y llevaba el pelo revuelto. De no ser por el hecho de que parecía fresco y despabilado, habría pensado que acababa de levantarse de la cama.

—Lo ha hecho Maria —siguió diciendo—. Yo ni siquiera estaba. Te prometí que, sin tu permiso, no sucedería nada, aunque no te voy a negar que sentía curiosidad y tuve ganas de echar un vistazo. Sobre todo porque estabas inconsciente, indefensa, así que por fin tenía la seguridad de que no me ibas a dar un guantazo. —Al decir esto enarcó las cejas de forma divertida y lo vi sonreír por primera vez. Estaba sosegado y satisfecho. Era como si no recordase los dramáticos acontecimientos de la noche anterior.

Me incorporé y me apoyé en el cabecero de madera. Massimo, sin borrar su sonrisa burlona y juvenil, se acomodó en el sillón y esperó a escuchar mis primeras palabras.

—Mataste a un hombre —susurré, y las lágrimas asomaron a mis ojos—. Le pegaste un tiro con la misma naturalidad con la que yo me compro unos zapatos nuevos.

Los ojos de Black se tornaron fríos y fieros de nuevo, y la sonrisa desapareció de su rostro. La sustituyó la máscara de seriedad e intransigencia que ya conocía.

—Traicionó a la familia y la familia soy yo, así que me traicionó a mí. —Se inclinó un poco—. Te lo dije, pero creo que no acabaste de creértelo. No tolero la objeción ni la desobediencia, Laura, y para mí no hay nada más importante que la lealtad. Todavía no estás preparada para todo esto y seguramente nunca lo estarás para una escena como la de ayer.

En ese momento dejó de hablar y se levantó del sillón. Se acercó a mí y se sentó al borde de la cama. Con delicadeza, pasó sus dedos por mis cabellos, como comprobando si yo era real. De repente bajó la mano hasta la nuca y me agarró del pelo con fuerza. Cruzó la pierna izquierda por encima de mi cuerpo y se sentó a horcajadas sobre mí, inmovilizándome. Su respiración se aceleró y sus ojos se encendieron de deseo y apetito salvaje. Me paralizaba el miedo, y debía de reflejarse en mi cara. Massimo vio ese temor que, evidentemente, le ponía.

Después de los sucesos de la noche anterior, sabía que ese hombre no bromeaba; si yo quería que mi familia estuviera tranquila y a salvo, debía aceptar las condiciones que me imponía.

Black tiraba cada vez más fuerte de mi pelo y recorría mi cara con su nariz. Llenó de aire los pulmones y aspiró el aroma de mi piel. Quise cerrar los ojos para mostrarle mi desprecio y fingir que aquello no me afectaba, pero me sentía hipnotizada por su mirada salvaje y no podía apartar los ojos de él. Era innegable que se trataba de un hombre bellísimo, exactamente mi tipo. Ojos negros, pelo moreno, una boca enorme, maravillosa, muy bien perfilada, una barba de varios días que en ese momento me hacía cosquillas en las mejillas. ¡Y qué cuerpo! Unas piernas largas y esbeltas que me rodeaban, unos brazos musculosos y un torso ancho y poderoso que se adivinaba tras la ajustada camiseta de tirantes.

—Que no vaya a hacer nada sin tu permiso no significa que sea capaz de contenerme —susurró mirándome a los ojos.

Su mano tiró aún más fuerte de mi pelo, hundiendo mi cabeza en la almohada. Solté un leve gemido. Al oírlo, Massimo inspiró ruidosamente. Despacio, con suavidad, introdujo su pierna derecha entre mis muslos y aplastó su miembro viril contra mí. Noté en mis caderas cuánto me deseaba. Pero lo único que yo sentía era miedo.

—Quiero hacerte mía, Laura, quiero poseerte entera… —Recorrió mi rostro con su nariz—. Cuanto más frágil e indefensa te muestras, más me pones. Quiero follarte como nadie lo ha hecho hasta ahora, quiero causarte dolor y aliviarte después. Quiero ser tu último amante…

Mientras pronunciaba estas palabras, sus caderas se restregaban rítmicamente contra mi cuerpo. Comprendí que acababa de iniciarse el juego en el que debía participar. No tenía nada que perder; podía pasar los siguientes trescientos sesenta y cinco días luchando con ese hombre —algo condenado al fracaso de antemano— o conocer las reglas del juego que había preparado para mí y tomar parte en él. Levanté despacio las manos por encima de mi cabeza y las puse sobre la almohada, dejándole claro que me entregaba sin oponer resistencia. Al verlo, Black soltó mi pelo y cruzó sus dedos con los míos, apretando mis manos contra la almohada.

—Eso está mucho mejor, nena —susurró—. Me alegro de que hayas entrado en razón.

Massimo presionaba cada vez más fuerte y más rápido sobre mi cadera con su impresionante polla, que llegaba hasta mi vientre.

—¿Me deseas? —pregunté levantando un poco la cabeza, de manera que mi labio inferior rozara su barbilla.

Gimió y, antes de darme cuenta, su lengua había entrado en mi boca; la introducía con ímpetu, profundamente, buscando con ansia la mía. Aflojó la presión sobre mis manos y pude soltar la derecha. Como estaba concentrado en besarme, no advirtió que me había librado de su mano. Levanté la rodilla derecha y lo aparté de mí al tiempo que le arreaba una sonora bofetada.

—¡¿Este es el respeto que me habías prometido?! —bramé—. Por lo que recuerdo, ayer decías que esperarías a mi permiso explícito, y no que te dejarías llevar por gestos malinterpretados.

Black se quedó inmóvil y, cuando volvió la cabeza hacia mí, su mirada era tranquila e inexpresiva.

—Si me golpeas una vez más...

—¿Qué? ¿Me matarás? —repliqué furiosa sin dejarle terminar.

Massimo se sentó al pie de la cama y me observó un momento. Después soltó una carcajada sincera y nítida. Tenía el aspecto del jovencito que seguramente era; no sabía qué edad podía tener, pero en ese instante daba la impresión de ser más joven que yo.

—¿Cómo es posible que no seas italiana? —preguntó—. Este no es el temperamento eslavo.

—¿A cuántas eslavas conoces?

—Con esta tengo de sobra —dijo animado, y saltó de la cama.

Se volvió hacia mí y comentó con una sonrisa:

—Será un buen año, pero tengo que ser más rápido a la hora de esquivar, porque contigo me despisto, nena.

Fue hacia la puerta, pero antes de salir se detuvo y me miró.

—Han traído tus cosas. Domenico las ha colocado en los armarios. No son muchas, aunque para alguien que hace un viaje de cinco días tienes mucha ropa y aún más zapatos. Debemos cuidar tu vestuario, así que esta tarde, cuando vuelva, iremos a comprarte algunos trapitos, ropa interior y lo que necesites. Esta habitación es tuya, a no ser que encuentres en la casa otra que te guste más; en ese caso, la cambiaremos. Todo el servicio sabe quién eres; si quieres algo, no tienes más que llamar a Domenico. Los coches y conductores están a tu disposición, aunque preferiría que no te movieras sola por la isla. Te pondré guardaespaldas que tratarán de pasar inadvertidos. El teléfono y el ordenador te los devolveré por la noche, pero todavía tenemos que hablar sobre las condiciones de uso de estos aparatos.

Lo miré con los ojos muy abiertos y me pregunté qué sentía yo en ese momento. No me podía concentrar porque notaba el sabor de la saliva de Massimo en mis labios. El miembro erecto palpitaba en su pantalón y absorbía mi atención. Era innegable que mi secuestrador me ponía a cien, pero yo no me sentía capaz de contestar a la pregunta de si, inconscientemente, quería vengarme de Martin por su infidelidad o demostrarle a Black lo testaruda que era.

Massimo siguió hablando:

—La residencia tiene una playa privada, motos de agua y lanchas a motor, pero de momento no puedes usarlas. En el jardín hay una piscina. Domenico te lo enseñará todo, será tu asistente personal y tu intérprete, si es necesario; algunas de las personas de la casa no hablan inglés. Lo elegí porque, como a ti, le encanta la moda y tenéis una edad similar.

—¿Cuántos años tienes? —lo interrumpí. Soltó el pomo y se apoyó en el marco de la puerta—. ¿Los padrinos de la mafia no tenían que ser viejos?

Massimo entornó los ojos y, sin dejar de mirarme, contestó:

—No soy el *capo di tutti capi*. Ellos, en efecto, son mayores; soy *capofamiglia*, es decir, «don». Pero es una historia muy larga. Si te interesa, te la contaré luego.

Se dio la vuelta y se fue por el largo pasillo, hasta desaparecer por una de las decenas de puertas que había. Me quedé un rato tumbada, analizando mi situación, pero pensar en ello me fatigaba, así que decidí aprovechar el tiempo de alguna manera. Era la primera vez que podía ver la mansión a la luz del día. Mi habitación debía de tener unos ochenta metros cuadrados y en ella había todo lo que una mujer puede desear, como un gran vestidor, que parecía sacado de *Sexo en Nueva York*, solo que este estaba casi vacío. Las cosas que me había llevado a Sicilia ocupaban, como mucho, un diez por ciento del inmenso espacio. El zapatero estaba lleno de huecos que incitaban a comprar para rellenarlos, y las decenas de cajones ocultaban en su interior fondos de raso acolchados para colocar joyas.

Aparte del vestidor, disponía del gigantesco cuarto de baño que había usado para darme una ducha la noche anterior. En aquel momento estaba demasiado aturdida como para fijarme en lo bien equipado que estaba. La cabina de la ducha, amplia y abierta, contaba con la función de sauna de vapor y con unos surtidores transversales de agua para masaje que parecían toalleros con agujeros. En el tocador descubrí encantada cosméticos de todas mis marcas favoritas: Dior, YSL, Guerlain, Chanel y un montón más. Sobre la repisa del lavabo había diversos perfumes, entre los cuales encontré un aroma que adoro: el Lancôme Midnight Rose. Al principio me pregunté cómo podía saberlo, pero luego me dije que él lo sabía todo, así que algo tan prosaico como un perfume —que, por cierto, llevaba en mi equipaje— no representaba un misterio para él. Me di una ducha larga con el agua muy caliente, me lavé el pelo —que lo necesitaba urgentemente— y me fui al vestidor para escoger algo cómodo que ponerme. En la calle hacía treinta grados, así que me decidí por un vestido largo con la espalda descubierta, ligero, color carmesí, y unas sandalias con plataforma. Tenía la intención de secarme el pelo, pero, antes de empezar a vestirme, ya estaba seco. Lo recogí en un moño improvisado y salí al pasillo.

La casa se parecía un poco a las mansiones de *Dinastía*, pero en versión italiana. Era enorme e imponente. Fui entrando en las distintas habitaciones y descubrí más retratos de la mujer que había contemplado Massimo en su visión. Eran muy hermosos y me presentaban en diversas posturas y desde diferentes ángulos. Seguía sin comprender cómo podía recordarme con esa exactitud.

Bajé al jardín; por el camino no me encontré con nadie. «¡Vaya servicio!», pensé mientras paseaba por cuidados senderos proyectados con precisión. Descubrí la bajada a la playa. Era verdad que había un embarcadero con una preciosa lancha blanca amarrada y varias motos de agua. Me descalcé y subí a la lancha. Cuando vi, sorprendida, que las llaves estaban en el contacto, me alegré, y por un momento se me pasó por la cabeza un penoso plan que suponía incumplir las prohibiciones de Black. En cuanto mi mano rozó el llavero, oí una voz a mi espalda.

—Preferiría que hoy se abstuviera de salir de excursión.

Me giré asustada y vi al joven italiano.

—¡Domenico! Solo quería comprobar si la llave entraba en el contacto —dije esbozando una sonrisa estúpida.

—Le puedo asegurar que entra. Si quiere dar una vuelta en barca, lo prepararemos todo para después del desayuno.

¡El desayuno! Ya no recordaba cuándo había comido por última vez. A decir verdad, no sabía cuántos días llevaba allí dormida. No tenía ni idea de qué día era, ni siquiera qué hora. Al pensar en comer, mi estómago dio señales de vida lanzando «un rugido desde las profundidades». Tenía mucha hambre, pero con todas las emociones que había vivido los últimos días lo había olvidado por completo.

Domenico me indicó que bajara de la lancha haciéndome un gesto que ya conocía, me ofreció su mano y me ayudó a descender.

—Me he permitido prepararle el desayuno en el jardín. Hoy no hace demasiado calor, así que será agradable —comentó.

«Cierto —pensé—, treinta grados es una temperatura muy fresquita. ¿Por qué no?»

El joven italiano me condujo por los senderos hasta un enorme parque en la parte trasera de la residencia. El balcón de mi habitación debía de dar a aquella parte del jardín, porque me resultaba muy familiar. En el suelo de piedra había un cenador provisional que se parecía mucho a los reservados del restaurante donde cenamos la primera noche. Tenía unos gruesos pilares de madera a los que se fijaban unas enormes lonas blancas que protegían del sol. Bajo el ondulante tejado habían colocado una gran mesa de la misma madera que los pilares y unos cómodos sillones con almohadones blancos.

El desayuno era realmente espléndido, así que mi apetito aumentó de golpe. Tablas de quesos, aceitunas, magnífico fiambre, tortitas, fruta, huevos… Era todo lo que más me gustaba. Me senté a la mesa y Domenico desapareció. En teoría, estaba acostumbrada a comer sola, pero ese espectáculo y esa cantidad de comida merecían un acompañante. Al rato, el joven volvió y me ofreció periódicos y revistas.

—He pensado que le gustaría echar un vistazo a la prensa. —Se dio media vuelta y volvió a la casa.

Sorprendida, vi el *Rzeczpospolita*, la *Gazeta Wyborcza*, la edición polaca del *Vogue* y varias revistas del corazón. Me sentí mejor de inmediato; podía enterarme de lo que pasaba en Polonia. Mientras me iba sirviendo un manjar tras otro y hojeaba la prensa, me pregunté si, durante los próximos trescientos sesenta y cinco días, me enteraría de las noticias de mi país de esa forma.

Cuando terminé de desayunar, no me quedaban fuerzas para nada, me encontraba fatal. Era evidente que comer tal cantidad tras varios días de ayuno no había sido una buena idea. A lo lejos, en un extremo del jardín, vi un diván con cojines blancos y un toldo extensible. Pensé que sería un sitio ideal para esperar a que se me pasara la indigestión, así que me fui hacia allí con la prensa por leer bajo el brazo.

Me descalcé, me senté en el mullido interior del armazón de madera y tiré a un lado las revistas. Me tumbé cómodamente. La vista era impresionante. Pequeñas barcas se mecían al suave ritmo del mar; a lo lejos, una lancha tiraba de un gran paracaídas al que se sujetaba una pareja; el agua azulada incitaba a darse un chapuzón y las monumentales rocas del fondo prometían maravillosas vistas a los amantes del buceo. Una agradable y fresca brisa soplaba del mar y el nivel de azúcar iba subiendo en mi organismo, lo cual hizo que me hundiera cada vez más en aquel cómodo diván.

—¿Pasarás otro día entero durmiendo? —Me despertó un susurro con acento británico.

Abrí los ojos. Massimo estaba sentado al borde del diván y me miraba con dulzura.

—Te echaba de menos —dijo cogiéndome la mano y besándola con delicadeza—. Nunca le había dicho esto a nadie, porque nunca lo había sentido. Me he pasado toda la mañana pensando en que por fin estás aquí y necesitaba volver.

Todavía un poco aturdida por la siesta, me desperecé tensando mi cuerpo bajo el fino vestido que delataba mis formas. Black se levantó y sus ojos volvieron a encenderse con un deseo salvaje.

—¿Podrías no hacer eso? —preguntó lanzándome una mirada de advertencia—. Si provocas a alguien, debes contar con que tu comportamiento cause efecto.

Al oírlo, me puse de pie y me quedé frente a él. Descalza, no le llegaba ni a la barbilla.

—Solo me he desperezado, una reacción natural cuando despertamos. Pero si te molesta, descuida, en tu presencia no lo haré más —le dije con gesto de enfado.

—Creo que sabes muy bien lo que haces, nena —replicó Massimo alzando mi barbilla con el pulgar—. Ya que estás levantada, podemos irnos. Hay que comprarte varias cosas antes del viaje.

—¿Viaje? ¿Voy a algún sitio? —pregunté cruzando los brazos sobre el pecho.

—Por supuesto, y yo también. Tengo varios asuntos que solucionar en el continente y tú me acompañarás. Después de todo, ya solo me quedan trescientos cincuenta y nueve días.

Massimo estaba de buen humor y su estado de ánimo pronto se me pegó. Nos quedamos cara a cara, como dos adolescentes que flirtean en el patio del colegio. Entre ambos fluía la tensión, el miedo y el deseo. Me pareció que los dos sentíamos las mismas emociones, a diferencia de que probablemente temíamos cosas muy distintas.

Black tenía las manos en los bolsillos de sus holgados pantalones negros; la camisa, del mismo color y abierta hasta la mitad, dejaba ver el vello del torso. Cuando el viento revolvía su cuidado peinado, ofrecía un aspecto apetitoso y sensual. Volví a menear la cabeza para eludir unos pensamientos que no consideraba adecuados.

—Me gustaría que habláramos —dije finalmente con calma.

—Lo sé, pero ahora no. Lo haremos durante la cena; tendrás que esperar. Vamos.

Me agarró de la muñeca, cogió mi calzado de la hierba y nos dirigimos a la casa. Atravesamos un largo pasillo y llegamos a la entrada principal. Cuando salimos al camino de acceso, me quedé petrificada. El horror de la noche anterior regresó al reconocer aquel lugar. Massimo notó que mi muñeca se volvía blanda y flácida. Me cogió en brazos y me subió al SUV negro que había unos metros más adelante. Parpadeé nerviosa, tratando de atrapar la claridad y esforzándome por librarme de la pesadilla que pasaba una y otra vez por mi mente, como un disco rayado.

—Si cada vez que tengas que salir de casa vas a perder el conocimiento, ordenaré que levanten los adoquines del camino de acceso y los cambien por otros —comentó tranquilamente mientras ponía los dedos sobre mi muñeca y miraba su reloj—. Si no te calmas, se te saldrá el corazón por la boca, tendré que volver a darte las pastillas y ambos sabemos que después te pasarás horas durmiendo.

Me cogió y me puso sobre sus rodillas. Acercó mi cabeza a su pecho, introdujo los dedos entre mis cabellos y empezó a balancearse rítmicamente y con suavidad.

—Cuando era pequeño, mi madre hacía esto. Casi siempre ayudaba —dijo con tono amable, acariciándome la cabeza.

Estaba lleno de contradicciones. Un tierno bárbaro, definición que le iba como un guante. Peligroso, intolerante, autoritario, pero al mismo tiempo protector y delicado. La suma de todos esos rasgos me asustaba, me fascinaba y me intrigaba, todo a la vez.

Le dijo algo en italiano al chófer y pulsó un botón de un panel que tenía al lado, lo que hizo que se cerrara un cristal entre nosotros y el conductor. El coche arrancó, pero Black no dejó de acariciar mi pelo. Un momento después me había calmado por completo y mi corazón latía con normalidad.

—Gracias —dije apartándome de sus rodillas y sentándome a un lado.

Me observó con atención para asegurarse de que no me ocurría nada.

Eché un vistazo por la ventanilla para eludir su penetrante mirada y me di cuenta de que todo el tiempo íbamos cuesta arriba. En lo alto vi el precioso paisaje que se extendía por encima de nuestras cabezas. En la ladera de la montaña había una ciudad; me pareció que ya la había visto antes.

—¿Dónde estamos exactamente? —pregunté.

—La mansión se encuentra a los pies de la ciudad de Taormina, donde vamos ahora. Creo que te gustará —dijo sin apartar la mirada del cristal.

4

Giardini Naxos, el lugar al que había llegado con Martin días antes, quedaba a unos kilómetros de Taormina y podía verse desde casi cualquier punto de la población. Esta ciudad sobre las rocas era uno de los sitios que íbamos a visitar juntos. ¿Y si Martin, Michał y Karolina seguían con el plan que habíamos trazado para el viaje? ¿Y si nos encontrábamos con ellos? Me revolví intranquila en el asiento y Black se percató de ello. Como si estuviera leyéndome la mente, comentó:

—Ayer se marcharon de la isla.

¿Cómo sabía lo que estaba pensando? Lo miré con gesto interrogativo, pero no me hizo caso.

Cuando llegamos, el sol se estaba poniendo y cientos de turistas y lugareños salían en tropel a las calles de Taormina. La ciudad rebosaba de vida; sus estrechas y pintorescas callejuelas seducían con decenas de pequeños cafés y restaurantes. Los letreros de las tiendas caras me sonreían. ¿Marcas exclusivas en aquel lugar, prácticamente en el fin del mundo? En Varsovia era inútil buscar *boutiques* como esas. El coche se detuvo, el chófer se bajó y abrió la puerta. Black me ofreció su mano y me ayudó a bajar del SUV, que era bastante alto para mí. Al cabo de un instante me di cuenta de que nos acompañaba otro coche, del que salieron dos enormes hombres vestidos de negro. Massimo me cogió de la mano y me condujo a una de las calles principales. Sus hombres nos siguieron a cierta distancia, para no llamar demasiado la atención. Me parecía una situación bastante grotesca, porque si el objetivo era no hacerse notar, deberían ir con pantalones cortos y chanclas, en vez de ir vestidos de enterradores. Aunque, por otro lado, la indumentaria playera no permitía esconder las armas.

La primera tienda que visitamos fue la *boutique* de Roberto Cavalli. Cuando cruzamos el umbral, la dependienta acudió casi corriendo y saludó cordialmente a mi acompañante y después a mí. De la trastienda salió un hombre mayor muy elegante que saludó a Massimo dándole dos besos en las mejillas y le dijo algo en italiano; después, se volvió hacia mí.

—*Bella* —dijo cogiéndome de las manos.

Esa era una de las pocas palabras italianas que comprendía. Le dirigí una amplia sonrisa como agradecimiento por el piropo.

—Me llamo Antonio y te ayudaré a elegir la ropa adecuada —comentó en un inglés fluido—. Talla treinta y seis, en mi opinión. —Me observó con mirada escrutadora.

—A veces treinta y cuatro, depende del sujetador. Como puede ver, la naturaleza no me ha dotado con generosidad —dije señalando mi pecho con una sonrisa.

—¡Querida mía! —gritó Antonio—. Roberto Cavalli adora esas formas. Vamos, que don Massimo descanse y espere los resultados.

Black se sentó en un sofá de tela plateada que parecía satén. Antes de que sus nalgas tocaran la superficie, ya le habían dejado al lado una botella de Dom Pérignon frío, y una de las dependientas le sirvió una copa con mucha adulación. Massimo me lanzó una mirada sensual y después se puso a leer un periódico. Antonio me llevó al probador decenas de vestidos que, uno tras otro, fue probándome por encima; ponía morritos cuando estaba satisfecho. Ante mis ojos solo pasaban las etiquetas con los precios de las diferentes creaciones. «Con lo que valen los vestidos que ha preparado para mí, podría comprarse un piso en Varsovia», pensé. Tras más de una hora, escogí varios y los empaquetaron en una preciosa caja.

En las siguientes tiendas pasó más o menos lo mismo: recibimientos cálidos o eufóricos e interminables compras... Prada, Louis Vuitton, Chanel, Louboutin y, finalmente, Victoria's Secret.

Black se sentaba y hojeaba la prensa, hablaba por teléfono o miraba algo en el iPad. No se interesaba por mí. Por una parte me alegraba, pero por otra me ponía nerviosa. No lo entendía: por la mañana no podía despegarse de mí y, cuando tenía la ocasión de verme vestida con todas aquellas magníficas creaciones, no mostraba el menor interés.

La situación no tenía nada que ver con lo que me había imaginado, algo tipo *Pretty Woman*: yo sirviéndole diversas creaciones calentitas y él en el papel de mi apasionado fan.

Victoria's Secret nos recibió en rosa. El color estaba por todas partes: en las paredes, en los sofás, en las dependientas... Era como si hubiera caído en una máquina de algodón de azúcar y, en breve, fuera a vomitar. Black me miró separando el teléfono de la oreja.

—Esta es la última tienda, no tenemos más tiempo. Tenlo en cuenta para tus elecciones y necesidades —comentó con desgana; después se volvió, se sentó en el sofá y siguió hablando por el móvil.

Hice un gesto de enfado y me quedé un momento mirándolo con reproche. No era porque terminara aquella alocada carrera —de la que ya estaba harta—, sino por cómo se había dirigido a mí.

—*Signora* —me dijo la dependienta y, con amabilidad, me invitó a pasar al probador.

Cuando entré en la cabina, vi un montón de bañadores y conjuntos de lencería preparados para mí.

—No es necesario que se lo pruebe todo. Póngase un conjunto y así sabré si la talla que le he escogido es la correcta —comentó, y desapareció cerrando tras de sí la pesada cortina rosa.

¿Para qué quería yo tantas bragas? No había tenido tantas en toda mi vida. En una silla había una montaña de prendas de colores, principalmente de encaje. Asomé la cabeza por la cortina y pregunté:

—¿Quién ha escogido todo esto?

Al verme, la dependienta se puso de pie y se acercó.

—Don Massimo mandó que preparáramos estos modelos de nuestro catálogo.

—Comprendo —repliqué, y volví a meterme en la cabina.

Eché un vistazo al montón y observé cierta coherencia: encaje, encaje fino, encaje grueso, encaje… Bueno, y algunas prendas de algodón. «Maravilloso y muy cómodo», pensé irónicamente. Escogí un conjunto rojo de encaje y seda y empecé a quitarme el vestido para acabar cuanto antes con el trámite de probármelo. El delicado sujetador se ajustaba perfectamente a mis pequeños pechos. Descubrí con interés que, aunque no se trataba de una versión *push-up*, mi busto se mostraba realmente tentador con él. Me agaché y subí por mis piernas unas brasileñas de encaje. Cuando me levanté y me miré en el espejo, vi a Massimo detrás de mí. Se apoyaba en la pared del probador, con las manos en los bolsillos, y me examinaba de arriba abajo. Me giré y lo fulminé con una mirada llena de ira.

—¡Qué demonios…! —fue todo lo que pude decir antes de que me agarrara del cuello y me empujara contra el espejo.

Pegó su cuerpo al mío y, con delicadeza, me pasó el pulgar por los labios. Yo me quedé paralizada; su cuerpo en tensión bloqueaba cualquier movimiento. Dejó de jugar con mi boca y volvió a poner la mano sobre mi cuello. No apretaba con fuerza, no era necesario; era solo para demostrar su dominio sobre mí.

—No te muevas —dijo atravesándome con su mirada fría y salvaje. Bajó la vista y gimió en un susurro—. Estás preciosa —murmuró entre dientes—. Pero no puedes ponerte eso. Todavía no.

En su boca, las palabras «no puedes» sonaron como una incitación, como una provocación para que hiciera justo lo contrario. Aparté las nalgas del frío espejo y di el primer paso muy despacio. Massimo no me detuvo; se fue retirando siguiendo el ritmo de mis movimientos, manteniéndome todo el rato a la distancia de su brazo, pues su mano seguía apretando mi cuello. Cuando me aseguré de que estaba lo bastante lejos del espejo como para verme entera, le miré. Como imaginaba, sus ojos estaban fijos en mi reflejo. Contemplaba su botín, y vi cómo el pantalón empezaba a apretarle más. Respiraba fuerte y su pecho se hinchaba y deshinchaba cada vez más rápido.

—Massimo —dije en voz baja.

Apartó la vista de mis nalgas y me miró a los ojos.

—Sal de aquí ahora mismo o te aseguro que será la primera y la última vez que veas esto —bramé, esforzándome por mostrar una expresión amenazadora.

Black sonrió; parecía tomarse mis palabras como un desafío. Su mano se cerró con más fuerza alrededor de mi cuello. Los ojos se le llenaron de un deseo colérico, dio un paso adelante, luego otro y volví a tener el cuerpo pegado al frío espejo. Entonces soltó mi cuello y dijo, con tono sosegado:

—Yo he elegido todo esto y yo decido cuándo lo veo. —Después salió.

Me quedé un rato allí de pie, furiosa y satisfecha a la vez. Poco a poco, empezaba a comprender las reglas del juego e iba conociendo los puntos débiles de mi oponente.

Cuando terminé de ponerme el vestido, aún no se me había pasado el cabreo. Cogí el montón de prendas que me habían preparado y salí del probador con paso firme. La dependienta se levantó con rapidez, pero pasé a su lado sin mirarla. Massimo estaba sentado en un sofá. Me acerqué y le tiré encima todo lo que llevaba.

—Si lo has elegido tú, ¡¡¡aquí lo tienes!!! ¡Es todo tuyo! —grité, y salí corriendo de la tienda.

Los guardaespaldas que esperaban delante de la *boutique* ni siquiera se movieron cuando pasé junto a ellos; miraron a Black y se quedaron donde estaban. Corrí por callejuelas abarrotadas preguntándome qué estaba haciendo, qué haría luego y qué ocurriría. Vi unas escaleras entre dos edificios, corrí por ellas, giré por la primera callejuela que encontré y, poco después, me topé con otra escalinata. Seguí subiendo hasta que estuve a dos manzanas del lugar del que había huido. Me apoyé en la pared resoplando por el esfuerzo. Mi calzado quizá fuera precioso, pero no estaba hecho para correr. Miré el cielo y el castillo que dominaba Taormina. «Joder, así no aguantaré todo un año», pensé.

—En su momento, eso fue una fortaleza —oí que me decían—. ¿Quieres correr hasta allí o le ahorrarás ese esfuerzo a los chicos? Su forma física no es tan buena como la mía.

Giré la cabeza. Massimo estaba en las escaleras. Se veía que había corrido porque tenía el pelo revuelto, pero no resoplaba, al contrario que yo. Se apoyó en la pared y se metió las manos en los bolsillos del pantalón como si tal cosa.

—Debemos volver. Si quieres hacer ejercicio, en casa hay un gimnasio y una piscina. Y si lo que te apetece es correr maratones por escaleras, en la mansión tienes todas las que necesites.

Sabía que no me quedaba más opción que ir con él, pero durante un instante sentí que estaba haciendo lo que quería. Me ofreció su mano, pero lo ignoré, y bajé las escaleras. Al pie de estas me esperaban los dos hombres con trajes negros. Pasé a su lado con gesto de rechazo y fui hasta el SUV que estaba aparcado cerca. Me metí en el coche y cerré la puerta de golpe.

Massimo tardó un momento en subir. Se sentó junto a mí con el teléfono pegado a la oreja y estuvo conversando hasta que nos detuvimos en el camino de acceso a la casa. No supe de qué trataba la conversación porque en aquel momento solo conocía algunas palabras de italiano. Su tono era calmado y directo, escuchaba mucho y hablaba poco, y de sus gestos apenas pude deducir nada.

Cuando nos detuvimos, intenté abrir la puerta, pero estaba cerrada. Black terminó de hablar, guardó el móvil en el bolsillo interior de su chaqueta y me miró.

—La cena será dentro de una hora. Domenico irá a buscarte.

La puerta del coche se abrió y vi al joven italiano, que me ofrecía su mano para ayudarme a bajar. La acepté haciendo un gesto teatral y le dirigí una sonrisa radiante. Llegué corriendo al edificio sin volverme a mirar el sitio que, desde la noche anterior, era el escenario de mi peor pesadilla. Domenico me siguió.

—A la derecha —me dijo en voz baja cuando entré por una puerta equivocada.

Le dirigí una mirada de agradecimiento por la indicación y enseguida llegué a mi habitación.

El joven italiano se quedó en el umbral, como si esperara mi permiso para entrar.

—En un momento le traerán todas las cosas que ha comprado hoy. ¿Necesita usted algo más? —me preguntó.

—Sí, me gustaría beber algo antes de la cena, a no ser que lo tenga prohibido.

El italiano sonrió y asintió de forma elocuente; después, desapareció en la oscuridad del pasillo.

Entré en el baño, me quité el vestido y cerré la puerta. Me puse bajo la ducha y abrí el agua fría. Casi no podía respirar, estaba realmente helada, pero al cabo de un momento resultó agradable. Necesitaba sosegarme. Cuando el gélido chorro de agua enfrió mis emociones, subí un poco la temperatura. Me lavé el pelo, me eché acondicionador y me senté contra la pared. El agua era caliente, agradable, caía por el cristal y me producía un efecto sedante. Tuve tiempo de reflexionar sobre los hechos de aquella mañana y sobre lo que había sucedido después en la tienda. Estaba confusa. Massimo era muy complejo, totalmente imprevisible. Poco a poco me di cuenta de que, si no aceptaba la situación y empezaba a vivir con normalidad, sufriría mucho.

Entonces lo vi claro. En realidad, no había nada contra lo que luchar ni nada de lo que escapar. En Varsovia ya no me esperaba nada, no había perdido nada porque todo lo que tenía había desaparecido. Solo podía participar en la aventura que el destino me había deparado. «Ha llegado la hora de aceptar la situación, Laura», me dije, y me levanté del suelo.

Me aclaré el pelo, lo envolví con una toalla, me puse el albornoz y salí del baño.

Decenas de cajas llenaban la habitación. Al verlas, me puse muy contenta. En su momento me habría dejado cortar un brazo por unas compras como esas, así que pensaba disfrutarlas. Tenía un plan.

Abrí las bolsas de Victoria's Secret y rebusqué entre decenas de prendas hasta dar con las de encaje rojo. De una caja saqué un vestido transparente corto de color negro y, de otra, unos zapatos de tacón de Louboutin que combinaban a la perfección. Sí, Massimo no podría resistirse a ese conjunto. Me dirigí al tocador del baño y, por el camino, cogí una botella de champán que había en una mesita, junto a la chimenea. Me serví una copa y me la bebí de un trago; necesitaba infundirme valor. Me serví otra, me senté frente al espejo y saqué los cosméticos.

Cuando terminé, el contorno de mis ojos estaba muy

marcado, el cutis cubierto con una perfecta capa de base y los labios brillaban con el carmín de Chanel. Me sequé el pelo, me lo ondulé y me lo recogí en un moño alto.

De la habitación, llegó la voz de Domenico.

—Señorita Laura, la cena está servida.

Mientras me ponía la ropa interior, grité a través de la puerta abierta:

—Dame dos minutos y estaré lista.

Me puse el vestido y los altísimos zapatos de tacón y me rocié con mi perfume favorito. Me detuve frente al espejo y asentí satisfecha. Estaba divina, el vestido me quedaba de lujo y las prendas de encaje rojas que se transparentaban a través de él combinaban a la perfección con las suelas rojas de los zapatos. Mi aspecto era elegante y provocador. Me bebí una tercera copa de espumoso. Estaba lista y un poco achispada.

Cuando salí del baño, Domenico se quedó con los ojos como platos al verme.

—Está usted... —Se detuvo, buscando la palabra adecuada.

—Sí, lo sé, gracias —comenté, y sonreí con coquetería.

—Esos zapatos son espectaculares —añadió casi en un susurro y me ofreció el brazo.

Me cogí de él y dejé que me condujera por el pasillo.

Salimos al porche en el que había desayunado por la mañana. El cenador con el techo de lona estaba iluminado por cientos de velas. Massimo estaba de pie, de espaldas a la mansión, mirando hacia el horizonte. Solté el brazo del joven italiano.

—Seguiré sola.

Domenico desapareció y yo fui hacia Black con paso firme.

Se dio la vuelta al oír el ruido de los tacones sobre el suelo de piedra. Llevaba unos pantalones de lino grises y un jersey ligero del mismo color, remangado. Se acercó a la mesa y dejó la copa que tenía en la mano. Observó cada paso que di mientras me acercaba a él, examinándome con la mirada. Cuando me detuve frente a él, se apoyó en la mesa y abrió un poco las piernas. Me coloqué entre ellas sin apartar la vista de sus ojos. Estaba ardiendo. Aunque hubiera sido ciega, habría notado su deseo a través de la piel.

—¿Me sirves una copa? —pregunté en un susurro y me mordí el labio inferior.

Massimo se irguió para mostrarme que, incluso con zapatos de tacón, seguía siendo más baja que él.

—¿Eres consciente —musitó— de que, si me provocas, no podré dominarme?

Puse una mano sobre su fuerte pecho y lo empujé con suavidad, dándole a entender que quería que se sentara. No oponía resistencia, hacía lo que yo quería. Me observaba con curiosidad y excitación. Miraba mi rostro, mi vestido, mis zapatos y, sobre todo, la ropa de encaje rojo que destacaba en mi conjunto.

Estaba muy cerca de él, así que, por fuerza, debía llegarle mi perfume. Introduje la mano derecha entre sus cabellos y bajé su cabeza con suavidad, mientras él me miraba fijamente. Acerqué mi boca a sus labios y volví a preguntar en voz baja:

—¿Me sirves o tengo que hacerlo yo sola?

Tras un momento de silencio, solté su pelo, fui hasta la cubitera y llené mi copa. Black seguía sentado, apoyado en la mesa, y me examinaba con la mirada. Sus labios dibujaron algo similar a una sonrisa. Me senté y me puse a girar el tallo de la copa.

—¿Cenamos? —pregunté haciendo un gesto de indiferencia.

Se levantó, se acercó a mí y puso las manos sobre mis hombros. Se inclinó, inspiró profundamente y susurró:

—Estás maravillosa. —Con la lengua, rozó la punta de mi oreja—. No recuerdo a ninguna mujer que me excitara tanto como tú. —Pasó delicadamente sus dientes por la piel de mi cuello.

Un escalofrío, que empezó entre las piernas, me atravesó el cuerpo.

—Tengo ganas de ponerte sobre la mesa boca abajo, levantarte ese vestido corto y penetrarte con todas mis fuerzas sin quitarte las bragas.

Inspiré profundamente; sentía que me estaba excitando. Él siguió hablando:

—Cuando estabas en la puerta de la casa, tu aroma ya llegaba hasta aquí. Me gustaría lamértelo. —Al decir esto, empezó a apretar las manos sobre mis hombros con fuerza y rítmicamente—. Hay un lugar en tu cuerpo donde seguro que ahora no se huele ese aroma. Ahí es donde me gustaría estar.

Hizo una pausa entre sus sensuales palabras y volvió a besar y a mordisquear mi cuello con delicadeza. Lejos de molestarme, torcí a un lado la cabeza para facilitarle la labor. Sus manos bajaron lentamente hasta mi escote y después agarró con fuerza mis pechos. Solté un gemido.

—Sabes que me deseas, Laura.

Sentí que sus manos y su boca se alejaban.

—Recuerda que este es mi juego, así que yo marco las reglas. —Me besó en la mejilla y se sentó en la silla que había a mi lado.

Había salido victorioso, ambos lo sabíamos, pero aquello no cambiaba el hecho de que, de nuevo, su pantalón le quedase muy pequeño.

Fingí no sentirme afectada por lo sucedido, aunque eso no hizo más que divertir a mi acompañante. Jugaba con la copa de champán y mostraba una sonrisa pícara en sus labios.

Domenico asomó por la puerta y enseguida desapareció, pero un momento después dos jóvenes nos sirvieron un entrante. El *carpaccio* de pulpo estaba exquisito, muy tierno, y los platos que llegaron a continuación fueron aún mejores. Cenamos en silencio, mirándonos de vez en cuando. Tras el postre, me separé de la mesa apartando la silla, cogí una copa de vino rosado y dije con voz potente:

—*Cosa nostra*.

Massimo me lanzó una mirada de advertencia.

—Por lo que sé, no existe, ¿verdad?

Soltó una risa llena de sarcasmo y preguntó con voz grave:

—¿Y qué más sabes, nena?

Me quedé un poco perdida y empecé a girar la copa entre los dedos.

—Hombre, creo que todo el mundo ha visto *El padrino*. Me pregunto cuánto hay de verdad con relación a vosotros.

—¿A nosotros? —preguntó sorprendido—. Sobre mí no hay nada en esa película. En cuanto a los demás, no tengo ni idea.

Me tomaba el pelo, estaba segura, así que le pregunté sin rodeos:

—¿A qué te dedicas?

—A los negocios.

—Massimo —no me daba por vencida—, lo pregunto en

serio. Esperas que firme una declaración de obediencia durante un año. ¿No crees que debería saber qué autorizo?

Su expresión se volvió seria. Me dirigió una mirada gélida.

—Tienes derecho a esperar explicaciones y te ofreceré las que necesites. —Dio un trago de vino—. Tras la muerte de mis padres, me eligieron cabeza de familia, por eso la gente se dirige a mí como «don». Tengo varias empresas, clubes, restaurantes, hoteles. Es como una corporación de la que soy el presidente. Todo eso forma parte de un negocio mayor. Si deseas ver la lista completa, te la daré, aunque opino que conocer esos datos sería algo innecesario y peligroso. —Se me quedó mirando serio, irritado—. No sé qué más necesitas saber. ¿Si tengo un *consigliere*? Sí, lo tengo; creo que pronto lo conocerás. Las dudas sobre si tengo armas, si soy peligroso y si yo mismo soluciono mis problemas, quedaron despejadas anoche. Si quieres saber algo más, pregunta.

En la cabeza me bullían miles de pensamientos, pero no necesitaba saber nada más. Hacía ya tiempo que la situación estaba clara. A decir verdad, desde la noche anterior, lo sabía todo.

—¿Cuándo me devolverás el teléfono y el ordenador?

Black se volvió tranquilamente sobre la silla y cruzó las piernas.

—Cuando quieras, nena. Solo tenemos que decidir qué les dirás a las personas con las que te pongas en contacto.

Cogí aire para decir algo, pero levantó la mano impidiéndome que empezase a hablar.

—Antes de que me interrumpas, te diré lo que harás. Llamarás a tus padres y, si es necesario, viajarás a Polonia.

Al oír aquellas palabras, mis ojos se iluminaron y no pude ocultar la alegría que sentí.

—Les dirás que has recibido una propuesta de trabajo muy lucrativa en un hotel de Sicilia y que piensas aceptarla. El contrato será por un año. Así no tendrás que mentir a tus familiares cuando quieras ponerte en contacto con ellos. Las cosas que tenías en el piso de Martin las sacaron de allí antes de que él regresara a Varsovia. Mañana deberían estar aquí. Doy por zanjado todo lo relativo a ese hombre. No quiero que tengas nada en común con él.

Lo miré con gesto interrogativo.

—Por si no me he expresado con claridad, te lo resumiré: te prohíbo cualquier contacto con esa persona —dijo de manera concluyente—. ¿Algo más?

Me quedé un rato en silencio. Lo había previsto todo. La situación estaba bien planeada, tenía lógica.

—Bueno, ¿y si necesito visitar a mis padres? —continué—. ¿Qué pasará entonces?

Massimo frunció el ceño.

—En ese caso… conoceré más de cerca tu hermoso país.

Después de beber un poco de vino, me eché a reír. Me imaginaba cómo se plantaría en Varsovia el cabeza de una familia mafiosa.

—¿Tengo derecho a discrepar contigo? —pregunté tanteando el terreno.

—Por desgracia, no es una propuesta. Me limito a describir cuál será tu situación. —Se inclinó hacia mí—. Laura, eres una mujer inteligente. ¿Todavía no te has dado cuenta de que yo siempre consigo lo que quiero?

Torcí el gesto al recordar lo ocurrido la otra noche.

—Por lo que sé, don Massimo, no siempre. —Bajé la mirada para señalar la ropa de encaje que se veía bajo mi vestido y me mordí el labio.

Me levanté despacio de la silla. Black observaba todos mis movimientos. Me quité los maravillosos zapatos de suela roja y caminé hacia el jardín. La hierba estaba húmeda y el aire olía a sal. Sabía que Massimo no podría resistirse a la tentación y vendría tras de mí. Y así fue, al cabo de un momento. Anduve en la oscuridad; en el horizonte solo se veía la luz de un barco que se balanceaba sobre el mar. Me detuve al llegar al diván con toldo, en el que me había echado la siesta durante el día.

—Te sientes a gusto aquí, ¿verdad? —preguntó Massimo parándose a mi lado.

En realidad tenía razón, no me sentía extraña ni una recién llegada, tenía la impresión de haber estado allí siempre. Además, ¿a qué chica no le gustaría vivir en una hermosa mansión, con criados y todas las comodidades?

—Poco a poco acepto la situación, me acostumbro, porque sé que no tengo elección —contesté, y di un trago de vino.

Black tomó mi copa y la tiró a la hierba. Me cogió en brazos y me dejó suavemente sobre los almohadones blancos. Mi respiración se aceleró porque sabía que podía esperarme cualquier cosa. Pasó una pierna por encima de mí y nos quedamos en la misma postura que por la mañana, a diferencia de que entonces yo tenía miedo y en ese momento solo sentía curiosidad y excitación. Quizá era por el vino o porque simplemente me había resignado a aquella situación y de ese modo todo resultaba más sencillo.

Black puso sus manos a ambos lados de mi cabeza y se inclinó sobre mí.

—Me gustaría… —susurró separando mis labios con la nariz— que me enseñaras a ser delicado contigo.

Me quedé helada. Un hombre tan peligroso, poderoso y autoritario me pedía permiso, me pedía ternura y amor.

Pasé mis manos por su cara y las detuve en las mejillas. Durante un momento le sujeté la cabeza para perderme en sus ojos negros y sosegados. Con suavidad, lo fui acercando a mí. Cuando nuestras bocas se encontraron, Massimo se lanzó sobre mí con todas sus fuerzas, abriendo mis labios cada vez más, con ansia. Nuestras lenguas se retorcían al mismo ritmo. Su cuerpo cayó sobre el mío y sus brazos se cerraron alrededor de mis hombros. Era más que evidente que ambos nos deseábamos; nuestras bocas y lenguas estaban follando con energía y pasión, demostrando que nuestro temperamento sexual era casi idéntico.

Al cabo de un momento, cuando bajó la adrenalina y yo me despejé un poco, me di cuenta de lo que estaba haciendo.

—Espera, para —dije apartándolo de mí.

Black no tenía intención de detenerse. Me agarró firmemente de las muñecas para que dejara de moverlas y las presionó contra el colchón blanco. Luego las levantó y las sujetó con una mano. La otra subió por mis muslos hasta llegar a las bragas de encaje. Las agarró y apartó su boca de la mía. La tenue luz de las lejanas farolas iluminó mi rostro asustado. No luchaba con él, porque tampoco tenía posibilidad alguna. Estaba tranquila, pero las lágrimas comenzaron a rodar por mis mejillas. Al verlo, liberó mis brazos, se levantó y se sentó con los pies sobre la hierba húmeda.

—Nena… —susurró con esfuerzo—. Si durante toda la vida usas la violencia y tienes que luchar por todo, es difícil reaccionar de otro modo cuando alguien te arrebata el placer que deseas.

Se levantó y se pasó la mano por el pelo. Yo, en cambio, ni pestañeé; seguí tumbada boca arriba, inmóvil. Estaba furiosa, pero al mismo tiempo sentía lástima por Massimo. Tenía la impresión de que no era uno de esos hombres que maltrataban a las mujeres y las tomaban por la fuerza. A él, ese tipo de comportamiento le parecía normal. Las caricias fuertes, que es como yo lo llamaría, eran para él tan naturales como estrechar la mano. Seguramente, nunca le había importado nadie, no había necesitado esforzarse ni cuidar de los sentimientos de nadie. Ahora quería que una mujer le correspondiera y el único método que conocía para hacerlo era la coacción.

El silencio sobrecogedor que se formó fue interrumpido por la vibración del móvil que Massimo llevaba en el bolsillo. Lo sacó, miró la pantalla y contestó. Mientras hablaba, me sequé los ojos y me levanté del diván. Me dirigí a la casa con paso tranquilo. Estaba cansada, algo borracha y totalmente desorientada. Me llevó un rato, pero conseguí llegar a mi habitación y me derrumbé en la cama, agotada. Ni siquiera sé cuándo me quedé dormida.

5

Cuando desperté, ya era de día. Noté una pesada mano sobre mi cintura. Massimo dormía acurrucado a mi lado, abrazado a mí.

Tenía el pelo sobre la cara y la boca un poco abierta. Respiraba despacio y acompasadamente, y su cuerpo bronceado, vestido como la mañana anterior, ofrecía un aspecto tremendo sobre el fondo de sábanas blancas. «Dios, está buenísimo», pensé relamiéndome y aspirando el olor de su piel.

«Todo maravilloso, pero ¿qué hace aquí?», pensé. Me daba miedo moverme por si se despertaba, pero necesitaba ir al baño. Poco a poco, me fui liberando de su brazo, levantándolo con cuidado. Black tomó aire ruidosamente y se quedó boca arriba, pero siguió dormido. Salí de la cama y me dirigí al baño. Cuando estuve frente al espejo, casi me dio algo al verme. No me había limpiado el maquillaje y se había transformado en la máscara del Zorro, mi estrecho vestido se había retorcido en todas direcciones y el primoroso moño parecía un nido de pájaros.

—Precioso —murmuré entre dientes y, con un algodón,

empecé a quitar las manchas negras de mis ojos. Cuando terminé, me desnudé y me metí en la enorme cabina de ducha. Abrí el agua y me eché gel en la mano. En ese momento, Black apareció en la puerta y me observó sin el más mínimo rubor.

—Buenos días, nena. ¿Puedo unirme a ti? —preguntó frotándose los ojos y sonriendo alegremente.

En un primer momento, tuve ganas de acercarme a él, abofetearlo por enésima vez y echarlo del baño. Pero, por la experiencia acumulada durante los últimos días, sabía que no serviría de nada y que su reacción sería violenta y poco agradable para mí. Así que contesté, indiferente, mientras me extendía el jabón por el cuerpo:

—Claro, ven.

Massimo dejó de frotarse los ojos, los entornó y se quedó bloqueado. Quizá no estuviera seguro de haber oído bien y, desde luego, no estaba preparado para esas palabras.

No podía cambiar el hecho de que hubiera entrado y me viera desnuda, pero al menos podía echarle un vistazo a su cuerpo.

Massimo pasó lentamente a la cabina de ducha, que más bien debería llamar «cuarto de baño», agarró su camiseta por detrás y se la quitó de un tirón. Yo estaba apoyada en la pared, esparciendo otra porción de gel blanco sobre mi cuerpo. No apartaba la vista de Massimo; él también me examinaba con la mirada. Me quedé tan absorta que tardé un rato en darme cuenta de que solo estaba enjabonándome los pechos y de que ya llevaba mucho tiempo haciéndolo.

—Antes de quitarme el pantalón, debo advertirte que soy un hombre sano. Es por la mañana, tú estás desnuda, así que… —Ahí se detuvo y se encogió de hombros mientras sus labios dibujaban una sonrisa pícara.

Al oír esas palabras, casi se me sale el corazón por la boca. Di gracias a Dios por encontrarme bajo la ducha, porque esa información me humedeció al instante. «¿Cuándo fue la última vez que hice el amor?», pensé. Martin se lo tomaba casi como una obligación esporádica, así que, desde hacía semanas, no disfrutaba de un placer producido por alguien que no fuera yo. Además, se acercaba mi ovulación y las hormonas estaban bailando la samba sobre mi libido. «Qué tortura», murmuré, y me volví hacia las llaves de la ducha para girarlas y hacer que el agua saliera helada.

La excitación al pensar que estaba a punto de verlo en todo su esplendor me hizo encoger los dedos de los pies e, involuntariamente, todos mis músculos se tensaron. Por mi bien y mi seguridad, cerré los ojos y me metí bajo el agua fría, fingiendo aclararme la piel enjabonada. Por desgracia, esa vez la temperatura no ayudó; el agua solo me parecía templada.

Massimo entró en la cabina y abrió la ducha que había al lado. En total, había cuatro rociadores y una enorme columna de hidromasaje, que parecía un radiador toallero con agujeritos.

—Hoy salimos de viaje —empezó a decir Black tranquilamente—. Estaremos fuera varios días, semanas quizá, aún no lo sé. Asistiremos a algunas recepciones oficiales, así que tenlo en cuenta al hacer el equipaje. Domenico lo preparará todo, tú solo tienes que indicarle qué te llevarás.

Oía lo que decía, pero no lo escuchaba. Trataba por todos los medios de no abrir los ojos, pero me venció la curiosidad. Giré la cabeza y vi que Massimo se apoyaba en la pared con ambas manos, dejando que el agua resbalara por su cuerpo. La estampa era imponente: sus esbeltas piernas desnudas se convertían en unas nalgas muy bien moldeadas y los músculos del vientre eran la prueba del enorme empeño que ponía en cuidar de su físico. En ese momento, mi mirada dejó de vagar y se concentró en un solo punto. Ante mis ojos apareció la imagen que más temía. Su hermosa, recta y espectacularmente gruesa polla estaba tan erguida como la vela de la tarta de cumpleaños que recibí en el hotel. Era perfecta, ideal, no demasiado larga, pero casi tan gruesa como mi muñeca; en una palabra: inmejorable. El chorro de agua fría caía sobre mí y a duras penas pude tragar saliva. Massimo mantenía los ojos cerrados con la cara vuelta hacia el rociador. Ladeaba suavemente la cabeza para que el agua se extendiera de un modo uniforme por su pelo.

Dobló los brazos y se apoyó en la pared sobre los codos, de manera que su cabeza quedó fuera del chorro de agua.

—¿Quieres algo de mí o solo me miras? —preguntó sin abrir los ojos.

El corazón me aporreaba el pecho y no podía apartar la vista de él. En mi mente, maldije el momento en que le había dejado entrar en la maldita ducha, aunque seguro que negarme no habría servido de nada. El cuerpo actuaba en mi contra, cada célula deseaba tocarlo. Me relamí al pensar que podría tenerlo entre mis labios.

Me imaginé poniéndome tras él, con el agua cayéndome encima, y que agarraba su miembro con fuerza. «Hundo lentamente los dedos y él gime, excitado por mis caricias. Le doy la vuelta y lo apoyo contra la pared. Me acerco a él sin soltar su dura polla. Lamo con calma sus pezones y empiezo a mover despacio la mano de la base a la punta. Noto que se pone cada vez más dura y que sus caderas salen al encuentro de mis movimientos...»

—Laura, por tu mirada deduzco que no estás pensando en las prendas que te llevarás.

Sacudí la cabeza como si me acabara de despertar y quisiera alejar el sueño. Black seguía en la misma posición, apoyado en la pared sobre los codos, pero en ese momento me miraba con una expresión divertida. Me entró el pánico. No era capaz de darle una réplica adecuada, porque solo podía pensar en chupársela. Mi pánico lo atraía como un animal herido a un depredador.

Massimo caminó hacia mí y yo traté con todas mis fuerzas de mirarle a los ojos. Recorrió la distancia que nos separaba en tres pasos, lo que me alegró mucho porque, gracias a ello, el objeto de mi deseo desapareció de mi campo de visión. Desgraciadamente, mi alivio duró poco, porque, cuando se detuvo ante mí, su falo, que seguía erecto, me rozó el vientre con suavidad. Retrocedí y él me siguió. Cada vez que yo daba dos pasos atrás, él daba uno adelante; con eso le bastaba para estar de nuevo a mi lado. A pesar de que la cabina era gigantesca, sabía que, tarde o temprano, me quedaría sin sitio. Cuando llegué a la pared, Black prácticamente pegó su cuerpo contra el mío.

—¿En qué pensabas mientras la mirabas? —preguntó inclinándose hacia mí—. ¿Quieres tocarla? De momento es ella la que te toca...

No era capaz de articular palabra; abría la boca, pero los sonidos no querían. Estaba allí de pie, indefensa, aturdida y dominada por el deseo, y él se restregaba contra mí, empujando mi vientre cada vez con más fuerza. Su presión se transformó en un movimiento rítmico pulsante. Massimo gimió y apoyó la frente en la pared.

—Lo haré con tu ayuda o sin ella —dijo jadeando sobre mi cabeza.

Sin poder contenerme, agarré con ambas manos las duras nalgas de Black. Cuando clavé las uñas en ellas, un gemido grave salió de su garganta. Hice un movimiento rápido para darnos la vuelta y lo apoyé contra la pared. Los brazos le colgaban pasivos junto al cuerpo, pero su mirada, clavada en mí, ardía de deseo. Sabía que, si no lo detenía en ese momento, después no sería capaz de controlar la situación y ocurriría algo indebido.

Me volví y salí corriendo de la cabina y del baño. Agarré el albornoz que colgaba junto a la puerta y me lo puse a toda prisa mientras abandonaba la habitación. También corrí por el pasillo, a pesar de que no oía pisadas a mi espalda. No me detuve hasta cruzar el jardín, bajar las escaleras y llegar al embarcadero. Jadeando, subí a una lancha motora y me dejé caer en uno de los asientos.

Quise analizar la situación mientras trataba de recuperar el aliento, pero las imágenes que pasaban por mi cabeza no me dejaban pensar con lógica. No podía dejar de ver el estupendo pene erecto de Massimo; casi podía notar su sabor en la boca y el tacto de su suave piel en la mano.

No sé cuánto tiempo pasé mirando el agua, pero al final me pareció que ya estaba lista para levantarme y volver a la mansión.

Cuando entorné con cuidado la puerta de mi dormitorio, me encontré dentro a Domenico abriendo unas enormes maletas de LV.

—¿Dónde está don Massimo? —pregunté casi en un susurro, con la cabeza entre la puerta y el marco.

El joven italiano alzó la mirada y sonrió.

—Creo que en la biblioteca. ¿Quiere ir con él? Ahora está hablando con su *consigliere*, pero tengo órdenes de llevarla con don Massimo cuando usted lo necesite.

Entré y cerré la puerta.

—No, la verdad es que no quiero —contesté haciendo un gesto de indiferencia con la mano—. ¿Te ha pedido que hagas mi equipaje?

Domenico siguió abriendo las maletas.

—Dentro de una hora salen ustedes de viaje. Creo que le vendrá bien mi ayuda, a no ser que no la quiera.

—Deja de hablarme de usted, me pone nerviosa. Además, creo que somos de la misma edad, así que no hace falta que nos andemos con tonterías.

Domenico sonrió y asintió, dando a entender que aceptaba mi propuesta.

—¿Podrías decirme adónde vamos? —le pregunté.

—A Nápoles, Roma y Venecia —contestó—. Y después a la Costa Azul.

Abrí mucho los ojos por la sorpresa. En toda mi vida no había visitado tantos sitios como planeaba enseñarme Massimo en los próximos días.

—¿Conoces el motivo de cada una de esas visitas? —pregunté—. Me gustaría saber qué debo elegir.

Domenico dejó de abrir las maletas y pasó al vestidor.

—En principio sí, pero no debería informarte de ello. Don Massimo te lo aclarará todo. Yo solo te ayudaré a escoger la ropa adecuada, no te preocupes. —Me guiñó un ojo—. La moda es mi fuerte.

—En ese caso, confío en ti al cien por cien. Si solo tengo una hora para prepararme, prefiero empezar ya.

Domenico asintió y desapareció en las profundidades del inmenso vestidor.

Entré en el baño, que aún atesoraba en el aire el olor del deseo, tanto que se me hizo un nudo en el estómago. «No aguantaré», pensé. Volví al dormitorio, lo atravesé, pasé al vestidor y le pregunté a Domenico:

—¿Han llegado ya mis cosas de Varsovia?

El joven abrió uno de los grandes armarios y señaló unas cajas con la mano.

—Por supuesto, pero don Massimo me pidió que no las tocara.

«Excelente», pensé.

—¿Podrías dejarme sola un momento?

Cuando quise darme la vuelta para mirarlo, ya estaba sola en el centro de la habitación.

Me lancé a vaciar las cajas buscando el único objeto que me interesaba en ese momento: mi amiguito rosa de tres cabezas. Cuando quince minutos después, tras registrar decenas de cajas, por fin lo tuve en la mano, respiré aliviada. Lo guardé en el bolsillo del albornoz y salí del vestidor.

Domenico estaba en el balcón, esperando. Al cruzar la habitación, le hice una señal con la cabeza y volvió al lugar que yo había abandonado a toda prisa.

Fui al baño, saqué el dildo del bolsillo y lo lavé bien. Incluso solté un gemido al verlo; en ese momento era mi mejor amigo. Eché un vistazo por el baño buscando un sitio adecuado. Me gustaba masturbarme tumbada cómodamente, no sabía hacerlo deprisa y corriendo ni en posturas de equilibrista. Lo ideal habría sido el dormitorio, pero la presencia de mi asistente lo hacía imposible. En una esquina del baño, junto al tocador, había un moderno diván blanco de piel. «No será el sitio más cómodo, pero en fin», pensé. Estaba tan desesperada que me habría tumbado en el suelo.

El diván era sorprendentemente blando y parecía hecho a medida para alguien de mi altura. Desaté el cinturón del albornoz, que cayó a ambos lados de mi cuerpo. Yacía desnuda y ávida de orgasmos. Me chupé dos dedos y me los introduje para minimizar la fricción. Descubrí, sorprendida, que estaba tan húmeda que aquello era innecesario. Conecté el vibrador y metí despacio su cabeza central en mi palpitante interior. A medida que la parte más gruesa se hundía más y más en mí, la segunda cabeza, en forma de conejo, penetró en mi entrada trasera. Un escalofrío me sacudió y supe que no iba a necesitar mucho tiempo para satisfacerme. La tercera punta de mi amigo de goma era la que más vibraba, apoyada en mi hinchado clítoris. Cerré los ojos. En mi mente solo había una imagen, la única que quería ver en ese instante: Massimo de pie, bajo la ducha, sujetándose su hermosa polla con la mano.

El primer orgasmo lo tuve a los pocos segundos y los siguientes llegaron en olas a intervalos de medio minuto como mucho. Al cabo de un rato estaba tan extenuada que a duras penas pude sacarme el dildo y juntar las piernas.

Media hora después estaba frente al espejo guardando los cosméticos en una de las bolsas de piel. Miré mi reflejo. No me parecía en nada a la mujer que era una semana antes. Mi piel estaba bronceada, mi aspecto era saludable y lozano. Llevaba el pelo recogido en un moño sencillo, los ojos levemente pintados y la boca bien resaltada con un pintalabios oscuro. Domenico escogió un conjunto de Chanel para el viaje. El pantalón de seda semitransparente, largo, ancho y ligero, de color blanco roto, combinaba casi como si fuera una misma pieza con una delicada y ajustada camiseta de gruesos tirantes. Para completarlo, unos zapatos de tacón de Prada con puntera corta.

—Tu equipaje ya está listo —me dijo Domenico dándome mi bolso.

—Me gustaría ver a Massimo ahora.

—Todavía no ha terminado su reunión, pero...

—Entonces la va a terminar ahora —repliqué mientras salía del dormitorio.

La biblioteca era una de las estancias que recordaba dónde estaba. Caminé por el pasillo y el ruido de mis tacones resonó sobre el suelo de piedra. Cuando llegué delante de la puerta, inspiré profundamente y sujeté el picaporte. Entré y un escalofrío me recorrió la espalda. No había estado en esa habitación desde mi primera conversación con Black, justo después de despertar de un sueño de varios días.

Massimo estaba sentado en un sofá. Llevaba un traje claro de lino y una camisa abierta. A su lado, en un sillón, se sentaba un hombre de pelo entrecano, atractivo, bastante mayor que Massimo. «El típico italiano», pensé. Pelo algo largo peinado hacia atrás, barba bien cuidada. Al verme, ambos se levantaron de golpe. La primera mirada que me lanzó Black fue gélida, como si me maldijera por haber interrumpido su reunión. Pero cuando sus ojos recorrieron mi figura pareció amansarse, si eso era posible en él. Le dijo algo al hombre sin dejar de mirarme y vino hacia mí. Se acercó y se inclinó para besarme en la mejilla.

—Al final tuve que arreglármelas sin ti —susurró antes de darme el beso.

—Yo también me las he arreglado sola —comenté en voz baja mientras sus labios se alejaban.

Por un momento, esas palabras lo dejaron inmóvil. Me atravesó con una mirada llena de pasión y furia. Cogió mi mano y me llevó hasta su invitado.

—Laura, quiero que conozcas a Mario, mi mano derecha.

Me acerqué al hombre para darle la mano, pero él me agarró con delicadeza de los brazos y me besó en las mejillas. Todavía no me había acostumbrado a ese gesto; en mi país solo se saluda así a las personas más allegadas.

—*Consigliere* —dije sonriendo.

—Con Mario es suficiente. —El hombre me dirigió una sonrisa dulce—. Por fin. Me alegro de verte viva.

Esas palabras me dejaron de piedra. ¿Cómo que «viva»? ¿Es que pensaba que no iba a vivir lo suficiente como para encontrarme con él? Mi rostro debió de reflejar mi confusión, porque Mario se apresuró a aclararme qué quería decir:

—Hay retratos tuyos por toda la casa. Llevan años ahí colgados, pero nadie esperaba que fueras real. Incluso a ti debe haberte sorprendido esa historia, ¿no?

Me encogí de hombros desconcertada.

—No voy a ocultar que todo esto resulta surrealista para mí y que me abruma un poco. Pero todos sabemos que no estoy en situación de oponerme a don Massimo, así que me esforzaré por aceptar con humildad cada uno de los más de trescientos cincuenta días que me quedan.

Massimo se echó a reír.

—Con humildad... —repitió, y se dirigió en italiano a su acompañante, que, al cabo de un momento, se mostró tan animado como él.

—Me alegro de que mi persona os divierta. Esperaré en

el coche para que podáis deleitaros con mi ausencia —murmuré entre dientes obsequiando a ambos hombres con una sonrisa irónica.

En cuanto me di la vuelta dispuesta a irme, Mario dijo, muy alegre:

—Tenías razón, Massimo, es increíble que no sea italiana.

Ignoré el comentario y cerré la puerta al salir.

Cuando me encontré frente al camino de acceso, me detuve un momento. Seguía viendo la imagen del hombre muerto sobre el adoquinado. Tragué saliva y, sin mirar a los lados, me dirigí al SUV aparcado unos metros más adelante. El chófer me abrió la puerta y me ofreció la mano para que pudiera subir cómodamente.

Sobre el asiento estaba mi iPhone y, al lado, mi portátil. Al verlo, di un gritito de alegría. Pulsé el botón que cerraba la luna que separaba los asientos traseros de los delanteros. Encendí el teléfono muy contenta y descubrí, preocupada, que tenía decenas de llamadas perdidas de mi madre, e incluso una, qué emoción, de Martin. «Es raro y triste enterarse más de un año después de lo poco que le importas a una persona», pensé.

Marqué el número de mi madre.

—Por todos los santos, querida —contestó asustada—, me tienes muy preocupada y muerta de miedo —añadió casi sollozando.

—Mamá, me llamaste como quien dice ayer. Tranquila, no pasa nada.

Por desgracia, su instinto maternal le decía lo contrario, así que no se dio por vencida:

—¿Va todo bien, Laura? ¿Ya has vuelto de Sicilia? ¿Cómo te ha ido?

Llené los pulmones de aire, sabía que no sería fácil engañarla. ¿Si iba todo bien? Pues la verdad... Me eché un vistazo y luego miré a mi alrededor.

—Va todo muy bien, mamá. Sí, ya he vuelto, pero tengo que contarte algo. —Cerré los ojos y recé para que se lo tragara—. Durante las vacaciones me hicieron una oferta de trabajo en uno de los mejores hoteles de la isla. —Mi voz resultaba exageradamente entusiasmada—. Me han ofrecido un contrato de un año y he decidido aceptarlo, por eso ahora mismo me estoy preparando para salir de viaje. —Me detuve y esperé su reacción, pero en el teléfono reinaba el silencio.

—¡Pero si no hablas una palabra de italiano! —vociferó de pronto.

—Ay, mamá, qué más da, el mundo entero habla en inglés.

La situación empezaba a ponerse tensa y sabía que, si seguíamos hablando un rato más, mi madre notaría algo. Para evitarlo, le dije:

—Dentro de unos días iré a visitaros y os lo contaré todo, pero ahora tengo un montón de asuntos que solucionar antes del viaje.

—Bueno, pero ¿qué pasa con Martin? —preguntó para tantearme—. Ese adicto al trabajo no abandonará su empresa.

Di un largo suspiro.

—Me engañó cuando estuvimos en Italia. He roto con él y por eso sé que este viaje es una enorme oportunidad que me ofrece el destino —añadí con toda la calma que fui capaz de reunir y con el tono más desapasionado posible.

—Desde el principio te dije que no era un hombre para ti, chiquilla.

«Ya, claro. Menos mal que no conoces al de ahora», pensé.

—Mamá, tengo que colgar porque voy a entrar en una oficina. Llámame y recuerda que te quiero.

—Y yo a ti. Ten cuidado, querida.

Cuando pulsé el botón rojo, suspiré aliviada. Parecía que lo había logrado. Pero tendría que hablarle a Black de la visita a Polonia, que no había podido evitar. En ese momento se abrió la puerta del coche y Massimo subió con un elegante movimiento.

Miró mi mano, en la que sujetaba el teléfono.

—¿Has hablado con tu madre? —preguntó casi con tono de preocupación cuando el coche se puso en marcha.

—Sí, pero sigue intranquila —contesté sin apartar la mirada del cristal—. Por desgracia, hablar por teléfono con ella no ha servido de nada y tendré que ir a Polonia en los próximos días. Sobre todo porque ella cree que ya estoy allí.

Al terminar de hablar, volví la cabeza hacia Black para comprobar su reacción. Estaba sentado de lado y me miraba.

—Me lo esperaba. Por eso había planeado visitar Varsovia al final de nuestro viaje. No será tan pronto como te gustaría, pero creo que, si hablas a menudo con tu madre, se tranquilizará y eso nos dará algo de tiempo.

Me alegré mucho al oír esas palabras.

—Gracias, te lo agradezco.

Massimo me miró fijamente y después apoyó la nuca en el reposacabezas y suspiró.

—No soy tan malo como crees. No quiero encerrarte ni chantajearte, pero dime, ¿te quedarías conmigo si no te obligo? —Vi la duda reflejada en sus ojos.

Volví a clavar la vista en el cristal. «¿Me quedaría?», me repetía mentalmente. Por supuesto que no.

Black esperó un momento mi respuesta y, al no obtenerla, sacó su iPhone y empezó a leer algo en internet.

El silencio era insoportable. Aquel día necesitaba más que nunca hablar con él, quizá porque añoraba mi país o a lo mejor era que la ducha matutina tenía ese efecto en mí. Sin apartar la mirada del cristal, pregunté:

—¿Adónde vamos?

—Al aeropuerto de Catania. Si no hay atascos, deberíamos llegar en menos de una hora.

Al oír la palabra «aeropuerto» sentí un escalofrío. Mi cuerpo se tensó y se me aceleró la respiración. Volar era una de las cosas que más odiaba.

Empecé a revolverme intranquila en el asiento y, de repente, el agradable frescor del aire acondicionado me pareció frío polar. Me froté los brazos con las manos para entrar en calor, pero la piel de gallina no desaparecía.

Massimo me observó con su mirada gélida, pero de pronto se volvió un volcán.

—¡¿Por qué demonios no llevas sujetador?! —bramó.

Arqueé las cejas y lo miré sin comprender.

—Se te ven los pezones.

Bajé la vista y descubrí que, en efecto, se transparentaban un poco a través de la fina tela de seda. Me bajé el ancho tirante de la camiseta y dejé el hombro al descubierto. El encaje del ligero sujetador beige que llevaba resaltaba sobre mi piel bronceada.

—No es mi culpa si toda la lencería que tengo es de encaje —comenté con indiferencia—. No había ni un sujetador reductor, así que perdona si mi aspecto llama tu atención, pero no fui yo quien eligió todo esto. —Le miré a los ojos esperando su reacción.

Black contempló un momento el encaje que sobresalía, alargó la mano y bajó aún más el ancho tirante de la camiseta. La tela se deslizó por el brazo y mi pecho quedó a la vista. Mi acompañante devoraba esa imagen con los ojos y yo no pensaba impedírselo. Tras el encuentro mañanero con mi amigo rosado, tenía una ilusoria sensación de satisfacción y de control sobre mi mente. Black dobló una pierna y se sentó de lado. Introdujo lentamente el pulgar entre el tirante de encaje y mi piel. Su tacto hizo que me volviera a dar un escalofrío, aunque esa vez no tuviera nada que ver con volar.

—¿Tienes frío? —preguntó bajando el pulgar cada vez más y metiendo otros dedos bajo la tela.

—Odio volar —contesté para evitar que se notara mi creciente excitación—. Si Dios hubiera querido que las personas se elevaran del suelo, les habría dado alas —dije casi susurrando y con los ojos entornados, por suerte ocultos por mis gafas de sol.

La mano de Massimo seguía avanzando tras el encaje hacia mi pecho, bajando cada vez más. Cuando llegó donde quería, su rostro reflejó su deseo y sus ojos se encendieron de un ansia feroz. Ya había visto esa mirada y, en todas las ocasiones, acababa escapando. Pero esa vez no iba a ser posible.

Black agarraba mi pecho cada vez con más fuerza y se aproximaba a mí. Mis caderas empezaron a moverse ligeramente sin darme cuenta y mi cabeza cayó hacia atrás cuando apretó el pezón y lo frotó entre los dedos. Con la otra mano, me agarró del cuello como para que no se me deshiciera el moño, como si supiera cuánto tiempo había pasado recogiéndome el pelo y cuánto lo odiaba. Agachó la cabeza y enganchó con los dientes mi abultado pezón. Lo mordisqueó suavemente a través del encaje.

—Esto es mío —susurró apartando un momento la boca.

El tono ronco y sus palabras hicieron que de mi garganta se escapara un leve gemido.

Massimo me bajó la camiseta por ambos lados hasta que quedó en la cintura. Apartó el sujetador y pegó su boca a mi pezón desnudo. Me palpitaba todo el cuerpo. Los juegos matutinos no habían servido de nada porque seguía teniendo unas ganas terribles de hacérmelo con él. Me imaginé que me bajaba el pantalón y, sin quitármelo del todo, me follaba desde atrás rozando su miembro con el encaje de mis bragas. Excitada por mis pensamientos, lo agarré del pelo y lo acerqué a mí.

—¡Más fuerte! —susurré mientras me quitaba las gafas de sol con la otra mano—. Muérdeme más fuerte.

Esa orden fue como pulsar un botón rojo en su cabeza. Casi me arrancó el sujetador y clavó con ansia sus dientes en mis pechos, chupándolos y mordiéndolos. Noté que se apoderaba de mí una ola de deseo que no iba a detener. Levanté su cabeza agarrándole del pelo y dejé que su boca se encontrara con la mía. Lo aparté despacio para mirarle a los ojos. Estaba muy excitado; sus enormes pupilas llenaban por completo el iris, que parecía totalmente negro. Jadeaba sobre mi boca, tratando de atrapar mis labios con los dientes.

—Don… No empieces algo que no puedas terminar —dije lamiéndolo con suavidad—. Dentro de un momento estaré tan húmeda que no podré seguir el viaje sin cambiarme de ropa.

Al oír esas palabras, Black apoyó las manos en el borde del asiento con tanta fuerza que el tapizado chirrió. Me taladró con la mirada y vi que en su mente se producía una verdadera tormenta.

—No hacía falta que dijeras lo segundo —comentó mientras se sentaba en su sitio—. Pensar en lo que sucede ahora mismo entre tus piernas me volverá loco.

Eché una ojeada a su pantalón y tragué saliva. Esa maravillosa erección ya no era solo fruto de mi imaginación; sabía perfectamente qué aspecto tenía su polla, su tremendo grosor, que ahora estaba tiesa dentro de sus calzoncillos. Massimo observaba muy satisfecho mi reacción ante lo que veía. Sacudí la cabeza para ordenar mis pensamientos y empecé a vestirme sin prisa.

Seguía mirándome cuando arreglé mi ropa, que estaba muy arrugada. Me alisé el pelo y me puse las gafas. Cuando terminé, sacó de la guantera una bolsa negra de papel.

—Tengo algo para ti —comentó al dármela.

Las elegantes letras doradas de la bolsa formaban el rótulo PATEK PHILIPPE. Sabía qué marca era, así que podía imaginar qué me estaba dando. También era consciente de lo que costaba un reloj de esa firma.

—Massimo, yo… —Lo miré con curiosidad—. No puedo aceptar un regalo como este.

Black se rio y se puso unas gafas de aviador oscuras.

—Nena, es uno de los objetos más baratos que recibirás por mi parte. Además, no olvides que, durante los próximos trescientos y pico días, no tienes elección. Ábrelo.

Sabía que discutir no conduciría a ningún lado y que oponer resistencia podía acabar mal, sobre todo porque no tenía vía de escape. Saqué una cajita negra y la abrí. El reloj era magnífico, de oro rosado con pequeños diamantes incrustados. Ideal.

—Durante los últimos días no has tenido contacto con el mundo. Sé que te he quitado mucho, pero irás recuperándolo todo poco a poco —dijo mientras me ponía el reloj en la muñeca.

6

Llegamos al aeropuerto sin problemas. El chófer abrió la puerta a Black mientras yo metía en el bolso las cosas que se habían caído en el asiento por accidente. Massimo dio la vuelta al coche, abrió la puerta por mi lado y me ofreció su mano. Se comportaba con mucha galantería y, vestido con el traje de lino, su aspecto era arrebatador.

Cuando mis pies estuvieron sobre el suelo, me agarró discretamente de la nalga y me empujó hacia la entrada. Lo miré sorprendida por ese gesto, que asociaba con la adolescencia. Él se limitó a sonreír y después me puso la mano en la espalda para conducirme a la terminal.

Nunca había pasado la facturación tan rápido, pues duró lo que tardamos en cruzar el edificio. Cuando salimos a la pista del aeropuerto, nos recogió un coche que nos llevó hasta la escalerilla de un pequeño avión. En cuanto llegué al pie de esta, me puse mala. El aeroplano parecía microscópico, como si fuera un tubo con alas. Si ya me costaba volar en aviones normales, en comparación ese era como David junto a Goliat.

—Sube la escalerilla —dijo una voz a mi espalda.

—¡Ni hablar, Massimo, no soy capaz! —grité—. No me dijiste que fuéramos a viajar en este cacharro. Ahí no entro —dije histérica y traté de volver al coche.

—Laura, no montes una escena o tendré que subirte a la fuerza —murmuró, pero no me veía en condiciones de dar un paso adelante.

Sin pensárselo dos veces, Black me cogió en brazos y me hizo pasar por la diminuta puerta a pesar de mis chillidos suplicantes y mis esfuerzos por librarme de él. Le gritó algo en italiano al piloto, que intentó darnos la bienvenida, y la puerta del avión se cerró.

Estaba aterrorizada; el corazón me latía tan fuerte que no oía mis propios pensamientos. Al final, mi lucha surtió efecto y Massimo me soltó.

Cuando mis pies tocaron el suelo y él se apartó de mí, le solté una fuerte bofetada.

—¿Tú qué coño te has creído? ¡Déjame bajar ahora mismo! —chillé aterrada y me dirigí hacia la puerta.

Volvió a agarrarme y me lanzó sobre un sofá de piel que ocupaba casi todo un lateral del aparato. Pegó su cuerpo al mío de manera que no pudiera moverme.

—¡Joder, Massimo! —De mi boca seguían saliendo gritos salvajes y palabrotas.

Para hacerme callar, me metió la lengua hasta la garganta, pero esa vez yo no tenía ganas de divertirme y, en cuanto la sentí en mi interior, se la mordí. Black se apartó de un salto y levantó la mano, como si quisiera pegarme. Cerré los ojos y me encogí, esperando el golpe. Cuando volví a abrirlos, vi que se estaba desabrochando el cinturón. «Dios, ¿qué pretende?», pensé. Empecé a retroceder sobre el sofá, apoyando nerviosa los talones contra el suelo. Él no se detuvo y, finalmente, sacó el cinturón de cuero de las trabillas dando un tirón. Se quitó con calma la chaqueta y la colgó en el respaldo de un sillón que había al lado. Estaba furioso, con los ojos encendidos de ira, y apretaba rítmicamente las mandíbulas.

—No, por favor, Massimo, yo... —dije sin ser capaz de formar una frase.

—Levántate —me ordenó con tono brusco. Como no reaccioné, gritó—: ¡Que te levantes, hostia!

Obedecí muy asustada.

Se acercó, me agarró de la barbilla y la alzó para mirarme a los ojos.

—Tú misma elegirás tu castigo, Laura. Te advertí que no volvieras a pegarme. Extiende las manos.

Hice lo que me pedía sin dejar de mirarlo a la cara. Cogió mis muñecas y me maniató con el cinturón. Cuando terminó, me sentó en el sillón y me abrochó el cinturón de seguridad. Al cabo de un momento me di cuenta de que el avión avanzaba por la pista. Black se sentó frente a mí y me observó muy cabreado.

—Para que no tengas que esforzarte, yo te diré entre qué opciones puedes elegir —empezó a decir con la voz más sosegada—. Cada vez que me das una bofetada, demuestras una absoluta falta de respeto hacia mí; me insultas, Laura. Por eso quiero que te des cuenta de lo que siento. Tu castigo será físico y te aseguro que no te apetecerá recibirlo, igual que a mí. Puedes elegir entre hacerme una mamada o que yo te dé lo tuyo con la lengua.

El avión despegó justo en el momento en que pronunciaba esas palabras. Cuando me di cuenta de que nos elevábamos, me desmayé.

Al despertar me encontraba tumbada sobre el sofá, pero seguía con las manos atadas. Black estaba sentado en el sillón con las piernas cruzadas y los ojos clavados en mí. Jugueteaba con una copa de champán.

—¿Y? —preguntó indiferente—. ¿Qué eliges?

Abrí mucho los ojos y me senté sin apartar la vista de él.

—Estás de broma, ¿verdad? —repliqué en voz alta y tragué saliva.

—¿Tengo cara de estar bromeando? Cuando me abofeteas, ¿lo haces en broma? —Se inclinó hacia mí—. Laura, nos queda una hora de viaje y durante esa hora recibirás tu castigo. Soy más justo contigo que tú conmigo, ya que te permito elegir. —Entornó los ojos y se relamió—. Pero en breve se me acabará la paciencia y haré lo mismo que tú, o sea, lo que me dé la gana.

—La mamada —dije sin emoción—. ¿Me desatarás las manos o quieres follarme la boca? —solté fríamente.

No podía dejar que notara mi miedo, sabía que eso sería un aliciente para él. Era como un depredador en plena caza: cuando olía sangre, atacaba.

—Me esperaba esa respuesta —dijo bajándose la bragueta y viniendo hacia mí—. No voy a desatarte por temor a lo que hagas y a lo doloroso que sería el siguiente castigo que tendría que imponerte.

Cerré los ojos cuando se acercó. «Que pase lo que tenga que pasar y acabemos con esto de una vez», pensé. En lugar de su falo, noté que levantaba mi cuerpo. Abrí los ojos. El pasillo se estrechaba en esa parte del avión, así que tuvo que llevarme de lado para que cupiéramos. Entramos en un oscuro compartimento en el que había una cama.

Black me dejó lentamente sobre las suaves sábanas y se

dirigió a una pequeña cabina que había al lado. Volvió con el cinturón negro de un albornoz. Observé sus movimientos y, en un momento dado, me di cuenta de que, a pesar del miedo que sentía, lo que iba a hacer no sería un castigo para mí.

Massimo agarró el cinturón que inmovilizaba mis muñecas y me lo quitó. Después me puso boca abajo y me ató las manos con el cinto del albornoz, mucho más suave que el de cuero. Cuando terminó, me volvió a tumbar sobre la espalda. Mis manos quedaron bajo mi cuerpo y no las podía mover.

De una mesilla colgada junto a la cama, sacó un antifaz para dormir. En Varsovia usaba uno como ese cuando el sol no me dejaba descansar por las mañanas.

Se inclinó y me lo puso en los ojos, de modo que lo único que veía era su negra superficie de terciopelo.

—Nena, ni te imaginas las cosas que me gustaría hacerte ahora mismo —susurró.

Estaba completamente desorientada; no sabía por dónde se movía Massimo ni qué hacía. Me relamí nerviosa, preparándome para recibir su miembro.

De repente noté que me desabrochaba el pantalón.

—¿Qué estás haciendo? —pregunté restregando el antifaz contra la sábana para intentar quitármelo—. Creo que solo necesitas mi boca para lo que quieres hacer, ¿no?

Massimo se rio con ironía y susurró:

—Satisfacerme no será para ti un castigo, sé que deseas hacerlo, al menos desde esta mañana. Pero si yo te lo hago a ti sin que tú puedas participar ni tener el control, estaremos en paz. —Terminó de hablar y me bajó el pantalón de un tirón.

Cerré las piernas con todas mis fuerzas, aunque sabía que, si quería hacerme algo, no opondría resistencia.

—Massimo, por favor, no lo hagas.

—Yo también te rogué que no lo hicieras… —Dejó de hablar y sentí que el colchón se hundía bajo su peso.

No sabía dónde estaba ni qué hacía, solo oía. Noté su respiración en mi mejilla y luego un suave mordisco en el lóbulo de la oreja.

—No temas, nena —dijo metiendo la mano entre mis piernas para separarlas—. Pondré mucho mimo, lo prometo.

Apreté las piernas aún más, gimoteando en voz baja.

—Shhhh… —susurró—. En un momento te separaré las piernas y te introduciré un dedo para empezar. Relájate.

Sabía que lo haría, sin importarle si a mí me apetecía o no, de modo que aflojé la presión.

—Muy bien, ahora abre mucho las piernas para mí.

Hice lo que me pedía.

—Tienes que ser obediente y no llevarme la contraria, porque no quiero hacerte daño, nena.

Empezó a besarme los labios con delicadeza mientras su mano bajaba lentamente. Con la otra, me agarró la cara y sus besos se volvieron más intensos. Me entregué por completo y un instante después nuestras lenguas bailaban despacio, pero aumentando el ritmo segundo a segundo. Lo deseaba, mi boca lo deseaba cada vez más.

—Tranquila, niña, no tan deprisa, recuerda que es un castigo —susurró cuando su mano llegó a la superficie de encaje de mis bragas—. Me encanta la unión de tu cuerpo con esa tela tan delicada. Sigue así, tranquila.

Sus dedos fueron entrando despacio en la zona más íntima de mi cuerpo. Sin apartar la boca de mi oreja, recorrió primero la parte interna de mis muslos, acariciándola suavemente con dos dedos, como si se estuviera burlando de mí. Frotó mis labios abultados hasta que por fin penetró en el interior. Cuando sentí su maravilloso tacto, mi espalda se encorvó y se me escapó un gemido de placer.

—No te muevas y quédate callada. No te permito que emitas sonido alguno, ¿entiendes?

Asentí. Su dedo se introducía cada vez más hasta que, al final, se hundió en mí. Apreté los dientes para no dejar escapar ni un ruido y él empezó un movimiento sutil y excitante en mi interior. Su dedo corazón entraba y salía, mientras el pulgar frotaba suavemente mi clítoris hinchado. Noté que trasladaba el peso de su cuerpo hacia abajo. Incluso dejé de respirar por la emoción. Sus dedos no se detuvieron hasta que su cabeza no llegó al mismo lugar. Entonces los sacó inesperadamente e hice un gesto de disgusto. Al poco, sentí su respiración en el encaje de las brasileñas, que aún llevaba puestas.

—Soñaba con esto desde el día que te vi. Quiero que, cuando empiece, me hables, quiero saber si disfrutas, dime cómo tengo que darte placer —murmuró bajándome las bragas hasta los tobillos.

Apreté los muslos involuntariamente, me sentía avergonzada y desconcertada.

—¡Abre las piernas para mí! ¡Mucho! Quiero verlo.

En ese momento comprendí para qué me había puesto el antifaz. A pesar de todo, quería que me sintiera cómoda en nuestro primer contacto. Gracias al antifaz, me parecía que Black veía menos de lo que en realidad podía ver. Era un poco lo que pasaba con los niños que cierran los ojos cuando tienen miedo, porque piensan que, si ellos no ven, tampoco a ellos se los ve.

Hice lentamente lo que me ordenaba y le oí tomar aire con fuerza. Apartó cada vez más mis piernas y su mirada penetró cada vez más profundamente en el lugar más íntimo de cualquier mujer.

—¡Devórame a lametones! —dije sin poder resistirme más—. ¡Por favor, don Massimo!

Al oír esas palabras, empezó a frotar rítmicamente mi clítoris con el pulgar.

—Eres muy impaciente, creo que te gusta recibir castigos.

Se inclinó y hundió su lengua en mi coño. Me hubiera gustado agarrarle del pelo, pero, con las manos atadas a la espalda, era imposible. Me lamió con fuerza, moviendo dinámicamente su lengua. Con los dedos de una mano, separó a los lados los labios de mi vulva para llegar al punto más sensible.

—Quiero que llegues al clímax enseguida y después te torturaré con sucesivos orgasmos, hasta que empieces a suplicarme que me detenga. Pero no lo haré, porque quiero castigarte, Laura.

En ese momento me quitó el antifaz.

—Quiero que me mires, quiero ver tu cara cuando te corras una y otra vez.

Se levantó y me puso una almohada bajo la cabeza.

—Debes tener una buena perspectiva —añadió.

Entre mis piernas, Black resultaba sexy y terrible a la vez. Nunca me ha gustado que mi pareja me mire cuando estoy teniendo un orgasmo porque me parece algo demasiado íntimo, pero esa vez no me quedaba elección. Friccionó mi clítoris con sus labios y me introdujo dos dedos. Cerré los ojos cuando ya estaba al borde del clímax.

—Más fuerte —susurré.

Su hábil muñeca realizó movimientos rápidos y su lengua penetró la parte más sensible de mi ser.

—¡Hostia puta! —grité en mi idioma materno cuando me corrí por primera vez.

El orgasmo fue largo e intenso, pero mi cuerpo, tenso como la cuerda de un arco, había caído en la trampa de lo que Massimo estaba haciendo. Cuando sentí que se me pasaba el orgasmo, presionó mi extenuado e hipersensible clítoris y me llevó al borde del dolor. Mis dientes rechinaban muy apretados y me retorcía atravesada por sus dedos.

—¡Lo siento! —grité tras la siguiente ola de doloroso placer.

Black aflojó lentamente la presión, calmó mi cuerpo y besó y acarició con la lengua los puntos doloridos. Cuando terminó, dejé caer mis caderas sobre el colchón. Me quedé inmóvil y entonces metió una mano bajo mi espalda y me desató, de modo que pude sacar las manos. Abrí los ojos y lo miré. Se levantó despacio de la cama. Abrió un cajón de la mesilla y sacó una caja de toallitas húmedas. Limpió con suavidad los lugares que un momento antes había tratado con tanta brutalidad.

—Acepto las disculpas —comentó, y se marchó al compartimento principal.

Permanecí tumbada durante un momento analizando la situación, pero me costaba asimilar lo que acababa de suceder. Solo sabía una cosa: estaba tan saciada y dolorida como si me hubiera pasado la noche follando con él.

Cuando volví, Massimo estaba sentado en un sillón mordiéndose el labio superior. Me miró.

—Mi boca sabe a tu coño y ahora no sé si ha sido un castigo para ti o para mí.

Me senté frente a él en otro sillón, aparentando indiferencia por lo que acababa de escuchar.

—¿Qué planes tenemos para hoy? —pregunté quitándole de la mano la copa de champán.

—Tienes una forma encantadora de ser descarada. —Sonrió y se sirvió otra copa—. Veo que ya no te preocupa el tamaño del avión.

A duras penas pude dar un trago de champán. Con toda aquella historia, había olvidado mi miedo.

—La excursión por su interior ha cambiado mi perspectiva radicalmente. Entonces ¿qué nos espera hoy?

—Te enterarás a su debido tiempo. Yo trabajaré un poco y tú jugarás a ser la chica de un mafioso —dijo con cara de niño travieso.

En el aeropuerto, nos estaban esperando los guardaespaldas y un SUV negro aparcado a la salida. Uno de los hombres me abrió la puerta y la cerró después de acomodarme en mi asiento. Siempre que veía aquel grupo de coches tenía la impresión de que debía de existir algún tipo de magia para que pudieran llevar todo el tinglado de un sitio a otro. ¿Cómo demonios lo hacía esa gente para trasladarse con los coches en tan poco tiempo y llegar antes que Massimo? La voz de mi verdugo, dirigida directamente a mi oído, me arrancó de mis caóticas reflexiones, causadas sin duda por los recientes orgasmos.

—Me gustaría penetrarte —susurró, aunque, paradójicamente, su aliento caliente me congeló—. Hasta el fondo, brutalmente; me gustaría sentir cómo tu coño húmedo se cierra alrededor de mí.

Las palabras que escuché activaron todas y cada una de las partículas de mi desmesurada imaginación. Casi sentía físicamente lo que me estaba diciendo. Cerré los ojos y traté de calmar los latidos de mi corazón, que poco a poco se había desbocado. De repente, el cálido aliento de Black desapareció y oí cómo le decía algo al conductor. Las palabras resultaron incomprensibles para mí, pero al cabo de unos segundos el coche se detuvo a un lado y el conductor se bajó, dejándonos solos.

—Siéntate en el asiento del copiloto —me dijo Massimo atravesándome con una mirada fría y negra. Pronunció esas palabras sin moverse de su sitio, lo que me dejó un poco mosqueada.

—¿Para qué? —pregunté desconcertada.

Massimo se mostró irritado y sus mandíbulas empezaron a apretarse rítmicamente.

—Te lo diré por última vez, Laura: pasa al asiento delantero o te llevaré yo.

Volvía a ocurrir lo mismo que en otras ocasiones: el tono que había usado despertó mi agresividad y un deseo enorme de llevarle la contraria, solo por la curiosidad de ver qué pasaba después. Sabía que lo de castigarme se le daba muy bien y que iba unido a cierto tipo de presión, pero no estaba segura de que esa presión no fuera algo que encajaba con mi carácter.

—Me das órdenes como si yo fuera un perro, cosa que no tengo intención de ser…

Cogí aire para soltarle una parrafada acerca de su comportamiento hacia mí, pero no llegué a decir nada porque antes ya me había sacado del coche y me había sentado en el asiento delantero. Tiró brutalmente de mis brazos hacia atrás desde el asiento trasero.

—Un perro no, una perra —dijo mientras me ataba las manos con un cinturón de tela.

Antes de darme cuenta de lo que estaba haciendo, tenía las manos atadas tras el respaldo y Black ocupaba el asiento del conductor. Toqué los nudos con los dedos y descubrí sorprendida que se trataba del cinturón de albornoz con el que me había sujetado en el avión.

—¿Te gusta atar a las mujeres? —pregunté mientras él introducía unos datos en el GPS.

—En tu caso, no es cuestión de preferencias, sino una obligación.

Arrancó, y una agradable voz de mujer le fue indicando el camino que debía seguir.

—Me duelen las manos y la espalda —le comenté después de unos minutos de viaje en una postura encorvada poco natural.

—Y a mí me duele algo muy distinto por una razón muy distinta. ¿Quieres que comparemos dolores a ver quién gana?

Me daba cuenta de que Massimo estaba enfadado o frustrado —aún no era capaz de diferenciarlo—, pero no sabía cómo mi comportamiento podía ser la causa de ello. Por desgracia, aunque no lo hubiera provocado yo, estaba pagando el pato.

—Eres un cabezota y un maldito egoísta —mascullé en polaco, sabiendo que no me entendía—. En cuanto me sueltes, te voy a pegar tal bofetón que tendrás que recoger del suelo tu dentadura de gánster.

Massimo frenó y se detuvo en un semáforo. Después me dirigió una fría mirada.

—Ahora dilo en inglés —murmuró entre dientes.

Sonreí con desprecio y de mi boca empezó a salir un torrente de insultos y palabrotas en polaco dirigidos a él. Su mirada se volvió cada vez más furiosa. Cuando la luz del semáforo cambió, pisó el acelerador.

—Voy a calmar tu dolor o al menos desviaré tu atención de él —dijo al tiempo que desabrochaba con una mano los botones de mi pantalón.

Un momento después, su mano izquierda descansaba tranquilamente sobre el volante y la derecha se metía bajo mis bragas de encaje. Me retorcí y me agité sobre el asiento, maldiciéndolo y rogándole que no lo hiciera, pero ya era demasiado tarde.

—¡Perdóname, Massimo! —grité tratando de dificultarle la labor—. No me duele nada y lo que he dicho en polaco…

—Eso ya no me interesa y, si no te callas, tendré que amordazarte. Quiero oír las instrucciones del GPS, así que desde ahora mismo debes quedarte calladita.

Su mano bajaba poco a poco dentro de mis bragas y yo sentía que se apoderaba de mí el pánico y una sumisión total al mismo tiempo.

—Me prometiste no hacer nada en mi contra —susurré apoyándome en el reposacabezas.

Los dedos de Massimo frotaron con suavidad mi clítoris y extendieron por encima el líquido que mi organismo había segregado en cuanto me tocó.

—No hago nada en tu contra; quiero que dejen de dolerte las manos.

Su presión era cada vez más fuerte y los movimientos circulares me enviaban de nuevo al abismo de su dominio sobre mí. Cerré los ojos y gocé de lo que estaba haciendo. Sabía que actuaba instintivamente, porque tenía que dividir su atención entre dos acciones: conducir y castigarme.

Me retorcía en el asiento, frotando rítmicamente mi cadera contra la tapicería, cuando de repente el coche se detuvo. Noté que su mano abandonaba el lugar en el que debería haberse quedado al menos otros dos minutos y luego me desataba.

—Hemos llegado —anunció mientras apagaba el motor.

Miré a Massimo con los ojos medio abiertos. Una voz gritaba furiosa en mi cabeza y lo ponía a parir. ¿Cómo se puede dejar a una mujer a las puertas del orgasmo y, en consecuencia, al borde de la desesperación? No necesitaba preguntarlo en voz alta, porque sabía de sobra qué motivos le movían. Quería que le pidiera perdón y había decidido demostrarme lo mucho que yo lo deseaba, a pesar de que intentara rebelarme contra todo lo que él hacía.

—Perfecto —dije masajeándome lentamente las muñecas. Las manos me dolían tanto que casi me volví loca—. Espero que se te haya pasado el dolor que tenías —comenté en tono provocativo y me encogí de hombros pidiendo perdón.

Fue como pulsar un botón rojo. Black me levantó y me sentó a horcajadas sobre él, de modo que mi espalda quedó apoyada en el volante. Me agarró con fuerza de la nuca y presionó mi coño contra su pene endurecido. Gemí al sentir cómo se frotaba con mi clítoris, excitado y sensible.

—Me... duele... —dijo separando mucho las palabras— no haberme corrido aún en tu boca.

Su cadera trazaba lentos círculos y, cada cierto tiempo, la empujaba hacia arriba. Ese movimiento y la presión de su pene hacían que se me cortara la respiración.

—Y aún tardarás mucho en hacerlo —susurré justo sobre su boca, y al final le di un lametón en el labio—. Me empieza a gustar el juego al que me has obligado a jugar —dije muy animada.

Se quedó inmóvil y sus ojos me radiografiaron buscando la respuesta a una pregunta no formulada. No sé cuánto tiempo estuvimos sentados, mirándonos, pero unos golpes en la ventanilla nos sacaron de ese combate sin palabras. Massimo bajó el cristal y al otro lado vi la cara de Domenico, que no parecía demasiado sorprendido. «Madre mía, este tío habrá visto de todo», pensé.

Pronunció unas frases en italiano sin prestar la menor atención a la postura en la que nos hallábamos, pero Black rechazó todo lo que le dijo. No sabía de qué habían hablado, pero, por el tono de la conversación, se podía deducir que no iba a aceptar la propuesta de Domenico. Cuando terminaron, Massimo abrió la puerta, se bajó del coche sin soltarme y se dirigió a la entrada del hotel junto al que habíamos aparcado. Lo rodeé con mis piernas por la cintura y noté que los demás huéspedes nos miraban sorprendidos cuando nos cruzábamos con ellos, sin decir ni una palabra y con expresión seria.

—No me he quedado paralítica —dije arqueando las cejas y moviendo ligeramente la cabeza de adelante hacia atrás.

—Eso espero. De todas formas, tengo buenas razones para no soltarte, al menos dos.

Pasamos por la recepción y entramos en el ascensor, donde me apoyó contra la pared. Nuestras bocas casi se tocaron.

—Una es que mi verga empalmada me romperá los pantalones de un momento a otro; la otra es que los tuyos están calados por tus fluidos y lo único que podía taparlo eran mis manos y tus caderas.

Me mordí los labios al escuchar sus palabras, sobre todo porque lo que decía tenía sentido.

La señal sonora del ascensor nos indicó que habíamos llegado a nuestra planta. Dio unos pasos, abrió la puerta con la tarjeta que le había dado Domenico, entró en un monumental apartamento y me dejó en el centro del salón.

—Me gustaría lavarme —dije, y busqué el equipaje con la mirada.

—Todo lo que necesitas está en el cuarto de baño. Yo tengo que solucionar algo —comentó. Se llevó el teléfono a la oreja y desapareció del enorme salón.

Me duché y me di un bálsamo de vainilla que encontré en un armario. Salí del baño, pasé por diversas habitaciones y al final encontré una botella de mi bebida favorita. Me serví una copa, luego una segunda y una tercera. Me puse a ver la televisión mientras me bebía el champán y me pregunté adónde habría ido mi torturador. Al cabo de un rato me aburrí de esperar y empecé a curiosear por el apartamento. Descubrí que ocupaba gran parte de la planta. Llegué a la última puerta, la crucé y me encontré en medio de una oscuridad a la que mis ojos tuvieron que acostumbrarse durante unos segundos.

—Siéntate —oí que me decía una voz que ya me era muy familiar.

Cumplí la orden sin rechistar, porque era consciente de que oponerme no serviría de nada. Poco después apareció Massimo desnudo, secándose el pelo con una toalla. Tragué saliva ruidosamente, impresionada por la imagen y estimulada por el alcohol consumido. Se quedó de pie junto a una enorme cama suspendida entre cuatro grandes vigas de madera verticales. Sobre el colchón había decenas de almohadones de color violeta, dorado y negro. La habitación era sombría, clásica y muy sensual. Me agarré con fuerza a los lados de la silla cuando empezó a acercarse a mí, pero no podía apartar la mirada de su pene, que colgaba a la altura de mi cara. Lo miraba con la boca un poco abierta. Se detuvo cuando sus piernas tocaron mis rodillas. Se echó la toalla blanca sobre los hombros y agarró los extremos. Cuando su mirada fría y salvaje se encontró con mis ojos, empecé a rezar, le pedí a Dios con toda mi alma que me diera fuerzas para resistirme a lo que veía y sentía.

Massimo sabía muy bien qué efecto producía en mí. Creo que lo llevaba escrito en la cara; además, chuparme inconscientemente el labio inferior no me ayudaba a ocultar mis sentimientos.

Se agarró el miembro con la mano derecha y empezó a desplazarla despacio de arriba abajo. Yo recé con más fuerza. Su cuerpo se puso tenso, los férreos músculos de su vientre se comprimieron y su pene, al que procuraba no mirar, fue hinchándose y creciendo cada vez más.

—¿Me ayudas? —me preguntó sin apartar la mirada de mí y sin dejar de juguetear con su miembro—. No haré nada en contra de ti, recuérdalo.

Dios, no era preciso que hiciera nada, ni siquiera hacía falta que me tocara para ponerme al rojo vivo y que concentrara todos mis pensamientos en él, en su polla, en desear que estuviera en mi boca. Sin embargo, los últimos restos de lucidez que quedaban en mi mente me decían que, si en ese momento le daba lo que quería, el juego dejaría de ser interesante y yo me sentiría mal por haber cedido con tanta facilidad. En realidad, estaba clarísimo que aquel tipo me iba a poseer; la única incógnita era cuándo lo conseguiría. Para ayudarme a luchar contra el deseo, mi pérfida mente me recordó que ese hombre que se masturbaba delante de mí estaba dispuesto a asesinar a mi familia. Toda mi excitación desapareció al instante y la sustituyeron la furia y el odio.

—Tú deliras —dije resoplando despectivamente—. No tengo intención de ayudarte en nada. Además, tienes a tu servicio gente para todo, así que también puedes pedirles esto. —Lo miré a los ojos—. ¿Puedo irme ya?

Intenté levantarme de la silla, pero me agarró del cuello y me presionó contra el respaldo. Se inclinó y, con una sonrisa maliciosa, me preguntó:

—¿Estás segura de lo que dices, Laura?

—Suéltame, joder —murmuré con los dientes apretados.

Hizo lo que le pedía y se fue hacia la cama. Me levanté y giré el pomo de la puerta para salir de la habitación antes de que mis pensamientos volvieran a revolotear alrededor de situaciones no deseadas. Sin embargo, la puerta estaba cerrada. Black cogió el teléfono de la mesilla de noche, llamó a alguien y dijo unas palabras; después, colgó.

—¡Ven aquí! —me ordenó.

—¡Déjame salir! —grité girando el picaporte.

Tiró la toalla sobre la cama, se quedó de pie con los brazos caídos y clavó en mí sus gélidos ojos negros.

—Ven aquí, Laura. Es la última vez que te lo digo.

Permanecí apoyada en la puerta con la intención de no moverme del sitio. Desde luego, no pensaba hacer lo que me pedía. Caminó hacia mí y de su garganta salió un rugido grave. Cerré los ojos asustada, sin sospechar lo que ocurriría. Noté que mi cuerpo se elevaba y caía sobre la cama poco después. Black no dejaba de farfullar algo en italiano. Me hundí entre los almohadones, abrí los ojos y vi a Massimo encima de mí. Agarró mi mano derecha y la sujetó con una larga cadena acabada en un mosquetón que enganchó a una de las vigas. Agarró la izquierda, pero pude soltarme y le golpeé. Apretó los dientes y profirió un furioso alarido. Sabía que me había pasado de la raya. Volvió a asir mi muñeca izquierda con excesiva fuerza y la sujetó a la viga de ese lado, dejando inmovilizada toda la parte superior de mi cuerpo.

—Haré contigo lo que quiera —dijo sonriendo con descaro.

Lancé patadas y me revolví en la cama hasta que se sentó sobre mis piernas, de espaldas a mí, y sacó un pequeño tubo. No tenía ni idea de qué era, solo quería que se bajara de la cama. Alrededor de los tobillos me ajustó unos collares colocados en los extremos de la barra. Luego sacó una cadena de detrás de la tercera viga, la enganchó al tubo e hizo lo mismo en la cuarta. Se bajó de la cama y se quedó mirando mi cuerpo sujeto a las cuatro columnas. Estaba evidentemente satisfecho y excitado con lo que veía; yo, en cambio, me sentía desconcertada y aturdida. Intenté agitar las piernas, pero el tubo al que estaba enganchada se extendió y se bloqueó. Massimo se mordió el labio inferior.

—Esperaba que hicieras eso. Es un tubo telescópico que se puede estirar cada vez más, pero para recogerlo hay que pulsar un botón.

Al oír esas palabras, me entró el pánico. Estaba inmovilizada y con las piernas muy abiertas, como si le estuviera invitando. En ese momento llamaron a la puerta y yo me puse aún más rígida.

Black se acercó a mí, quitó de un tirón el edredón sobre el que me encontraba y me cubrió con cuidado.

—No tengas miedo —dijo mostrando media sonrisa mientras iba hasta la puerta.

Abrió y dejó entrar a una joven. No la veía bien, pero tenía el pelo largo moreno y llevaba unos altísimos tacones que resaltaban sus delgadas piernas. Massimo le dijo un par de frases y la chica se quedó inmóvil. De pronto caí en la cuenta de que él llevaba todo el tiempo desnudo, lo que no parecía sorprender a la joven.

Massimo se acercó a mí y me puso una almohada bajo la cabeza para que pudiera observar toda la habitación sin dificultad y sin tener que forzar los músculos del vientre.

—Me gustaría enseñarte algo. Algo que hoy no disfrutarás —susurró antes de mordisquearme la oreja.

Se fue al otro lado de la habitación y se sentó en un sillón que colocó enfrente de la cama, de modo que nos separaban un par de metros. Sin apartar la vista de mí, le dijo algo en italiano a la chica, que seguía quieta como un poste, y de inmediato se quitó el vestido y se quedó en ropa interior delante de él. Mi corazón se desbocó cuando la joven se arrodilló y empezó a mamársela a mi torturador. Massimo puso las manos en la cabeza de la chica y metió los dedos entre sus cabellos oscuros. No podía creer lo que veía. Sus ojos negros seguían fijos en mí y su boca se abría cada vez más cogiendo aire agitadamente. Estaba claro que la chica era una experta. De vez en cuando, él soltaba alguna palabra en italiano, como si le diera instrucciones, y ella gemía satisfecha. Contemplé la escena y traté de comprender lo que yo estaba sintiendo en ese instante. La penetrante mirada de Massimo me excitaba muchísimo al verlo extasiado, pero el hecho de no ser yo quien estaba entre sus piernas me cortó el rollo. ¿Tenía envidia de ella por estar con ese imbécil despótico? Me quité de la cabeza la idea de querer estar en su lugar, pero no era capaz de apartar la vista de él. En un determinado momento, Massimo agarró con fuerza a la chica de la cabeza y la apretó brutalmente contra su polla, de modo que la joven empezó a atragantarse. No era ella la que le hacía el trabajo, era él quien le follaba la boca, penetrando mucho y a un ritmo desenfrenado. Me retorcía sobre la cama y las cadenas enganchadas a mis extremidades rozaban con las vigas de madera. Cada vez me costaba más coger aire, mi pecho subía y bajaba demasiado deprisa. El espectáculo que estaba protagonizando Massimo me ponía, me excitaba, pero a la vez me cabreaba. Entonces comprendí el significado de las palabras que me había dicho antes de que la chica se le acercara. Sí, no cabía duda, tenía envidia. Con esfuerzo, cerré los ojos y giré la cabeza.

—Abre ahora mismo los ojos y mírame —susurró Massimo entre dientes.

—No pienso hacerlo, no puedes obligarme —dije con una voz ronca que a duras penas logré que saliera de mí.

—Si no me miras ahora mismo, me tumbaré a tu lado y ella terminará lo que está haciendo mientras se restriega contra tu cuerpo. Tú decides, Laura.

Esa amenaza fue suficiente para que cumpliera su orden sin rechistar.

Cuando mis ojos se encontraron con los suyos, me miró satisfecho y dibujó una vaga sonrisa con la boca muy abierta. Se levantó y se movió hacia delante, de modo que la chica quedó con la espalda apoyada en la cama, mientras él pasó a estar de pie a metro y medio de mí. Mis caderas describían círculos frotándose contra la sábana de satén y mi lengua recorría cada poco tiempo mis resecos labios para aliviarlos. Deseaba a Massimo. Si no hubiera estado atada, habría echado a la chica de la habitación y yo misma habría terminado su trabajo. Massimo lo sabía. Al cabo de un momento, sus ojos se volvieron oscuros y vacíos, y por su pecho recién lavado cayeron gotas de sudor. Sabía que enseguida se correría, porque la joven arrodillada ante él aceleró el ritmo.

—¡Así, Laura! —De su boca salió un gemido sordo, todos sus músculos se tensaron y alcanzó el clímax, descargando su esperma en la garganta de la chica.

Estaba terriblemente excitada y dominada por el deseo, hasta el punto de que me pareció correrme al mismo tiempo que él. Una ola de calor inundó mi cuerpo. Massimo no apartó de mí su mirada ni un segundo.

Suspiré aliviada, con la esperanza de que el espectáculo hubiera llegado a su fin. Black dijo una frase en italiano y la chica terminó, se levantó, recogió su vestido y se marchó. Él entró en el baño. Oí el ruido de la ducha y unos minutos después volvía a estar delante de mí secándose el pelo con una toalla.

—Dentro de un momento te voy a aliviar, nena. Te voy a lamer de arriba abajo despacito y dejaré que tengas un largo orgasmo, a no ser que prefieras sentirme dentro de ti.

Abrí mucho los ojos. El ritmo de mis latidos era como el de los aplausos tras un concierto de Beyoncé. Quise replicar, pero no fui capaz de pronunciar ni una palabra.

Massimo retiró de golpe el edredón que me cubría y después apartó con calma los faldones de mi albornoz.

—Me gusta este hotel por dos razones —comentó mientras se acomodaba a mis pies—. Primero, porque es mío y, segundo, porque tiene este apartamento. Pasé mucho tiempo buscando los instrumentos que deseaba. —Su voz era sosegada y sensual—. ¿Ves, Laura? En este momento estás inmovilizada con tal eficacia que no puedes huir ni oponer resistencia. —Lamió la cara interna de mi muslo—. Y al mismo tiempo tengo acceso a cada rincón de tu precioso cuerpo.

Agarró mis tobillos y abrió aún más mis piernas. El tubo telescópico dio varios chasquidos y se bloqueó. Mis piernas formaron una V muy amplia.

—Por favor —susurré; fue lo único que se me ocurrió.

—¿Me pides que empiece ya o que no continúe?

En ese momento, esa sencilla pregunta me pareció tan compleja que, cuando quise contestar, de mi garganta solo salió un gemido de resignación apenas audible.

Black se movió hacia arriba y su cara quedó sobre la mía, con la mirada fija en mí. Su labio inferior fue tocando mi boca, mi nariz, mis mejillas.

—Dentro de un momento mi polla te va a dar tal repaso que tus gritos se oirán en Sicilia.

—No, te lo ruego —dije con mis últimas fuerzas y apreté los párpados, bajo los que el miedo hizo brotar lágrimas.

La habitación quedó en silencio, pero no quería abrir los ojos por temor a lo que pudiera ver. Oí un ruido y noté que me liberaba la mano derecha; después, otro ruido y ambas manos cayeron sobre las almohadas. Luego hizo lo mismo con mis pies y quedé sobre la cama totalmente libre de las ataduras.

—Vístete, dentro de una hora tenemos que estar en uno de mis clubes —dijo mientras salía desnudo del dormitorio.

Me quedé tumbada un rato analizando lo que acababa de suceder. Entonces se apoderó de mí una ola de rabia, me levanté y corrí a buscarlo. Ya se había puesto el pantalón del traje y bebía una copa de champán.

—¡¿Serías tan amable de explicarme de qué va todo esto?! —grité mientras se giraba lentamente al oír mis pasos nerviosos hacia él.

—¿El qué, nena? —preguntó apoyándose con indiferencia en la mesita donde reposaba la botella—. ¿Te interesa la chica? Es una puta. Tengo varias agencias de chicas de compañía; tú no querías aliviarme. Es evidente que la cama y los juguetes que incluye te han gustado, así que eso no precisa comentario alguno. Igual que lo que ha hecho Veronica, a juzgar por tu reacción. —Enarcó levemente las cejas—. Entonces ¿qué más quieres que te explique? —Cruzó los brazos sobre el pecho—. No te penetraré si no quieres, te lo prometí. Me está costando contenerme, pero mantengo el suficiente control como para no violarte. —Se dio la vuelta y caminó por el salón—. Pero ambos somos conscientes de que sería el mejor sexo de nuestras vidas y que, al acabar, me pedirías más.

Me quedé allí plantada, incapaz de negarlo. Tenía razón, aunque yo no quisiera reconocerlo. Unos minutos más y cedería. Sin embargo, Massimo deseaba que me entregara a él porque me lo pidieran mis sentimientos, no por una necesidad física. Él ansiaba tenerme entera, no solo meterme la polla. Dios, su astucia y su capacidad para manipular me sacaban de quicio. Tras sus últimas palabras lo deseaba aún más, y en ese momento era yo la que debía controlarse para no tirárselo sobre uno de los enormes sofás. Grité de impotencia, apreté los puños y fui a darme una ducha fría, lo que resultó ser una gran idea. Cuando salí del baño, me encontré a Domenico en la habitación. Estaba dejando una botella de champán.

—Me extraña que no estés harta —dijo mientras llenaba una copa.

—¿Quién ha dicho que no lo esté? Nunca me preguntas qué me gustaría beber, te limitas a servirme estos carbohidratos rosados —dije, y di un trago sonriendo—. ¿A qué club vamos?

—A Nostro. Creo que es el club favorito de Massimo. Supervisa personalmente todos los cambios. Es un lugar muy exclusivo al que van a divertirse políticos, hombres de negocios y... —Se detuvo, lo cual despertó mi curiosidad.

—¿Y quién más? ¿Sus putas? ¿Como esa Veronica? —Me volví hacia él.

Domenico me observó tratando de adivinar si sabía algo o si me estaba tirando un farol. Me quedé con cara de póquer, fingiendo rebuscar entre mis prendas para encontrar algo que ponerme. De vez en cuando, me llevaba la copa a los labios.

—Quizá no exactamente como Veronica, pero así se divierte allí la gente que no puede hacerlo de ese modo en otro lado.

—A juzgar por la mamada que le ha hecho a Massimo delante de mis ojos, se podría pensar que lo conoce bien; seguro que más de una vez se lo han montado en ese club.

Cuando terminé de pronunciar una frase que solo quería expresar en mi mente, me quedé helada y por un momento no supe qué hacer, así que me encogí de hombros y me fui al baño, reprochándome esa repentina facilidad de palabra. No cerré la puerta y al cabo de un rato, cuando empecé a ponerme la base en la cara, el joven italiano apareció en el umbral y se apoyó en el marco. Se notaba que le divertía mi sinceridad.

—Bueno, ya sabes, no es asunto mío quién se la mama ni a quién contrata.

—Ya, y ahora me dirás que tampoco te importa cómo se elige a las chicas, ¿no?

Domenico abrió mucho los ojos y se echó a reír.

—Laura, perdona, pero ¿tienes envidia?

Al oír esas palabras, un escalofrío me recorrió la espalda. ¿Tan mal se me daba fingir indiferencia?

—Lo que estoy es impaciente, espero que el año pase rápido y pueda volver a casa. ¿Qué debo ponerme? —pregunté dando la espalda al espejo, tratando de cambiar de tema.

Domenico sonrió con picardía y se fue a la habitación.

—No puedes tener envidia de una puta porque ella solo hace su trabajo. Ya te he preparado el vestido.

Cuando se marchó, apoyé la cabeza sobre el lavabo y me tapé la cara con las manos. «Si es tan evidente que no sé aguantar la presión, cómo será de ahora en adelante. ¡Concéntrate!», me dije dándome un cachete.

—Si tienes intención de disciplinarte de ese modo, te ayudaré con mucho gusto.

Levanté la vista y vi a Massimo sentado en una silla detrás de mí.

—¿Quieres abofetearme? —pregunté mientras me pintaba la línea del ojo.

—Si eso te pone cachon...

Intenté concentrarme en lo que estaba haciendo, pero su penetrante mirada dificultaba cada una de mis acciones, incluso las más sencillas.

—¿Querías algo? Si no, déjame sola.

—Veronica es una puta, viene, me la chupa y yo me la follo si me apetece. Le gusta la violencia y el dinero, satisface a los clientes más exigentes, yo incluido. Todas las chicas que trabajan para mí...

—¿Es necesario que escuche esto? —Me giré hacia él cruzando los brazos sobre el pecho—. ¿Quieres que te cuente cómo me follaba Martin? O quizá te gustaría verlo.

Sus ojos se volvieron completamente negros, la sonrisa de zorro desapareció y la sustituyó una cara muy seria. Se levantó y se acercó a mí con paso firme. Me agarró de los brazos y me sentó en la encimera que había junto al lavabo.

—Todo lo que ves aquí me pertenece. —Me cogió de la cabeza y volvió mi rostro hacia el espejo—. Todo... lo... que... ves —dijo entre dientes—. Y mataré a cualquiera que quiera apoderarse de algo mío. —Se dio la vuelta y salió del baño.

Todo es suyo, el hotel es suyo, las putas son suyas, el juego es suyo. Se me ocurrió un plan muy ruin con el que decidí castigar la indescriptible hipocresía de Black. Entré en el dormitorio y miré el vestido que había extendido sobre la cama, de lentejuelas, con la espalda al aire. Aunque era precioso, no servía para llevar a cabo el plan que había trazado. Abrí el armario en el que colgaban cuidadosamente mis prendas.

—¿Te gustan las putas? Ya te daré yo a ti putas... —murmuré en polaco.

Escogí un vestido y unos zapatos y me fui a arreglar el maquillaje para que fuera más adecuado. Media hora después, Domenico llamó a la puerta cuando me estaba abrochando unas botas mosqueteras.

—¡La hostia! —dijo cerrando nervioso la puerta—. Si sales así, primero te matará a ti y después a mí.

Me reí con ironía y me puse delante del espejo. El vestido color carne tenía unos tirantes finísimos y parecía más unas enaguas que un modelo. Dejaba al descubierto la espalda y los costados; en realidad, no tapaba gran cosa, pero para eso estaba diseñado. Como la parte delantera del vestido estaba bastante cubierta, me colgué en la espalda el enorme crucifijo con cristales negros incrustados, para que llamara la atención sobre mi desnudez. Las largas botas mosqueteras llegaban hasta la mitad de los muslos y resaltaban de manera ideal el hecho de que el vestido apenas me cubría el trasero. En la calle hacía mucho calor, pero, por suerte, Emilio Puc —cuyas botas llevaba puestas— había previsto que hay mujeres a las que les encanta ponerse botas altas todo el año y proyectó ese modelo para que fuera fresquito, con los dedos al aire y una malla de cordones que la recorría de arriba abajo. Su precio era tan exagerado que resultaba obsceno. Me recogí el pelo con una coleta muy apretada en lo alto de la cabeza, un peinado sencillo, sexy y con efecto *lifting* que combinaba a la perfección con los ojos muy ahumados y el pintalabios claro y brillante.

—A ver, Domenico, ¿quién me ha comprado todas estas cosas? Si ha pagado por esto, supongo que era consciente de que me lo pondría en algún momento, ¿no? Vas muy elegante. ¿Vienes con nosotros?

El joven italiano se había quedado con las manos en la cabeza y su pecho se agitaba arriba y abajo muy deprisa.

—Iré contigo porque Massimo aún tiene que solucionar algo. Sabes que tendré problemas cuando te vea así vestida, ¿verdad?

—Pues dile que has intentado evitarlo, pero que yo he sido más fuerte. Vamos.

Cogí un bolso de fiesta negro y un minúsculo bolero de zorro blanco y salí por la puerta sonriéndole muy contenta al pasar. Me siguió farfullando algo, pero, por desgracia, yo seguía sin dominar el italiano.

Cuando salimos del ascensor en el vestíbulo, todo el personal de la recepción se quedó de piedra. Domenico los saludó con la cabeza mientras yo caminaba a su lado, muy orgullosa de mí misma y luciendo una amplia sonrisa. Subimos a una limusina aparcada frente a la entrada y fuimos al club.

—Hoy voy a morir —comentó sirviéndose un whisky en un vaso—. Eres malvada. ¿Por qué me haces esto? —Se lo bebió de un trago.

—Vamos, Domenico, no exageres. Además, no te lo hago a ti, sino a él. Y opino que mi aspecto es muy elegante y sexy.

El joven italiano se pimpló otra copa, se sirvió una más y se puso cómodo en el asiento. Aquel día iba muy a la moda, con un pantalón gris claro, zapatos de similar color y una camisa blanca remangada. En su muñeca brillaba un hermoso Rolex de oro y varios brazaletes de madera, oro y platino.

—Sexy, desde luego, pero ¿elegante? Dudo mucho que Massimo aprecie ese tipo de elegancia.

7

Nostro ilustraba perfectamente todo cuanto era Massimo. Dos enormes gorilas vigilaban la entrada, a la que se accedía por una alfombra púrpura. Después de bajar unas escaleras, aparecía un lugar elegante y oscuro. Los reservados estaban separados entre sí por grandes cortinas oscuras de tela gruesa. Las paredes color ébano y el brillo de las velas hacían que la atmósfera fuera sensual, erótica, muy atrayente. En dos plataformas había unas mujeres casi desnudas con máscaras que se retorcían al ritmo de la música de Massive Attack.

El bar, con una larga barra negra forrada con cuero acolchado, era atendido exclusivamente por mujeres vestidas con bodis muy ceñidos y zapatos de tacón alto. En ambas muñecas llevaban cintas de cuero que imitaban nudos. No cabía duda de que en ese sitio se notaba la mano de Massimo.

Pasamos junto al bar, en el que había una multitud de personas que se rozaban entre sí al ritmo de la música. El enorme gorila que nos iba abriendo paso entre la gente corrió una cortina y, ante mis ojos, apareció una sala cuyo techo estaba a la altura de un segundo piso. Había monumentales estatuas de madera oscura que parecían representar cuerpos unidos, pero a mí me impresionaba más su tamaño que lo que el autor tuviera en mente. En un rincón de la sala, sobre una tarima y tapado apenas por una tela negra semitransparente, estaba el reservado al que nos dirigíamos. Era mucho más grande que los demás y podía imaginarme qué solía ocurrir allí, ya que en el centro había una barra de baile.

Domenico se sentó, pero antes de que sus nalgas tocaran la superficie de satén ya nos habían traído unas bebidas, algo para picar y una bandeja cubierta con una campana plateada. Mi primera reacción fue levantarla, pero Domenico me cogió de la muñeca meneando la cabeza. Me dio una copa de champán.

—No estaremos solos —comentó con precaución, como si tuviera miedo de lo que iba a decir—. Se reunirán con nosotros varias personas con las que debemos solucionar ciertos asuntos.

Asentí y repetí sus palabras:

—Varias personas, ciertos asuntos. Es decir, que vais a jugar a la mafia. —Vacié la copa y se la entregué para que la rellenara.

—Vamos a negociar; acostúmbrate.

De pronto puso los ojos como platos. Estaba mirando a un punto situado a mi espalda.

—Esto empezará enseguida —dijo arreglándose el pelo con la mano.

Me di la vuelta y vi que entraban varios hombres en el reservado, Massimo entre ellos. Cuando me vio, se quedó petrificado y, con una mirada fría y colérica, me examinó de pies a cabeza. Tragué saliva ruidosamente y pensé que mi idea de vestirme de puta justo ese día no había sido muy acertada. Sus acompañantes pasaron a su lado y fueron hacia Domenico, pero Massimo no se movía; casi se podía palpar su furia.

—Pero ¿qué cojones te has puesto? —gruñó agarrándome del codo.

—Unos cuantos miles de euros tuyos —repliqué en el mismo tono mientras liberaba mi brazo de su mano.

Esa respuesta le hizo hervir como el agua de una cafetera; casi podía ver el vapor saliendo por sus orejas. Entonces, uno de los hombres le gritó algo y él contestó sin apartar los ojos de mí.

Me senté y cogí otra copa de champán. Si tenía que hacer de estatua, al menos sería una estatua borracha.

Aquella noche el alcohol me entraba espectacularmente bien. Como me aburría, me puse a observar los demás reservados y a escuchar el sonido de las palabras que pronunciaba Black. Cuando hablaba en italiano, resultaba muy sensual. Domenico me sacó de mi ensimismamiento al levantar la campana que cubría la bandeja plateada. Miré el contenido y mi estómago dio un vuelco: cocaína. La droga estaba repartida en varias decenas de rayas que cubrían toda la bandeja, utensilio que en casa de mi familia se habría empleado para servir pavo asado. Al verlo, di un largo suspiro y me levanté de la mesa. Salí del reservado, pero no tuve tiempo ni de echar un vistazo, porque enseguida un enorme guardaespaldas se plantó delante de mí. Miré a Massimo, que no me quitaba la vista de encima. Me agaché fingiendo rascarme una pierna para mostrarle la longitud de mi vestido, o más bien su cortedad. Me enderecé y me encontré con la mirada feroz de Black a pocos milímetros de mi cara.

—No me provoques, nena.

—¿Por qué? ¿Tienes miedo de que lo haga demasiado bien? —pregunté al tiempo que me lamía el labio inferior. El alcohol siempre tiene un efecto estimulante en mí, pero con Massimo, cuando estaba borracha, literalmente me poseía el diablo.

—Alberto te acompañará.

—No cambies de tema —dije agarrando los faldones de su chaqueta y aspirando el aroma de su colonia—. Mi vestido es tan corto que podrías penetrarme sin quitármelo. —Le cogí la mano, la llevé hacia abajo pegada a mi cintura y luego la metí bajo el vestido—. Encaje blanco, el que más te gusta. ¡Alberto! —grité, y me fui hacia la puerta que daba a la zona de baile.

Me volví y miré a Massimo, que estaba apoyado en una columna con las manos en los bolsillos y una amplia sonrisa en los labios. Aquello le ponía.

Crucé la sala y llegué al lugar donde marcaba el ritmo la música machacona. La gente bailaba, bebía y seguramente follaba en los privados. No me interesaba demasiado todo eso, quería desconectar. Le hice una señal a la barman y, antes de abrir la boca, ya tenía delante una copa de champán rosado. Me apetecía beber, así que la vacié de un trago y cogí la siguiente copa, que por arte de magia había aparecido ya sobre la barra. Así me pasé una hora o más y, cuando consideré que ya estaba lo bastante ebria, volví a donde estaban los drogatas que había dejado en el palco.

Mi sorpresa fue enorme cuando, después de cruzar la cortina semitransparente, vi que los señores ya no estaban solos. Las mujeres que daban vueltas a su alrededor se restregaban como gatas en sus muslos, manos y entrepiernas. Eran guapísimas y, sin duda, prostitutas. Massimo estaba sentado en el centro, pero no vi a ninguna mujer excitada sobre sus rodillas. No sé si era casualidad o algo premeditado, pero me alegré, porque el alcohol que había ingerido podría haberme puesto agresiva. Podría y debería haberlo hecho, pero, por desgracia, mi mente enferma y ebria se fijó primero en la barra de baile, que estaba libre.

Cuando me mudé a Varsovia, lo primero que hice fue apuntarme a clases de *pole dance*. Al principio pensaba que ese baile solo consistía en retorcerse de un modo sensual. Sin embargo, la profesora enseguida me sacó de mi error y me demostró que era la forma ideal de conseguir un cuerpo bien torneado. Se parecía a la gimnasia o al fitness, pero en una barra vertical. Me acerqué a la mesa y, mirando a Massimo fijamente a los ojos, me quité poco a poco la cruz que colgaba a mi espalda. La besé y la dejé sobre la mesa delante de él. Sonaba *Running Up That Hill* de Placebo, que era como una invitación para mí. Sabía que no podía hacer todo lo que quería por la brevedad del vestido y en atención a los invitados, pero estaba segura de que, en el momento en que tocara la barra, se lo llevarían los demonios. Cuando agarré el metal y me di la vuelta para comprobar su reacción, Massimo estaba de pie y todos los hombres que lo rodeaban ignoraron a las mujeres que los agasajaban y miraron en la misma dirección que él. «¡Te pillé!», pensé, y empecé a demostrar mis habilidades gimnásticas. En pocos segundos me convencí de que, a pesar de llevar años sin practicar, lo recordaba todo y no me costaba realizar los movimientos. El baile era algo completamente natural para mí, llevaba practicándolo desde pequeña, y daba igual que fuera *pole dance*, baile de salón o ritmos latinos, siempre me relajaba.

Me dejé llevar. El alcohol, la música, el ambiente del lugar en el que me encontraba y la situación en conjunto me cambiaron. Tras un rato demasiado largo, miré hacia donde se encontraba Black, pero su sitio estaba vacío. En cambio, los demás hombres tenían la mirada clavada en mí, incluido Domenico, sentado cómodamente en el sofá. Me di la vuelta y me quedé helada. La mirada salvaje, fría y feroz de Massimo se encargó de derretirme. Estaba de pie, a unos centímetros de mí. Lo rodeé con una pierna y metí los dedos entre sus cabellos. Después lo empujé contra la barra.

—Para ser un club, tenéis una selección musical interesante.

—Porque, como te habrás dado cuenta, es un club, no una discoteca.

Me giré, apoyé el trasero en su bragueta y lo moví suavemente. Massimo me agarró del cuello y presionó mi cabeza contra su hombro.

—Serás mía, te lo garantizo, y entonces te haré lo que quiera cuando quiera.

Sonreí con coquetería y me bajé de la tarima. Caminé hacia la mesa y uno de los hombres se levantó, me agarró de la muñeca y tiró de mí. Perdí el equilibrio y caí sobre el sofá. El tipo me levantó el vestido y me dio varios azotes en el trasero mientras gritaba algo en italiano. Quise levantarme y romperle una botella en la cabeza, pero era incapaz de moverme. En cierto momento noté que alguien me arrastraba de las axilas y, cuando alcé la cabeza, vi a Domenico. Me di la vuelta y vi que Massimo tenía sujeto del cuello al tipo que me había manoseado. En la otra mano tenía una pistola con la que apuntaba al hombre. Me zafé de Domenico, que trataba de sacarme del reservado, y corrí hasta el Black.

—No sabía quién era yo —le dije acariciándole el pelo.

Massimo le gritó algo al joven italiano, que me volvió a agarrar, pero esta vez lo bastante fuerte como para que no me escapara. Don Massimo hizo un gesto con la cabeza a un hombre que estaba junto a la mesa y al instante todas las mujeres desaparecieron del lugar. Cuando nos quedamos solos, obligó a arrodillarse al hombre al que sujetaba del cuello y le puso el arma en la cabeza. Esa imagen hizo que se me acelerara el corazón. Volvía a repetirse la escena del camino de acceso a la casa, que seguía siendo una horrible pesadilla para mí. Me giré hacia Domenico y hundí la cabeza en su hombro.

—No puede matarlo aquí —dije convencida de que no lo haría en un lugar público.

—Claro que puede —contestó tranquilamente el joven italiano mientras me estrechaba contra él—. Y lo hará.

Me quedé pálida y mis oídos comenzaron a zumbar. Las piernas se me volvieron como de algodón y empecé a deslizarme por el torso de Domenico. Me sujetó y gritó algo, y después sentí que me levantaba y me llevaba a algún lugar. La música se detuvo y yo caí sobre unas mullidas almohadas.

—Te gustan los numeritos espectaculares —dijo poniéndome una pastilla bajo la lengua—. Ya, Laura, tranquila.

Mi corazón empezaba a recuperar su ritmo habitual cuando la puerta de la sala se abrió de golpe y Massimo entró con la pistola al cinto. Se arrodilló ante mí y me miró asustado.

—¿Lo has matado? —pregunté en un susurro, rezando para que la respuesta fuera negativa.

—No.

Respiré aliviada y me tumbé boca arriba.

—Solo le he volado las manazas con las que ha osado tocarte —añadió; luego se incorporó y le entregó el arma a mi cuidador.

—Quiero volver al hotel. ¿Puedo? —pregunté tratando de levantarme, pero la mezcla de pastillas para el corazón y el alcohol hizo que la sala empezara a dar vueltas. Me tambaleé y volví a caer sobre las almohadas.

Black me cogió en brazos y me apretó contra su pecho. Domenico abrió una puerta por la que pasamos a las dependencias de servicio, después a la cocina y al fin salimos por la puerta trasera del club. Allí nos esperaba una limusina a la que Massimo se subió sin soltarme. Nos sentamos y me tapó con su chaqueta. Me dormí acurrucada sobre su ancho pecho.

Me desperté en el hotel, mientras Massimo trataba de quitarme las botas y maldecía en voz baja.

—Tienen una cremallera por detrás —susurré con los ojos entornados—. No creerás que hay alguien capaz de atar esos cordones cada vez que se las pone, ¿no?

Alzó la vista y me miró furioso después de quitarme las botas.

—¿Cómo se te ha ocurrido aparecer con estas pintas de…?

—¡Dilo! —grité furiosa y espabilada de golpe por lo que estaba a punto de salir de su boca—. De puta. ¿Eso querías decir?

Black apretó los puños mientras tensaba y relajaba la mandíbula.

—Te gustan las putas. El mejor ejemplo es Veronica, ¿verdad?

Sus ojos se quedaron completamente huecos cuando terminé de hablar. Yo me quedé esperando su respuesta, desafiante, con la boca entreabierta. No decía nada, pero apretaba tanto los puños que las falanges se le pusieron blancas. De repente se levantó enérgicamente y se sentó a horcajadas sobre mí, rodeando mi cintura con las piernas. Me agarró las muñecas y las presionó contra el colchón, para después levantarlas por encima de mi cabeza. Mi pecho empezó a agitarse a un ritmo frenético cuando acercó su cara a la mía y un momento después metió brutalmente la lengua en mi boca. Gemí y me retorcí, pero no pensaba luchar contra él, no quería. Su lengua se hundió en mi garganta, empujando cada vez más fuerte.

—Cuando te he visto bailar… —susurró apartándose de mí con torpeza—. ¡Joder! —Apretó su rostro contra mi cuello—. ¿Por qué lo haces, Laura? ¿Quieres demostrarme algo? ¿Quieres comprobar dónde está el límite? Soy yo quien lo marca, no tú. Y si quieres que coja lo que deseo, lo haré sin pedirte permiso.

—Me estaba divirtiendo, ¿no era eso lo que tenía que hacer hoy? Quítate de encima, tengo sed.

Levantó la cabeza y me miró sorprendido.

—¿Cómo dices?

—Quiero beber algo —contesté arrastrándome para salir de debajo de él cuando aflojó la presión. Después se tumbó de lado sobre la cama—. Me sacas de quicio, Massimo —farfullé, y fui hasta la mesita para servirme un whisky.

—Laura, tú no bebes alcohol fuerte, y después de las pastillas que has tomado y de la cantidad de champán que has bebido en el club, no creo que sea una buena idea.

—¿Que no bebo? —pregunté acercando el vaso a mis labios—. Pues mira.

Vacié en mi boca todo el contenido del vaso. «Dios, qué asco», pensé al tiempo que me daba repelús. Pero esa reacción de mi organismo no me impidió servirme otra copa. Me dirigí hacia el balcón y me volví para mirar a Black, que observaba mi representación con la cabeza apoyada en una mano.

—¡Lo lamentarás, nena! —gritó cuando crucé la puerta que daba al exterior.

La noche era maravillosa, el calor había disminuido y el aire parecía sorprendentemente puro, a pesar de estar en pleno centro de Roma. Me senté en un gran sofá y di un trago largo. Minutos después de vaciar el vaso me entró sueño y la cabeza comenzó a darme vueltas. Era cierto que no bebía licores fuertes y ahora sabía por qué. El helicóptero de mi cabeza me dificultaba la tarea de caminar y la visión doble era un inconveniente al intentar atravesar una puerta. Cerré un ojo y me concentré en volver a la cama mostrando toda la dignidad que fuera capaz de reunir. Me puse de pie con gracia y me agarré al marco de la puerta, sabiendo que quizá Massimo estaría mirándome. No me equivoqué; estaba tumbado en la cama con el ordenador sobre las rodillas y casi desnudo, solo llevaba un bóxer blanco ceñido de CK. «Dios bendito, qué bueno está», pensé cuando levantó los ojos y me miró. Mi cerebro borracho me volvió a sugerir un diabólico plan para desnudarme despacio delante de él y luego dejarlo solo. Me puse en movimiento: agarré los tirantes del vestido, los retiré de los hombros y la prenda cayó al suelo. Quise levantar una rodilla con elegancia y entrar en el baño, pero en ese momento mis piernas dejaron de responderme. El tobillo derecho se enredó en el vestido y el pie izquierdo lo pisó. Me di de bruces contra la alfombra lanzando un quejido, pero al instante rompí a reír.

Black se plantó ante mí igual que la primera noche que lo vi, solo que esa vez, en lugar de levantarme agarrándome del codo, me cogió en brazos y me dejó sobre la cama para comprobar que no me hubiera pasado nada. Cuando cesó mi risa histérica, me miró preocupado.

—¿Te encuentras bien?

—Hazme tuya —susurré quitándome las últimas prendas que me quedaban. Cuando el tanga de encaje estuvo a la altura de los tobillos, levanté una pierna y lo cogí—. Penétrame, Massimo. —Me pasé las manos por detrás de la cabeza y abrí mucho las piernas.

Black se quedó sentado, observándome, y en sus labios se dibujó una sonrisa. Se inclinó hacia mí y me besó suavemente en la boca. Después cubrió mi cuerpo desnudo con el edredón.

—Te dije que no era una buena idea que bebieras. Que descanses.

Su postura ambivalente ante mi propuesta me enfureció. Alcé la mano para volver a abofetearle, pero o yo fui muy lenta o él muy rápido, porque me agarró la muñeca y la sujetó con la cinta con la que me había atado antes de irnos, cuando Veronica actuó delante de mí. Se subió en la cama y un momento después me encontraba estirada entre las cuatro vigas, agitándome como un pez fuera del agua.

—¡Suéltame! —grité.

—Buenas noches —dijo.

Apagó la luz y salió de la habitación.

Me despertó el sol de agosto que entraba en el dormitorio. Mi cabeza estaba pesada y dolorida, pero ese no era mi mayor problema, sino no sentir los brazos. «¿Qué coño está pasando?», pensé mirando las cintas atadas a mis muñecas. Las sacudí y el ruido del metal rozando contra la madera me reventó el cerebro. Me quejé en voz baja y eché un vistazo a la habitación. Estaba sola. Traté con todas mis fuerzas de recordar los acontecimientos de la noche anterior, pero lo único de lo que me acordaba era de mi actuación en la barra. «Ay, la Virgen», suspiré al ver en qué circunstancias me había despertado y al pensar en lo que debió de ocurrir al volver al hotel. Seguramente Massimo había conseguido lo que deseaba y ahora yo moriría atormentada por la resaca y el sentimiento de culpa. Tras varios minutos lamentándome, me puse a pensar con lógica. Intenté soltar el cierre con los dedos, pero el constructor de la trampa la había diseñado para que fuera imposible autoliberarse.

—¡Joder, joder, joder! —grité desesperada. Entonces llamaron a la puerta con golpecitos suaves—. Adelante —dije insegura, intranquila al imaginar quién podría ser.

Cuando vi a Domenico en el umbral, me alegré más que nunca. Él se quedó a cuadros, y durante un momento me contempló con expresión divertida. Bajé la cabeza para comprobar si alguno de mis pechos estaba dándole la bienvenida, pero el edredón tapaba bien todo mi cuerpo.

—¿Te vas a quedar ahí como un pasmarote o me vas a ayudar? —bramé irritada.

El joven italiano se acercó y me soltó las muñecas.

—Veo que la noche fue un éxito —comentó con guasa arqueando las cejas.

—Déjame en paz. —Me tapé la cara con el edredón; quería morirme. Metí las manos debajo y descubrí horrorizada que estaba totalmente desnuda—. ¡Oh, no! —dije en voz baja.

—Massimo se ha marchado, tiene mucho trabajo, así que estás condenada a aguantarme. Te espero en el salón para desayunar.

Media hora después, tras una ducha y una caja de paracetamol, me senté a la mesa y di un sorbo de té con leche.

—¿Lo pasaste bien anoche? —preguntó dejando el periódico.

—Hasta donde soy consciente, no mucho. Después, seguramente lo pasé mejor, a juzgar por la postura en la que me has encontrado, pero, gracias a Dios, de eso no me acuerdo.

A Domenico le entró la risa y se atragantó con el cruasán que había empezado a comerse.

—¿Qué es lo último que recuerdas?

—El baile en la barra. Después hay un agujero negro.

Asintió enérgicamente.

—De ese baile me acuerdo hasta yo. Eres muy elástica. —En su rostro apareció una sonrisa aún más socarrona.

—Remátame —dije golpeando la mesa con la cabeza—. Venga, dime qué pasó luego.

Domenico arqueó las cejas y dio un sorbo de café.

—Don Massimo te trajo a la habitación y...

—Me echó un polvo —terminé la frase en su lugar.

—Lo dudo mucho, aunque yo no estaba presente. Me encontré con él poco después de que llegáramos y más tarde lo vi salir de aquí e irse al otro dormitorio. Lo conozco desde hace mucho y no tenía aspecto de estar... —durante unos segundos buscó la palabra adecuada—, satisfecho. Creo que, después de pasar la noche, contigo lo estaría.

—Dios bendito, Domenico, ¿por qué me torturas? Sabes de sobra lo que ocurrió. ¿No puedes decírmelo sin más?

—Puedo, pero eso sería mucho menos divertido. —Mi expresión debió de convencerlo de que aquella mañana no estaba para bromas—. Bueno, vale. Te emborrachaste y diste un poco de guerra, así que te ató a la cama y se fue a dormir.

Respiré aliviada al escuchar lo que decía, pero seguía preguntándome qué habría pasado.

—Deja de preocuparte y come; tenemos una agenda muy apretada.

En Roma estuvimos solo tres días, durante los cuales no vi a Massimo ni una vez. Después de aquella funesta noche en el club, desapareció sin dejar rastro y Domenico no soltaba prenda.

Pasé los días con el joven italiano, que me enseñó la Ciudad Eterna. Comió conmigo y me llevó de compras y a un *spa*. Me preguntaba si todos los viajes que nos esperaban iban a ser iguales.

El segundo día fuimos a comer a un encantador restaurante con vistas a la escalinata de la plaza de España y le pregunté:

—¿Alguna vez me dejará trabajar? No sé estar sin hacer más que esperar a que venga.

El joven italiano permaneció un rato en silencio, pero al final contestó:

—No puedo opinar sobre don Massimo, sobre lo que quiere, lo que hace o lo que piensa. No me preguntes esas cosas, Laura, por favor. Debes recordar quién es. Cuantas menos preguntas, mejor para ti.

—Venga ya, creo que tengo derecho a saber por qué no llama o si sigue vivo, ¿no? —repliqué enfadada y tiré los cubiertos al plato.

—Sigue vivo —contestó con sequedad, ignorando mi mirada inquisitiva.

Hice una mueca de desagrado y seguí comiendo. Por un lado, me convenía la vida que llevaba desde hacía un tiempo, pero, por otro, yo no era del tipo «mujer de su hombre», sobre todo porque Massimo tampoco era de esos de una sola mujer.

El tercer día por la mañana, como de costumbre, Domenico desayunó conmigo. Le llamaron por teléfono, se disculpó y estuvo un buen rato hablando. Cuando acabó, vino y me dijo:

—Laura, hoy te tienes que ir de Roma.

Lo miré extrañada.

—Pero si acabamos de llegar...

El joven italiano me sonrió con gesto de disculpa y se fue a mi vestidor. Me terminé el té con leche y fui tras él.

Me recogí el pelo en un moño alto y me puse rímel. Como cada vez estaba más morena, la cantidad de maquillaje necesaria era menor. En la calle, todos los días se alcanzaban los treinta grados. Como no sabía adónde iba, me puse unos vaqueros muy cortos color azul marino y un pequeño top blanco que cubría mis modestos pechos. Ese día quería que mi indumentaria fuera un manifiesto, así que no me puse ropa interior. «No voy a estar elegante», pensé, y me calcé mis queridas zapatillas de lona con plataforma de Isabel Marant. Me puse las gafas de sol, cogí el bolso y Domenico apareció por una esquina. Se quedó de una pieza y me examinó un momento de pies a cabeza.

—¿Estás segura de que quieres salir así? —preguntó preocupado—. A don Massimo no le hará gracia verte de esta guisa.

Me volví hacia él, me bajé las gafas y le dediqué una mirada desdeñosa.

—¿Sabes lo que me importa eso después de estos tres días? —Le di la espalda y me fui al ascensor.

Mi reloj absurdamente caro marcaba las once cuando Domenico me dejó en el coche.

—¿No vienes conmigo? —pregunté haciendo pucheros como una niña disgustada.

—No puedo, pero Claudio se encargará de ti durante el viaje. —Cerró la puerta y el coche arrancó. Me sentía sola y triste. ¿Era posible que echara de menos a Black?

Claudio, mi chófer, que también era mi guardaespaldas, no hablaba demasiado.

Cogí el móvil y llamé a mi madre. Estaba más tranquila, pero se mostró relativamente satisfecha cuando le dije que esa semana no iría a verlos.

Al acabar la conversación, bastante larga, el coche ya estaba saliendo de la autopista y llegó poco después a la localidad de Fiumicino. Claudio se movía muy bien con el enorme SUV por aquellas estrechas y pintorescas calles. El coche se detuvo y ante mis ojos apareció un inmenso puerto lleno de yates exclusivos.

Me abrió la puerta un señor vestido de blanco. Miré al chófer y este asintió dando a entender que era la persona que me esperaba.

—Le damos la bienvenida al Porto di Fiumicino, señorita Laura. Soy Fabio, la acompañaré al yate. Por aquí. —Con la mano me indicó qué dirección debía seguir.

Un momento después, nos detuvimos para subir a bordo y entonces levanté la cabeza y me quedé boquiabierta. Ante mí se alzaba el *Titán*. La mayoría de los barcos del puerto eran blancos como la nieve, pero aquel tenía un frío y oscuro color metálico y cristales ahumados.

—El yate tiene noventa metros. Posee doce camarotes para invitados, *jacuzzi*, sala de cine, *spa*, gimnasio y, por supuesto, una enorme piscina y un helipuerto.

—Muy modesto —comenté con la boca un poco abierta.

Cuando subí a la primera de las seis cubiertas, vi un impresionante salón parcialmente cubierto. Era elegante pero aséptico. Casi todos los muebles eran blancos con detalles metálicos y el conjunto lo remataba el suelo de cristal. Después estaba el comedor, las escaleras y, en la parte de proa, un *jacuzzi*. Sobre las mesas había jarrones con rosas blancas, pero toda mi atención se centró en una mesa sobre la que no había flores. En su lugar había una enorme ensaladera con hielo y varias botellas de Moët Rosé en su interior.

Antes de terminar de ver ese nivel, Fabio se acercó a mí con una copa llena. «¿Es que a todo el mundo le parece que soy una alcohólica y que la única manera que conozco de pasar el tiempo es bebiendo?»

—¿Qué le gustaría hacer antes de que zarpemos? ¿Visitar el barco? ¿Tomar el sol? ¿O quiere que sirvamos el aperitivo?

—Me gustaría estar sola, si es posible.

Fabio asintió y desapareció. Dejé el bolso y me dirigí a la proa, donde me quedé mirando el mar. Me bebí una copa, luego otra y otra más, hasta que vacié la botella. La resaca que torturaba mi cuerpo se calmó porque volvía a estar borracha.

El *Titán* zarpó del puerto. Cuando la tierra desapareció del horizonte, pensé en lo mucho que me gustaría no volver nunca más a Sicilia, no encontrarme con Massimo ni ser su salvación. Así podría seguir viviendo en mi mundo normal y no quedarme encerrada en una jaula de oro.

—¿Qué demonios llevas puesto? —oí que preguntaba una voz conocida—. Pareces una…

Me di la vuelta y casi choqué con Massimo, que apareció ante mí como la noche que lo vi por primera vez. Ya iba bastante ebria, así que, en cuanto me di la vuelta, me caí encima del sofá.

—Parezco lo que me da la gana, no es asunto tuyo —balbucí—. Te marchaste sin decir ni mu y me tratas como a una marioneta con la que te diviertes cuando tienes ganas. Hoy la marioneta quiere divertirse sola.

Me levanté torpemente del sofá, cogí otra botella de champán y fui tambaleándome hacia la popa. Las plataformas no me facilitaban la tarea de caminar y, consciente de lo penoso de mi aspecto, me descalcé muy frustrada.

Black vino tras de mí gritando, pero su voz no podía atravesar el ruido del alcohol que había en mi cabeza. No conocía el barco y, cuando quise huir, bajé corriendo por unas escaleras. Y no recuerdo qué ocurrió después.

8

—Respira. —Oía una voz que parecía salir de una caja—. Laura, respira. ¿Me oyes? —La voz se fue haciendo cada vez más nítida.

Noté que el estómago se me subía a la garganta. Empecé a vomitar y a atragantarme con algo salado.

—¡Gracias, Dios mío! ¿Me oyes, nena? —preguntó Massimo acariciándome el pelo.

A duras penas abrí los ojos. Black estaba junto a mí, empapado. Iba vestido, pero le faltaban los zapatos. Yo le miraba, pero me resultaba imposible articular palabra. Notaba un fuerte zumbido en la cabeza y el reluciente sol me cegaba. Fabio entregó a Massimo una toalla con la que este me envolvió y me cogió en brazos. Me llevó a través de varias cubiertas hasta llegar al dormitorio, donde me dejó sobre la cama. Yo seguía aturdida y no tenía ni idea de lo que había ocurrido. Massimo me secó el pelo sin dejar de mirarme con una expresión que mezclaba preocupación y furia.

—¿Qué ha ocurrido? —pregunté calladamente con voz ronca.

—Te caíste por la borda. Gracias a Dios, no íbamos muy

rápido y caíste de lado. Pero eso no cambia el hecho de que casi te ahogas. —Massimo se arrodilló junto a la cama—. Joder, Laura, me entran ganas de matarte, pero al mismo tiempo doy gracias al cielo por que sigas viva.

Le toqué la mejilla con la mano.

—¿Me salvaste tú?

—Menos mal que estaba cerca. No quiero ni pensar en lo que te podría haber ocurrido. ¿Por qué eres tan desobediente y cabezota? —Suspiró.

El alcohol seguía flotando en mi cabeza, pero notaba un regusto a agua de mar en la boca.

—Me gustaría darme una ducha —dije, e intenté levantarme.

Black me detuvo, agarrándome del brazo con delicadeza.

—No permitiré que lo hagas sola, Laura. Hace cinco minutos no respirabas. Si tanto lo deseas, te lavaré yo.

Le dirigí una mirada cansada, no tenía fuerzas para replicar. Además, ya me había visto desnuda, incluso me había tocado, así que ninguna parte de mi cuerpo tenía secretos para él. Asentí para dar mi consentimiento. Desapareció un momento y, cuando volvió, desde el baño me llegó el sonido del agua corriente.

Black se quitó la camisa mojada, el pantalón y, por último, el bóxer. En circunstancias normales, esa imagen me habría puesto al rojo vivo, pero no entonces. Retiró la toalla que me cubría y me quitó la camiseta sin prestar atención a lo que veía. Desabrochó el pantalón y descubrió con sorpresa que no llevaba nada debajo.

—¡¿No llevas bragas?!

—Acertada observación. —Sonreí—. No pensé que fuéramos a vernos.

—¡Pues con más razón! —Su mirada se volvió gélida, así que decidí no seguir por ese camino.

Me cogió en brazos y me llevó al baño, que estaba a unos metros de la cama. La enorme bañera situada junto a la pared estaba ya medio llena. Entró en ella, se sentó y apoyó la espalda en el borde; me dio la vuelta y me colocó entre sus piernas, de modo que mi cabeza quedó sobre su pecho. Primero me enjabonó entera, sin evitar ninguna zona, y después pasó a lavarme la cabeza. Me sorprendió la delicadeza con la que sabía actuar conmigo. Al final me sacó de la bañera, me envolvió en una toalla y me llevó a la cama. Pulsó un botón en un mando a distancia y las enormes persianas taparon por completo las ventanas. La habitación quedó en una agradable penumbra y ni siquiera sé cuándo me dormí.

Me desperté asustada, aspirando nerviosa. Me entró el pánico porque no sabía dónde estaba. Al rato, cuando recuperé la consciencia, recordé los acontecimientos del día anterior. Me levanté de la cama y encendí la luz. Ante mis ojos apareció un apartamento impresionante. Los sofás blancos ovalados del salón combinaban a la perfección con el suelo negro. La decoración era minimalista y muy masculina. Hasta las flores que había en las columnas daban la impresión de ser poco delicadas.

«¿Dónde estará Massimo? —pensé—. ¿Habrá desaparecido de nuevo?» Cubrí mi cuerpo totalmente desnudo con un albornoz y abrí la puerta. Los pasillos eran anchos y estaban poco iluminados. No tenía ni idea de adónde iba porque elegí emborracharme en lugar de recorrer el barco. Al pensar en el alcohol, me estremecí asqueada. Bajé por las escaleras y llegué a una cubierta que no me daba buena espina. Aunque solo conocía el incidente por lo que me habían contado, me dio miedo. Estaba completamente vacía y casi a oscuras. El suelo de cristal estaba iluminado por puntos de luz instalados en su interior. Atravesé el salón semicubierto y llegué a la proa.

—¿Has descansado? —dijo una voz en la penumbra.

Miré a mi alrededor. Black estaba en el *jacuzzi*, con los brazos apoyados en el borde y un vaso en la mano.

—Veo que te encuentras mejor. ¿Quieres unirte a mí?

Inclinó la cabeza a un lado, como si estuviera estirando el cuello. Se llevó el vaso a la boca y bebió un trago de whisky sin apartar su gélida mirada de mí.

El *Titán* estaba detenido; a lo lejos se veían las titilantes luces de la ciudad. El mar en calma se mecía despacio, golpeando suavemente contra el barco.

—¿Dónde está la tripulación? —pregunté.

—Donde debe estar, que sin duda no es aquí. —Sonrió y dejó el vaso—. ¿Estás esperando una segunda invitación, Laura?

Su tono era serio y sus ojos brillaban con el reflejo de las lamparillas de la cubierta. De pie frente a él, me di cuenta de que en los últimos días lo había echado de menos.

Agarré el cinto del albornoz, tiré de él y dejé que la prenda cayera al suelo. Massimo me observaba con curiosidad y apretaba rítmicamente las mandíbulas. Me dirigí hacia él despacio, me introduje en el agua y me senté delante.

Lo miré mientras bebía otro trago. Resultaba terriblemente atractivo cuando se mostraba reservado.

Me incliné y me desplacé hacia él hasta sentarme en sus rodillas. Pegué mi cuerpo al suyo con fuerza. Introduje mi mano entre su pelo sin pedir permiso. Massimo gimió y echó la cabeza hacia atrás mientras cerraba los ojos. Disfruté un momento de esa imagen y después atrapé su labio inferior con los dientes. Noté cómo se iba endureciendo debajo de mí. Ese impulso hizo que, involuntariamente, mis caderas se movieran. Chupé y mordí despacio sus labios hasta que al final metí la lengua en su boca. Black me agarró de las nalgas y me apretó contra él.

—Te he echado de menos —susurré apartándome de sus labios.

Al oír esas palabras, me separó de él y me atravesó con la mirada.

—¿Así es como demuestras tu añoranza, nena? Porque si pretendes expresar de este modo tu gratitud por salvarte la vida, has elegido la peor de las opciones. No lo haré contigo hasta que no estés segura de que quieres hacerlo.

Esa afirmación me dolió. Lo alejé de un empujón y salí del agua de un salto. Cogí el albornoz y me lo eché por encima avergonzada. Me entraron ganas de llorar y deseé encontrarme muy lejos de él cuanto antes.

Bajé corriendo las escaleras por las que había llegado minutos antes y me metí por un laberinto de pasillos. Todas las puertas parecían idénticas, así que cuando pensé que había llegado a la mía, giré el pomo. Entré en la habitación y pasé la mano por la pared buscando el interruptor de la luz. Cuando por fin lo encontré, me di cuenta de que no estaba donde debía estar. La puerta se cerró a mi espalda y oí que alguien echaba el cerrojo. La luz se apagó casi del todo y yo me quedé inmóvil. Tenía miedo de darme la vuelta, aunque en el fondo sabía que no corría peligro.

—Me encanta cuando me agarras del pelo —dijo Black detrás de mí.

Cogió el cinto de mi albornoz, me dio la vuelta y, con un movimiento enérgico, me arrancó la prenda que me cubría.

Cuando me pegué a él, noté que estaba desnudo, mojado y caliente. Sus labios se lanzaron sobre los míos y me besó con rabia, llegando muy dentro de mí. Sus manos se deslizaron por todo mi cuerpo hasta llegar a las nalgas. Me levantó sin dejar de besarme y me llevó a la cama. Me dejó en ella y durante un momento se quedó de pie contemplándome. Lo miré fijamente y al final puse las manos sobre la almohada, bajo la cabeza, para mostrarle mi indefensión y mi confianza.

—Sabes que si esta vez empezamos, no podré parar, ¿verdad? —preguntó con voz seria—. Si sobrepasamos cierto límite, quieras o no, te voy a follar.

Sus palabras sonaron como una promesa que lo único que conseguía era ponerme aún más caliente.

—Pues fóllame —dije, y me senté delante de él en el borde de la cama.

Murmuró algo en italiano apretando los dientes y se acercó a pocos centímetros de mí. La poca luz que quedaba en la habitación me permitió ver su ardiente erección. Le agarré de las nalgas y lo atraje hacia mí para sujetar su miembro con la mano. Era maravilloso, grueso y duro. Pasé los dedos por él relamiéndome.

—Coge mi cabeza —dije mirándole a los ojos— y dame el castigo que he elegido.

Massimo suspiró ruidosamente y me agarró con fuerza del pelo.

—¿Me estás pidiendo que te trate como a una puta? ¿Es eso lo que quieres?

Incliné la cabeza hacia atrás y abrí mucho la boca.

—Sí, don Massimo —susurré.

Al oír esas palabras apretó más sus manos sobre mi cabeza y con calma, con suavidad, me metió en la boca su abultada polla. Gemí al sentir cómo me entraba hasta la garganta. Su cadera empezó a agitarse rítmicamente y me impedía tomar aliento.

—Si en algún momento deja de gustarte, dímelo, pero de forma que yo sepa que no es para hacerme rabiar —dijo sin dejar de moverse.

Me aparté un poco y la saqué de mi boca, pero continué con la mano.

—Lo mismo te digo —comenté plenamente convencida y arqueando las cejas. Después seguí con la mamada.

Black sonrió con picardía y gimió cuando aceleré el ritmo para demostrarle que no bromeaba. El ritmo de mi boca era más rápido y fuerte que el que marcaban sus manos sobre mi cabeza. Jadeaba y apretaba los dedos entre mis cabellos. Sentía cómo crecía en mi boca, como si fuera una invitación a mostrarle quién llevaba las riendas en ese momento. Era dulce, con una piel suave, y su cuerpo olía a sexo. Disfrutaba de su pene, quería saciarme con lo que tanto tiempo llevaba esperando, pero otra parte de mí quería demostrarle que mi boca tenía el dominio sobre él. Aceleré otra vez. Sabía que no lo aguantaría mucho y noté que él también era consciente de ello. Trató de frenar mis movimientos, pero fue en vano.

—Más despacio —murmuró entre dientes, pero ignoré su orden por completo.

Tras un rato de ritmo frenético, sacó la polla y me apartó. Me relamí con gusto al verlo jadear delante de mí. Me cogió por las axilas, me tiró sobre la cama, me puso boca abajo y pegó todo su cuerpo al mío.

—¿Quieres demostrar algo? —preguntó, y se chupó dos dedos—. Relájate, nena —susurró, y me los introdujo. De mi garganta salió un sonoro gemido. Bastaron dos dedos para llenarme—. Me parece que estás preparada. —Esas palabras hicieron que me bajase un escalofrío por la espalda. La espera, la inseguridad, el miedo y el deseo se habían unido en mi interior.

Massimo empezó a penetrarme poco a poco, sintiendo cada centímetro de su grueso miembro.

Sus brazos me rodearon con tanta fuerza que me hacían daño. Cuando entró del todo, se detuvo, lo sacó y volvió a introducirlo con mayor ímpetu. Gemí; la excitación y el placer se mezclaban con el dolor. Sus caderas aumentaron la velocidad y su respiración iba casi al mismo ritmo. La maravillosa fricción que sentía lanzaba olas de placer por mi cuerpo. De repente frenó y respiré aliviada.

Pasó la mano bajo mi vientre, levantó mis caderas y con la rodilla separó mis piernas, que tenía un poco apretadas.

—Enséñame ese precioso culito —dijo acariciando mi entrada trasera.

Me asusté; pensé que el primer día quería probar algo para lo que no estaba preparada.

—Don... —susurré indecisa, y me giré para mirarlo.

Me agarró del pelo y apretó mi cara contra las almohadas.

—Tranquila, nena —murmuró inclinándose sobre mí—. A eso también llegaremos, pero no hoy.

Me penetró lenta y acompasadamente, combando mi columna, de modo que, sin darme cuenta, empiné aún más el culo.

—Eso es —jadeó satisfecho, y agarró mis caderas con más fuerza.

Me encantaba follar de espaldas y el control que Massimo tenía sobre mi cuerpo en esa posición me asustaba y me excitaba a la vez. Se inclinó un poco y llevó una mano hasta mi clítoris. Abrí aún más las piernas para que pudiera divertirse conmigo.

—Abre la boca —me pidió, y me introdujo los dedos entre los labios.

Cuando estuvieron bien húmedos, volvió a frotarme el coño. Lo hacía muy bien y sabía exactamente dónde colocar los dedos para llevarme al éxtasis. Sujeté con fuerza la almohada; no podía aguantar el endiablado ímpetu de sus caderas. Gemía y me retorcía bajo su cuerpo, mascullando en polaco.

—Todavía no, Laura —dijo, y después me puso boca arriba—. Quiero verte cuando llegues al orgasmo.

Pasó ambas manos bajo mi espalda y me abrazó con fuerza. Su pene entraba y salía cada vez más rápido, hasta que sentí que empezaba a contraerme por dentro. Eché la cabeza hacia atrás y dejé que el orgasmo se apoderara de mi cuerpo.

—Más fuerte —grité.

Me penetró con más energía y noté que él también estaba a punto de llegar al orgasmo, pero yo ya no podía aguantar más el placer. Grité, rígida, en la trampa del orgasmo, pero las caderas de Massimo no dejaron de moverse. Un empujón más, otro, los oídos me zumbaban, era demasiado. Me corrí por segunda vez soltando un alarido y mi cuerpo sudoroso cayó exhausto sobre el colchón.

Black bajó el ritmo, casi moviéndose con desgana. Agarró mis muñecas y las levantó. Se apoyó en las rodillas y observó mi ondulante pecho. Estaba satisfecho, había logrado su triunfo.

—Córrete sobre mi vientre. Quiero verlo —dije agotada.

Massimo sonrió y me apretó mucho las muñecas.

—No —contestó, y volvió a mover su cuerpo con un ritmo endiablado.

Al instante noté que una ola cálida se derramaba en mi interior. Me quedé petrificada. Él sabía perfectamente que yo no usaba anticonceptivos. Tuvo un orgasmo largo e intenso mientras luchaba con mi cuerpo, que quería protegerse a toda costa de su dulce contenido. Cuando terminó, cayó sobre mí sudoroso y ardiente.

Traté de centrar mis pensamientos y calcular los días del ciclo, pero ya sabía que Massimo había elegido el peor de los momentos. Quise salir de debajo de él, pero el peso de su cuerpo impedía cualquier movimiento.

—¿Qué demonios pretendes, Massimo? —pregunté furiosa—. Sabes de sobra que no tomo la píldora.

Se rio y se apoyó en los codos. Se me quedó mirando mientras yo me agitaba furiosa.

—De la píldora no te puedes fiar. Pero llevas un implante anticonceptivo, mira.

Palpó la parte interna de mi brazo izquierdo, a la altura del bíceps. Bajo la piel había un tubito. Me soltó la mano y descubrí horrorizada que era verdad.

—El primer día hice que te lo pusieran mientras dormías. No quería arriesgarme. Dura tres años, pero puedes quitártelo cuando pase uno —dijo sonriendo.

Era la primera vez que veía una sonrisa como esa en su cara, lo cual no cambiaba el hecho de que estuviera furiosa. Satisfecha, pero furiosa.

—¿Podrías quitarte de encima? —pregunté mirándolo con indiferencia.

—Me temo que de momento no será posible, nena. Me resultaría difícil follarte a distancia —replicó, y me mordió un labio—. Cuando vi tu rostro por primera vez no te deseé; la visión que tuve me asustó. Pero, con el tiempo, cuando los retratos estuvieron por todas partes, empecé a percibir cada detalle de tu alma. Te pareces tanto a mí, Laura —dijo, y me besó con delicadeza en la boca.

Lo miré y sentí que se me pasaba el enfado. Me encantaba que fuera sincero conmigo, sabía cuánto le costaba eso y lo apreciaba.

Sus caderas empezaron a moverse suavemente y noté que su miembro volvía a endurecerse dentro de mí. Me besó la cara y siguió hablando:

—La primera noche estuve contemplándote hasta que amaneció. Notaba tu aroma, el calor de tu cuerpo, estabas viva, existías, dormías a mi lado. No fui capaz de separarme de ti en todo el día, porque irracionalmente temía que no estuvieras cuando regresara.

Su tono se volvió triste, de disculpa, como si quisiera que supiera que no se enorgullecía de retenerme a la fuerza. Pero la verdad era que, de no ser por el miedo, habría escapado a la primera oportunidad. Sus caderas fueron acelerando lentamente, sus brazos se cerraron a mi alrededor y noté que su cuerpo se calentaba y humedecía.

No quería seguir escuchando lo que decía, pues me hacía recordar que todo lo que estaba ocurriendo no era exactamente lo que yo quería. Empecé a pensar en lo despiadado, brutal y cruel que podía llegar a ser. Yo nunca lo había experimentado, pero lo había visto y sabía de qué era capaz.

Con estas ideas bullendo en la cabeza, la rabia volvió a

crecer en mi interior. La ondulación de su cuerpo me irritaba, me ponía nerviosa y hacía que la furia se acumulara.

Massimo apartó la cara de mi mejilla y me miró a los ojos. Lo que vio lo dejó frío.

—¿Qué ocurre, Laura? —preguntó observándome intrigado.

—No quieras saberlo. ¡Y quítate de encima, joder!

Quise levantarme, pero él ni se inmutó. Su mirada era gélida. Sabía que estaba tratando con el «don» y que luchar contra él no tenía sentido.

—Quiero montarme sobre ti —dije apretando los dientes y agarrándole del culo.

Black siguió examinando mi rostro. En un momento determinado me agarró con fuerza y se dio la vuelta sin salir de mí. Se quedó boca arriba con los brazos estirados, igual que yo minutos antes.

—Todo tuyo —susurró cerrando los ojos—. No sé qué te ha hecho cabrear de esa manera, pero si necesitas control sobre mí para librarte de esa furia, adelante —dijo con un ojo abierto—. La pistola está en el cajón. Está sin seguro, por si la necesitas.

Me alcé despacio de su pecho, pero a la vez clavándome su polla endurecida más dentro de mí. Me habían hecho gracia sus palabras, aunque al mismo tiempo estaba enfadada y desorientada. Agarré su mejilla con la mano derecha y la pellizqué con fuerza. No abrió los ojos, pero empezó a apretar las mandíbulas rítmicamente. Levanté despacio el culo y me dejé caer sobre él, sin sacar su miembro de mí. Quería que supiera lo que yo sentía, quería castigarlo por todo aquello y hacerle sufrir, y eso solo podía hacerlo de un modo.

Me levanté y, cuando se dio cuenta de lo que hacía, abrió los ojos. Le dirigí una mirada intimidadora y fui a por el cinto del albornoz, que estaba tirado junto a la puerta. Su semen me resbalaba por las piernas. Pasé un dedo por el líquido pegajoso, recogí un poco y, mientras volvía a la cama, lo chupé sin apartar la mirada de Black. Al verlo, su polla empezó a palpitar.

—Está dulce —dije relamiéndome—. ¿Quieres probarlo?

—No soy un fan de mi propio sabor, así que no, gracias —contestó asqueado.

—Incorpórate —le pedí montándome a horcajadas sobre él.

Massimo se levantó hasta quedar sentado en la cama y juntó las manos a la espalda, como si supiera lo que iba a hacer.

—¿Estás segura? —preguntó en un tono más serio del que exigía la situación.

Ignoré por completo la pregunta y le até las manos tan fuerte que, cuando terminé, incluso se quejó por el dolor.

Lo empujé para que quedara tumbado y abrí el cajón que había junto a la cama para sacar la pistola. Black no se inmutó, pero me miró como queriendo decir: «De todas formas, sé que no te atreverás». Y tenía razón, me faltaba valor, pero además no era eso lo que pretendía hacer en esa situación. Rebusqué en el cajón, pero no encontré lo que necesitaba. Abrí otro cajón y ¡bingo! De él saqué un antifaz para dormir.

—Ahora vamos a divertirnos, don Massimo —dije poniéndoselo en los ojos—. Antes de empezar, recuerda que si algo no te gusta, debes decírmelo claramente, para que yo lo comprenda, aunque hay pocas posibilidades de que te haga caso.

Sabía que me estaba burlando de él, por eso solo sonrió y acomodó su cabeza en la almohada.

—Me has raptado, me has atado, amenazas con matar a mi familia —dije agarrándolo otra vez de la mejilla—. Me has quitado todo lo que tengo y, a pesar de que me pones un montón, te odio, Massimo. Me gustaría que supieras lo que significa que te obliguen a hacer cualquier cosa.

Quité la mano de su mejilla y le solté un bofetón. Su cabeza se inclinó un poco a un lado y tragó saliva ruidosamente.

—Otra vez —murmuró entre dientes.

Sorprendentemente, lo que hice y su reacción me resultó excitante. Volví a agarrar su cabeza.

—Soy yo quien lo decide —masculé.

Me desplacé hacia arriba y mi raja húmeda se encontró sobre su cabeza.

—Empieza a chupar —le dije restregándosela por la boca.

Sabía que no le haría gracia probar el sabor de sus propios fluidos y solo por eso decidí hacerlo. Como no reaccionó, pegué mi coño mojado a sus labios para que, a la fuerza, catara ese sabor que le daba tanto asco. Al cabo de un rato, noté que su lengua acariciaba mi interior. Alzó la barbilla y llevó las caricias a mi clítoris. Gemí y apoyé la frente en la pared acolchada. Massimo lo hacía muy bien, y enseguida estuve al borde del orgasmo. Me enderecé sobre las rodillas y miré hacia abajo: estaba lamiendo mis fluidos y ronroneaba con deleite. Era evidente que esa parte del castigo le gustaba. Deslicé las nalgas por su pecho, por su vientre y sentí cómo penetraba en mi coño, humedecido por la saliva. Su polla estaba dura, gruesa y se ajustaba perfectamente a mí.

Gemí, lo agarré de la espalda y lo senté. Noté que me ayudaba; sabía que sola no sería capaz. Me así al cabecero de la cama y empujé su cuerpo para que su espalda se apoyara en la pared acolchada. Me encantaba aquella posición, pues me daba un control absoluto sobre mi pareja y al mismo tiempo hacía que la penetración fuera muy profunda. Le cogí del pelo y empecé a restregar lentamente el clítoris sobre su vientre. Su pene se irguió un poco dentro de mí y me froté con él cada vez más rápido y con más fuerza. Lo follaba sujetándolo del pelo y del cuello. Massimo respiraba agitadamente y sentí que enseguida iba a explotar. Le di otra bofetada.

—¡Córrete! —dije golpeándolo de nuevo.

Eso me excitaba de tal modo que noté que se acercaba un orgasmo, pero aún no quería terminar. Un momento después, Black me llenó de esperma, lanzó un fuerte gemido y sus brazos rodearon mi cuerpo, apretándome contra él. Se quitó el antifaz y se abalanzó con ansia sobre mi boca. Bajó las manos hasta mi culo y lo movió con un ritmo continuo.

—No quiero correrme —dije cogiendo aire.

—Lo sé —susurró, y me agitó cada vez más rápido—. ¡Pégame! —dijo. Me daba miedo hacerlo porque ya no llevaba el antifaz y me miraba—. ¡Que me pegues, joder! —bramó, así que le di una bofetada.

Cuando mi mano impactó su rostro, sentí que me llegaba un orgasmo colosal. No era capaz de mover las caderas, todo mi cuerpo temblaba, todos los músculos estaban duros y en tensión. Massimo me movió enérgicamente ensartada a él hasta que todo en mí se distendió y caí en sus brazos. Nos quedamos así abrazados y me acarició la espalda suavemente.

—¿En qué momento te desataste las manos? —pregunté sin apartar la cara de su hombro.

—Cuando terminaste de atarme —contestó sonriendo—. No eres muy buena en eso, Laura; en cambio yo, en cierto sentido, soy un especialista en atar y desatar.

—Entonces ¿por qué no usaste las manos hasta el final?

—Sabía que te había cabreado algo de mí o algo que había dicho, así que he decidido permitir que te desahogaras. Estaba seguro de que no me harías daño, porque me echabas de menos —dijo, y se levantó de la cama sin soltarme. Me llevó al baño besándome en la boca, en las mejillas, en el pelo. Me dejó en la ducha y abrió el agua—. Deberíamos irnos a dormir —comentó mientras me enjabonaba—. Mañana nos espera un largo día. Desde luego, preferiría pasar toda la noche follándote, pero es evidente que hacía mucho que no usabas tu dulce coño y ya tiene bastante para ser la primera vez después de la pausa. Así que lo dejaremos por hoy —añadió lavándome con delicadeza entre las piernas—. Eres muy agresiva. Eso te pone, ¿verdad, nena? —Sus manos se detuvieron y su mirada me atravesó.

—¿Qué le voy a hacer, si me gusta el sexo duro? —contesté agarrándole de los testículos—. Para mí, la cama es otro juego más en el que una puede ser quien quiera y hacer lo que quiera, dentro de unos límites razonables, claro —añadí mientras se los masajeaba—. Es un juego, no una cuestión de vida o muerte.

—Nos irá bien, Laura, ya lo verás —replicó, y me besó en la frente.

9

Cuando abrí los ojos, la luz del sol se colaba delicadamente por la persiana bajada. Seguía tumbada en la enorme cama impregnada de olor a sexo. Al pensar en lo ocurrido la noche anterior, me excité muchísimo. No sabía si había sido una buena decisión, si lo había hecho bien, pero había sucedido y mis reflexiones ya no importaban.

La cuestión era que había echado de menos a Massimo los últimos días y el salvarme la vida me demostró lo importante que era para él. Por fin alguien me trataba como yo quería, como a una princesa, como a la persona más valiosa e importante. Allí tumbada me preguntaba por qué ayer me había puesto tan furiosa y llegué a la conclusión de que lo único que me irritaba en nuestra relación era que amenazara a mi familia. Traté de justificar su comportamiento por el hecho de que, si no me mantuviera en jaque, escaparía sin darnos la oportunidad de conocernos mejor. De nuevo estaba descolocada. Agité la cabeza y aparté unos pensamientos demasiado agobiantes para aquella hora del día.

La puerta del dormitorio se abrió y apareció Massimo sonriente. Iba vestido con un pantalón corto blanco y una camiseta de tirantes, también blanca. Estaba descalzo y llevaba el pelo mojado. Solté un gemido al verlo y me estiré sobre la cama, al tiempo que apartaba el edredón con los pies. Se acercó y me miró de pies a cabeza.

—Dormir es tu ocupación favorita, ¿no? —preguntó besándome en la frente.

Puse las manos detrás de la cabeza y me estiré aún más, arqueando el cuerpo con ostentación.

—Me encanta dormir —dije sonriendo.

Black me agarró por la cintura, me puso boca abajo y me dio un azote en el culo desnudo. Me sujetó de la nuca con una mano, me hundió la cabeza en la almohada, acercó su boca a mi oreja y susurró:

—Me estás provocando, nena. —Esa vez tenía toda la razón.

La mano que descansaba sobre mis nalgas descendió y separó mis muslos. Introdujo con suavidad dos dedos en mi interior.

—¿En qué estabas pensando para estar tan húmeda? —preguntó.

Me apoyé sobre las rodillas y levanté el culo bien alto. Sus dedos empezaron a moverse dentro de mí. Inclinó el cuerpo hacia atrás para ver lo que estaba haciendo.

—En que, de no ser por el implante, en este momento estaría ovulando, así que estaría húmeda todo el rato —contesté sonriendo y balanceando las caderas.

La expresión de Black cambió; por alguna razón, parecía muy satisfecho.

—Ahora mismo —dijo sacando los dedos— me gustaría quitarme los pantalones y follarte por detrás contigo apoyada en la ventana.

Pulsó un botón en el mando que había junto a la cama y la habitación se llenó de luz.

—Para que mientras tanto pudieras disfrutar de las vistas, pero, por desgracia, estás demasiado hinchada tras lo de anoche y, además, nos espera el chico que nos va a llevar a bucear, así que no tenemos tanto tiempo como necesitaría. —Se chupó los dedos que acababa de sacar de mí—. Fabio lo ha traído demasiado pronto. Vamos.

Me cogió y me cargó en su espalda. Al cruzar la habitación, recogió el albornoz y me lo echó por encima. Salió al pasillo; yo iba colgada de él partiéndome de risa. Pasamos por delante de varias puertas, todas iguales, y junto a varios miembros de la tripulación, que nos miraron sorprendidos. No sé cuál era su expresión porque no la veía, pero sospecho que estaba más serio que nunca. Tras un buen rato, llegamos a mi camarote. Me dejó en el suelo y tiró el albornoz sobre la cama.

—Creo que voy a despedir a la tripulación para que puedas ir siempre desnuda —dijo dándome unas palmadas en el culo.

En la mesa había una fuente con comida, una jarra con té, cacao, leche y Moët Rosé.

—Curioso desayuno —comenté mientras me servía cacao—. Creo que el champán debería estar cada mañana en mi menú.

—Sé de sobra que te gusta el champán, y lo demás solo presiento que te puede gustar.

Lo miré con gesto interrogativo y él se apoyó en la ventana del camarote e hizo un mohín.

—Cuando mi gente recogió tus cosas en Varsovia, en el fregadero había dos vasos: en uno había restos de cacao y en el otro, un té con leche casi intacto. No creo que un hombre beba ni lo uno ni lo otro, aunque cualquiera sabe. —Se encogió de hombros—. Lo importante es que te gusta una de esas bebidas. Además, cuando te despertaste en Roma también las bebiste, así que no era difícil adivinarlo —dijo mientras se acercaba a la cubitera con el champán.

—Imagino que tú beberás desde primera hora, ¿no? —pregunté y le di un trago a mi vaso.

Massimo cogió el recipiente con la botella y lo puso en el suelo.

—No, estoy haciendo sitio —comentó poniendo a un lado el té y la leche—. Creí que podría aguantarme, pero cuando te paseas desnuda delante de mí no me puedo concentrar, así que dentro de un momento te subiré a la mesa y, delicada pero firmemente, te poseeré.

Me quedé de piedra mirando cómo apartaba todo lo que había en la mesa. Mi expresión debía de ser muy graciosa, porque, cuando me puso encima, no pudo evitar reírse. Me abrió mucho las piernas, se arrodilló entre ellas y me metió la lengua. Solo duró un momento y era evidente que el objetivo no era darme placer, sino rebajar la fricción. Luego hizo lo que había dicho, poseerme con delicadeza pero con firmeza.

Salí a la cubierta con las gafas de sol y un maravilloso bikini blanco de Victoria's Secret. En la popa se encontraba el equipo de buceo; el chico que lo estaba colocando no tenía pinta de italiano. Su pelo era muy rubio y, por sus rasgos, parecía evidente que era del Este. Su rostro delgado estaba iluminado por unos enormes ojos azules y una radiante sonrisa. Massimo estaba al otro lado de la cubierta hablando con Fabio y gesticulando mucho. Preferí no ir con ellos, así que me dirigí hacia el submarinista. Al bajar por las escaleras, me tropecé y estuve a punto de caer al agua.

—Maldita sea, un día me voy a matar —refunfuñé en polaco.

Al oír esas palabras, el joven me miró muy contento, me tendió la mano y dijo en polaco:

—Soy Marek, pero aquí todos me llaman Marco. No se imagina usted lo agradable que resulta escuchar palabras en polaco.

Me quedé a cuadros, sonriéndole, hasta que de pronto solté una carcajada.

—Créeme, tú eres el que no tiene ni idea de lo mucho que me alegro de escuchar mi querido idioma. Se me va a secar el cerebro de pensar en inglés. Soy Laura; te ruego que me hables de tú.

—¿Qué tal las vacaciones en Italia? —preguntó mientras volvía a ocuparse del equipo.

Pensé un momento la respuesta.

—En realidad no son vacaciones —balbucí mirando el agua—. Tengo un contrato de un año en Sicilia y he tenido que instalarme aquí —dije, y me senté en las escaleras—. ¿Es casualidad que haya encontrado aquí a un polaco o te han buscado especialmente para mí? —pregunté quitándome las gafas.

—Por desgracia, es casualidad, aunque creo que para nosotros dos es muy afortunada. Paulo debía ir a bucear con vosotros, pero ayer se rompió una pierna y he tenido que sustituirlo. —En ese momento, Marek se irguió y la sonrisa desapareció de su cara.

Miré hacia atrás y vi que Massimo estaba en lo alto de las escaleras y empezaba a bajarlas poco a poco. Ambos hombres se saludaron y charlaron un momento en italiano, tras lo que Black se dirigió a mí.

—Lo siento, pero me ha surgido una reunión, así que no puedo bucear con vosotros —dijo, y apretó la mandíbula con rabia.

—¿Una reunión? —Miré a mi alrededor—. ¡Pero si estamos en mitad del mar!

—Dentro de un momento llegará un helicóptero; nos veremos cuando termine.

Me volví hacia Marek y le hablé en polaco:

—Pues nos quedamos solos. No sé si alegrarme o llorar.

Massimo se quedó mirándonos; en sus ojos se adivinaba una rabia creciente.

—Marco es polaco. Es genial, ¿verdad? Será un día estupendo —le dije a Black, y le besé en la mejilla.

Cuando me estaba apartando de él, me agarró del brazo y susurró para que solo yo lo oyera:

—Me gustaría que no hablaras en polaco delante de mí, porque no entiendo nada. —Su mano se cerró con fuerza alrededor de mi muñeca.

Me libré de su mano de un tirón y le grité enfadada:

—Y a mí me gustaría que no hablaras en italiano. ¿Serás capaz?

Le dirigí una mirada llena de reproche y de rabia y me fui hacia la lancha en la que Marek estaba cargando el material. Me acerqué a él y le di unas palmadas en la espalda mientras le preguntaba en polaco si le ayudaba y si teníamos todo lo necesario. Después me despedí con la mano de Massimo y me dispuse a subir en la lancha.

No sé si Black podía teletransportarse, pero apenas había dado un paso cuando me encontré rodeado por sus brazos y agasajada por sus besos. Me agarró con fuerza del culo y me levantó ligeramente. Su boca devoraba la mía con ansia, como si nos estuviéramos despidiendo para siempre. El sonido del helicóptero que llegaba interrumpió su furia besucona.

Sujetó mi cara entre las manos, sonrió, me guiñó un ojo y susurró:

—Si te toca, lo mato.

Me besó en la frente y subió por las escaleras.

Me quedé mirando cómo se iba y se me puso mal cuerpo al pensar en lo que acababa de oír. Por desgracia, sabía que era capaz de hacerlo y no tenía la menor intención de cargar en mi conciencia la muerte de nadie.

—Parece muy enamorado, ¿no? —preguntó Marek ofreciéndome su mano.

—Yo más bien diría que es muy posesivo y que le encanta no perder el control —contesté subiendo a la lancha.

Nos pusimos en marcha y volví la cabeza para mirar a Massimo, que llevaba el pelo revuelto por el aire de las hélices del helicóptero. Estaba muy cabreado, no necesitaba ver su cara para adivinarlo; me bastaba con observar su postura: las piernas muy abiertas y los brazos cruzados sobre su poderoso pecho no auguraban nada bueno.

—¿Te dedicas a dar clases de buceo a diario? —pregunté cuando ya estábamos navegando.

Marek se rio y redujo la velocidad para que no tuviéramos que gritar por el ruido.

—No, ya no. Tuve mucha suerte y aproveché un nicho de mercado. Ahora soy el dueño de un imperio submarino. —Se rio alegremente—. ¿Te lo puedes creer? Un polaco que tiene en Italia la mayor empresa de material submarinista y de todos los servicios relacionados con ello.

—Entonces ¿qué haces aquí conmigo? —pregunté extrañada.

—Ya te lo he dicho, el destino y una pierna rota. ¡Tenía que ser así! —gritó, y aumentó las revoluciones del motor, de manera que la lancha salió impulsada hacia delante.

El sol ya se estaba poniendo de un rojo intenso cuando Marek comenzó a recoger el equipo.

—Ha sido fantástico —dije masticando un bocado de sandía.

—Por suerte, no era tu primera inmersión, con lo que hemos podido dedicar más tiempo a bucear y menos al aprendizaje.

—¿Dónde estamos exactamente?

—Cerca de Croacia. —Marek señaló con el dedo una costa apenas visible—. Es muy tarde. Hoy tengo que estar en Venecia.

Cuando llegamos al yate, empezaba a anochecer. En la cubierta del *Titán* esperaba Fabio, que me ayudó a subir a bordo. Me despedí de Marek y fui hacia las escaleras.

—El peluquero y el maquillador aguardan en el salón junto al *jacuzzi*. ¿Le sirvo algo de comer? —me dijo Fabio.

—¿Un peluquero? ¿Para qué? —pregunté sorprendida.

—Ustedes irán a un banquete. Se está celebrando en Venecia el Festival Internacional de Cine, y don Massimo es el accionista mayoritario de un estudio. Por desgracia, es bastante tarde y solo tiene usted hora y media para prepararse.

«Genial —pensé—. Llevo todo el día remojándome en agua salada para acabar asistiendo esta noche a una fiesta y deslumbrar a todo el mundo con mi piel seca.» Sacudí la cabeza y subí preguntándome si alguna vez conocería con tiempo mis propios planes, por no hablar de decidir sobre ellos.

Poli y Luigi eran un buen ejemplo de hombres cien por cien gais. Maravillosos, fabulosos y fantásticos, los mejores amigos de las mujeres y más femeninos que la mitad de nosotras. En una hora hicieron desaparecer el nido que llevaba en la cabeza y la costra que se había formado en mi cara. Cuando terminaron, fui al camarote a prepararme la ropa. Entré en el dormitorio y, en el perchero que había junto al baño, encontré colgado uno de los vestidos de Roberto Cavalli que elegí en Taormina. De él colgaba una nota que indicaba «este». Ya conocía la respuesta a la pregunta de qué iba a ponerme esa noche. Era estupendo, muy atrevido, de una tela negra que se transparentaba, como si fuera una red, y con encajes que parecían cremalleras o cordones. Los guantes largos me hacían los brazos más esbeltos, aunque de todas formas nadie se iba a fijar, porque la atención de todo el mundo se centraría en la espalda desnuda: el vestido solo llevaba una fina tira a la altura de los omoplatos y nada más hasta el inicio del culo.

—No puedo ponerme bragas —me dije en voz alta torciendo el gesto delante del espejo.

Roberto Cavalli lo había previsto, y el vestido no se transparentaba del todo en los puntos clave, pero aun así a mí me gustaba llevar aunque fuera un modesto tanga.

Cogí el bolso, me empapé en perfume, me calcé unas elegantes sandalias y me dirigí a la puerta. Antes de salir, me detuve una última vez frente al espejo. Mi aspecto era espectacular. El maravilloso maquillaje ahumado con tonos negros y dorados combinaba idealmente con mi piel bronceada y el moño, en lo alto de la cabeza, me estilizaba y me aportaba clase. «Ha valido la pena añadir un kilo de pelo postizo», pensé mientras acariciaba aquella artística creación.

Salí a cubierta y miré a mi alrededor. En una mesita vi la ya habitual botella de champán y una copa llena, lo cual significaba que Black estaba en el yate. Me acerqué y serví una segunda copa. Recorrí la cubierta, pero no encontré a nadie. En cambio, descubrí intrigada que el *Titán* estaba a poca distancia de la costa; ante mis ojos se abría una maravillosa vista de luces parpadeantes.

—Es el Lido, una isla también conocida como la Playa de Venecia —oí que me decía una voz familiar.

Me giré hacia el lugar del que procedían las palabras. A unos pasos de mí estaba Domenico, dando un sorbo a una copa de champán.

—Sabía que ese vestido sería perfecto. Estás impresionante, Laura. —Se acercó y me besó en las mejillas.

—Te he echado de menos, Domenico —repliqué dándole un abrazo.

—Ten cuidado, querida, o Poli y su novio Luigi tendrán que arreglarte de nuevo —dijo sonriendo y me llevó a un sofá de piel.

—¿Dónde está don Massimo? —pregunté antes de probar el champán.

Domenico me miró con gesto de disculpa. Entonces me di cuenta de que iba de esmoquin, lo cual significaba que, una vez más, Black me había dado plantón.

—Ha tenido que… —Levanté la cabeza y Domenico se detuvo en mitad de la frase.

—Bebamos y pasémoslo bien —comenté, y vacié la copa.

La lancha en la que íbamos se deslizaba lentamente por las tranquilas aguas del mar Adriático. Se metió por un canal y me pregunté si quería solo un año, si quería más o si ni siquiera aguantaría ese tiempo. Si ya había conseguido lo que deseaba, quizá me dejara ir. Pero yo no sabía si quería volver a Polonia. ¿Por qué echaba de menos a Massimo? Domenico me sacó del torrente de mis pensamientos.

—Ya llegamos. ¿Estás preparada? —preguntó ofreciéndome su mano.

Me levanté y me estremecieron todas esas luces, tanta gente y tanta elegancia.

—No, desde luego que no estoy preparada ni quiero estarlo. Domenico, ¿para qué hago todo esto? —pregunté asustada cuando la lancha ya llegaba al muelle.

—Para mí —dijo una voz conocida, y me emocioné—. Perdona todo este lío, pensé que no iba a llegar a tiempo, pero al final nos hemos entendido sin problemas y aquí estoy.

Alcé la mirada. Mi deslumbrante secuestrador estaba en el muelle. El traje cruzado negro le sentaba que ni pintado. Me quedé clavada en el suelo por la impresión. La camisa blanca realzaba el color de su piel y la pequeña pajarita le aportaba clase y seriedad.

—Ven. —Estiró la mano hacia mí y, un momento después, ya estaba a su lado.

Me alisé el vestido y levanté la vista para encontrarme con su mirada. Me sujetaba con fuerza la mano izquierda; parecía tan asombrado como yo.

—Laura, tú… —Se detuvo y arqueó las cejas—. Estás tan divina que no sé si quiero que alguien más, aparte de mí, te vea así.

Al oír esas palabras, sonreí con falsa modestia.

—¡Don Massimo! —La voz de Domenico nos sacó de nuestra mutua admiración—. Tenemos que irnos y, además, ya nos han visto. Aquí tienen sus máscaras.

«¿Quién nos ha visto y por qué tenemos que irnos?», pensé mientras cogía una maravillosa máscara de encaje con forma de gafas.

Massimo se volvió hacia mí, me la puso y murmuró mientras frotaba la nariz contra el borde de la máscara:

—El encaje y tú... Lo adoro.

Me besó con delicadeza y, antes de que apartara sus labios de los míos, el brillo de los *flashes* iluminó la noche. Me entró el pánico.

Se apartó lentamente y se volvió hacia los fotógrafos, agarrándome con fuerza por la cintura. No sonreía, solo esperaba con calma a que terminaran. Los numerosos paparazis gritaban en italiano y yo procuraba mostrar la imagen más digna posible, aunque las rodillas me temblaban.

Black les hizo un gesto con la mano, como para dar a entender que ya era suficiente, y avanzamos por la alfombra en dirección a la entrada. Atravesamos el vestíbulo y llegamos al salón de baile, rodeado de unas columnas monumentales. En las mesas redondas había velas y flores blancas. La mayoría de los invitados llevaban máscaras, algo que me venía de perlas, porque, gracias a la mía, me daba la sensación de que conservaba un poco mi anonimato.

Nos sentamos a una mesa en la que solo faltábamos nosotros. Un momento después aparecieron los camareros, que sirvieron los entremeses y, a continuación, los demás platos.

10

El banquete fue increíblemente aburrido. Había organizado cientos de celebraciones similares, así que mi única diversión consistía en señalar mentalmente los errores del servicio. Massimo conversaba con los hombres de nuestra mesa y, de vez en cuando, me acariciaba el muslo con discreción.

—Tengo que ir a la sala de al lado —me dijo—. Por desgracia, será una conversación en la que no puedes participar, así que te dejo bajo la protección de Domenico. —Me besó en la frente y se fue hacia la puerta; le siguieron los demás hombres que se habían sentado con nosotros.

Mi asistente apareció en un santiamén y ocupó la silla de Massimo.

—La mujer del vestido rojo parece una bola de piel —comentó, y ambos soltamos una carcajada tras observar a una señora cuya indumentaria recordaba a una bola de Navidad—. De no ser por estas curiosidades de la moda, moriría de aburrimiento —añadió.

Compartía esa sensación y por eso me encantaba su compañía. Entre la conversación y el champán, los veinte o treinta minutos se nos pasaron volando. Cuando ya estábamos bastante alegres, decidimos salir a bailar.

Sobre la pista había mucha gente muy elegante. «Una juerga no será, desde luego», pensé mirando al cuarteto de cuerda. Después de un par de bailes con Domenico acunándome, me harté. Yo, al contrario que él, sabía bailar muy bien, ya que mi querida madre me envió a clases de baile durante preescolar y primaria.

Cuando abandonamos la pista de baile, oí un idioma familiar.

—¿Laura? Parece que hoy no me libro de ti.

Me giré y vi a Marek vestido con un reluciente traje gris.

—¿Qué haces aquí? —pregunté sorprendida.

—Mi empresa colabora con la mayoría de los hoteles de la zona. Además, es un baile benéfico y yo soy uno de los patrocinadores. —Se encogió de hombros al decirlo.

Domenico carraspeó expresivamente.

—Ay, perdón —dije pasando al inglés—. Este es Domenico, mi asistente y amigo.

Ambos intercambiaron saludos en italiano. Cuando íbamos a irnos, unos músicos se unieron al cuarteto y en el salón comenzaron a sonar los compases de un tango argentino. Di un gritito de alegría. Los dos hombres me miraron sorprendidos.

—Me encanta el tango —dije mirando a Domenico de forma expresiva.

—Laura, me he pasado quince minutos pisándote esos carísimos zapatos. ¿No has tenido suficiente?

Torcí el gesto, reconociendo que tenía razón.

—Yo estuve ocho años aprendiendo bailes de salón, así que, si no tienes miedo, estaré encantado —dijo Marek ofreciéndome la mano.

—Un baile solo —le dije al joven italiano, y nos fuimos a la pista de baile.

Marco me agarró con fuerza y, al instante, casi todas las parejas desaparecieron para dejarnos más espacio en el que lucir nuestras habilidades. Me guiaba con maestría, seguro de sus movimientos, percibía perfectamente la música y conocía los pasos de maravilla. Creo que todas las personas que nos observaban estaban convencidas de que llevábamos años bailando juntos. A mitad de la pieza, la pista estaba completamente vacía y nosotros girábamos juntos, exhibiendo la destreza adquirida en la infancia. Cuando la música terminó, la gente que llenaba el salón prorrumpió en bravos y aplausos. Ambos hicimos una elegante reverencia al público y nos volvimos hacia donde habíamos dejado a Domenico. Sin embargo, en su lugar me encontré a Black, que contemplaba la escena rodeado de varios hombres. Cuando nos acercamos a ellos, todos asentían en señal de admiración, todos excepto Massimo. Su rostro reflejaba furia y sus ojos ardían de puro fuego. Si su mirada matara, de mí solo habría quedado un montoncito de cenizas, por no hablar de mi acompañante.

Me acerqué y lo besé en la mejilla, mientras Marek quitó la mano de mi brazo y se la tendió a Black.

—Don Massimo —dijo, y agachó la cabeza a modo de saludo.

Permanecieron un momento mirándose a los ojos y el ambiente se espesó tanto que costaba respirar. Massimo se volvió hacia sus acompañantes sin soltar mi mano y dijo unas palabras en italiano. Todos se echaron a reír.

—¿Tú sabías quién era? —le pregunté en polaco a Marek, consciente de que, si Black lo oía, no nos entendería.

—Por supuesto, hace más de diez años que vivo en Italia. —Marek me guiñó un ojo.

—¿Y aun así has bailado conmigo?

—No creo que me mate por eso, al menos aquí no —contestó riéndose—. Además, hay varias razones por las que no puede hacerlo, así que espero que no haya sido nuestro último baile.

Me besó la mano y desapareció entre las mesas. Massimo lo siguió con la mirada y después se dirigió a mí:

—Bailas muy bien. Eso explica el magnífico trabajo que realizan tus caderas en otras circunstancias.

—Me aburría, y Domenico no es muy buen bailarín —repliqué, y me encogí de hombros como gesto de disculpa.

En el salón, los músicos habían empezado a tocar un pasodoble.

—Yo te enseñaré cómo se baila —dijo mientras se quitaba la chaqueta del esmoquin para dársela a Domenico.

Me cogió de la mano y entró en la pista con paso firme. Los demás invitados no habían tenido tiempo de retomar sus bailes tras mi actuación así que, en cuanto vieron que aparecía con una nueva pareja, nos dejaron solos. Massimo hizo una señal a la orquesta para que volviera a comenzar.

Yo iba bastante ebria y me sentía muy segura de mis habilidades, tanto que me aparté de él y me levanté el vestido por un lado para dejar una pierna al descubierto. «¿Por qué demonios se me habrá ocurrido no ponerme bragas?», pensé. Los músicos tocaron los primeros compases; la posición en la que se colocó Black demostraba que no estaba ante un principiante. El baile fue salvaje y apasionado, encajaba perfectamente con Massimo y su naturaleza autoritaria. No solo se trataba de un baile, sino de mi castigo y mi premio a la vez, el anuncio de lo que ocurriría cuando nos fuéramos del banquete y de una sorpresa que parecía prometer. Me sentía hechizada, quería que la música no terminara nunca y que nuestros cuerpos siguieran unidos para siempre.

Naturalmente, el final tenía que ser espectacular, lo nunca visto. Recé para que mi pierna no subiera muy arriba y dejara demasiado a la vista. Se acabó la música y yo me hundí entre sus brazos con la respiración acelerada. Segundos después, los invitados nos dedicaron una ovación. Black me levantó con elegancia de la posición en que había quedado, me hizo dar unas vueltas y ambos saludamos al público con una reverencia. Con paso tranquilo y firme, sujetándome fuerte del brazo, salió de la pista de baile y, por el camino, se puso la chaqueta que le trajo Domenico.

Nos fuimos del salón casi a la carrera, sin despedirnos de nadie. Me llevó por los pasillos del hotel sin decir una palabra, con su mano apretando mi muñeca.

—Magnífica demostración —dijo una voz de mujer.

Massimo se quedó petrificado. Se volvió despacio sin soltarme.

En mitad del vestíbulo había una rubia despampanante con un vestido corto dorado. Sus piernas terminaban a la altura de mi primera costilla, tenía unos hermosos pechos operados y cara de ángel. Se acercó a nosotros y besó a Black.

—Veo que la has encontrado —dijo sin apartar la vista de mí.

Su acento indicaba que era inglesa y su aspecto, que era una modelo sacada directamente del catálogo de Victoria's Secret.

—Soy Laura —me presenté con firmeza, tendiéndole la mano.

La estrechó y permaneció un momento en silencio, aunque a sus labios asomó una sonrisa irónica.

—Anna, el primer y verdadero amor de Massimo —replicó.

La joven no me había soltado la mano; la de Massimo, que seguía asiendo mi muñeca, sudaba de rabia y me apretaba más cada vez.

—Tenemos prisa, lo siento —masculló, y tiró de mí pasillo adelante.

La rubia se quedó donde estaba escupiendo palabras en italiano. A Massimo le rechinaron los dientes. Soltó mi mano y volvió sobre sus pasos. Con calma y expresión indiferente, le dijo varias frases; luego vino hacia mí, me agarró de nuevo y seguimos nuestro camino. Subimos en ascensor y nos bajamos en el último piso. Sacó a toda prisa la tarjeta del bolsillo y abrió la puerta. La cerró de un portazo y, sin encender la luz, se lanzó sobre mí. Me besó con pasión y avidez, entrando y saliendo de mi boca. Sin embargo, después de lo que acababa de ocurrir abajo, yo no tenía ganas de hacerlo, así que me quedé de pie sin reaccionar. Al cabo de un rato, cuando notó que algo no iba bien, detuvo su impulso frenético y encendió la luz.

Crucé los brazos sobre el pecho. Massimo suspiró y se echó el pelo hacia atrás con las manos.

—Por Dios, Laura —dijo sentándose en un gran sillón que había a su espalda—. Ella es… el pasado.

Permanecí un momento en silencio mientras él observaba mi reacción.

—Me doy perfecta cuenta de que no soy la primera mujer de tu vida, eso es algo natural —comenté con calma—. Y no tengo intención de ahondar en tu pasado ni de juzgarte. Pero me gustaría saber qué ha dicho para que tuvieras que ir a contestarle y, sobre todo, por qué está tan cabreada.

Black se quedó callado, mirándome con los ojos llenos de ira.

—Mi relación con Anna es bastante reciente —contestó al final.

—¿Cómo de reciente? —No me daba por vencida.

—La dejé el día que llegaste a Sicilia.

«Eso explicaría muchas cosas, sí», pensé.

—No la engañé, tus retratos llevan años colgados en mi casa, pero, aparte de mí, nadie creía que te fuera a encontrar. Y mucho menos ella. El día que te vi, le ordené que se marchara. —Me miró esperando una reacción—. ¿Quieres saber algo más?

Seguí allí de pie, observándolo fijamente y preguntándome qué sentía. Los celos debilitan, y durante años he aprendido a eliminar las imperfecciones de mi carácter. Además, no me sentía amenazada, porque Massimo no era alguien importante para mí. ¿O sí?

—Laura, di algo —murmuró entre dientes.

—Estoy cansada —comenté dejándome caer en otro sillón—. Además, no es asunto mío. Estoy aquí a la fuerza, pero cada día que pasa me acerco más a mi cumpleaños y a mi libertad.

Yo sabía que lo que estaba diciendo no era verdad, pero no tenía ganas ni fuerzas para mantener esa conversación.

Black me miró durante un buen rato apretando las mandíbulas rítmicamente. Sabía que mis palabras le habían herido e irritado a la vez, pero no me importaba.

Se levantó del sillón, fue hasta la puerta y la abrió. Se dio la vuelta, me miró y comentó indiferente:

—Ha dicho que te matará para quitarme lo que más me importa, igual que yo hice con ella.

—¡¿Cómo?! —grité enfurecida—. ¿Y después de decirme eso quieres irte como si nada? —Fui hacia él—. Eres un maldito egoísta…

Cuando vi que colgaba el cartel de NO MOLESTAR en el picaporte y cerraba la puerta, me callé. Me detuve con los brazos caídos, perpleja, mirándolo como una tonta.

—El baile de hoy —empezó a decir acercándose a mí— ha sido el juego previo más electrizante que he tenido. Eso no cambia el hecho de que tuviera ganas de matar al polaco ese cuando he visto las confianzas que se tomaba contigo, aunque sepa quién soy.

—Al parecer, es algo que no puedes hacer —comenté de forma provocativa.

—Por desgracia, tienes razón, y es una lástima —replicó acercándose a mí.

Me rodeó con sus poderosos brazos y me apretó con fuerza. Nunca lo había hecho; me sorprendió y no supe dónde poner las manos. Pegué la cara a su pecho y noté cómo le latía el corazón. Suspiró profundamente y se deslizó por mi cuerpo hasta quedar de rodillas, con la cabeza apoyada entre mis senos. Yo metí una mano entre sus cabellos y empecé a acariciarle la cabeza. Estaba indefenso, agotado y dependía totalmente de mí.

—Te amo —susurró—. No sé luchar contra eso. Te amaba mucho antes de que aparecieras, soñaba contigo, te veía y sentía cómo eras. Todo ha resultado ser verdad —dijo rodeando mi cintura con los brazos.

El alcohol me flotaba en la cabeza y el miedo se mezclaba con la tranquilidad.

Cogí entre las manos la cabeza de Massimo y le alcé la barbilla para mirarle a los ojos. Los levantó y me dirigió una mirada llena de amor, confianza y humildad.

—Massimo, querido —susurré acariciándole la cara—. ¿Por qué has tenido que joderlo todo?

Suspiré y me arrodillé en la alfombra junto a él. Los ojos se me llenaron de lágrimas. Pensaba en cómo habría sido todo si nos hubiéramos conocido en otras circunstancias, si no estuviera retenida por él, de no haber mediado todas esas amenazas y chantajes, y, sobre todo, de no haber sido él quien era.

—Haz el amor conmigo —dijo tumbándome en el suelo mullido.

Al oír esas palabras, casi se me paró el corazón. Lo miré con los ojos entornados, completamente desconcertada.

—Hay un pequeño problema —dije colocándome entre sus brazos.

Black quedó encima de mí apoyado en los codos, con su cuerpo levemente pegado al mío, cubriéndolo en su totalidad y con una expresión interrogante en su mirada.

—Pues verás —empecé a decir algo avergonzada—, es que yo nunca he hecho el amor, siempre he follado. Me gusta. Ningún hombre me ha enseñado cómo se hace el amor, así que puede haber un problema y tú te llevarás una decepción. —Cuando terminé, aparté la cabeza, turbada por mi confesión.

—Eh, nena —dijo volviendo a poner mi rostro frente al suyo—. Eres muy delicada, no me había dado cuenta. No te preocupes, será tu primera vez, igual que para mí. No te levantes, hablo en serio.

—Di simplemente «por favor» —le sugerí, y me giré hasta quedar boca abajo—. Basta con pedirlo por favor; no siempre hay que ordenarlo.

Massimo se puso de pie y, durante un instante, contempló mi rostro con los ojos entornados. En su mirada no había hielo, sino deseo y pasión.

—No te muevas de donde estás, por favor —murmuró con una sonrisa.

—Sin problema —repliqué, y me di la vuelta sobre la alfombra.

Observé con curiosidad lo que hacía. Pasó junto al sillón, se quitó la chaqueta y la colgó en el respaldo, se desabrochó los gemelos de diamantes y se remangó. «Ay, madre —pensé riéndome por dentro—, se prepara algo muy serio.» Cuando salió, me dediqué a examinar el apartamento para pasar el rato. La gruesa alfombra de colores claros sobre la que yacía combinaba de manera ideal con el resto del inmenso recibidor. Aparte de la alfombra, solo había dos cómodos sillones y un pequeño banco negro. En el interior probablemente hubiera un salón, pero lo único que veía desde el suelo era una enorme ventana con pesadas cortinas y, al otro lado de la cristalera, una amplia terraza. A lo lejos, apenas visible, se intuía el ondulante mar.

La alegre espera la interrumpió un inquietante pensamiento sobre mi peinado. «Maldita sea, si tengo un kilo de mechones postizos en la cabeza», murmuré y, nerviosa, empecé a quitarme los cientos de horquillas que sujetaban el moño. Me peleé con ellas un buen rato, rezando para que Black no lo viera. Cuando por fin conseguí librarme de ellas, presa del pánico busqué un lugar donde esconder aquel nido chafado. «¡La alfombra!», se me ocurrió, así que lo oculté todo bajo el pesado tejido. Me peiné con los dedos y unos mechones ondulados me cayeron sobre la cara. Me levanté y me miré en un espejo que ocupaba gran parte de la pared que había junto a uno de los sillones. Me alegré al ver que mi aspecto era de lo más apetitoso, y volví a tumbarme sobre la alfombra.

—Cierra los ojos —me dijo desde una habitación contigua—. Por favor.

Me puse boca arriba e hice lo que me pedía. No sabía muy bien cómo colocarme. Entonces noté que estaba de pie, junto a mí.

—Laura, en esa posición pareces un difunto en un ataúd —comentó riendo alegremente.

Era cierto. Me había quedado con los brazos cruzados sobre el pecho, como si estuviera muerta.

—No voy a discutir contigo el tema de la muerte —repliqué mirándolo con un ojo abierto y sonriendo.

Black me levantó y me cogió en brazos. Siempre que lo hacía, daba la sensación de que yo no pesaba nada. Me llevó por el pasillo y sentí en la cara una agradable brisa cálida que olía a mar.

Me dejó en el suelo, cogió mi cara entre las manos y empezó a besarme.

Poco a poco, alargué los brazos para tocarlo. No puso objeción. Botón a botón, le desabroché la camisa y su boca bajó hasta mi cuello.

—Me encanta tu olor —susurró, y me mordió la barbilla.

—¿Puedo abrir ya los ojos? —pregunté—. Quiero verte.

—Puedes —dijo mientras iba bajando poco a poco la cremallera que mantenía mi vestido en su lugar.

Abrí los ojos y apareció ante mí una imagen fascinante. Desde el último piso en el que estábamos podía contemplarse casi toda la isla. Las luces titilantes iluminaban la noche y permitían ver las olas que llegaban a la playa. La terraza era gigante; había un bar privado, un *jacuzzi*, varias tumbonas y un diván con toldo muy parecido al que tenía Massimo en su jardín. La diferencia era que este podía cubrirse del todo con unas paredes de tela y que sobre el colchón había una sábana tirada de cualquier manera y varios almohadones. «Creo que ya sé dónde vamos a pasar la noche», pensé.

Mi vestido resbaló y la cremallera metálica golpeó contra el suelo. Las manos de Massimo recorrieron suavemente mi cuerpo desnudo y su lengua se introdujo sin prisas por mis labios entreabiertos.

—Otra vez sin bragas, Laura… —murmuró sin apartar su boca de la mía—. Y esta vez tampoco lo has hecho por mí, porque no sabías si llegaría a tiempo.

En su voz no había ira, solo curiosidad y buen humor.

—Cuando me puse el vestido, pensé que lo habías elegido tú, no tenía ni idea de que iría al banquete con Domenico —contesté quitándole la camisa y arrodillándome delante de él.

Despacio y con calma, le desabroché el cinturón, mirando hacia arriba en cada movimiento para comprobar la reacción de ese hombre fascinante. Los brazos le colgaban junto a los costados y no se parecía en nada al hombre que me aterraba semanas antes. Agarré el pantalón por la cintura, se lo bajé de un tirón y delante de mi cara apareció una erección impresionante.

—O tú también tenías prisa o tu reunión no era del tipo

que yo creía —dije mirándole con expresión divertida—. ¿Dónde están tus calzoncillos?

Massimo se encogió de hombros sonriendo y metió los dedos entre mis cabellos milagrosamente salvados.

Llevé lentamente una mano hasta su culo y acerqué su cuerpo hacia mí, de modo que solo unos milímetros me separaban de su pene. Lo agarré de la base y empecé a besar sutilmente la punta. Black gimió, y sus dedos fueron describiendo círculos entre mis cabellos. Lo acaricié suavemente con la lengua y los labios hasta que se hinchó y se endureció. Abrí la boca y lo devoré en toda su longitud, pero con delicadeza, para disfrutar de cada centímetro. Me movía atrás y adelante, jugaba, besaba, mordía y, al final, noté cómo su pegajoso jugo resbalaba por mi garganta. Massimo miraba lo que hacía y jadeaba ruidosamente.

Se inclinó, me pasó las manos bajo las axilas y me levantó. Me besó en la boca y se dirigió hacia una vaporosa bañera redonda construida en la terraza. Entró en ella y me colocó sobre él. Me miró, recorrió mi cara con los labios, luego el cuello y al final los cerró alrededor de un pezón. Lo chupó y mordisqueó el pecho, mientras sus manos se posaban sobre mi culo. De pronto, un dedo llegó a un lugar que yo no asociaba en absoluto con el amor. Me puse tensa.

—Tranquila, nena. ¿Confías en mí? —preguntó apartándose del abultado pezón.

Asentí y su dedo empezó a frotar rítmicamente entre mis nalgas. Me levantó y me penetró por delante casi con devoción. Grité y eché la cabeza hacia atrás. El agua caliente potenciaba todo lo que sentía. Sus movimientos eran firmes, pero a la vez delicados; se mostraba apasionado y ávido, pero también tierno.

—No tengas miedo —dijo, e introdujo la punta del dedo en mi culo.

De mi garganta salió un sonoro grito de placer que Massimo contuvo con su lengua. Me penetraba cada vez con más fuerza. El ritmo de trabajo de su cadera hacía que el agua golpeara contra el borde de la bañera y mi cuerpo se sintiera inundado por una ola de placer hasta entonces nunca experimentada. Alrededor, todo parecía difuminado, solo sentía lo que él me hacía. Introdujo la mano libre en el agua y empezó a friccionar mi clítoris, lo que fue como pulsar el botón rojo. El dedo que ocupaba la entrada trasera profundizó aún más y empezó a frotar con fuerza.

—Uno más —susurré conteniendo el orgasmo a duras penas—. Mete un dedo más.

Mi petición hizo que Black reaccionara con ímpetu. Su lengua se introdujo muy hondo en mi garganta y sus dientes mordieron mis labios y me provocaron un maravilloso dolor.

—Laura —gimió, y llevó a cabo mi petición—. Tu agujero es muy estrecho.

No me detuve a pensar si se me permitía correrme en ese momento o si tendría que haber esperado; simplemente, lo hice. Alcancé el cénit del placer con un grito y todo mi cuerpo se cubrió de sudor y se enfrió en segundos, a pesar de estar bajo el agua.

Massimo esperó a que terminara, me levantó y me llevó a la cama. Estaba medio inconsciente cuando pegó su cuerpo empapado contra el mío y volvió a penetrarme. Apretó la cara contra mi pelo y sus caderas me embistieron con fuerza e intensidad. Noté que estaba cerca. Me retorcía, gemía y le clavaba las uñas en la espalda. Besaba su cuello con avidez, le mordía los hombros y escuchaba su respiración, cada vez más rápida, que anunciaba una explosión. Metió ambos brazos bajo mi espalda y me abrazó con tal fuerza que casi no podía respirar. Me agarró la nuca con una mano y me miró a los ojos.

—Te amo, Laura —dijo, y noté cómo me llenaba una gran ola de semen caliente.

Se corrió durante un rato largo, pero no apartó la vista de mí ni por un instante. Esa imagen fue tan excitante y erótica que al poco tiempo noté que mis músculos se tensaban y me unía a él en su placer. Cayó sobre mí jadeando, su cuerpo me quitaba el oxígeno.

—Pesas mucho —dije intentando echarme a un lado—. Y tienes una polla maravillosa.

Al oírlo, Massimo se echó a reír y se apartó, dejándome libre.

—Lo tomaré como un cumplido, nena.

—Necesito lavarme —comenté tratando de levantarme.

Black me agarró y me atrajo de nuevo a la cama.

—No estoy de acuerdo.

Estiró el brazo y cogió una caja de pañuelos que había en una mesita. Igual que en el avión, cuando paladeó mi coño por primera vez, también en ese momento me limpió con mimo y después me cubrió con la sábana.

Nos quedamos charlando en la cama hasta que empezó a clarear. Me contó cómo había sido crecer en una familia mafiosa y cómo eran sus tíos. Habló de lo hermoso que era el Etna en erupción y de lo que le gustaba comer. Cuando el sol despuntaba por el horizonte, pedimos el desayuno y, sin salir de la cama, vimos cómo despertaba el nuevo día.

—Laura, ¿qué día es hoy? —preguntó después de sentarse delante de mí.

Arrugué la frente y durante un instante lo miré sin saber a qué se refería.

—No sé —contesté tapándome con la colcha—. Creo que es miércoles.

—¿Qué día? —volvió a preguntar.

Entonces comprendí por dónde iban los tiros. Intenté hacer un cálculo mental pero, tras los últimos acontecimientos, había dejado de importarme.

—No tengo ni idea, ya no los cuento —contesté, y di un sorbo al té.

Black se levantó y apoyó las manos en la baranda de la terraza. Me tumbé de lado y lo observé. Sus nalgas estaban perfectamente moldeadas, bien proporcionadas y pequeñas. Sus esbeltas piernas hacían que la espalda y los hombros parecieran más anchos de lo que eran en realidad.

—¿Quieres que te deje libre? —Me miró con expresión preocupada—. Supone un gran riesgo para mí, pero no puedo alegrarme de tenerte a mi lado sabiendo que no eres feliz. Por eso, si lo deseas, hoy mismo estarás de nuevo en Varsovia.

Lo observé con incredulidad, pero mis ojos resplandecían de alegría. Cuando mis labios dibujaron una amplia sonrisa, el rostro de Massimo se volvió de hielo y, atravesándome con una mirada indiferente, dijo:

—Domenico te llevará al aeropuerto. El próximo avión es a las once y media.

Me quedé sentada mirando al mar, feliz y asustada a la vez. «Puedo volver», repetía en voz baja. Oí que se cerraba la puerta del apartamento. Corrí al salón envuelta en la colcha. Massimo no estaba. Miré en el pasillo, pero allí tampoco había nadie. Regresé al interior, apoyé la espalda en una pared y resbalé hasta el suelo. Como si se tratara de una película, pasó ante mis ojos todo lo que habíamos vivido esa noche, cómo me había hecho el amor, las conversaciones, las payasadas. Los ojos se me llenaron de lágrimas. Me sentía como si hubiera sufrido una gran pérdida.

Me dolía el corazón, casi no latía. ¿Era posible que me hubiera enamorado de él?

Fui a la terraza y recogí el vestido del suelo, pero su estado era tan lamentable que no podía volver a ponérmelo. Corrí al dormitorio y marqué el número de recepción en el teléfono. Cuando contestaron, pedí que me pusieran con la habitación de Domenico. El hombre que estaba al otro lado de la línea ya sabía con quién quería hablar… Menuda sorpresa. Las manos me temblaban y me costaba respirar. Cuando el joven italiano contestó, solo alcancé a gritar sollozando: «Ven aquí», y caí sobre la cama.

—Laura, ¿me oyes?

Poco a poco, abrí los ojos y vi a Domenico sentado a mi lado. Sobre la mesilla había unas ampollas de medicina y, al otro lado de la cama, un señor hablaba por teléfono.

—¿Qué ha pasado? ¿Dónde está Massimo? —dije asustada, tratando de levantarme.

Domenico me contuvo y me aclaró con calma:

—Es el médico que se ha ocupado de ti. No podía encontrar tus medicamentos.

El señor dijo unas frases en italiano, sonrió y se fue.

—¿Dónde está Massimo? ¿Y qué hora es?

—Van a dar las doce. Don Massimo ha tenido que irse —contestó con tono de disculpa.

La cabeza me daba vueltas, me sentía mal y me dolía todo.

—Llévame con él ahora mismo. ¡Necesito ropa! —grité cubriéndome con la colcha.

Domenico me miró, se levantó y se dirigió al armario.

—Antes de que llegaseis, hice que pusieran aquí varias de tus cosas. La lancha espera abajo. En cuanto estés lista, podemos irnos.

Me levanté y corrí hacia el armario. A pesar de que no era habitual en mí, ese día me daba igual qué ponerme. Elegí un vestido blanco de Victoria's Secret, Domenico me lo dio y un instante después me lo puse en el baño. En el espejo revisé mi maquillaje, pero ya no estaba muy fresco. Me daba igual mi aspecto, pero no hasta ese punto. Me limpié la cara y volví a la habitación, donde el joven italiano me esperaba junto a la puerta.

A pesar de que el motor estaba a máxima potencia, la lancha iba demasiado lenta.

Minutos después, a lo lejos vi el casco gris del *Titán*.

—Por fin —dije levantándome de mi asiento.

No esperé a que amarráramos; subí a bordo de un salto. Recorrí todas las cubiertas abriendo cada puerta que encontré, pero no estaba.

Desesperada y llorosa, me dejé caer en un sofá del salón descubierto. Olas de llanto inundaban mis ojos y el nudo que se me estaba formando en la garganta no me dejaba respirar.

—Hace una hora, el helicóptero lo ha llevado al aeropuerto —dijo Domenico sentándose a mi lado—. Tiene mucho trabajo y necesita concentrarse.

—¿Sabe que estoy aquí? —pregunté.

—No creo. Se ha dejado el móvil en la habitación y no he podido decírselo. Además, hay lugares donde no puede llevar el teléfono.

Me eché en sus brazos entre sollozos.

—¿Qué voy a hacer ahora, Domenico?

El joven italiano me abrazó y me acarició la cabeza.

—No tengo ni idea, Laura, nunca me he visto en una situación como esta, no sabría decirte. Ahora debo esperar a que me llame.

—Quiero volver —dije levantándome del sofá.

—¿A Polonia?

—No, a Sicilia. Le esperaré hasta que regrese. ¿Puedo? —Le miré de forma suplicante, como esperando su permiso.

—Por supuesto. Por lo que sé, no ha habido ningún cambio.

—Entonces hagamos las maletas y volvamos a la isla.

Me pasé casi todo el viaje durmiendo, atiborrada de tranquilizantes. Cuando finalmente subí al SUV en el aeropuerto de Catania, me sentí como si volviera a casa. La autopista discurría junto a la ladera del Etna y yo solo podía pensar en Massimo envuelto en la colcha, contándome alegremente la historia de su infancia.

Cuando llegamos a casa, descubrí con sorpresa que el camino de acceso parecía distinto: el empedrado era de grafito, había arbustos y flores distintas. El lugar estaba casi irreconocible. Volví a mirarlo todo para asegurarme de que, en efecto, era el mismo sitio.

—Don Massimo ordenó cambiarlo todo mientras estabais fuera —dijo Domenico al salir del coche.

Recorrí el pasillo y llegué a mi habitación. Me metí en la cama y me quedé dormida.

Los siguientes días fueron todos iguales. Algunos los pasé en la cama; a veces salía y me sentaba en la playa. Domenico trató de que comiera algo, pero fue en vano, porque no era capaz de tragar nada. Daba vueltas por la casa buscando alguna señal de la presencia de Black. Enviaba correos electrónicos a mi madre, pero no estaba en condiciones de hablar con ella. Sabía que no podría engañarla y que, de inmediato, se daría cuenta de que me pasaba algo. Veía la televisión polaca que Massimo había mandado sintonizar en mi dormitorio. A veces lo intentaba con la italiana, pero, a pesar de esforzarme, seguía sin entender ni una palabra.

Por si eso fuera poco, en las portadas de las revistas italianas del corazón y en las páginas de internet de ese estilo aparecieron fotos del banquete en las que se veía a Black besándome en el muelle. Casi todos los titulares decían: ¿QUIÉN ES LA MISTERIOSA ELEGIDA DEL POTENTADO SICILIANO?, e incluían amplias descripciones de mi destreza como bailarina.

Pasaron los días y pensé que había llegado el momento de volver a Polonia. Llamé a Domenico y le pedí que hiciera mi equipaje solo con las cosas que yo había traído de mi país. No quería llevarme nada que me recordara a Massimo.

Encontré por internet un agradable apartamento alejado del centro de Varsovia y lo alquilé. No sabía qué haría después ni tampoco me importaba. Solo quería que se me pasara el dolor.

A la mañana siguiente sonó el despertador del móvil, me levanté, me bebí un cacao que me habían dejado en la mesilla y encendí el televisor. «Ha llegado el día», pensé. Un momento después entró Domenico y me dedicó una sonrisa triste.

—Tu avión sale en cuatro horas. —Se sentó en la cama—. Te echaré de menos —dijo cogiéndome la mano.

Sentí que los ojos se me llenaban de lágrimas.

—Lo sé. Yo también.

—Iré a comprobar que todo esté preparado —comentó levantándose.

Me quedé tumbada mirando la tele, saltando de un canal a otro. Puse las noticias y me fui al baño.

«En Nápoles ha sido tiroteado el jefe de una familia de la mafia siciliana. Este joven italiano se consideraba uno de los más peligrosos…»

Al oír esas palabras, salí corriendo del baño. Por la pantalla cruzaban fragmentos de fotos del lugar del suceso en las que se veían dos bolsas para cadáveres y un SUV negro al fondo. Sentí un dolor en el esternón que me impedía respirar y una punzada en el corazón, como si me hubieran clavado un cuchillo. Traté de gritar, pero mi garganta no emitió sonido alguno. Entonces me desmayé sobre la alfombra.

11

Abrí los ojos. La sala era blanca y el sol entraba en ella con tanta fuerza que casi no veía nada. Levanté la mano para protegerme los ojos y, sin querer, tiré de un tubo conectado a un gotero. «¿Qué pasa?», pensé. Cuando la vista se acostumbró al ambiente, miré a mi alrededor. El mobiliario que me rodeaba indicaba que me hallaba en un hospital.

Intenté recordar qué había ocurrido y entonces caí en la cuenta: Massimo, él... Al pensar en ello, se me volvió a acelerar el corazón y todos los aparatos que había junto a la cama empezaron a pitar. A los pocos segundos, un médico, una enfermera y Domenico entraron en la habitación.

Al ver al joven italiano, un torrente de lágrimas manó de mis ojos. Los sollozos no me dejaban pronunciar palabra. Empecé a atragantarme y a mover las manos. De repente, la puerta volvió a abrirse y apareció Black.

Pasó junto a los demás y se arrodilló delante de mí. Me cogió la mano y la acercó a su mejilla mientras me miraba con los ojos cansados y llenos de temor.

—Perdóname —susurró—. Querida, yo...

Deslicé la mano y le tapé la boca.

«Ni aquí ni ahora», pensé, y más lágrimas resbalaron por mi cara, aunque entonces eran de alegría.

—Señorita Laura —me dijo con tono reposado un señor de bata blanca después de echar una ojeada a una tarjeta que colgaba de la cama—, hemos tenido que operarla para desobstruir una arteria, ya que el estado en que se encontraba hacía peligrar su vida. Con ese fin hemos introducido un tubo en su cuerpo, de ahí el vendaje en la ingle. Por ese tubo hemos metido una guía que nos ha permitido desobstruir la arteria. Esto a grandes rasgos. Soy consciente de que, aunque habla muy bien inglés, no estará tan familiarizada con la terminología médica como para que le dé una descripción más detallada, que en este momento es absolutamente innecesaria. En cualquier caso, ha salido bien.

Le oía hablar, pero no podía apartar la mirada de Massimo. ¡Estaba allí, sano y salvo!

—¡Laura!, ¿me escuchas? —Noté que alguien me abría los párpados a la fuerza—. No me hagas esto o me matará.

Abrí los ojos poco a poco. Estaba tumbada en la alfombra y Domenico temblaba nervioso a mi lado.

—Gracias a Dios. —Suspiró cuando lo miré.

—¿Qué ha ocurrido? —pregunté desorientada.

—Has vuelto a perder el conocimiento. Menos mal que las pastillas estaban en el cajón. ¿Te encuentras mejor?

—¿Dónde está Massimo? ¡Quiero verlo ahora! —grité tratando de levantarme—. Dijiste que siempre que lo deseara me llevarías con él, y quiero que lo hagas ahora.

El joven italiano se quedó pensativo, como si buscara en su cabeza la respuesta a la pregunta que le había planteado.

—No puedo —murmuró—. De momento no sé qué ha pasado, pero sí que algo ha ido mal. Laura, recuerda que en los medios no siempre dicen la verdad. Pero debes abandonar hoy mismo la isla y volver a Polonia. Esas fueron las instrucciones de don Massimo acerca de tu seguridad. El coche te espera. En Varsovia tendrás un apartamento y una cuenta de un banco de las Islas Vírgenes. Puedes emplear como quieras el dinero que hay en ella.

Lo miraba asustada, sin dar crédito a mis oídos. Continuó hablando:

—Todos los documentos, tarjetas y llaves están en tu equipaje de mano. Cuando llegues, un chófer te recogerá y te llevará a tu nueva vivienda. En el garaje encontrarás un coche. Ya están allí todas tus pertenencias de Sicilia, como habías pedido.

—¿Está vivo? —lo interrumpí—. Dímelo, Domenico, o me volveré loca.

El joven italiano volvió a quedarse absorto pensando en la respuesta.

—Desde luego, se mueve. Mario, su *consigliere*, va con él, así que es muy posible que sí.

—¿Cómo que «se mueve»? —pregunté frunciendo el ceño—. ¿Puede que ambos estén…? —Me detuve sin atreverme a pronunciar la palabra «muertos».

—Don Massimo tiene un transmisor implantado en la cara interna del brazo izquierdo, un pequeño chip como el tuyo —comentó, y tocó mi implante—. Gracias a él sabemos dónde está.

Me quedé pensando en lo que acababa de escuchar, mientras me tocaba el tubito nerviosa.

—¿Qué demonios es esto? —pregunté furiosa—. ¿Un anticonceptivo o un transmisor?

Domenico no contestó, como si hubiera comprendido que yo no sabía qué me habían implantado. Suspiró profundamente, se levantó de la alfombra y me ayudó a hacer lo mismo.

—Viajarás en un avión comercial, será más seguro. Arréglate, debemos irnos —dijo, y se dirigió al vestidor con las maletas—. Laura, recuerda que, cuanto menos sepas, mejor para ti. —Se dio la vuelta y salió.

Permanecí un rato inmóvil, pensando en lo que me había dicho, pero, a pesar de la rabia que sentía, le estaba agradecida a Massimo por preocuparse de todo. El hecho de pensar que nunca volvería a verlo, que no me acariciaría de nuevo, hizo que los ojos se me llenaran de lágrimas. Sin embargo, esos negros pensamientos fueron pronto desplazados por la esperanza y la ilusoria convicción de que él estaba vivo y de que algún día yo volvería aquí. Recogí mis cosas y, una hora después, estaba en el coche. Domenico se quedó en casa, dijo que no podía acompañarme. De nuevo estaba sola.

El viaje fue relativamente corto, a pesar de la escala en Milán. No sé si se debió a las pastillas que me dio el joven italiano o a la apatía que se apoderó de mí, pero mi miedo a volar desapareció por completo. Al salir de la terminal vi a un hombre que sujetaba un cartel con mi nombre.

—Soy Laura Biel —dije en inglés por la costumbre.

—Buenos días, soy Sebastian —se presentó, y yo torcí el gesto al oír hablar en polaco.

Hasta pocos días antes habría dado una fortuna por una conversación como esa, pero ahora me recordaba dónde estaba y qué había ocurrido. La pesadilla que se había convertido en un cuento de hadas llegaba a su fin y yo volvía al punto de partida. Junto a la entrada había aparcado un Mercedes clase S de color negro. Sebastian me abrió la puerta trasera y nos pusimos en marcha.

Ya era septiembre y en el aire comenzaba a flotar el frío otoñal. Bajé la ventanilla e inspiré profundamente. Nunca me había encontrado tan mal como en ese momento. Me dolía hasta el pelo de la cabeza por la desesperación y la tristeza, y cualquier pretexto era bueno para verter un torrente de lágrimas. No quería ver gente, ni hablar con nadie, ni comer, y menos aún vivir.

Salimos del aeropuerto y nos dirigimos al centro de la ciudad. «Por favor, que no esté en Śródmieście», pensé. Me alegré cuando giramos hacia el distrito de Mokotów. El coche entró en una urbanización y aparcó junto a un pequeño bloque de apartamentos. El chófer salió, me abrió la puerta y me entregó el equipaje de mano. Me quedé un momento sentada, comprobando el contenido, hasta que encontré un sobre donde ponía CASA. En él estaban las llaves y la dirección.

—Llevaré su equipaje. Enseguida llegará otro coche con el resto de sus cosas —dijo Sebastian ofreciéndome su mano.

Salí y me dirigí a la puerta. Cuando ya estaba cerca, el segundo coche aparcó junto al bordillo. El conductor se bajó y empezó a sacar las maletas.

Entré en el vestíbulo y me acerqué al joven que atendía en la recepción.

—Buenos días, soy Laura Biel.

—Bienvenida. Me alegro de que ya haya llegado. Su apartamento está listo. Se encuentra en la cuarta planta, es la puerta de la izquierda. ¿Necesita ayuda con el equipaje?

—No, gracias, creo que los chóferes podrán apañárselas.

—¡Pues hasta pronto! —me gritó el chico desde el otro lado del mostrador con una amplia sonrisa.

Poco después subí al ascensor que iba hasta el último piso del edificio. Introduje la llave en la cerradura de la puerta cuyo número coincidía con el anotado en el sobre y, al abrir, apareció ante mí un hermoso salón con ventanas que llegaban hasta el suelo. Estaba todo decorado con un estilo oscuro y aséptico, muy al gusto de Massimo.

Los conductores subieron el equipaje y desaparecieron, dejándome sola. El interior era elegante y agradable. Gran parte del salón estaba ocupado por un sofá esquinero negro de alcántara mullida, bajo el que se extendía una alfombra blanca de pelo largo. Junto al sofá había una mesita de cristal y un enorme televisor colgado en la pared. A un lado estaba la entrada al dormitorio con una chimenea de doble cara rodeada por placas de cobre. Entré y vi una enorme y moderna cama iluminada desde abajo por leds, gracias a los cuales parecía que la cama levitase. Desde allí se entraba al vestidor y al baño, en el que había una bañera muy grande.

Volví al salón y encendí el televisor para ver un canal de noticias. Abrí el equipaje de mano y me senté en la alfombra. Me puse a revisar los demás sobres para conocer su contenido. Tarjetas, documentos, información. En el último encontré la llave del coche colgando de un llavero en el que ponía BMW. Para mi sorpresa, era la propietaria del apartamento y del coche. Después de leer otros documentos, resultó que también había puesto a mi nombre una cuenta bancaria con un saldo de siete cifras. ¿Para qué quería todo eso si me faltaba él? ¿Quería compensarme de ese modo por esas últimas semanas? Echando la vista atrás, debería ser yo quien le pagara por todos los maravillosos momentos que me había regalado.

Cuando terminé de deshacer las maletas, ya era de noche y no me apetecía estar sola. Cogí el teléfono, los papeles del coche y las llaves y bajé en ascensor al garaje. Busqué la plaza que correspondía al número de mi apartamento y ante mis ojos apareció un gran SUV blanco. Introduje la llave y las luces del coche se encendieron al pulsar un botón. «Está claro que no había otro más seguro y ostentoso», pensé mientras me subía al asiento de piel clara. Encendí el motor y recorrí el garaje buscando la salida.

Conocía bien Varsovia y me gustaba moverme en coche. Crucé unas calles, giré en otras, todo sin un objetivo concreto. Después de una hora dando vueltas, me detuve frente a la casa de mi mejor amiga, con la que llevaba semanas sin hablar. No podía ir a ningún otro sitio. Marqué el código de entrada en el telefonillo, crucé el portal, llegué hasta su puerta y llamé al timbre.

Nos conocíamos desde los cinco años, era como una hermana para mí, a veces mayor, a veces menor, según la situación. Era morena y tenía un cuerpo de curvas sensuales. Los hombres la adoraban, no sé si por su vulgaridad o por su desenfreno, o quizá por su precioso rostro. Indudablemente, Olga era una mujer preciosa, una belleza muy exótica. Sus raíces armenias le conferían unos rasgos muy marcados y lo más injusto: un color de piel aceitunado.

Olga nunca había trabajado, aprovechaba al máximo el efecto que causaba en los hombres. Era una adicta a romper estereotipos, especialmente el que dice que una mujer con muchas parejas es una zorra. Su relación con los hombres era muy simple: ella les proporcionaba lo que querían y ellos le daban dinero. No era una prostituta, más bien la mantenida de hombres aburridos de sus estúpidas esposas. Muchos estaban locamente enamorados de ella, pero Olga no conocía la palabra «amor» ni quería conocerla. Por lo general, salía con un influyente soltero dueño de un imperio de cosméticos que no tenía tiempo ni ganas para comprometerse con nadie. Lo acompañaba a recepciones, cenaba con él y le masajeaba las sienes cuando estaba cansado. Él le proporcionaba todos los lujos y comodidades que se le antojaban. Desde un punto de vista objetivo, se podría decir que tenían una relación, pero ninguno de los dos admitía esa idea.

—¡Me cago en la puta, Laura! —gritó Olga rodeándome el cuello con los brazos—. Te voy a matar, ya pensaba que te habían raptado. ¿Qué haces ahí parada? ¡Entra! —Me agarró de la mano y me arrastró a su casa.

—Perdóname… He tenido que… —balbucí, y los ojos se me llenaron de lágrimas.

Olga se me quedó mirando asustada. Me pasó un brazo por el hombro y me llevó al salón.

—Me da en la nariz que necesitamos una copa —dijo, y un momento después estábamos sentadas sobre la alfombra con una botella de vino—. Martin estuvo aquí —comentó mirándome con suspicacia—. Me preguntó por ti y me contó lo sucedido. Que habías desaparecido dejando una carta y que, al parecer, volviste antes que él y te llevaste tus cosas. Joder, Laura, ¿qué pasó allí? Quise llamarte, pero sabía que te pondrías en contacto conmigo cuando necesitaras hablar.

La miré dando un sorbo de vino y me di cuenta de que no podía decirle la verdad.

—Simplemente estaba harta de su ignorancia y, además,

me he enamorado. —Levanté la vista y la miré—. Sé cómo suena, por eso no quiero hablar de ello. Ahora necesito ordenar mi vida.

Era consciente de que ella sabía que no estaba diciéndole la verdad, pero era mi mejor amiga y siempre se mostraba comprensiva cuando no me apetecía hablar.

—Ajá, pues de puta madre —replicó enfadada—. ¿Cómo te lo has pasado? ¿Bien? ¿Tienes donde vivir? ¿Necesitas algo? —fue lanzando una pregunta tras otra.

—He alquilado un piso de un conocido, un apartamento grande. Tenía que marcharse urgentemente y quería dejárselo a alguien de confianza.

—Pues entonces genial, eso es lo más importante. ¿Y el trabajo? —No se daba por vencida.

—Tengo varias propuestas, pero de momento quiero centrarme en mí —murmuré jugando con la copa—. Primero debo poner en orden todo esto y después me irá bien. ¿Puedo quedarme a dormir? No quiero conducir después de beber.

Rompió a reír y me dio un abrazo.

—Claro que sí. Pero ¿de dónde has sacado el coche?

—También lo han dejado a mi cargo, como el apartamento —contesté llenando nuestras copas.

Nos quedamos hasta muy tarde charlando sobre lo que había ocurrido durante el último mes. Le hablé de las maravillas de Sicilia, de la comida, de la bebida, de los zapatos. Cuando ya habíamos vaciado hasta la mitad la segunda botella, me preguntó:

—Bueno, ¿y qué hay de él? Cuéntame algo porque me voy a volver loca fingiendo que no me pica la curiosidad.

Por mi cabeza cruzaron instantáneas de todos los momentos pasados con Massimo: la primera vez que lo vi desnudo cuando se metió en mi ducha; las compras con él, lo ocurrido en el yate, nuestro baile y la última noche juntos, tras la cual desapareció.

—Es… —empecé a decir dejando la copa— extraordinario, majestuoso, altivo, tierno, atractivo, muy atento. Imagínate al típico macho que no tolera que le lleven la contraria y siempre sabe lo que quiere. Añádele un protector y un defensor junto al que siempre te sientes como una niña pequeña. Y finalmente incluye en la mezcla tus más ocultas fantasías sexuales. Y por si eso fuera poco, mide uno noventa, tiene cero grasa y parece esculpido por el mismo Dios. Culito pequeño, espalda enorme, ancho torso… Y así todo. Ese es Massimo —contesté encogiéndome de hombros.

—Hostia puta —dijo Olga—. Hasta me tiemblan las piernas. Vale, pero ¿qué pasa con él?

Pensé un momento la respuesta, pero no se me ocurrió nada inteligente.

—Ya sabes cómo es esto, necesitamos tiempo para pensar porque la situación no es tan fácil. Pertenece a una adinerada familia siciliana muy tradicional que no acepta a las extranjeras —repliqué torciendo el gesto.

—Pues sí que te ha dado fuerte —comentó antes de beber un trago—. Cuando hablas de él, te iluminas como una bombilla.

No quería seguir hablando de Black porque cada maravilloso recuerdo me dolía al pensar que no habría más.

—Vamos a dormir, mañana tengo que ir a ver a mis padres.

—Vale, pero a condición de que el sábado salgamos por ahí.

Hice una mueca al oír eso.

—Venga, será divertido. Pasaremos el día en un *spa* y por la noche tomaremos la ciudad. ¡Fiesta, fiesta! —gritó dando saltos.

Al ver su alegría y entusiasmo me sentí culpable por haber estado tanto tiempo alejada de ella.

—Estamos solo a lunes, pero de acuerdo, tú ganas: el finde es nuestro.

12

El viaje hasta la casa de mis padres fue excepcionalmente corto, a pesar de los ciento cincuenta kilómetros que la separaban de la ciudad. Ni siquiera tuve tiempo de pensar qué les diría. Decidí no intranquilizar aún más a mi madre y continuar con la mentira que había ideado Black.

Aparqué en el camino de acceso a la casa y bajé del BMW.

—¿Desapareces un mes y vuelves en ese cochazo? Parece que te pagan bien en Sicilia, ¿no? —escuché la voz alegre de mi padre—. Hola, canija —dijo, y me abrazó con fuerza.

—Hola, papá. Es un coche de empresa —comenté achuchándolo también—. Te he echado mucho de menos.

Cuando noté su calor y escuché su voz cariñosa, los ojos se me llenaron de lágrimas. Me sentí como la niña pequeña que era en el fondo, siempre corriendo a ver a mis padres cuando tenía problemas.

—No sé qué te ha pasado, ya me lo contarás cuando quieras —dijo secándome las lágrimas.

Mi padre nunca se entrometía, esperaba a que yo acudiera a él y le dijese lo que me preocupaba.

—¡Dios mío, qué delgada estás!

Me separé de mi padre y me volví hacia el porche, donde mi encantadora madre acababa de asomar por la puerta. Como siempre, iba impecablemente vestida y bien maquillada. No me parecía en nada a ella. Tenía el pelo rubio y largo, y los ojos azul grisáceo. A pesar de ser de mediana edad, parecía una treintañera y más de una veinteañera querría lucir un cuerpo como el suyo.

—¡Mamá! —Me di la vuelta y caí en sus brazos sollozando como una loca.

Para mí era como un refugio nuclear, sabía que siempre me protegería de todo. A pesar de su carácter sobreprotector, era mi mejor amiga y nadie me conocía mejor que ella.

—¿Lo ves? Te dije que ese viaje no era una buena idea —comentó acariciándome la cabeza—. Y ahí lo tienes, otro disgusto. ¿Me puedes decir por qué lloras?

No podía, porque en realidad no lo sabía.

—Simplemente os echaba de menos y sabía que aquí por fin podría dejar que fluyeran mis emociones.

—Si sigues gimoteando así, se te hincharán los ojos y mañana te quejarás por tener mal aspecto. ¿Has tomado tus pastillas para el corazón? No vayamos a lamentar una tragedia… —preguntó apartándome el pelo de la cara.

—Sí, las llevo en el bolso —contesté limpiándome la nariz.

—Tomasz —le dijo a mi padre—, trae pañuelos y prepara té.

Mi padre sonrió y entró en casa. Nosotras nos sentamos en las cómodas sillas del jardín.

—¿Y bien? —preguntó encendiendo un cigarrillo—. ¿Me vas a decir qué te ocurre y por qué he tenido que esperar tanto a que vinieras?

Suspiré con fuerza. Sabía que la conversación no sería fácil y que no podría eludirla.

—Mamá, ya te dije y te escribí que he andado muy liada con el trabajo de Sicilia. Tuve que volver a Italia para una estancia corta, pero me llevó más tiempo del que pensaba. De momento me quedo en Polonia, al menos hasta finales de septiembre, porque aquí también hay hoteles de esa cadena y puedo prepararme para el trabajo en Varsovia. Además, aquí tengo a mi profesor de italiano, así que no te preocupes, no voy a huir de repente. Como ves, la empresa me cuida. —Señalé con la mano el BMW aparcado en la entrada—. También me han alquilado un apartamento y me han dado una tarjeta de crédito.

Me miró con suspicacia, pero como no dejé que mi expresión delatara la mentira, se relajó.

—Vale, me quedo más tranquila —dijo mientras apagaba el cigarrillo en el cenicero—. Ahora cuéntame cómo ha ido el viaje.

Mi padre trajo el té y les hablé de Sicilia sin escatimar detalles geográficos. Parte de la historia la saqué de las guías que había leído, porque en realidad no me había dado tiempo a ver la isla. Gracias al cuento sobre los hoteles que supuestamente tenía mi nueva empresa en Venecia, pude hablarles del Lido y el festival. Nos quedamos charlando hasta tarde y al final me sentí cansada.

Ya en la cama, mi madre me trajo una manta y se sentó a mi lado.

—Recuerda que, pase lo que pase, siempre puedes contar con nosotros. —Me besó en la frente y cerró la puerta al salir.

Durante los días siguientes, mi madre se marcó el objetivo de cebarme. No paramos de comer y beber vino. Cuando por fin llegó el viernes, di gracias a Dios por poder irme, porque un día más allí y mi tripa habría explotado. Por suerte, mis padres vivían junto a un bosque, así que cada día había salido a correr para quemar todo lo que mi madre me había hecho engullir. Me ponía los auriculares y salía volando, a veces una hora, a veces más. Constantemente tenía la sensación de que alguien me observaba. Me paraba y miraba a mi alrededor, pero nunca veía a nadie. Pensaba en Massimo, en si viviría y se acordaría de mí.

Por la tarde me subí al coche y regresé a Varsovia. Llamé a Olga para avisarle de mi llegada.

—Qué bien que estés aquí, tenemos que ir de compras. Necesito unos zapatos nuevos —dijo—. Dame tu dirección, estaré ahí en una hora.

—Mejor paso yo a recogerte. De todos modos, tengo que solucionar un asunto.

Cuando aparqué delante de su casa, la vi cerrar la puerta del portal y después se quedó petrificada. Señalaba el coche con una mano y con la otra se daba golpecitos en la sien. Luego se subió y preguntó, incrédula:

—¿Quién te ha comprado este coche?

—Ya te lo dije, me dejaron el apartamento y el coche —contesté encogiéndome de hombros.

—Madre mía, pues cómo será la casa.

—Joder, tía, pues un piso. Y el coche, pues un coche. —Me enfadé con ella, aunque lo que realmente me cabreaba era no poder contarle la verdad. Ella sabía que mentía, y yo que estaba quedando como una idiota al ignorar su intelecto—. ¿Qué más da? ¿Recuerdas cuando vivimos en un estudio en Bródno?

Olga se echó a reír y se abrochó el cinturón.

—¡Sí, con la tiparraca esa del piso de arriba que decía que organizábamos orgías!

—Bueno, no era mentira del todo.

La miré con complicidad y arranqué.

—Venga ya, no digas gilipolleces, por un par de gritos alguna vez.

—Sí, recuerdo un día que me despisté y llegué antes a casa... Pensé que alguien te estaba asesinando.

—Ya, el mocoso ese con el que estaba follando era duro de verdad y además su papi tenía una clínica dental.

—Y así tenías revisiones gratis.

—Lo que tenía gratis era un pollón que me hacía morder las paredes.

Gracias a Dios conseguí cambiar el tema del coche y el piso y, durante el resto del trayecto, nuestra conversación volvió en torno a la pródiga vida sexual de Olga.

Ir de compras era algo que siempre me ponía de buen humor. Fuimos de *boutique* en *boutique* comprando zapatos que no necesitábamos. Al final, tras varias horas de alocado maratón, ambas estábamos hartas. Bajamos al aparcamiento y nos pusimos a buscar el coche. Tardamos un poco, pero al final lo encontramos y empezamos a guardar las compras en el maletero.

—¿Coche nuevo? —dijo una voz que me resultaba familiar.

Me di la vuelta y me llevé un susto al ver al mejor amigo de Martin.

—Hola, Michał. ¿Qué tal? —le pregunté y le di un beso en la mejilla.

—Tú eres la que deberías contar qué cable se te cruzó

para abandonarnos así. Joder, Martin casi se muere de angustia.

—Ya sé yo cómo se moría, tirándose a la siciliana esa —dije dándole la espalda y metiendo la última bolsa en el maletero—. Estaba tan preocupado que tuvo que desahogarse.

Michał se me quedó mirando estupefacto. Me acerqué a él.

—¿Crees que no lo sabía? ¡Se la folló el día de mi cumpleaños, el muy bastardo! —le solté cabreada y me dirigí a la puerta del coche.

—Estaba borracho —dijo encogiéndose de hombros.

Cerré de un portazo.

—Enseguida se enterará de que has vuelto —comentó Olga mientras se abrochaba el cinturón—. Genial, me encantan estos escándalos.

—A mí no tanto, sobre todo si me afectan. Vamos a mi piso y te quedas a dormir, ¿vale? No quiero estar sola.

Olga estuvo de acuerdo, así que nos pusimos en marcha.

—¡Hostia puta! —Nada más entrar y ver el salón, mi amiga reaccionó con palabras poco elegantes, como de costumbre—. ¿Y ese amigo tuyo te ha alquilado esto así, sin más? ¿Con coche incluido y también doncella? ¿Lo conozco?

—Bah, déjalo ya, es un favor que le hago. Y no lo conoces, porque es alguien con quien trabajé hace tiempo. La habitación de invitados está en el piso de arriba, pero prefiero que duermas conmigo.

Olga recorrió todo el piso gritando palabrotas cada dos por tres. Me lo pasé muy bien observando sus reacciones y me pregunté qué diría si viera el *Titán* o la mansión en Taormina. Saqué de la nevera una botella de vino portugués, cogí dos copas y la seguí a la planta de arriba.

—Ven, te voy a enseñar algo en la azotea —le dije al subir.

Cuando abrí la puerta, se quedó helada. Salimos a una hermosa terraza de más de cien metros cuadrados en la que había una mesa con seis sillones blancos, una barbacoa, tumbonas para tomar el sol y un *jacuzzi* de cuatro plazas. Dejé las copas sobre la mesa y las llené de vino.

—¿Alguna pregunta? —Le di su copa arqueando un poco las cejas.

—¿Qué le has hecho para que te deje esto? Confiesa. Sé que no es tu estilo, más bien el mío, pero yo nunca he conseguido una casa con un jardín en el techo. —Se rio y se dejó caer en uno de los sillones.

Nos cubrimos con mantas y contemplamos las luces del centro de la ciudad, que titilaban a lo lejos. A pesar de estar rodeada de personas a las que quería, no pasaba un minuto sin que pensara en Massimo. Llamé varias veces a Domenico, pero no contestaba a mis preguntas y solo quería saber si me encontraba bien. A pesar de ello, me gustaba escuchar su voz, porque me recordaba a Massimo.

13

Cuando despertamos al día siguiente y nos despejamos un poco, me sentí sorprendentemente bien. De pie frente al espejo, traté de convencerme de que tenía que seguir con mi vida, ponerla de nuevo en orden y empezar a olvidarme de las semanas en Italia. Desayunamos y dimos un repaso al armario y a las compras del día anterior para elegir la ropa que nos pondríamos por la noche y, pasadas las tres, nos fuimos al *spa*.

—¿Sabes qué, Olga? Tengo ganas de hacer locuras —comenté cuando salimos de casa—. ¿Tenemos cita en la peluquería?

Me miró haciendo una mueca.

—¿Te crees que sé peinarme sola? Pues claro que tenemos cita —replicó sonriendo cuando cerré la puerta.

Ir al *spa* era un ritual al que nos entregábamos de vez en cuando. *Peeling*, masaje, tratamiento facial, uñas, peluquería y, al final, maquillaje. Cuando llegó el momento del penúltimo paso, me senté en el sillón y Magda, mi estilista, acarició un mechón de pelo y dijo:

—¿Qué quieres que te haga, Laura?

—Teñirlo de rubio. —Olga pegó un bote en su asiento—. Y un peinado estilo *bob*, corto por atrás y largo por delante.

—¡¿Qué?! —Olga profirió tal grito que todas las mujeres del salón se giraron para mirarla—. ¡¿Qué gilipolleces dices?! Definitivamente te has vuelto loca, Laura.

Magda se rio mientras me desenredaba el cabello.

—No tienes el pelo estropeado, así que no le pasará nada. ¿Estás segura?

Asentí, y Olga se dejó caer en el sillón meneando la cabeza sin acabar de creérselo.

Para recuperar el ligero retraso provocado por mis caprichos, entraron las maquilladoras y empezaron su trabajo.

—Listo —dijo Magda tras más de dos horas, y miró satisfecha mi imagen en el espejo.

El efecto era asombroso: el color del trigo maduro combinaba de manera ideal con mi piel bronceada y mis ojos negros. Mi aspecto era joven, fresco y apetitoso. Olga se paró detrás de mí y me miró levantando una ceja.

—Bueno, vale, no tenía razón. Tu aspecto es cojonudo. Y ahora vámonos, es hora de fiesta. —Me agarró del brazo y fuimos al coche.

Dejamos el SUV en el aparcamiento y subimos en el ascensor. Metí la llave en el cerrojo y la giré dos veces.

—Qué raro, creí haber cerrado solo con una vuelta —dije torciendo el morro.

Después de bebernos una botella de vino y de ponernos algo menos cómodo que un chándal, pero más espectacular, nos miramos en el espejo. Estábamos listas.

Para salir, elegí un conjunto negro muy sensual: una falda tubo con talle alto y un top corto de mangas largas que combinaba a la perfección. Entre la parte de arriba y la de abajo quedó un espacio de unos cuatro centímetros que dejaba ver sutilmente los músculos de mi abdomen. Los zapatos de tacón negros con puntera corta y el bolso de fiesta del mismo color con tachuelas encajaban de forma ideal en el conjunto. Olga, en cambio, apostó por sus puntos fuertes, es decir, pechos generosos y magníficas caderas, y se puso un vestido *bandage* color carne. El conjunto lo completaban unos zapatos de tacón y un bolso del mismo color, todo ello combinado con complementos dorados.

—La noche es nuestra —dijo—. Pero no me pierdas de vista, que me gustaría volver a casa contigo.

Me reí y la empujé para que saliera de casa.

Una indiscutible ventaja del tipo de vida que llevaba Olga era que en todos los clubes conocía al menos a los porteros y, en la mayoría, a los gerentes o a los dueños.

Cogimos un taxi y fuimos a uno de nuestros locales favoritos del centro, Ritual, en la calle Mazowiecka, 12. Allí bebíamos, comíamos y me gustaría decir que ligábamos, pero por desgracia ese honor solo correspondía a mi amiga.

Cuando nos bajamos del taxi, vimos que en la cola para entrar en el club había unas cien personas. Olga pasó con ostentación junto a la gente, llegó hasta el cordón y dio dos besos a la portera. Esta desenganchó la cuerda que bloqueaba la entrada y un momento después estábamos en el interior, donde nos saludó Monika, la mujer del dueño, que nos puso en la muñeca una pulsera VIP.

—Estás deslumbrante, como siempre —le dijo Olga, pero Monika hizo un gesto con la mano quitándose importancia.

—Siempre dices lo mismo. —La encantadora morena se

rio y meneó la cabeza—. Pero no te librarás de tomarte algo conmigo. —Nos guiñó un ojo y nos indicó que la siguiéramos.

Subimos por las escaleras y nos sentamos a una mesa. Monika dio instrucciones a la camarera y se marchó.

—¡Hoy invito yo! —dije alzando la voz debido a la música mientras sacaba del bolso la tarjeta que me había dado Domenico.

Pensé que ya era hora de usarla. Quería hacerlo solo una vez, comprar una sola cosa con ella.

Llamé a la camarera. Un rato después cruzó el club trayendo una botella de Moët Rosé en una cubitera. Al verlo, Olga se levantó eufórica de su asiento.

—¡Por todo lo alto! —gritó cogiendo su copa—. ¿Por qué brindamos?

Yo sabía por quién quería brindar y por qué deseaba disfrutar de ese sabor en particular.

—Por nosotras —dije, y di un trago.

Pero no bebía por nosotras ni por Olga, sino por Massimo y por los trescientos sesenta y cinco días que no habían pasado. Sentí tristeza, pero a la vez tranquilidad, porque me pareció que, en parte, había aceptado la situación. Tras bebernos media botella, nos fuimos a la pista de baile. Nos movimos al ritmo de la música, hicimos un poco el tonto, pero mis maravillosos zapatos no estaban hechos para bailar, así que después de tres temas, tuve que ir a sentarme. Cuando volvía a la mesa, alguien me agarró del brazo.

—¡Hola! —Me di la vuelta y me encontré de frente con Martin.

Aparté su mano y le dirigí una mirada gélida y llena de odio.

—¿Dónde has estado todo este tiempo? —preguntó—. ¿Podemos hablar?

Por mi cabeza pasaron las fotografías que cayeron del sobre que me entregó Massimo. Cuando Black me lo dio, deseé hacer trizas a Martin, pero en ese momento las emociones se habían enfriado y me daba absolutamente igual.

—No tengo nada que decirte —repliqué, y me volví para continuar hacia mi sitio.

No se dio por vencido y al cabo de un rato volvía a estar a mi lado.

—Laura, por favor, dame un momento.

Me senté y lo miré mientras bebía con indiferencia. El sabor del champán me daba fuerzas.

—No me vas a decir nada que no sepa o que no haya visto.

—He hablado con Michał, déjame explicarme, por favor. Después te dejaré en paz.

A pesar de la rabia y el odio que despertó en mí ver aquellas fotos, reconocí que merecía la oportunidad de darme su versión.

—Bueno, pero no aquí. Espera.

Fui donde Olga y le expliqué la situación. No se sorprendió ni se enfadó, porque ya había tenido tiempo de encontrar a un rubio encantador que me sustituyó.

—¡Ve! —gritó—. Creo que yo hoy no volveré, así que no me esperes.

Me acerqué a Martin y le hice una señal con la cabeza para que saliera.

Cuando abandonamos el club, me pidió que lo siguiera al aparcamiento y me abrió la puerta de su coche.

—Por lo que veo, no habías venido de fiesta —comenté mientras me subía al Jaguar XKR blanco.

—He venido a por ti —replicó, y cerró la puerta.

A medida que atravesábamos calles, empecé a hacerme una idea de dónde iba a terminar el viaje.

—El pelo te queda fenomenal, Laura —dijo con voz calmada.

Ignoré el comentario porque su opinión no me interesaba lo más mínimo y seguí mirando por la ventanilla.

Martin pulsó el botón del mando a distancia y la puerta del garaje se elevó. Aparcó y subimos al piso. Cuando entramos, se me puso mal cuerpo. Incluso aquel lugar me recordaba a Black, a pesar de que nunca había puesto un pie allí.

—¿Quieres beber algo? —preguntó yendo hacia la nevera.

Me senté en el sofá y me noté fuera de lugar. Tenía la molesta impresión de que estaba actuando en contra de la voluntad de Massimo, al desoír su prohibición de contactar con Martin. Si me viera, si se enterara, lo mataría.

—Creo que lo mejor será tomar agua —decidió, y me dejó un vaso delante—. Te lo contaré todo y luego haz lo que quieras.

Me puse cómoda y le pedí que comenzara.

—Cuando te levantaste de la tumbona y te marchaste, comprendí que tenías razón y fui detrás de ti, pero un empleado del hotel me detuvo en la recepción y me dijo que debían entrar en nuestra habitación porque había una avería importante. Cuando los de mantenimiento terminaron de comprobar lo que pasaba, resultó que era un error del sistema y que no ocurría nada. Corrí a la calle y te busqué, pero ya había oscurecido. Estaba seguro de que no estarías muy lejos y que podría encontrarte, por eso no volví enseguida a coger el teléfono. Cuando finalmente regresé al hotel para llamarte, encontré en la habitación la carta en la que me lo contabas todo. Y tenías razón. Supe que la había jodido. —Bajó la cabeza y empezó a hurgarse en las uñas—. Estaba furioso, así que pedí que me llevaran bebida y llamé a Michał. No sé si por los nervios, porque tenía resaca del día anterior o por qué, pero después de la primera copa ya estaba borracho. —Levantó la vista y me miró fijamente a los ojos—. Y puedes creerme o no, pero no recuerdo nada de lo que sucedió a partir de ese instante. Cuando Karolina me contó por la mañana lo que había hecho, sentí ganas de vomitar. —Martin inspiró y volvió a bajar la cabeza—. Y cuando pensaba que ya no podía ir peor, en recepción nos informaron de que debíamos abandonar el hotel porque nuestras tarjetas de crédito no tenían fondos. Así que nos marchamos de la isla. Parecía que una maldición pesaba sobre esas vacaciones, como si todo hubiera ido mal desde el principio.

Cuando terminó de hablar, me cubrí el rostro con las manos y suspiré ruidosamente. Sabía que, aunque sonara absurdo, lo que decía resultaba muy creíble si Massimo había intervenido. Ahora ya no sabía con quién estaba más furiosa, si con Black por urdir aquel plan o con Martin por dejarse enredar.

—De todas formas, eso no cambia nada —comenté al cabo de un momento—. Aunque no recuerdes que te acostaste con ella. Además, lo cierto es que nuestras expectativas son completamente diferentes. Tú quieres tener tarta y comer tarta, pero yo siempre necesitaré más atención de la que tú eres capaz de darme.

Martin se deslizó del sofá y se arrodilló junto a mí.

—Laura —empezó a decir cogiéndome de las manos—, tienes razón en todo, era así. Pero durante estas semanas he comprendido lo mucho que te amo y no quiero perderte. Haré lo que sea para demostrarte que puedo cambiar.

Lo miré desconcertada y noté que el champán ingerido me subía a la garganta.

—No me encuentro bien —dije levantándome del sofá, y llegué al baño tambaleándome.

Vomité hasta que mi estómago quedó totalmente vacío. Estaba harta de ese día y de esa conversación. Salí del baño e hice un esfuerzo por ponerme los zapatos, que estaban en el pasillo.

—Me voy a casa —dije metiendo el pie en el primero.

—No vas a ninguna parte, no en ese estado —replicó, y me quitó el bolso.

—¡Por favor, Martin! —Empezaba a ponerme nerviosa—. Quiero marcharme.

—Bueno, pero deja que te lleve. —No aceptaba un no por respuesta y me cogió las llaves del coche.

Salimos del garaje y se volvió hacia mí con expresión interrogativa. Había olvidado que no conocía mi nueva dirección.

—A la izquierda —dije señalando con la mano—. Luego a la derecha y todo recto.

Tras diez minutos de indicaciones, llegamos a mi casa. Cuando aparcó, le di las gracias e intenté abrir, pero la puerta no se movió.

—Te acompaño. Quiero asegurarme de que llegas sin problemas.

Subimos y deseé estar sola cuanto antes.

—Es aquí —y metí la llave en la cerradura de mi puerta—. Gracias por preocuparte. A partir de aquí, me las apaño sola.

Martin no se daba por vencido y, cuando abrí, trató de pasar al piso detrás de mí.

—¿Qué coño estás haciendo? ¿No comprendes que ya no necesito tu compañía? —le grité impidiéndole el paso—. Ya me has dicho lo que tenías que decirme, ahora quiero estar sola. Adiós.

Traté de cerrar la puerta, pero los fuertes brazos de Martin no me dejaron.

—Te he echado de menos, déjame entrar.

No se rendía. Al final solté la puerta, retrocedí al interior y encendí la luz.

—¡Maldita sea, Martin, voy a llamar a seguridad! —grité.

Mi ex se detuvo en el umbral. Percibí odio en sus ojos cuando vio algo situado detrás de mí. Me di la vuelta y casi se me paró el corazón. Massimo se levantó lentamente del sofá y se acercó a la puerta.

—No entiendo lo que decís, pero parece que Laura quiere que te vayas —dijo Black deteniéndose a unos centímetros de Martin—. ¿Te lo digo yo para que lo entiendas? Quizá en inglés te resulte más fácil.

Martin tensionó todos los músculos y, sin apartar la vista de Black, dijo en un tono grave y sereno:

—Hasta luego, Laura. Estamos en contacto.

Se dio la vuelta y entró en el ascensor.

Cuando desapareció de nuestra vista, Black cerró la puerta y se quedó frente a mí. No sabía si todo eso estaba ocurriendo de verdad. El miedo y la rabia se mezclaban con la alegría y el alivio. Ahí estaba, sano y salvo. Permanecimos así bastante rato, mirándonos fijamente, pero la tensión entre ambos era insoportable.

—¡¿Dónde coño has estado?! —bramé después de soltarlc un sonoro bofetón—. ¿Te das cuenta, egoísta, de lo que he sufrido? ¿Crees que perder el conocimiento constantemente es la mejor forma de pasar el tiempo? ¿Cómo has podido dejarme así? ¡Dios!

Resignada, me dejé resbalar por la pared.

—Estás impresionante, nena —dijo queriendo cogerme en brazos—. Ese peinado...

—¡No me toques, hostia! No me vuelvas a tocar hasta que no me expliques qué ha pasado.

Al oír el tono elevado de mi voz, Black se irguió y se quedó un momento de pie junto a mí. Era más guapo de lo que recordaba. El pantalón negro y la camisa de manga larga del mismo color que llevaba realzaban su perfecta silueta. Ni siquiera en ese momento, con lo furiosa que estaba, podía dejar de advertir lo tremendamente atractivo que era. Sabía que me estaba acechando como un animal salvaje y que enseguida llegaría su ataque.

No me equivocaba. Massimo se inclinó hacia mí, me cogió por las axilas, me puso de pie, se agachó de nuevo hasta mi vientre y me echó sobre su hombro, de modo que quedé colgando boca abajo a su espalda.

Era consciente de que resistirme o gritar no serviría de nada, así que me limité a esperar en esa posición a ver qué hacía. Cruzó la puerta del dormitorio, me tiró sobre la cama y pegó su cuerpo al mío, de modo que no pudiera moverme.

—Te has visto con él a pesar de mi prohibición. Sabes que, si fuera necesario, mataría a ese hombre para que no se encontrara contigo, ¿verdad?

Seguí callada. No quería abrir la boca porque sabía que de ella saldría un torrente de palabras. Era tarde, estaba cansada, tenía hambre y toda aquella situación me sobrepasaba.

—Te estoy hablando, Laura.

—Y yo te oigo, pero no me apetece hablar contigo —dije en voz baja.

—Mejor, porque lo último que me apetece ahora es una conversación difícil —replicó, y metió brutalmente su lengua en mi boca.

Quise apartarlo, pero cuando sentí su sabor y su olor me vinieron a la mente todos los días que había estado sin él. Recordaba muy bien el sufrimiento y la tristeza que me habían acompañado.

—Dieciséis —susurré sin dejar de besarle.

Massimo detuvo su ritmo frenético y me miró extrañado.

—Dieciséis —repetí—. Son los días que me debes, don Massimo.

Sonrió y de un tirón se quitó la camisa negra que llevaba puesta. La luz tenue que llegaba del salón iluminó su torso. Ante mis ojos aparecieron varias heridas recientes, algunas aún vendadas.

—Dios mío, Massimo —susurré saliendo de debajo de él—. ¿Qué te ha pasado?

Toqué delicadamente su cuerpo, como si quisiera hacer desaparecer las heridas por arte de magia.

—Te prometo que te lo contaré todo, pero no hoy, ¿vale? Quiero que estés descansada, sin hambre y, sobre todo, sobria. Laura, estás muy delgada —dijo acariciando mi cuerpo ceñido por telas negras—. Me da la impresión de que estás incómoda con esto —añadió, y me puso boca abajo.

Deslizó despacio la cremallera de mi falda y esta cayó por mis piernas hasta llegar al suelo. Con el top actuó de manera parecida y me quedé ante él únicamente con la lencería de encaje.

Me observó mientras se quitaba el cinturón. Al verlo, recordé la violenta escena del avión.

—No conozco ese conjunto —comentó al bajarse el pantalón y el bóxer a la vez—. Y no me gusta. Creo que deberías quitártelo.

Lo observé mientras me desabrochaba el sujetador. Era la primera ocasión en que veía su miembro viril cuando aún no estaba duro. Su gruesa y pesada polla se levantó lentamente a medida que me deshacía de las prendas, pero incluso sin estar erecta resultaba maravillosa y en lo único en que podía pensar era en sentirla dentro de mí.

Yací desnuda sobre la cama y me puse las manos detrás de la cabeza, mostrándome sumisa una vez más.

—Ven aquí —dije abriendo las piernas.

Massimo agarró mi pie, se lo llevó a la boca, besó todos los dedos y poco a poco fue deslizándose hasta el colchón. Recorrió con la lengua la parte interior de mis muslos hasta que llegó al punto de unión. Levantó los ojos y me observó hirviendo en deseo. Esa mirada me indicó que no iba a ser una noche romántica.

—Eres mía —gimió, y hundió la lengua en mí.

Lamió con ansia, llegando a los puntos más sensibles. Me retorcía debajo de él y noté que en poco tiempo alcanzaría el orgasmo.

—No quiero —dije agarrándolo de la cabeza—. Ven aquí, penétrame, necesito sentirte.

Massimo hizo lo que le pedía sin vacilar un momento. Entró en mí de manera brutal, con fuerza, imprimiendo a nuestros cuerpos un ritmo parecido al de mi corazón en ese momento. Me follaba apasionadamente, apretaba sus brazos con fuerza a mi alrededor y me besaba con tal ímpetu que no podía tomar aliento. De pronto se extendió por mi cuerpo una ola de placer. Clavé las uñas en su espalda y las arrastré hasta sus nalgas. El dolor que le causé fue como darle el último empujón para que vertiera su cálido semen dentro de mí. Empezamos y terminamos casi al mismo tiempo. Un aluvión de lágrimas incontroladas cayó por mis mejillas y me sentí aliviada. «Esto está ocurriendo de verdad», pensé, y apreté mi cara contra su pecho.

—¿Qué te pasa, nena? —preguntó apartándose de mí.

No quería hablar con él, al menos no en ese momento. Me acurruqué pegada a él, como si quisiera refugiarme en su interior. Me acarició el pelo y recogió mis lágrimas con la boca hasta que me dormí.

Me desperté cuando los rayos del sol entraron en el salón por la ventana. Con los ojos entornados, alargué la mano para palpar el otro lado de la cama. Ahí estaba él. Miré hacia abajo y grité, incorporándome de golpe. Toda la sábana estaba llena de sangre y él no se movía.

—¡Massimo! —grité zarandeándolo.

Lo puse boca arriba y abrió los ojos desorientado. Me dejé caer en el colchón y respiré aliviada. Miró a su alrededor y se pasó la mano por el pecho empapado de sangre.

—No pasa nada, querida. Se han saltado los puntos —dijo levantándose, y me sonrió—. Ni siquiera lo he notado durante la noche. Pero creo que deberíamos lavarnos, porque parece que hayamos descuartizado a alguien —comentó riéndose mientras se arreglaba el pelo con la mano que tenía limpia.

—No me hace gracia —repliqué, y me fui al baño.

No tuve que esperar mucho a que se plantara a mi lado. Esa vez fui yo quien lo lavó, después de quitarle con cuidado los vendajes ensangrentados. Cuando terminé, abrí el botiquín y le puse unos limpios.

—Tienes que ver a un médico —comenté en un tono que no admitía réplica.

Me dirigió una mirada cálida en la que se adivinaba una capitulación.

—Como quieras, pero primero debemos desayunar. Tu dieta terminó ayer —dijo antes de salir de la bañera y besarme en la frente.

Fui a la nevera y descubrí que no había absolutamente nada para comer. En los estantes solo se veía vino, agua y zumo. Black me abrazó por detrás, pegó su cara a la mía y miró el interior casi vacío.

—Parece que tenemos un menú reducido.

—Últimamente no he tenido mucho apetito. Pero abajo hay una tienda. Sé una persona normal y ve a hacer la compra. Te haré una lista y luego prepararé el desayuno —dije cerrando la puerta.

Al oír eso se apartó y se apoyó en la pequeña mesa de la cocina.

—¿La compra? —preguntó arrugando la frente.

—Sí, don Massimo, la compra. Mantequilla, pan, beicon y huevos igual a desayuno.

Sin ocultar que le resultaba una idea divertida, Black salió de la cocina y dijo al cruzar la puerta:

—Haz la lista.

Le di unas breves instrucciones de cómo llegar a la tienda, que estaba en nuestro mismo edificio, a unos cinco metros del portal, y lo observé mientras entraba en el ascensor.

Supuse que le llevaría más tiempo del necesario, pero

menos del que yo necesitaba para arreglarme. Me fui corriendo al baño, me recompuse el peinado, me maquillé por encima al estilo «no me he pintado, es mi aspecto de cada mañana», me puse un chándal rosa y me tiré en el sofá.

Massimo volvió sorprendentemente rápido, sin tan siquiera llamar al telefonillo.

—¿Desde cuándo estás en Polonia? —le pregunté en cuanto entró.

Titubeó y me miró un momento.

—Primero el desayuno, Laura. Después hablaremos. No me voy a ir a ninguna parte y, desde luego, no sin ti.

Dejó la compra en la encimera de la cocina y volvió conmigo.

—Haz el desayuno, nena, que yo no tengo ni idea de cocinar. Mientras tanto, voy a usar tu ordenador.

Me levanté y me dirigí a la cocina.

—Tienes suerte de que me encante cocinar y de que se me dé bien —comenté, y me puse manos a la obra.

Treinta minutos después estábamos sentados sobre la alfombra del salón comiendo al estilo *All American*.

—Bueno, Massimo, ya he aguantado bastante. ¡Habla! —bramé dejando los cubiertos.

Black apoyó la espalda en el borde del sofá e inspiró profundamente.

—¡Pregunta! —Me atravesó con una mirada gélida.

—¿Cuánto tiempo llevas en Polonia? —comencé.

—Desde ayer por la mañana.

—¿Estuviste en este piso mientras yo estaba fuera?

—Sí, entré cuando saliste con Olga, a eso de las tres.

—¿Cómo es que tienes el código del portal y cuántas copias de las llaves hay?

—El código lo puse yo, es mi año de nacimiento. Solo tú y yo tenemos llaves.

«Mil novecientos ochenta y seis, o sea, tiene treinta y dos años», pensé, y volví a la conversación, que ahora me interesaba más que su edad.

—¿Tu gente lleva en Polonia desde que yo llegué?

Massimo cruzó los brazos sobre el pecho sonriendo.

—Pues claro. No creerías que te iba a dejar sola, ¿no?

Ya conocía la respuesta antes de que me la diera. Sabía que la sensación de estar siempre vigilada no eran imaginaciones mías.

—¿Y ayer también enviaste a tus hombres para que me siguieran?

—No, Laura, ayer yo mismo estuve en casi todos los sitios a los que fuiste, incluido el piso de tu ex, si te refieres a eso. Y te aseguro que cuando te subiste a su coche en el club, faltó poco para que sacara el arma. —Su mirada era seria y gélida—. Dejemos clara una cosa, nena. O no vuelves a tener contacto con él o lo liquido.

Era consciente de que no tenía sentido negociar con Black, pero las horas que había pasado aprendiendo a manipular a las personas me venían de maravilla y sabía cómo jugar mis cartas.

—Me extraña que lo veas como un rival —comenté indiferente—. No pensé que tuvieras miedo de la competencia, sobre todo porque, después de lo que vi en las fotos, Martin no es competencia para ti. La envidia es una debilidad que solo se siente cuando alguien piensa que su rival está a su altura, o sea, que es tan bueno como él o mejor. —Me giré hacia él y lo besé con dulzura—. No creía que tuvieras debilidades.

Black se quedó en silencio, jugando con la taza de té.

—¿Sabes qué? Tienes razón, Laura. Soy capaz de aceptar argumentos racionales. Entonces ¿qué propones?

—¿Qué propongo? —repetí su pregunta—. Nada. Considero que esa etapa de mi vida está cerrada. Si Martin piensa otra cosa, es su problema. Puede seguir torturándose, no es asunto mío. Además, tienes que saber que yo, como tú, no perdono la traición. Por cierto, ya que hablamos de eso, ¿qué le echasteis en la bebida el día de mi cumpleaños?

Massimo dejó la taza y me miró asustado.

—¿Qué? ¿Pensabas que no me iba a enterar? ¿Por eso me prohibiste hablar con él, para que no supiera la verdad? —murmuré entre dientes.

—Lo que cuentan son los hechos: te engañó. Además, no todo el que toma esa sustancia va corriendo a tirarse a una chica. No era una droga de la violación, nena, ni éxtasis; era solo un potenciador de los efectos del alcohol. Tenía que emborracharse más rápido que de costumbre, eso es todo. No voy a negar que intervine para que no fuera enseguida tras de ti cuando saliste corriendo del hotel. Lo retuve aposta, claro. Pero debes preguntarte si eso cambia algo y si te gustaría que la situación fuera diferente.

Se levantó de la alfombra y se sentó en el sofá.

—A veces tengo la impresión de que olvidas quién soy y cómo soy. Puedes cambiarme cuando estoy contigo, pero no voy a cambiar para el resto del mundo. Y si quiero algo, lo consigo. Te habría raptado ese día o cualquier otro, era solo cuestión de tiempo y de utilizar un método u otro.

Después de escuchar aquello, me sentí furiosa. En teoría, yo sabía que habría hecho lo que quisiera, pero constatar que nada dependía de mí me sacaba de quicio.

—¿De verdad quieres discutir sobre un pasado en el que ninguno podemos ya influir? —preguntó inclinándose hacia mí y entornando los ojos.

—Tienes razón —suspiré resignada—. ¿Y lo de Nápoles? —dije cerrando con fuerza los ojos al pensar en lo que había oído entonces—. En la tele informaron de que habías muerto.

Massimo se acomodó apoyándose en los cojines del sofá. Me dirigió una mirada escrutadora, como si quisiera valorar qué cantidad de detalles podría soportar. Al final, empezó su relato:

—Cuando te dejé en la habitación del hotel, bajé a la recepción. Quería darte tiempo para que te decidieras. Al cruzar el vestíbulo vi a Anna subiendo al coche de su hermanastro. Sabía que, si don Emilio estaba allí, iba a pasar algo.

Lo interrumpí:

—¿Cómo que «don»?

—Emilio es el cabeza de una familia napolitana que, desde hace generaciones, controla la zona oeste de Italia. Después de lo que dijo cuando nos encontramos con ella y conociendo su carácter, supuse que tramaba algo. Tenía que dejarte, porque sabía que no esperaría que hiciera eso. Y si su intención era atacarte, al obligarla a perseguirme estaba frustrando su plan. Volví al yate y de allí volé a Sicilia. Para guardar las apariencias al máximo, me acompañó una de las mujeres que trabajan en el *Titán*, la que más se parece a ti. Se puso tu ropa, vino a casa conmigo y después volamos a Nápoles. La reunión con Emilio estaba programada desde hacía varias semanas, ya que tenemos muchos negocios juntos.

—Un momento —le interrumpí—. ¿Estabas con la hermana de otro don? ¿Eso se puede hacer?

Massimo se echó a reír y tomó un sorbo de té.

—¿Por qué no? Además, en su momento me pareció una idea estupenda. La unión de dos grandes familias garantizaba durante mucho tiempo la paz y el monopolio en gran parte de Italia. Lo que pasa es que ves con malos ojos a la mafia, Laura. Somos una empresa, una corporación, y también entre nosotros hay fusiones, con la diferencia de que se realizan de una manera un poco más brutal que en una empresa normal. Desde pequeño, me dieron una sólida preparación para conocer el negocio que un día heredaría. Me enseñaron a solucionar las cosas diplomáticamente y solo en casos extremos recurro a la violencia. Por eso mi familia es una de las más fuertes y ricas entre las mafias italianas de todo el mundo.

—¿Del mundo? —pregunté desconcertada.

—Claro. Tengo negocios en Rusia, Gran Bretaña, Estados Unidos... En realidad, sería más fácil decirte dónde no los tengo. —Casi podía palpar la alegría y el orgullo que sentía por lo que había conseguido su familia.

—Vale, pero volviendo a lo que pasó en Nápoles... —le apremié.

—Anna sabía que me iba a reunir con su hermanastro, pues ella misma me insistió en primavera para que concertara la cita. No podía anularla solo porque ya no fuéramos pareja; habría sido una ofensa para Emilio y eso era algo que no me podía permitir. Me presenté en el lugar acordado. Como siempre, me acompañaba Mario, mi *consigliere*, y unos cuantos hombres que se quedaron en los coches. La conversación no fue como a mí me hubiera gustado y además notaba que había algo de lo que no quería hablar. Cuando llegamos a la conclusión de que no podíamos ponernos de acuerdo, abandonamos el edificio. Emilio salió detrás de mí, lanzó una sarta de amenazas y contó a voces cómo había tratado a su hermana, diciendo que la había ultrajado y había ordenado que abortara. Después se oyó una palabra que odiamos todos, porque cualquiera con dos dedos de frente sabe que no conduce a nada bueno: *vendetta*, o sea, venganza sangrienta.

—¡¿Cómo?! —grité con un gesto de dolor, como si me lo hubiera provocado su relato—. ¡Pero si eso solo pasa en las películas!

—Por desgracia, no solo ahí. Así es la *cosa nostra*. Si matas al miembro de una familia o le traicionas, toda la organización te persigue. Yo sabía que no valía de nada dar explicaciones ni seguir hablando. De no ser por el lugar en que estábamos y la hora, habría sucedido de inmediato, pero él tampoco era tonto y quería solucionarlo cuanto antes. Mientras nos dirigíamos al aeropuerto, dos Range Rover nos cortaron el paso. De ellos se bajaron los hombres de Emilio y también él. Se produjo un tiroteo en el que cayó muerto, creo que por un disparo mío. Aparecieron los *carabinieri* y Mario y yo tuvimos que escondernos en un lugar seguro y esperar. Los coches que quedaron allí estaban registrados a nombre de una de mis empresas, por eso los periodistas, que solo consiguieron algunos datos de la policía, pensaron que el muerto era yo, no Emilio.

Me quedé mirándolo, respirando agitadamente, y me sentí como si estuviera viendo una película de gánsteres. No sabía si yo y mi corazón enfermo encajábamos en ese mundo, pero estaba segura de algo: amaba locamente al hombre que tenía delante.

—Para que te quede claro, Laura: no hubo ningún embarazo, tengo mucho cuidado en esa cuestión.

Cuando pronunció esas palabras, recordé lo que me había dicho Domenico el día de mi marcha de Sicilia y se me heló la sangre.

—¿Tienes un transmisor implantado bajo la piel? —pregunté con toda la calma que pude reunir.

Massimo se movió nervioso en el sofá y su rostro cambió de expresión, como si supiera por dónde iban los tiros.

—Sí —contestó sin más y se mordió un labio.

—¿Me lo puedes enseñar?

Massimo se quitó la chaqueta del chándal que llevaba puesta y se acercó a mí. Levantó el brazo izquierdo y, con la mano derecha, agarró mi mano y la llevó hasta el tubito que tenía bajo la piel. La aparté como si me hubiera quemado y la puse sobre ese mismo punto de mi cuerpo.

—Laura, antes de que empieces con histerias... —dijo volviéndose a poner la chaqueta—. Aquella noche yo...

No le dejé terminar.

—Te voy a matar, Massimo, en serio —murmuré entre dientes—. ¿Cómo has podido mentirme en algo así? —Me quedé mirándolo para ver si decía algo sensato, pero por la cabeza me pasaban pensamientos sobre qué ocurriría si...

—Lo siento. En aquel momento me pareció que la mejor forma de retenerte sería con un niño.

Sabía que era sincero, pero normalmente eran las mujeres las que atrapaban de ese modo a los hombres ricos, no al revés.

Me levanté, cogí el bolso y me dirigí hacia la puerta. Black también se levantó, pero le hice un gesto con la mano para que se sentara y me marché. Bajé en ascensor al garaje tratando de calmarme, me metí en el coche y conduje hasta un centro comercial cercano. Allí fui a una farmacia, compré un test de embarazo y regresé. Cuando entré, Massimo seguía exactamente en la misma posición en que lo había dejado. Lo puse todo sobre la mesita y le hablé con voz firme:

—Te inmiscuiste en mi vida, me raptaste, me pediste un año amenazando la vida de mis seres queridos, pero no te pareció suficiente. Tuviste que joderlo todo por completo decidiendo tú solito si tenemos que ser padres. Pues ahora, don Massimo, te diré cómo va a ser la cosa —añadí alzando el tono—. Si dentro de un momento resulta que estoy embarazada, te marcharás de aquí y nunca seré tuya.

Al oír esas palabras, se levantó y tomó aire.

—Todavía no he terminado —continué apartándome de él en dirección hacia la ventana—. Podrás ver al niño, pero no conmigo, y él nunca heredará tu imperio ni vivirá en Sicilia. ¿Está claro? Lo tendré y lo educaré, a pesar de que no llegue como yo lo había pensado, porque estoy acostumbrada a que una familia la forman al menos tres personas. Pero no permitiré que tus caprichos destruyan la vida de un ser que no se abre camino hacia ese mundo por sí mismo. ¿Lo entiendes?

—¿Y si no estás embarazada? —Black se acercó y se detuvo delante de mí.

—Entonces te espera una larga penitencia —contesté dándole la espalda.

De camino al baño, recogí el test de la mesita de cristal y, con las piernas temblándome, cerré la puerta. Hice lo que indicaba en las instrucciones y dejé el palito de plástico sobre el lavabo. Estaba sentada en el suelo, apoyada en la pared, a pesar de que ya había pasado de sobra el tiempo necesario para que apareciera el resultado. El corazón me latía con tanta fuerza que casi podía verlo a través de la piel y la sangre palpitaba en mis sienes. Tenía miedo y ganas de vomitar.

—¡Laura! —Massimo llamó a la puerta—. ¿Va todo bien?

—Ahora salgo —grité. Me levanté y dirigí la vista hacia el lavabo—. Madre mía… —susurré.

14

Cuando salí, Black estaba sentado en la cama con una expresión que nunca le había visto. En su rostro se reflejaban la preocupación, el miedo, la inquietud y, sobre todo, la tensión. Se levantó al verme. Me detuve frente a él y le enseñé el test. Era negativo. Lo tiré al suelo y me fui a la cocina. Saqué una botella de vino de la nevera, me serví una copa y me la bebí de un trago. Sentí un escalofrío. Me giré y miré a Massimo, que estaba apoyado en la pared.

—No vuelvas a hacerlo. Si decidimos tener un hijo, que sea porque los dos queremos o por un descuido del que ambos tengamos la culpa. ¿Lo entiendes?

Se acercó y pegó su cara contra mi pelo.

—Perdóname, nena —susurró—. Aunque debo decirte que es una lástima, porque habríamos tenido un bebé precioso.

Se apartó riéndose y, como si supiera que le iba a dar una bofetada, me agarró por las muñecas para que dejara de agitar las manos y siguió chinchándome:

—Si hubiera sido un niño con tu carácter, a los treinta se habría convertido en *capo di tutti capi*, algo que ni siquiera yo he logrado.

Bajé los brazos.

—Vuelves a sangrar —dije, y le desabroché la chaqueta del chándal, que ya estaba empapada—. Nos vamos al médico, y esta estúpida conversación la doy por terminada. Nuestro hijo no será un mafioso.

Me abrazó sin importarle que me estuviera manchando de sangre. Me miró sonriendo y me besó con delicadeza.

—Entonces ¿vamos a tener un hijo? —preguntó interrumpiendo sus besos.

—Ay, calla, hablaba hipotéticamente. Vístete y a la clínica.

Le volví a vendar las heridas y fui al vestidor. Me quité las prendas manchadas, me puse unos vaqueros claros rotos, una camiseta blanca y mis queridas zapatillas de lona de Isabel Marant. Cuando acabé de vestirme, Black entró y abrió uno de los cuatro inmensos armarios. Descubrí, sorprendida, que estaba lleno de cosas suyas.

—¿Cuándo lo han metido ahí?

—Ayer. Tuve mucho tiempo durante el día y la noche. De todas formas, no pensarás que lo hice solo, ¿no?

Nunca lo había visto vestido de ese modo, parecía un joven normal bien arreglado. Se puso unos vaqueros oscuros gastados, una sudadera negra y unos mocasines deportivos. Tenía un aspecto fantástico. Cogió una maleta que había en el armario y sacó una cajita.

—Lo olvidaba —dijo, y me puso en la muñeca el reloj que me había regalado cuando fuimos al aeropuerto.

—¿También es un transmisor? —pregunté riéndome.

—No, Laura, es un reloj. Con un transmisor ya es suficiente. Y dejemos el tema. —Me dirigió una mirada de advertencia.

—Vámonos o tus estigmas se volverán a abrir en cualquier momento —ordené cogiendo las llaves del BMW.

—Has bebido, así que no puedes conducir —replicó dejándolas de nuevo en la mesa.

—Bueno, pero tú sí. ¿O no sabes?

Massimo me miró con una sonrisa de pillo, arqueando una ceja.

—Hace un tiempo corría *rallys*, así que créeme, sé cómo funciona una caja de cambios. Pero no iremos en tu coche porque no me gusta conducir autobuses.

—Pues cojamos un taxi.

Saqué el teléfono del bolso y marqué el número, pero Black me lo quitó y pulsó el botón rojo. Se acercó a un armarito que había junto a la puerta, abrió el cajón inferior y sacó dos sobres.

—No miraste aquí, ¿eh? —preguntó irónicamente mientras abría uno—. En el garaje tenemos otros medios de transporte que me gustan más. Ven.

Bajamos hasta el nivel menos uno. Massimo pulsó un botón en el mando que llevaba en la mano. En una de las plazas parpadearon las luces de un coche. Avanzamos un poco y ante mí apareció un Ferrari Italia negro. Me detuve y me quedé mirando incrédula el fascinante bólido, casi plano.

—¿Cuál es tu otro coche? —pregunté mientras se subía.

—El que tú elijas, nena. Entra.

Por dentro, el Ferrari parecía una nave espacial: botones y palancas de colores, volante plano por abajo. «Vaya tontería —pensé—. Este coche no se puede conducir sin leer antes el manual de uso.»

—¿No había nada más ostentoso?

Black pulsó el botón de «Start» y el coche rugió.

—Sí, pero el Pagani Zonda llama demasiado la atención. Además, el estado de las carreteras polacas es tan malo que su suspensión no lo aguantaría. —Alzó las cejas sonriendo y pisó el acelerador.

Salimos del aparcamiento. A los pocos metros comprendí que sabía perfectamente lo que hacía al ponerse al volante. Fuimos cruzando calles mientras yo le indicaba cómo llegar al hospital privado de Wilanów. Elegí ese porque allí trabajaban algunos médicos amigos míos. Los conocí en una convención médica que organicé y nos caímos bien. En general, les gustaba divertirse, comer bien y beber licores caros, y además apreciaban mi discreción. Llamé a uno de ellos, que era cirujano, y le dije que necesitaba que me hiciera un favor.

En la recepción del hospital había unas mujeres jóvenes. Me acerqué a una de ellas, me presenté y le pedí que me indicara cómo llegar al despacho del doctor Ome. Me ignoraron por completo y se quedaron babeando con la mirada fija en el increíblemente atractivo italiano que me acompañaba. Era la primera vez que veía a las mujeres reaccionar así ante él. En su país, la tez bronceada y los ojos negros no eran nada especial, pero en Polonia era un producto de importación, de los que enseguida se acaban en las tiendas. Repetí mi pregunta y la joven, avergonzada, nos dijo la planta y el número del despacho.

—El doctor los está esperando —balbució tratando de concentrarse.

Cuando subimos al ascensor, Massimo acarició mis labios.

—Me encanta cuando hablas en polaco —susurró—. Lo

que me cabrea es no entender nada. Lo bueno es que nuestro hijo hablará tres idiomas.

No me dio tiempo a replicar, porque la puerta del ascensor se abrió y salimos al pasillo.

El doctor Ome era un hombre poco atractivo de mediana edad, lo que alegró mucho a Black.

—Hola, Laura. —Me tendió la mano para saludarme—. ¿Qué tal estás?

Le correspondí al saludo y le presenté a Massimo, advirtiéndole que hablaríamos en inglés.

—Es mi...

—Prometido. —Black terminó la frase por mí—. Massimo Torricelli, gracias por recibirnos.

—Paweł Ome, encantado. Hablémonos de tú, por favor. ¿Qué os trae por aquí?

«Torricelli», repetí mentalmente. Después de todas esas semanas, acababa de descubrir su apellido.

Black se desnudó hasta la cintura y Paweł se quedó sin habla.

—Estaba de caza —soltó al ver su reacción—. Nos pasamos con el chianti y este fue el resultado —dijo bromeando.

—Te entiendo perfectamente. Una vez, después de una fiesta, mis amigos y yo quisimos subirnos a un tren en marcha.

Mientras contaba la historia, el doctor Ome le puso anestesia y le cosió las heridas. Luego le recetó una crema y un antibiótico, y le dijo que «nada de contacto».

Salimos de la clínica y nos subimos al coche.

—¿Comemos? —preguntó Massimo cogiéndome un mechón de pelo que tenía detrás de la oreja—. No puedo acostumbrarme a este color de pelo. Me gusta y te sienta muy bien, pero estás tan... —Pensó un momento cómo decirlo—. No mía.

—De momento a mí me gusta. Además, solo es pelo, dentro de un tiempo lo cambiaré. Vamos a comer, conozco un estupendo restaurante italiano.

Massimo sonrió y metió una dirección en el GPS.

—La comida italiana se come en Italia. Aquí, por lo que sé, es polaca. Ponte el cinturón.

Cruzamos varias calles y me alegré de que el coche tuviera cristales casi completamente oscuros, porque la gente, al verlo, se paraba a mirar el interior.

El coche era igualito que Massimo: complicado, peligroso, difícil de controlar y terriblemente atractivo.

Nos detuvimos en el centro, junto a uno de los mejores restaurantes de la ciudad.

Cuando entramos, nos recibió el gerente. Black le dijo algo discretamente y el hombre se marchó tras indicarnos nuestra mesa. Un momento después apareció un elegante señor con la cabeza afeitada. Llevaba un traje color grafito con forro púrpura, hecho a medida, una camisa oscura desabotonada por arriba y unos zapatos fabulosos.

—¡Massimo, amigo! —gritó, y abrazó con fuerza a Black, que casi no tuvo tiempo de levantarse.

—Sin contacto, sin contacto —repetí en voz baja.

—Es estupendo verte por fin en mi país.

Ambos hombres intercambiaron cortesías y un buen rato después se acordaron de mí.

—Carlo, esta es Laura. Mi prometida.

El hombre me besó la mano y dijo:

—Karol, encantado, pero puedes llamarme Carlo.

Me sorprendió un poco que Massimo conociera al dueño de un restaurante del centro de Varsovia, a pesar de no haber estado nunca aquí.

—Supongo que mi pregunta os extrañará, pero ¿de qué os conocéis?

Karol miró a Massimo con gesto interrogante y este me dirigió a mí una mirada gélida.

—Del trabajo. Hacemos negocios juntos. La gente de Carlo te recogió en el aeropuerto y te han estado protegiendo durante mi ausencia.

—¿Habéis pedido ya algo de comer? Si no, permitid que yo elija por vosotros —dijo nuestro anfitrión sentándose a la mesa con nosotros.

Después de varios platos y botellas de vino, me sentí llena y cada vez más insignificante, porque su conversación se centró en temas de trabajo. Por lo que dijeron, deduje que Karol era mitad polaco, mitad ruso. Había invertido en negocios de la restauración y tenía una importante empresa logística dedicada al transporte internacional.

El timbre del teléfono de Karol interrumpió su aburridísima conversación. Se disculpó y se alejó un momento. Massimo me miró y me cogió la mano.

—Sé que te aburres, pero por desgracia esto formará parte de tu vida. Tendrás que acompañarme a algunas reuniones y en otras no podrás estar. Debo tratar con Carlo varios asuntos. —Bajó la voz y se inclinó hacia mí—. Después volveremos a casa para que pueda atravesar cada agujero de tu cuerpo en todas las habitaciones —dijo muy serio entornando los ojos.

Esas palabras hicieron que me pusiera a mil por hora. Me encantaba el sexo duro y su amenaza era una promesa por la que valía la pena esperar.

Retiré mi mano de la suya y bebí un trago de vino mientras me echaba hacia atrás en la silla.

—Me lo pensaré.

—Laura, no te estoy pidiendo permiso, te informo de lo que voy a hacer.

Al ver su mirada, supe que no bromeaba, pero era uno de esos juegos a los que me encantaba jugar con él. En apariencia se mostraba tranquilo, pero por dentro le hervía la sangre. Yo sabía que, cuanto más enfadado estuviera, mejor sería el sexo.

—Creo que hoy no tengo ganas —comenté, y me encogí de hombros de manera despectiva.

Los ojos de Black se incendiaron con tal intensidad que casi podía notar su calor. No dijo nada, solo sonrió con ironía, como si me preguntara sin palabras si estaba segura de ello.

El espeso ambiente lo diluyó la voz de Karol, que volvió a la mesa.

—Massimo, ¿recuerdas a Monika?

—Por supuesto, ¿cómo iba a olvidar a tu encantadora esposa?

Black se acercó a ella y le dio dos besos. Después me señaló con la mano.

—Monika, esta es Laura, mi prometida.

Le tendí la mano y me la estrechó con fuerza.

—Hola, qué agradable ver por fin a una mujer junto a Massimo y no siempre a Mario. Sé que es su consejero, o *consigliere*, como dicen ellos, pero a él no le puedo decir que lleva unos zapatos preciosos.

A pesar de la clara diferencia de edad que nos separaba, al oír esas palabras supe que nos íbamos a entender. Monika era una morena alta de rasgos delicados. Era difícil saber su edad, porque resultaba evidente que o tenía genes extraterrestres o su cirujano era un maestro.

—Encantada, soy Laura. Me has quitado de la boca el comentario sobre los zapatos. Llevas las de la nueva colección de Givenchy, ¿verdad? —dije señalando sus botas mosqueteras.

Monika me dedicó una sonrisa cómplice.

—Veo que tenemos cosas en común. No sé si te interesa mucho su conversación, pero te propongo dar una vuelta por el local. Te prometo emociones fuertes en forma de alcohol.

Se rio mostrando una fila de hermosos dientes blancos y señaló un lugar al otro lado del salón.

—Llevo una hora esperando que me rescaten, gracias —dije mientras me levantaba.

Massimo no comprendió ni una palabra de lo que habíamos dicho, porque, gracias a Dios, la lengua polaca seguía siendo un misterio para él. Me miró cuando aparté la silla.

—¿Vas a algún sitio?

—Sí, me voy con Monika a hablar de cosas más importantes que de ganar dinero. Por ejemplo, de zapatos —respondí, y le saqué la lengua.

—Pues pásatelo bien, pero no tardes. Recuerda que tenemos asuntos pendientes.

Me quedé mirándolo extrañada. ¿A qué asuntos se refería? De pronto sus ojos se volvieron completamente negros, como si las pupilas hubieran inundado sus iris. «Ah, esos asuntos», pensé.

—Como ya le he dicho, don Massimo, me lo pensaré.

Cuando estaba a punto de alejarme de la mesa, me agarró por la muñeca y se levantó de la silla enérgicamente. Tiró de mí, me apoyó en la pared y me besó con pasión. Se comportaba como si no hubiera nadie alrededor, o al menos como si su presencia no le molestara lo más mínimo.

—Piénsatelo más rápido, nena —dijo tras apartar de mí la boca y después todo su cuerpo.

Me quedé un momento apoyada en la pared y lo observé atentamente. Cuando había gente a nuestro lado, se convertía en una persona distinta, como si se pusiera una máscara para ellos y se la quitara cuando estábamos solos.

Black se sentó en su silla y retomó su conversación con Karol, mientras yo seguí a Monika hasta la barra.

El restaurante, a pesar de que solo servía comida polaca, no era una cabaña llena de objetos folclóricos. Estaba en un edificio antiguo y ocupaba casi toda la planta baja. El techo alto y las gruesas columnas que lo sostenían conferían al local una atmósfera típica de los años veinte. En el centro había un piano negro en el que no dejaba de tocar un hombre elegante de cierta edad. Todo era de color blanco, sin contar el instrumento: los manteles, las paredes, la barra… Formaba un conjunto homogéneo.

—Long Island —dijo Monika después de sentarse en una silla alta junto a la barra—. ¿Quieres lo mismo?

—Ay, no, el Long Island me mata, sobre todo porque ayer la noche fue dura. Para mí una copa de prosecco.

Durante un buen rato, nuestro tema principal fueron sus fantásticas botas y mis zapatillas de lona. Me habló de la Fashion Week de Nueva York, de cómo apoyaba a los jóvenes diseñadores polacos y de lo difícil que era vestirse en este país. Pero se notaba que no era el motivo de que me hubiera alejado de Black.

—Así que realmente existes —dijo cambiando de tema y mirándome con incredulidad.

Por un momento me pregunté a qué se refería, hasta que me acordé de los retratos de mí que colgaban en la mansión de Massimo.

—Incluso a mí me resulta difícil creerlo, pero parece ser que sí. Con la diferencia de que hace un par de días me teñí de rubio.

—¿Cuándo te encontró? Y, sobre todo, ¿dónde? Cuéntame algo, porque Karol y yo nos morimos de curiosidad. Bueno, él quizá un poco menos, pero yo estoy en ascuas.

Tardé un momento en empezar a relatarle brevemente nuestra historia, saltándome algunos detalles innecesarios. No sabía cuáles de ellos podía revelarle a una mujer a la que acababa de conocer. A pesar de tener la sensación de que la conocía desde hacía años, decidí ser prudente al desvelar mis pensamientos.

—Te espera una dura tarea, Laura. Ser la mujer de un hombre así es un reto enorme —me advirtió mirando la copa que sujetaba en la mano—. Sé a qué se dedican tanto tu hombre como el mío, así que recuerda: cuanto menos sepas, mejor dormirás.

—Ya me he dado cuenta de que no es recomendable hacer preguntas —susurré haciendo una mueca.

—Tú no preguntes. Cuando quiera, te contará lo necesario y, si no lo hace, el asunto no es de tu incumbencia. Y algo muy importante: nunca cuestiones sus decisiones en asuntos de seguridad. —Se volvió hacia mí y me miró fijamente—. Recuerda que todo lo que hace es para protegerte. Yo una vez no hice caso —dijo subiéndose las mangas de la camisa blanca— y este fue el resultado: me raptaron.

Miré sus muñecas, en las que había unas cicatrices apenas visibles.

—Me ataron con alambre. Karol tardó menos de un día en encontrarme y nunca más he vuelto a tener ganas de discutir con él sobre guardaespaldas o sobreprotección. Massimo será aún peor, porque te ha buscado durante muchos años y cree firmemente en el significado de su visión. Te tratará como un tesoro muy preciado que, en su opinión, todos quieren poseer. Por eso debes ser paciente, creo que se lo merece.

Traté de digerir las palabras que acababa de decirme. Desde fuera de la burbuja que era la vida con Massimo me llegaban señales cada vez más claras que me hacían darme cuenta de que no estaba en un sueño y, desde luego, que no era un cuento de hadas. La voz de Black me sacó de mis pensamientos:

—Estimadas señoras, tenemos que irnos, pues nos esperan unos asuntos urgentes que debemos solucionar. Ha sido un placer volver a verte, Monika, y espero que tú y Carlo pronto vengáis a vernos a Sicilia.

Nos despedimos y nos dirigimos a la salida. Antes de irme, Monika me agarró del brazo y me susurró:

—Recuerda lo que te he dicho.

Su tono serio me asustó. ¿Para qué iba a querer raptarme alguien? Aunque, claro, ¿por qué alguien quiso raptarla a ella?

—Sube, nena —dijo Massimo abriendo la puerta del coche.

Moví la cabeza para alejar esas ideas tontas e hice lo que me decía.

—¿Vas a conducir? ¡Pero si has bebido!

Black se volvió en su asiento y me acarició la mejilla con el pulgar.

—Tú has bebido. Yo me he pasado la noche dando sorbitos a una sola copa. Ponte el cinturón, tengo prisa por llegar a casa —dijo cerrando su puerta.

El Ferrari negro volaba por Varsovia y yo me preguntaba qué estaría planeando. Se me pasaron por la cabeza las más diversas hipótesis, que lo único que hacían era aumentar mi curiosidad y mi excitación. Entramos en el aparcamiento sin cruzar ni una palabra por el camino. Me sentí exactamente igual que el día que me acompañó de compras en Taormina, a diferencia de que en ese momento era muy consciente de que no me ignoraba, sino que estaba concentrado. Cuando bajamos del coche, se nos acercó el guardia de seguridad.

—Señorita Laura, ha llegado un envío para usted. Lo tiene en la recepción del edificio, en la planta cero.

Miré extrañada a Black, que a su vez me observaba intrigado con los ojos ligeramente entornados.

—Yo no he sido —dijo levantando los brazos en gesto de defensa—. Todas tus cosas de Sicilia llegaron a la vez que tú.

Subimos al vestíbulo en el ascensor y nos encontramos con un mar de tulipanes blancos.

—Hola, soy Laura Biel —le dije al recepcionista—. Al parecer, hay un envío para mí.

—Así es. Todas las flores que ve son para usted. ¿Quiere que la ayudemos a subirlas?

Contemplé el pasillo con la boca abierta. Había cientos de tulipanes. Me acerqué a uno de los ramos y cogí una tarjeta que había entre las flores.

«¿Él sabe qué flores te gustan?», ponía en la nota. Cogí otra y la leí: «¿Él sabe cuánto azúcar echas al té?». Miré una más: «¿Conoce tus pasiones?». Fui leyendo aterrada el resto de las tarjetas y guardándolas en los bolsillos del pantalón.

Black permaneció con los brazos cruzados sobre el pecho, observando lo que hacía, hasta que recogí todas las notas.

—¿Sabe qué? —me dirigí al recepcionista—. Devuélvalas o tírelas. A no ser que tenga novia. Si es así, déselas y seguro que se alegra —le dije, y pulsé el botón del ascensor.

Massimo subió sin decir una palabra. Cuando llegamos a la puerta del apartamento, encontramos un sobre. Lo cogí, entramos y me senté en el sofá con el sobre blanco entre los dedos. En ese momento levanté la vista y miré a Massimo, que seguía de pie en el umbral. Sus ojos echaban fuego y apretaba las mandíbulas una y otra vez. Me asusté al verlo así y me acerqué a él.

—Esto es un ultraje —murmuró entre dientes cuando me detuve frente a él.

—Olvídalo, no son más que flores.

—Solo flores, ¿eh? ¿Y qué hay en el sobre?

—¡No lo sé y la verdad es que me importa una mierda! —grité irritada y tiré el papel a la chimenea.

Cogí el mando y la encendí para que las llamas nos libraran del problema en unos segundos.

—¿Te sientes mejor, don Massimo? —Me quedé mirándolo, pero no reaccionó—. Joder, Massimo, ¿nunca has luchado por una mujer? Tiene derecho a intentarlo si siente algo por mí, y yo tengo derecho a tomar una decisión. —Bajé un poco el tono de mi voz y puse entre mis manos su rostro enfurecido—. Ya he elegido, estoy aquí, a tu lado. Así que, aunque una orquesta empezara a tocar una serenata al pie de la ventana con él al frente cantando, no cambiaría nada. Para mí él ha muerto, igual que aquel hombre al que mataste de un disparo.

Massimo no apartó de mí su gélida mirada. Sabía que no escuchaba lo que le estaba diciendo. Agitó la cabeza hacia un lado, se libró de mis manos y se fue furioso al dormitorio. Oí que sacaba algo del armario y volvía. Pasó a mi lado recargando la pistola.

—Voy a matarlo —murmuró, y sacó el teléfono del bolsillo.

Me asustó el aplomo con el que lo dijo. No sabía qué hacer para detenerlo y me quedé inmóvil mirándolo.

15

L e quité el teléfono de las manos con mucha calma y lo puse en el armarito que había junto a la puerta. Cerré con llave y luego la guardé en las bragas sin apartar la mirada de Black para que él lo viera bien. Me agarró enfurecido del cuello y me apretó contra la pared. Sus ojos ardían de deseo y odio. A pesar de la fuerza que empleaba contra mí, no le tenía miedo, porque sabía que no me haría daño, o al menos eso esperaba. Me quedé tranquila, con los brazos caídos, y me mordí el labio inferior mirándolo provocativamente a los ojos.

—Dame la llave, Laura.

—Cógela si quieres —repliqué mientras me desabrochaba el botón del pantalón.

Massimo introdujo brutalmente una mano en mis bragas sin soltarme el cuello con la otra. Gemí al notar sus dedos en mi cuerpo y el deseo sustituyó a la furia.

—Creo que tienes que profundizar más —le informé cerrando los ojos.

No fue capaz de ignorar esa invitación.

—Nena, si vas a seguir por ese camino, debes saber que

no seré delicado —me advirtió acariciando mi clítoris—. Toda mi rabia se concentrará en ti y temo que no te gustará cómo te trataré, así que mejor déjame salir.

Abrí los ojos y le miré.

—Destrózame, don Massimo... Por favor.

Massimo apretó su mano alrededor de mi cuello y se pegó a mí mientras me atravesaba con su fría mirada.

—Te voy a tratar como a una furcia, lo entiendes, ¿no? Y aunque cambies de idea luego, si empiezo no me detendré.

Me excitaba lo que decía, me ponían el miedo y el ser consciente de que la vida de un hombre dependía de lo buena que fuera yo. La presión interna que sentía me incitaba y me hacía desearlo aún más. Pero pensar en lo brutal y desconsiderado que podía ser conmigo me quitaba el aliento.

—Pues hazlo —dije, y junté mi boca con la suya.

Black se apartó de mí, me hizo cruzar el salón y me tiró contra el sofá. Pulsó un botón del mando a distancia y se bajaron las persianas de todas las ventanas. Se acercó a la puerta y apagó la luz. A pesar de ser primera hora de la tarde, la oscuridad reinaba en todo el apartamento. No sabía dónde estaba, porque mis ojos tardaron en hacerse a la oscuridad. De pronto noté que me agarraba del cuello, metía un pulgar en la boca y me la abría.

—Chupa —dijo sustituyendo el dedo por su polla empalmada—. ¿No querías cumplir un castigo por tu muchachito? Pues ya lo tienes.

Me agarró de la cabeza y empezó a mover con fuerza su miembro dentro de mi boca sin dejarme respirar. Lo hacía cada vez con más ímpetu y velocidad, hasta que noté que me ahogaba. Lo sacó despacio, me dejó coger aire y volvió a introducirlo. Lo hizo más lento, pero penetraba más hondo.

—Abre más la boca, quiero meterte toda la polla.

Apoyó mi cabeza en el brazo del sofá y se arrodilló dejando mi cuerpo entre sus piernas. Le agarré del culo y presioné su pene contra mí. Noté cómo me tocaba la garganta y bajaba por ella. Gemí entusiasmada, deleitándome con su sabor en mi boca. No pude resistirme más a tocarle. Lo aparté despacio y agarré con una mano sus pesados huevos. Jugueteé con ellos y volví a meter su pene muy dentro de mí. Massimo se apoyó con ambas manos en el brazo del sofá e inspiró ruidosamente. Sabía que anoche no se había desfogado y que, si me aplicaba, no me costaría llevarlo al orgasmo. Chupé cada vez más fuerte y más rápido. Black me sujetó del pelo y hundió mi cabeza en el cojín, apartándola de él.

—No creerás que te voy a dejar tan fácilmente, ¿verdad? No te muevas de aquí.

No le hice caso y levanté la cabeza tratando de tenerlo otra vez en mi boca. Massimo se enfureció, me agarró del cuello y me echó a un lado contra el respaldo. Luego me puso boca abajo, me sujetó por la nuca y con la otra mano me quitó el pantalón y las bragas a la vez.

—¿Quieres comprobar cuánto aguantas, Laura? Enseguida sabremos cuánto te gusta el dolor.

Esas palabras me asustaron. Empecé a revolverme, pero él era mucho más fuerte. Me rodeó la cintura con el brazo y me levantó de manera que mi vientre se apoyara en unas almohadas y mis rodillas quedaran dobladas. Cuando alcé el culo, sentí un fuerte azote. Me quejé, pero Black siguió adelante. Me agarró del pelo con una mano, me aplastó la cara contra un cojín para contener mis gritos y volvió a golpearme. Después me introdujo despacio el dedo corazón en el coño y ronroneó satisfecho.

—Veo que te gusta lo que hago —dijo antes de chuparse el dedo—. Me encanta tu olor, Laura, menos mal que no te has dado una ducha —añadió mientras volvía a meterlo.

Traté de levantarme del sofá, pero me bloqueó con el codo, y su mano sujetándome del pelo. Me sentía avergonzada y humillada, no tenía ganas de que aquello siguiera.

—Suéltame ahora mismo, Massimo. ¿Me oyes? —No reaccionó, así que volví a gritar—: ¡Joder, don Massimo!

Eso no hizo más que empeorar la situación. Al dedo corazón, que seguía moviéndose rítmicamente, se unió el pulgar, que entró despacio en mi orificio posterior.

—Tu culito es tan estrecho que no veo el momento de atravesarlo —susurró girándome la cabeza hacia un lado.

Cuando sus dedos alcanzaron un ritmo vertiginoso, me dejé llevar. No tenía fuerzas ni ánimos para forcejear con él, sobre todo porque sentía mucho placer. Black advirtió que había dejado de oponer resistencia y soltó mi pelo. Quitó una de las almohadas sobre las que me apoyaba y la colocó en mi espalda. Noté que su pecho se posaba sobre ella, mientras que su polla tiesa se metía entre mis muslos. Me mordía la nuca y la besaba, sin dejar de agitar la mano.

—Enseguida entro, Laura, relájate.

Estaba impaciente por que lo hiciera, así que abrí mucho las piernas. Estaba tan excitada que si él no lo hubiera hecho, yo misma le habría forzado.

Massimo volvió a agarrarme del pelo, como si pensara que iba a intentar escapar.

—Creo que no me has entendido, nena —dijo, y penetró despacio en mi culo.

Me puse tensa y dejé de respirar, pero él hundió su pene un poco más.

—Relájate, querida, no quiero hacerte daño.

A pesar de la brutalidad que empleaba, su voz mostraba preocupación y trataba de ser lo más delicado posible. Confié en él, sabía que quería darme placer, no dolor. Empecé a respirar de nuevo y sus dedos bajaron hasta mi clítoris para masajearlo con suavidad.

—Muy bien, chica. Y ahora levanta mucho el culo, que yo lo vea —susurró, y sentí que su miembro había entrado del todo.

Lo sacaba lentamente y volvía a meterlo sin dejar de mover los dedos, cuyas caricias me estaban llevando al éxtasis. Al instante aceleró y metió en mi coño los dedos que le quedaban libres. Notaba su presencia en todos los lugares de mi cuerpo. Me retorcía y gritaba muy alto. Cuando sentí que estaba a punto de correrme, murmuré:

—¡Más fuerte!

Massimo hizo lo que le pedía y me folló con tal ímpetu que los orgasmos me llegaron uno tras otro. Rechinaba los dientes sin poder contener aquella ola de placer y el sonido de sus caderas golpeando mis nalgas parecía una salva de aplausos. Noté que, en un determinado momento, Massimo explotó y que sus movimientos se ralentizaban. Todo su cuerpo empezó a temblar y él lanzó un potente gemido que parecía el rugido de un animal furioso. Cayó sobre mi espalda y, durante un instante, no se movió. Oí cómo galopaba su corazón mientras él trataba de calmar su desenfrenado jadeo.

Se apartó de mí y se tiró al suelo resoplando ruidosamente. Yo fui a darme una ducha con las piernas temblando.

Cuando volví, Massimo había desaparecido. Me asusté, fui a la puerta de entrada y giré el picaporte, pero estaba cerrada. Di la luz y vi que la llave estaba en el suelo, junto a mis bragas. En ese momento, Massimo bajó por las escaleras envuelto en una toalla.

—No quería molestarte, así que me he ido al baño de arriba —dijo quitándose la toalla de la cintura y lanzándola al suelo.

Al verlo, mis rodillas volvieron a temblar como flanes. Sus largas y esbeltas piernas se convertían en unas preciosas nalgas bien torneadas. Se aproximó sin apartar la mirada de mí. Su pecho herido no había perdido ni un ápice de su atractivo e incluso había adquirido uno nuevo. Massimo tenía un físico ideal y lo sabía. Llegó hasta mí y me besó en la frente.

—¿Va todo bien, nena?

Asentí y lo agarré de la mano para llevarlo al dormitorio.

—Quiero más —dije, y nos tumbamos en la cama.

Massimo se rio y me cubrió con la colcha.

—Eres insaciable y eso me gusta, pero la verdad es que olvidamos ir a la gasolinera a comprar condones. —Se encogió de hombros—. Así que, o vuelvo a penetrar tu dulce culito o nada, porque yo nunca me detengo a mitad de camino y, al parecer, no es momento de tener niños.

Lo miré con expresión divertida y me tumbé sobre él.

—Entonces ¿qué vamos a hacer? —pregunté.

—¿A qué se dedica la gente en Polonia los domingos por la noche?

—Se va a dormir porque madruga para ir al trabajo —dije sonriendo.

Massimo me abrazó y cogió el mando del televisor.

—Pues haremos como ellos y nos acostaremos, porque mañana nos espera un día duro.

Levanté la cabeza y lo miré intranquila.

—¿Cómo que duro?

—Tengo varios asuntos que solucionar con Carlo y me gustaría que me acompañaras. Tenemos que viajar a Szczecin. Podríamos ir en avión, pero sé lo poco que te gusta volar, así que nos reuniremos allí con él. A no ser que prefieras quedarte, pero ten en cuenta que en ese caso los guardaespaldas no te dejarán ni a sol ni a sombra.

Al oír eso, recordé lo que me había dicho Monika.

—¿Me protegerán los hombres de Karol?

—No, los míos. He comprado un piso aquí delante, así que están lo más cerca posible sin molestarte. En cada habitación hay cámaras, gracias a las cuales puedo saber lo que ocurre aquí en mi ausencia y ellos no te perderán de vista.

—¿Cómo dices? Don Massimo, ¿no exageras?

Black rodó hacia un lado, se apoyó en su costado y me rodeó con una pierna.

—¡Don Massimo! ¿Y por qué no don Torricelli, puestos a ser oficiales? ¿Qué tal está tu agujerito? —preguntó acariciándome entre las nalgas—. Laura, para que quede claro: sigo teniendo ganas de matarlo y lo haré si vuelve a burlarse de mí.

Me quedé pensativa mirándolo.

—¿Tan sencillo es matar a una persona?

—Nunca es sencillo, pero si se encuentra una razón para hacerlo, resulta mucho más fácil.

—Entonces déjame que hable con él.

Black tomó aire y se puso boca arriba.

—Massimo, yo te amo, así que... —Me callé cuando me di cuenta de lo que acababa de decir.

Massimo se incorporó y se sentó delante de mí observándome atentamente. Yo también me senté para estar al mismo nivel que él, cerré los ojos y bajé la cabeza. No estaba preparada para esa confesión, a pesar de que fuera verdad.

Me levantó la barbilla con un dedo y con tono serio y tranquilo dijo:

—Repítelo.

Durante unos segundos tomé aliento muy nerviosa. Las palabras no me pasaban de la garganta.

—Te amo, Massimo —solté de golpe—. Me di cuenta el día que me dejaste en el Lido y después, cuando pensé que habías muerto, me convencí por completo. Aparté de mí ese sentimiento porque eras mi captor y me habías hecho prisionera recurriendo al chantaje, pero cuando dejaste que me fuera, yo seguía queriendo estar contigo.

Cuando terminé de decir esas palabras, se me saltaron las lágrimas. Me sentía aliviada, quería que lo supiera.

Black se levantó sin decir una palabra y se fue al vestidor. «Genial —pensé—, ahora hará las maletas y desaparecerá.» Me senté al borde de la cama y me cubrí con la toalla que había en el suelo. Cuando volvió, llevaba puesto un pantalón de chándal y sujetaba algo en la mano.

—Tenía que haber sido de otra manera —dijo arrodillándose delante de mí—. Laura, me encantaría que te casaras conmigo —y abrió la cajita negra que tenía en la mano.

Ante mis ojos apareció la piedra preciosa más grande que había visto en mi vida. Me quedé embobada mirándola, tratando de coger aire. Noté que me subía la tensión y que el corazón se me aceleraba. No me encontraba bien y Massimo lo advirtió, así que cogió mi medicina de la mesilla de noche y me colocó una pastilla bajo la lengua.

—No dejaré que te mueras hasta que no aceptes —susurró sonriendo, tras lo cual me colocó el anillo en el dedo.

Sentí que me relajaba y que me encontraba cada vez mejor. Massimo no se daba por vencido. Esperaba una respuesta arrodillado delante de mí.

—Pero es que… —empecé sin tener ni idea de qué quería decir—. Es demasiado pronto. No nos conocemos y esto nuestro ha empezado de aquella manera… —balbucí.

—Te amo, nena. Siempre te protegeré y jamás permitiré que nadie te aparte de mi lado. Haré todo lo posible para que estés tranquila y tengas lo que deseas. Laura, si no estoy contigo, no estaré con nadie.

Creía en todo lo que decía, sentía que todas esas palabras eran verdad y que le costaba mucho mostrar esa sinceridad tan sentimental. En realidad, no tenía nada que perder. Durante toda mi vida había actuado como los demás esperaban que hiciera o como era más correcto. No me arriesgaba porque me daba miedo lo que pudieran comportar los cambios y tampoco quería decepcionar a nadie. De todas formas, de la pedida a la boda había un largo camino.

—Sí —susurré arrodillándome a su lado—. Me casaré contigo, Massimo.

Agachó la cabeza y suspiró aliviado.

—Dios, pero ¿qué estoy haciendo? —dije casi en un susurro, y me apoyé en la cama—. Nos complicamos mucho la vida, ¿sabes?

Se quedó callado con la cabeza agachada e inmóvil.

—Ahora escúchame, Massimo, quiero terminar lo que he empezado. Martin y su vida no tienen para mí la menor importancia, pero no quiero que cometas un error por mi causa. Me tienes, soy solo tuya y solo yo puedo hacer que él lo entienda. Una relación se basa en la sinceridad y la confianza, así que, si confías en mí, déjame que hable con él.

Black levantó la vista y me miró indiferente.

—Incluso en este momento ese maldito capullo está aquí. Y solo por eso permitiré que lo veas, para librarnos de él de una vez por todas. Pero, si no funciona, lo haremos a mi manera.

Sabía que hablaba en serio y que yo tenía una única oportunidad de salvar la vida de mi exnovio o de quitársela.

—Gracias, querido —le dije y le besé con ternura—. Y ahora ven aquí, porque, como prometido, tienes otras obligaciones.

Ya no hicimos el amor esa noche, pero no lo necesitamos. Con la cercanía y el amor recíproco tuvimos de sobra.

16

No me gustaba madrugar, pero sabía que no tenía más remedio, porque Black no permitiría que me quedase. Me arrastré fuera de la cama, fui al baño y en apenas veinte minutos estuve lista. Massimo estaba en el salón con el portátil en las rodillas y el móvil en la mano, con expresión seria y concentrada. De nuevo, llevaba la ropa a la que ya me había acostumbrado, camisa negra y pantalón oscuro, que le daban un aire elegante y distinguido. Lo observé sin que me viera mientras jugaba con el enorme anillo que llevaba en la mano. «Ese será mi marido —pensé— y pasaré con él el resto de mi vida.» De algo podía estar segura: no sería una vida aburrida y corriente, sino más bien una película de gánsteres mezclada con porno. Después de observarlo un rato, me fui al vestidor, escogí prendas que combinaran con el atuendo de Black y empecé a meterlas en una maleta pequeña. Cuando entré en el salón, Massimo alzó tranquilamente la vista y me miró. Mi pantalón color grafito con talle alto alargaba mi silueta, como también lo hacían los altísimos tacones de mis zapatos, ocultos por las perneras amplias que los cubrían totalmente. Para completar el conjunto, me puse un suéter de cachemira con un tono de gris algo más claro. Estaba muy elegante y combinaba de forma ideal con mi prometido.

—Señora Torricelli, está usted de lo más seductora —dijo soltando el portátil y viniendo hacia mí—. Espero que esos pantalones se quiten fácilmente y que no se arruguen, porque si no llegarás un poquito menos elegante.

Lo miré con expresión divertida.

—En primer lugar, don Massimo, tu espectacular Ferrari no está hecho para los juegos, porque es incómodo incluso en un viaje normal. Y, en segundo lugar, la presencia de tus guardaespaldas me haría sentir un pelín incómoda, así que olvídalo.

—¿Y quién ha dicho que vamos a viajar en el Ferrari?

Massimo alzó las cejas y sacó otra llave del cajón.

—Por aquí, por favor —dijo abriendo la puerta e indicando la dirección con la mano.

De camino al aparcamiento se nos unieron cuatro hombres, así que bajamos algo apretujados en el ascensor. Me hizo gracia pensar en nuestra imagen en ese momento: cinco tíos que en su mayoría pesaban más de cien kilos y una rubia menudita. Black hablaba con ellos en italiano, parecía darles instrucciones.

Cuando se abrió la puerta en la planta menos uno, los guardaespaldas se subieron en dos BMW aparcados junto a la entrada y nosotros nos dirigimos a la parte trasera del garaje. Don Massimo pulsó el botón del mando y yo empecé a preguntarme qué coche encendería sus luces esa vez. Era un Porsche Panamera negro, por su puesto, con las lunas tintadas. Suspiré aliviada, porque la perspectiva del sexo en el Ferrari era aterradora, incluso para una persona en tan buena forma como yo. Massimo se acercó a la puerta del copiloto y la abrió para mí. Cuando iba a entrar, me empujó contra el cristal oscuro y susurró, casi pegado a mi boca:

—Cada cien kilómetros te voy a follar en el asiento de atrás. Espero que este coche te parezca adecuado.

Me excitaba cuando era tan autoritario, me agradaba que a menudo no me pidiera mi opinión, solo me informara de sus intenciones, pero también me gustaba hacerle rabiar. Mientras me sentaba, le solté:

—Hay casi seiscientos kilómetros hasta Szczecin. ¿Te ves con fuerzas?

Se rio y, antes de cerrar la puerta, me amenazó:

—No me provoques o lo haré cada cincuenta kilómetros.

El viaje a Szczecin lo pasamos entre conversaciones, payasadas y sexo rápido en aparcamientos solitarios. Nos comportábamos como dos adolescentes que les habían cogido el coche a sus padres, habían comprado la caja de preservativos más grande de la tienda y habían decidido hacer una escapada. Cada vez que entrábamos en un aparcamiento, nuestra escolta desaparecía discretamente para darnos un poco de privacidad y libertad.

Pasamos varios días en la ciudad, que yo dediqué a visitar *spas* y Massimo a trabajar. A pesar de tener muchas reuniones, durante las comidas y las cenas estábamos juntos, y todas las noches dormía a su lado para despertar entre sus brazos por la mañana.

El miércoles, de regreso a Varsovia, me llamó mi madre.

—Hola, querida. ¿Cómo te encuentras?

—De maravilla, mamá. Tengo muchísimo trabajo, pero en general va todo bien.

—Estupendo. Espero que no hayas olvidado la boda de tu prima, que se casa el sábado.

—¡Me cago en la puta! —grité al teléfono.

—¡Laura Biel! ¿Qué manera de hablar es esa? —me recriminó mi madre levantando la voz.

La palabra «puta» era una de las pocas que Massimo conocía en polaco, así que, cuando la oyó, supo que no estaba muy contenta.

—Perdona, mamá, era una exclamación de alegría. Por supuesto que me acuerdo, dile que seremos dos personas.

En el móvil se hizo el silencio e inconscientemente supe qué me iba a decir ella.

—¿Cómo que dos? ¿Con quién irás?

«Lo sabía», pensé, y me mordí la lengua.

—Mamá, conocí a alguien en Sicilia, trabaja conmigo y me gustaría llevarlo, porque da la casualidad de que está en Varsovia para asistir a un curso. ¿Te vale con esa información o te mando su partida de nacimiento por correo electrónico?

—Nos vemos el sábado —dijo ofendida, y colgó.

Me quedé pensativa mirando pasar los árboles. ¿Cómo le digo a Black que va a conocer a mis padres? Lo miré y me pregunté cuál sería su reacción. Notó que lo observaba, que algo no iba bien, por eso detuvo el coche en cuanto pudo salir de la autopista. Se volvió hacia mí.

—¿Y bien? —preguntó con voz calmada, pero frunciendo el ceño.

Detrás de nosotros aparcaron los dos BMW negros y uno de los guardaespaldas se bajó y vino hacia nosotros. Massimo bajó la ventanilla, agitó la mano y dijo dos frases en italiano. El hombre se dio la vuelta, se detuvo junto al coche y encendió un cigarrillo.

—El sábado tenemos que ir donde mis padres. Con todo esto había olvidado que se casa mi prima —le expliqué torciendo el gesto y me cubrí la cara con las manos.

Black me miró sin ocultar que el asunto le parecía gracioso.

—¿Eso es todo? Pensé que había pasado algo. Creo que tendré que empezar a aprender polaco, porque, si solo entiendo las palabrotas, no interpreto bien las situaciones.

—Será una catástrofe. No conoces a mi madre, te bombardeará a preguntas. Y encima yo tendré que hacer de intérprete, porque el único idioma extranjero que conoce es el ruso.

—Laura —dijo tranquilamente, quitándome las manos de la cara—. Ya te dije que mis padres invirtieron en mi educación y, aparte del italiano y el inglés, hablo también ruso, alemán y francés, así que no me irá mal.

Lo miré asombrada y me sentí una estúpida, porque yo solo dominaba una lengua extranjera.

—Eso no me tranquiliza nada.

Black se rio y arrancó.

Cuando llegamos a Varsovia, ya era de noche. Massimo aparcó en el garaje y sacó mi maleta.

—Ve subiendo, yo tengo que hablar con Paulo —dijo, y fue hacia los coches que estaban aparcados al otro lado.

Cogí la maleta y me dirigí al ascensor. Pulsé el botón de llamada y enseguida me di cuenta de que no funcionaba. Abrí la puerta de las escaleras y subí andando. Cuando llegué a la planta baja, aparecieron ante mis ojos cientos de rosas blancas. «Dios, esto no», pensé.

—¡Señorita Laura! —gritó el recepcionista al verme—. Me alegro de que esté aquí. Le han vuelto a mandar flores.

Miré a mi alrededor horrorizada.

—El ascensor no funciona. Él tendrá que pasar por aquí —balbucí.

—Perdone, pero no la entiendo —dijo el recepcionista.

Había demasiadas flores para esconderlas y poco tiempo para sacarlas del edificio. Cogí la nota de uno de los ramos, en la que ponía: «No me resigno».

—¡Hostia puta! —bramé arrugando la nota.

En ese momento se abrió la puerta y Massimo entró. Vio el mar de flores que tenía delante y apretó los puños. No me dio tiempo a decir nada, porque desapareció dando un portazo. Me quedé bloqueada, mirando la pared, y me pasaron por la cabeza imágenes de lo que iba a suceder. El rugido del Porsche me sacó de mis pensamientos cuando salió del garaje y volvió quemando rueda para pasar por delante del portal. Corrí escaleras arriba y un minuto después estaba ante la puerta de casa. Traté de meter la llave en la cerradura con la mano temblándome. Cuando lo conseguí, cogí la llave del BMW y me fui corriendo al aparcamiento. Llamé a Martin desde el coche, cuando salí a la calle, rezando para que contestara.

—Veo que esta vez mi regalo te ha gustado más —dijo con voz grave.

—¡¿Dónde estás?! —grité.

—¿Cómo dices?

—¡¿Que dónde estás, joder?!

—¿Por qué gritas? Estoy en casa. ¿Quieres venir?

«Dios, eso no», pensé, y pisé el acelerador.

—Martin, sal de casa ahora mismo, ¿me oyes? Nos vemos en el McDonald's que hay allí al lado, llegaré en cinco minutos.

—Parece que las flores te han gustado de verdad. Pero ¿por qué no vienes a casa? He pedido *sushi*, nos lo podemos comer juntos.

Crucé una calle tras otra, irritada y asustada, infringiendo absolutamente todas las normas del código de circulación.

—Hostia puta, Martin, ¿puedes hacer lo que te pido? Sal de casa y espérame donde te he dicho.

De pronto oí que sonaba su telefonillo y casi se me para el corazón.

—Llaman, será la comida. Estaré allí en cinco minutos. Chao.

Le grité, pero ya no me oyó y colgó. Volví a llamarle, no contestó; lo intenté otra vez y otra y otra. Tenía miedo, creo que nunca había estado tan aterrorizada. Sabía que todo era culpa mía.

Cuando llegué, aparqué y subí corriendo al apartamento. Agarré el picaporte y la puerta se abrió. Al entrar, vi a los hombres de Massimo. Con las últimas fuerzas que me quedaban, me apoyé en la pared y resbalé hasta el suelo.

Massimo, que estaba sentado en el sofá cerca de Martin, se levantó de un salto. Martin quiso seguirle, pero un guardaespaldas lo detuvo y lo obligó a sentarse de nuevo.

—¿Dónde tienes las pastillas? —La voz de Massimo parecía alejarse de mí. Me agarró de los brazos y gritó—: ¡Laura!

—Las tengo yo —dijo Martin.

Cuando abrí los ojos estaba tumbada en la cama y Massimo se había sentado a mi lado.

—Me das tú más motivos para matarlo que él mismo —murmuró furioso—. De no ser porque tus pastillas se habían quedado aquí... —No terminó la frase y apretó la mandíbula.

—Déjame hablar con él —dije después de sentarme—. Me lo prometiste, y yo confié en ti.

Black permaneció un rato en silencio. Luego gritó algo en italiano y los hombres que estaban en el salón salieron del piso.

—Bueno, pero me quedo. Hablaréis en polaco, así que no entenderé nada, pero al menos estaré seguro de que no te toca.

Me levanté y, aún medio aturdida, fui despacio hasta el salón, donde Martin esperaba en el sofá color granito con un gesto de rabia. Al verme, su mirada se dulcificó. Me senté a su lado y Massimo ocupó el sillón que había junto al acuario.

—¿Cómo te encuentras? —preguntó preocupado.

—¿Quieres que te diga la verdad? Estoy tan furiosa que debería mataros a los dos. ¿Qué estás haciendo, Martin? ¿De qué te sirve esto?

—¿Cómo que qué hago? Lucho. ¿No era lo que querías? ¿No esperabas que te dedicara más atención y me esmerara más? Además, creo que eres tú quien debería contestarme a un par de preguntas; por ejemplo, quiénes son esos hombres armados y qué hace este italiano en mi casa.

Bajé la cabeza en gesto de rendición.

—Te dije claramente que habíamos acabado. Me engañaste y yo no perdono la infidelidad. Y el hombre que está sentado en el sillón es mi futuro marido.

Sabía que esas palabras lo herirían, pero era la única manera de que se apartara de mí y siguiera con su vida. Martin me miró fijamente con cara de crispación e ira en los ojos.

—¿Así que se trataba de eso? Querías casarte y, como yo no te lo pedí, te buscaste a un gánster italiano y te vas a convertir en su esposa, ¿no? Muy bonito, te fuiste de vacaciones con tu lacayo para encontrar a un pardillo.

El tono de voz elevado y burlón enfureció a Massimo, que sacó el arma que llevaba a su espalda, en la cintura, y la colocó sobre sus rodillas. Al ver eso, el cabreo creciente con los dos tocó techo. Estaba harta de esa situación y de cómo me hacía sentir. Pasé a hablar en inglés para que ambos me entendieran, y grité mirando a Martin:

—Estoy enamorada, ¡¿lo entiendes?! No quiero estar contigo, me engañaste y me humillaste. El día de mi cumpleaños te comportaste como un canalla y eso nada lo va a cambiar, así que no quiero volver a saber nada de ti. Pero en este momento estoy harta de los dos, así que, si queréis, ¡por mí os podéis matar! —Me volví hacia Massimo—. Aunque eso no serviría de nada. Yo decido sobre mi vida, no vosotros. ¡Así que os podéis ir los dos a tomar por culo, lejos de mí! —bramé, y salí corriendo del piso.

Massimo gritó algo a los hombres que estaban en el pasillo y me siguieron. Era mucho más rápida que ellos y conocía mejor el barrio. Me subí al coche y me marché quemando rueda, dejándolos atrás. Sabía que, en circunstancias normales, habrían disparado, pero no podían.

Mi móvil no dejaba de sonar y en la pantalla aparecía el mensaje «Número oculto». Sabía que era Massimo, pero no tenía ganas de hablar con él en ese momento, así que apagué el teléfono. Fui a casa de Olga y recé para que estuviera. Llamé al timbre. Al cabo de unos segundos la puerta se abrió y apareció mi amiga bastante entonada.

—Vaya, estás viva —dijo regresando al interior—. Ven,

me va a estallar la cabeza. Ayer me pasé de la hostia con la bebida.

Cerré la puerta y la seguí al salón. Se sentó en el sofá y se envolvió en una manta.

—Desde el sábado he estado de fiesta con el rubio del Ritual. Creo que el chico se ha enamorado, porque no se aparta de mí.

Me senté a su lado sin decir nada. Entonces me di cuenta de que los había dejado a los dos con un arma y les había dicho que se mataran.

—Laura, estás más pálida que las pantorrillas de Dominika, aquella que iba con nosotras al colegio. ¿Qué te pasa?

Negué con la cabeza y la miré. Tenía que decirle la verdad, porque todos aquellos secretos me agobiaban cada vez más.

—Te he mentido.

Olga se volvió hacia mí con gesto de extrañeza.

—No vivo en casa de un amigo y en Italia no conocí a un hombre cualquiera.

Me llevó un par de horas contarle toda la historia. Cuando terminé, saqué el anillo del bolsillo y me lo puse en el dedo.

—Esta es la prueba. —Suspiré apoyándome en el brazo del sofá—. Ahora ya lo sabes todo.

Olga estaba sentada delante de mí y me miraba la mano con la boca abierta.

—La madre que me parió. Es como si me hubieras contado una película de acción con alto contenido erótico. ¿Qué crees que habrá pasado con Martin? —Sus ojos brillaban de excitación.

—Por Dios, Olga, yo trato de no pensar en eso y tú vas y me lo preguntas.

Se quedó un momento pensativa y después cogió el teléfono, marcó un número y conectó el manos libres.

—Enseguida lo sabremos.

Los siguientes segundos se hicieron eternos, porque sabía a quién llamaba.

Tras la quinta señal contestó.

—¿Qué quieres, ninfómana? —preguntó Martin con voz grave.

—Hola, yo también me alegro de oírte. Estoy buscando a Laura. ¿Sabes dónde puede estar?

—Pues no eres la única que la busca. Ni lo sé ni lo quiero saber, porque no me interesa en absoluto. Adiós. —Colgó y nos echamos a reír como histéricas.

—Está vivo —dije sin poder parar la risita nerviosa—. Gracias a Dios.

—Ni siquiera la *cosa nostra* siciliana ha podido con él —añadió Olga levantándose—. Y como todos viven y yo estoy al corriente del asunto, te propongo que te quedes aquí esta noche para que tu prometido se preocupe un poco.

Suspiré aliviada y asentí. En ese momento llamaron a la puerta con los nudillos y la risa se nos pasó de golpe.

—¡¿A estas horas?! —exclamó Olga extrañada y fue a abrir—. Seguro que es el rubiales. Enseguida lo echo.

Cuando abrió se hizo un silencio sepulcral. Olga retrocedió dos pasos y Massimo entró en el piso. Me dirigió una mirada gélida y se quedó en el recibidor, como si esperara algo.

—Menudo follón se está montando aquí —dijo Olga en polaco, sabiendo que él no entendía ni una palabra—. ¿Te vas a quedar ahí sentada y él de pie? ¿O es que tengo que irme? Porque yo no sé qué hacer.

—¿Qué haces aquí? —pregunté—. ¿Y cómo me has encontrado?

—El coche tiene un localizador por si lo roban. Además, sé dónde vive tu mejor amiga. No me he presentado —dijo mirando a Olga—. Massimo Torricelli.

—Sé quién eres —comentó ella dándole la mano—. Gracias a la descripción que me ha hecho Laura, no tenía dudas de a quién le abría la puerta. ¿Os vais a quedar mirándoos como pasmarotes o queréis hablar?

Los ojos de Massimo se dulcificaron y a mí me entraron ganas de reír. La situación era tan absurda como todo lo que sucedía en mi vida desde hacía varias semanas. Me levanté del sofá, cogí las llaves del coche, me acerqué a mi amiga y la besé en la frente.

—Me voy. Nos vemos mañana para tomar el aperitivo, ¿vale?

—Ve y fóllatelo en mi honor. Está tan bueno que tengo el coño chorreando —comentó Olga dándome unas palmaditas en el culo—. ¿Y no tendrá algún amigo? —añadió cuando ya estábamos fuera del piso.

—Ni se te ocurra, hazme caso. —Me despedí agitando la mano.

Salimos a la calle sin decirnos nada, abrí la puerta del coche y me puse al volante, mientras Black subía al asiento del copiloto.

—¿Dónde está el Porsche?

—Paulo se lo ha llevado a casa.

Arranqué y me puse en marcha. De camino al apartamento tampoco nos dijimos nada, como si ambos esperáramos a que empezara el otro.

Cuando entramos en el piso, Massimo se sentó en el

sofá y comenzó a peinarse con la mano de un modo compulsivo.

—¿Tu amiga sabe quién soy? ¿Se lo has contado todo?

—Sí, porque ya estaba más que harta de enredarme en tus mentiras, Massimo. No sé vivir así. Quizá mientras estuvimos en Italia resultara más sencillo porque allí todos saben quién eres, pero esto es otro mundo, son otras personas más cercanas a mí. Y me siento fatal cada vez que tengo que mentirles.

Me observaba con una mirada casi vacía.

—Después del fin de semana, volvemos a Sicilia —dijo levantándose.

—Quien quiera volver, que vuelva, pero yo no voy a ningún lado. Además, creo que deberías pedirme perdón.

Black se acercó a mí temblando de rabia. Sus ojos volvían a ser negros como el carbón y apretaba rítmicamente las mandíbulas.

—No lo he matado, así que no puedes reprocharme nada. Fui allí para hacerle entender con quién estaba jugando y dejarle bien claro el límite entre tú y él.

—Sé que está vivo y que me va a dejar en paz. Le ha dicho a Olga que ya no le intereso.

La expresión de Massimo dejaba claro lo satisfecho que estaba. Metió las manos en los bolsillos y se balanceó sobre sus talones.

—Después de lo que te ha escuchado decir y de lo que le he dicho yo luego, lo raro sería que siguiera insistiendo en que volvieras con él.

Arrugué las cejas y lo miré con gesto interrogativo.

—No lo he matado, tenlo en cuenta —comentó, y me besó en la frente antes de irse al dormitorio.

Me quedé allí de pie un momento, preguntándome cómo habría sido su conversación. No se me ocurría nada, así que fui tras él. Estaba en el vestidor, pasé de largo, entré en el baño y me di una ducha pensando solo en echarme a dormir. Cuando volví, estaba envuelto en una toalla sobre la cama y veía la televisión. Su aspecto era totalmente normal, no el de alguien que unas horas antes había amenazado a otra persona con un arma. Una vez más, su capacidad para ir de un extremo a otro me fascinaba.

Para mí era un hombre ideal, un verdadero macho que me cuidaba y me protegía, pero el resto del mundo lo veía como un mafioso imprevisible y peligroso. Era algo extraño y excitante, pero ¿a la larga lo podría soportar? Desde la noche anterior, cuando se había arrodillado delante de mí, me preguntaba si pasar toda mi vida con él sería una buena idea.

—Laura, tenemos que hablar —dijo sin apartar la mirada del televisor—. Hoy no solo no has contestado a mis llamadas, sino que encima has apagado el teléfono. Quisiera que eso no volviera a repetirse. Es por tu seguridad. Si no tienes ganas de hablar conmigo, contestas y me lo dices, pero no provoques situaciones en las que me veo obligado a emplear medidas extremas, como tener que localizarte.

Estaba parada en la puerta del baño y tenía ganas de pelea, pero recordé las palabras de Monika y, a disgusto, reconocí que tenía razón. Me acerqué a la cama y me quité la toalla. Me quedé desnuda, pero seguía sin hacerme caso. Enfadada con él por ignorarme de esa forma, me tumbé en la cama, me enrollé en la colcha, me agarré a la almohada y me dormí al instante.

Me despertaron unas suaves caricias en la entrada de mi coño y noté que dos dedos se colaban por mi interior. Estaba desorientada, a mitad de camino entre el sueño y la vigilia, y no sabía si eso estaba ocurriendo de verdad o era fruto de mi imaginación.

—¿Massimo?

—¿Sí? —escuché su sensual susurro junto a mi oído.

—¿Qué haces?

—Tengo que entrar o me voy a volver loco —dijo acercando tanto el cuerpo que su polla endurecida se dobló contra mi culo.

—No tengo ganas.

—Lo sé —replicó, y me penetró brutalmente.

Su pene entró en mi orificio, húmedo por su saliva. Gemí y eché hacia atrás la cabeza, que quedó apoyada en su hombro. Estábamos tumbados de lado y sus poderosos brazos me rodeaban entera. La cadera de Black estaba inmóvil, pero sus manos recorrían mis pechos. Tocaba mi cuerpo desnudo casi con devoción y cada cierto tiempo apretaba mis pezones. Sus intensas caricias me despertaron por completo y encendieron mi pasión.

—Quiero sentirte, Laura —dijo cuando mis caderas empezaron a balancearse suavemente—. No te muevas.

Estaba cabreada, me había despertado, me había puesto a mil revoluciones por minuto y ahora me decía que me quedara quieta como una estatua.

Lo saqué de mí, me di la vuelta y le pasé una pierna por encima para quedar sentada sobre él.

—Pues ahora me vas a sentir más rápido y más profundamente —dije agarrándolo del cuello.

Black no me detuvo. Agarró mis caderas con ambas manos y las movió con suavidad. Incluso cuando estaba debajo, él tenía que ser el dominador, aunque fuera en apariencia. Apreté más mis manos y me incliné hacia él.

—Esta vez soy yo quien te folla —le dije, y empecé a balancear despacio el culo.

Cuando mi clítoris se frotaba con su vientre, me apetecía ir más rápido. Mis movimientos eran cada vez más agresivos. Black clavó sus dedos en mis nalgas, me causó dolor, pero fue él quien gimió con fuerza. Ya no podía aguantarme más, le di una sonora bofetada y empecé a correrme intensamente. Cuando el orgasmo se apoderó de todo mi cuerpo, los músculos se me tensaron y me quedé inmóvil. Massimo me agarró aún más fuerte y empezó a moverme rítmicamente. Un momento después noté que me introducía un dedo en el culo y me corrí de nuevo lanzando un grito, mientras él me agitaba contra su cuerpo con más ímpetu.

—Otra vez, nena —susurró.

Levanté la mano con la que me apoyaba sobre su pecho y le golpeé en la cara. Nunca había estado tanto tiempo en clímax y con tal cantidad de orgasmos. Black me tumbó sobre la cama sin sacarme la polla de dentro y se arrodilló ante mí. Estaba exhausta, pero quería más.

—No tengo intención de acabar —dijo deteniéndose y echándose a mi lado—. Los condones se han quedado en el coche, pero ya sabes que yo no hago marcha atrás.

Lo miré asombrada, pero en la oscuridad no pude distinguir la expresión de su rostro. Para mí, sus orgasmos eran un reto personal que me satisfacían más incluso que los míos.

—Si tú no quieres terminar, lo haré yo por ti —dije, y metí su pene en mi boca, agarrándolo con fuerza. Black empezó a inspirar profundamente y a retorcerse debajo de mí, y su cuerpo me decía que estaba listo para acabar.

Cogí su mano y la puse sobre mi cabeza, para que me imprimiera el ritmo que más le conviniera. Massimo me sujetó del pelo, empujó mi cabeza contra su cadera y me obligó a engullir toda su polla.

Cuando se corrió, una ola de semen inundó mi garganta. No fui capaz de tragármelo todo, así que una parte se cayó de mi boca. Massimo, extasiado por el placer que le proporcionaban mis labios, no hizo nada por limpiarse. Su mano dejó de presionar mi cabeza y bajó hasta la cama. En ese momento levanté la vista y me puse a lamer el esperma que había en su vientre.

—Eres muy dulce —comenté tumbándome a un lado.

Pulsé un botón del mando que estaba en la mesilla y los leds de la cama se encendieron, dando la suficiente claridad como para que pudiera ver su cara. Su cabeza estaba girada hacia mí y me miraba con una mezcla de deseo y de enojo.

—Y tú una pervertida terrible, Laura —dijo jadeando, sin poder calmar su respiración.

—¿Es que tu visión no incluía aspectos sexuales? —pregunté, y me relamí los restos de semen que había en mis labios para provocarle.

—A menudo pensaba cómo serías en la cama, pero siempre era yo quien te follaba, no al revés.

Me acerqué a él y lo besé en el mentón mientras acariciaba sus pesados testículos.

—Pues ya ves, a veces necesito llevar un poco las riendas. Pero no te preocupes, no me suele pasar a menudo. Normalmente prefiero ser esclava antes que verdugo. Y no soy pervertida, sino perversa, que no es lo mismo.

—Si no es algo que ocurra con frecuencia, quizá sea capaz de aguantarlo. Y créeme, nena —dijo metiendo los dedos entre mis cabellos—. Eres pervertida, perversa, depravada y, gracias a Dios, mía.

17

Los dos días siguientes fueron bastante normales. Yo salía con Olga y Massimo se reunía con Karol. Desayunábamos juntos y veíamos la tele hasta que nos dormíamos.

El sábado me desperté a las seis, y la idea de tener que llevar a Black a casa de mis padres ya no me dejó volver a pegar ojo. Unas semanas antes tenía miedo de que los matara y ahora iban a conocerse.

Cuando por fin se despertó, pude empezar a preparar las cosas, fingiendo que todo iba bien. Me fui al vestidor a rebuscar en los armarios hasta encontrar algo adecuado. Había olvidado por completo que los mejores vestidos se habían quedado en Sicilia. Desesperada, me dejé caer en la mullida alfombra, miré las perchas y me cubrí la cara con las manos.

—¿Todo en orden? —preguntó Black, con una taza de café en la mano, apoyado en el marco de la puerta.

—El dilema habitual de la mitad de las mujeres del planeta Tierra: no tengo qué ponerme —contesté torciendo el gesto.

Massimo dio lentamente un trago de café y me miró como si en el fondo supiera que el problema no era la ropa.

—Tengo algo para ti —dijo caminando hacia su parte del vestidor—. Llegó el viernes. Lo ha elegido Domenico, así que espero que te guste.

Metió la mano en el armario y sacó una percha con una funda de tela que llevaba el logo de Chanel. Me levanté de un salto y fui hacia él, mientras Massimo iba bajando la cremallera poco a poco. Pegué un chillido cuando ante mis ojos apareció un vestido corto de seda color carne, con mangas largas y un pronunciado escote plisado. Era ideal, sencillo y sobrio, pero a la vez sexy.

—Gracias —le dije girándome hacia él y dándole un beso en la mejilla—. ¿Qué puedo hacer para agradecértelo? —pregunté agachándome y deteniendo la boca a la altura de su bragueta—. Me gustaría tanto demostrarte lo contenta que estoy...

Massimo se apoyó en el armario y agarró mi pelo con las manos. Le bajé los pantalones hasta los tobillos y abrí la boca de manera que él decidiera qué quería que hiciera y cuándo. Black me miró con deseo, pero no se movió. Estaba impaciente por sentirlo en mi boca, pero sus manos me tiraron del pelo para evitar que me lanzara hacia él.

—Desabróchate la blusa y quítatela —dijo sin soltar mi cabeza—. Y luego abre mucho la boca.

Entró despacio hasta mi garganta, de manera que pudiera disfrutar de cada centímetro de su polla. Gemí de satisfacción y empecé a chupar con fuerza. Me encantaba mamársela, adoraba su sabor y cómo reaccionaba su cuerpo al sentir mis caricias.

—Suficiente —dijo después de unos segundos. Sacó su miembro y se subió los pantalones—. No puedes tener siempre lo que quieres, nena, y además llegarás tarde a la peluquería.

Me quedé sentada en el suelo, contrariada pero ardiendo de deseo, observando cómo salía del vestidor. Sabía que no me había privado del placer por capricho, sino por alguna razón. Miré la hora y vi que, en efecto, se me había ido el santo al cielo. Me levanté y corrí a la cocina. Di un sorbo de té y cogí un bollo. Cuando el primer bocado pasó de la garganta, sentí que se me ponía mal cuerpo. Llegué al baño en el último momento y casi atropello a Massimo por el camino. Un momento después, llamó a la puerta. Me levanté del suelo, me enjuagué la boca y salí.

—¿Va todo bien? —me preguntó mirándome como a un niño pequeño.

Agaché la cabeza y apoyé la frente en su pecho.

—Son los nervios. Me aterra la idea de que vayas a conocer a mis padres. No sé por qué dije que iríamos —le confesé alzando la vista—. Estoy tensa, nerviosa y, si pudiera, me quedaría en casa.

A Black pareció divertirle mi desesperación.

—Si te echo un polvo que no puedas ni sentarte, ¿se te pasarán los nervios y soportarás mejor este día? —preguntó con una cara muy seria y entornando los ojos.

Me lo pensé un momento, tratando de decidir si aún me sentía mal o si ya me encontraba mejor. Tras analizar la situación unos segundos, llegué a la conclusión de que mi estado de ánimo no era el mejor, pero que un poco de sexo quizá me pondría de buen humor y, sobre todo, aliviaría mi tensión.

Black miró su reloj, me agarró de la mano y tiró de mí hasta el salón. Cuando nos paramos delante de la mesa de cristal, me quitó los pantalones de un tirón.

—Apóyate ahí —dijo mientras se ponía el condón—. Y ahora levanta el culo. Será un polvo rápido pero potente.

Lo hizo tal y como había dicho, y un rato después, relajada y mucho más tranquila, me fui a la peluquería.

Una hora y pico más tarde volví a casa, pero no encontré a Massimo por ninguna parte. Saqué mi teléfono y le llamé, pero no contestó. No me había hablado de ninguna reunión, así que me inquieté un poco, pero pensé que, a fin de cuentas, ya era mayorcito y fui a maquillarme. Tras dos horas y treinta llamadas sin respuesta, mi cabreo era monumental. Fui al piso de enfrente para que sus hombres me dieran alguna noticia, pero nadie me abrió. Miré la hora y maldije en voz baja, porque ya tendríamos que haber salido. Ataviada con el vestido corto ceñido y unos zapatos de altísimos tacones, me senté en el sofá y me puse a pensar qué debía hacer. No quería ir, pero mi madre no me dejaría en paz si la llamaba y le decía que no podía asistir. Cogí el bolso y las llaves del BMW y bajé al garaje.

De camino me preguntaba cómo iba a explicar la ausencia de mi pareja y llegué a la conclusión de que lo mejor sería contar un cuento de enfermedades. Cuando me faltaban unos veinte kilómetros para llegar, vi por el retrovisor que un coche se acercaba a mí muy deprisa, me adelantaba y me bloqueaba el paso. Me detuve. Massimo se bajó alegremente del Ferrari negro y vino hacia mí. Llevaba un elegante traje gris que se ajustaba a las mil maravillas a su escultural cuerpo. Abrió la puerta y me ofreció la mano para que me resultara más fácil bajar.

—Negocios —comentó encogiéndose de hombros—. Vamos.

Me quedé sentada con las manos sobre el volante, mirando hacia delante. Odiaba ese sentimiento de impotencia que experimentaba habitualmente por culpa de sus misteriosos negocios. Sabía que no me estaba permitido preguntar y que, aunque lo hiciera, no me contestaría, lo cual me cabrearía aún más.

Un momento después, un SUV negro aparcó detrás de mí y Massimo, ya muy enfadado, soltó:

—Laura, si no te bajas ahora mismo, te sacaré a rastras, tu vestido se arrugará y tu peinado se echará a perder.

Salí del coche muy irritada y me subí al Ferrari negro. Unos segundos después, Massimo estaba sentado a mi lado con una mano sobre mi muslo, como si no hubiera pasado nada.

—Estás preciosa —dijo acariciándome suavemente—. Pero te falta algo.

Se inclinó y sacó de la guantera una cajita en la que ponía Tiffany & Co. Mis ojos se iluminaron al verla, pero decidí no manifestar mi alegría y fingir indiferencia.

—No me vas a comprar con una gargantillita —dije cuando abrió la caja, que contenía un collar de pequeñas y relucientes piedras.

Lo sacó, me lo puso en el cuello y me besó delicadamente en la mejilla.

—Ahora estás perfecta —comentó y arrancó—. Y esa gargantillita es de platino y diamantes, así que lo siento si no cumple con tus expectativas.

Me gustaba la sonrisa de pillo que ponía cuando creía demostrarme su superioridad. Su manera de ser me excitaba y me sacaba de quicio hasta límites insospechados.

—¿Dónde está el anillo, Laura? —preguntó adelantando a un coche—. Sabes que en algún momento tendrás que decirles que te vas a casar, ¿verdad?

—Pero no es necesario que sea hoy, ¿no? —grité irritada—. Además, ¿qué debería decirles? Quizá algo como: «¿Sabéis? Conocí a mi novio cuando me raptó y me confesó que me había visto en un sueño. Después me encerró y me chantajeó con mataros, pero al final me enamoré de él y ahora queremos casarnos». ¿Crees que es lo que quieren oír?

Black miró al frente y apretó rítmicamente las mandíbulas sin decir una palabra.

—Quizá esta vez sea mejor que yo planifique el acontecimiento. Te diré cómo lo haremos. Dentro de unas semanas le confesaré a mi madre que me he enamorado. Unos meses después le diré que nos hemos comprometido. Así todo le parecerá natural y mucho menos sospechoso.

Massimo seguía mirando al frente y yo casi podía sentir su rabia.

—Te casarás conmigo el fin de semana que viene, Laura. No dentro de varios meses o años, sino en siete días.

Lo miré con los ojos como platos. El corazón me palpitaba tan fuerte que solo oía sus latidos. No pensaba que tuviera tanta prisa. Mi plan era que nos casáramos a comienzos del verano, no al cabo de una semana. Me pasaron cientos de pensamientos por la cabeza y, entre ellos, una pregunta básica: ¿por qué acepté?

Black se detuvo junto a la verja de entrada de casa de mis padres.

—Escucha, nena, ahora yo te voy a explicar cómo será —dijo girándose hacia mí—. El próximo sábado te convertirás en mi esposa, y en unos meses nos volveremos a casar para asegurar la paz interior de tus padres. —Acercó sus labios y me dio un delicado beso en la frente—. Te quiero y casarme contigo es la penúltima cosa que quiero hacer en la vida.

Aparcó en el camino de la entrada, junto a la casa.

—¿La penúltima? —le pregunté sorprendida.

—La última es tener un hijo —dijo abriendo la puerta.

Me quedé tranquilamente sentada tomando aliento. Aún no era capaz de creer lo que estaba haciendo y lo mucho que había cambiado mi vida en menos de dos meses. «Ponte las pilas», me dije mientras bajaba del coche. Me arreglé el vestido e inspiré profundamente. La puerta de casa se abrió y apareció mi padre.

—Vamos a quitarnos esto de encima cuanto antes —dije tambaleándome ligeramente—. Espero que recuerdes la versión que hemos acordado.

Massimo se rio y le tendió la mano a mi padre, que venía hacia nosotros.

Intercambiaron algunas frases en alemán, sobre nada importante por lo que me pareció, y después mi padre se dirigió a mí:

—Querida, estás preciosa, el pelo claro te sienta de maravilla. Y no sé si es mérito de este hombre que está a tu lado o del cambio de peinado, pero se te ve radiante.

—Seguramente lo uno y lo otro —comenté, y luego le di un beso y me abracé a él.

Pasamos al porche y nos sentamos en unas sillas mullidas alrededor de una gran mesa. Massimo, ciñéndose a lo que le había pedido, mantuvo una distancia prudencial. Hubo un momento en que le cambió la expresión del rostro y miró fijamente algo que había detrás de mí. Me giré llena de curiosidad y vi a mi madre, que venía luciendo un vestido color crema hasta los tobillos y dirigiendo una sonrisa radiante a Black. Me levanté y la besé.

—Massimo, te presento a mi madre, Klara Biel.

Se puso de pie un poco estupefacto, pero enseguida se centró, saludó a mi madre en ruso y le besó la mano. Mi madre le dedicó unos sutiles halagos y después fijó su mirada en mí.

—Querida, ¿podrías venir a ayudarme a la cocina? —me preguntó con una cautivadora sonrisa que solo presagiaba problemas.

Se dio la vuelta y entró en casa. Yo la seguí, dejando a los hombres charlando animadamente. Dentro me esperaba mi madre junto a la mesa, con los brazos cruzados sobre el pecho.

—¿Qué pasa, Laura? —preguntó—. Cambias de trabajo y de casa, transformas radicalmente tu imagen y ahora traes a casa a un italiano. Dímelo, porque me da en la nariz que me ocultas algo.

Como de costumbre, su detector funcionaba de una forma impecable. Sabía que engañarla no sería fácil, pero no pensé que se diese cuenta tan pronto.

—Mamá, no es más que el pelo, necesitaba un cambio. El tema del viaje ya lo tenemos trillado y Massimo es un compañero de trabajo. Me gusta y aprendo mucho de él. No sé qué más puedo decirte sobre él, porque lo conozco desde hace apenas unas semanas.

Sabía que cuanto menos le dijera, mejor para mí, porque no era capaz de recordar más mentiras.

Se quedó mirándome fijamente, con los ojos un poco entornados.

—No sé por qué me mientes, pero si lo prefieres así, allá tú. Recuerda que veo muchas cosas y soy una persona de mundo. Sé muy bien lo que cuesta el coche que está aparcado en la entrada y no creo que el empleado de un hotel se lo pueda permitir.

Mentalmente, solté todos los tacos que me sabía. Como Massimo había desaparecido por la mañana, tuvimos que cambiar de coche, aunque habíamos planeado venir en el que ellos ya habían visto.

—Y también sé cómo es un diamante —continuó diciendo mientras pasaba los dedos por mi collar—. Y cuáles son los vestidos de la última colección de Chanel. Recuerda, querida, que yo te enseñé lo que es la moda.

Terminó y se sentó en una silla a esperar una explicación. Me quedé allí de pie frente a ella, incapaz de inventarme algo coherente. Resignada, me dejé caer en la silla contigua.

—¿Cómo iba a empezar diciéndote que es el dueño del hotel y que el dinero le sale por las orejas? Es de una familia rica y tiene muchos negocios. Estamos saliendo y me gustaría que se convirtiera en algo serio. En cuanto a los regalos y sus precios, yo ahí no puedo hacer nada.

Me observó con suspicacia, pero su mirada se fue dulcificando a medida que pasaban los segundos.

—Habla muy bien en ruso, se nota que es una persona culta y bien educada. Y además tiene buen gusto con las mujeres y las joyas —sentenció levantándose de la silla—. Bueno, vamos con ellos antes de que Tomasz lo aburra hasta la muerte.

Me froté los ojos sin poder creer cómo había cambiado la situación. Sabía que mis padres siempre habían querido que me casara con un hombre adinerado, pero su reacción me dejó boquiabierta. Me costó un buen rato volver a cerrarla, pero luego me fui tras ella moviendo la cabeza con incredulidad.

Fuera se desarrollaba una animada conversación, aunque no supe sobre qué porque no entendía una palabra de alemán. Lo que sí sabía era que me tenía que llevar de allí a Black para contarle la nueva versión del cuento. Mi padre no hablaba inglés, pero para mi desgracia lo entendía bastante bien.

—Massimo, déjame enseñarte la habitación en la que dormirás —le dije dándole unas amigables palmadas en la espalda—. Y tú, papá, ve preparándote, que nos vamos enseguida —añadí cambiando de idioma.

—Ay, la leche, qué tarde es —soltó mi padre levantándose de golpe.

Subimos por las escaleras y entramos en la antigua habitación de mi hermano.

—Dormirás aquí, pero no era eso lo que quería contarte —le comenté susurrando. A continuación le expliqué cómo había cambiado la situación.

Cuando terminé, se quedó con las manos en los bolsillos, sonriendo y mirando la habitación.

—Me siento como un adolescente —dijo muy contento—. ¿Y dónde está tu habitación, nena? Porque no pensarás que me voy a quedar aquí de verdad, ¿no?

—Mi dormitorio está al otro lado del pasillo, pero desde luego que te vas a quedar aquí. Mis padres piensan que de momento nuestra relación es platónica y no debemos sacarlos de su error.

—Enséñame tu habitación, anda —dijo tratando de mantenerse serio.

Le cogí de la mano y lo llevé hasta mi dormitorio. Era muchísimo más pequeño que la suite en la que me había alojado Massimo en Sicilia, pero me traía muy buenos recuerdos y allí no necesitaba gran cosa. Una cama, un televisor, un pequeño baño y cientos de fotografías que me recordaban los años despreocupados de la escuela.

—¿Tenías novio cuando vivías con tus padres? —preguntó mirando las fotos y sonriendo.

—Claro. ¿Por qué lo dices?

—¿Y le hiciste alguna mamada en este cuarto?

Sorprendida, abrí mucho los ojos y lo miré frunciendo el ceño.

—¿Perdón?

—No hay cerradura en la puerta y me preguntaba cómo y dónde lo harías, sabiendo que tus padres podían entrar en cualquier momento.

—Lo apoyaba contra la puerta y me arrodillaba delante de él —repliqué poniéndole una mano en el pecho y empujándolo hacia atrás.

Massimo se encontraba exactamente en el mismo lugar donde, diez años antes, estaba mi novio de entonces. Se bajó la bragueta, me arrodillé ante él y presioné su culo contra la puerta.

—No te muevas, don Massimo, y estate callado, que esta casa tiene una acústica increíble —le dije, y me metí su polla en la boca.

Fue una mamada rápida y brutal, para que se corriera cuanto antes. Minutos después noté que su semen llenaba mi garganta. Me lo tragué todo dócilmente y me levanté mientras me limpiaba la boca con los dedos. Massimo estaba con los ojos cerrados, apoyado en el marco, tratando de reponerse.

—Me encanta cuando te portas como una puta —susurró mientras se subía la bragueta.

—¿Ah, sí? ¿En serio? —le pregunté con una sonrisa irónica.

Nos arreglamos, bajamos y salimos para la iglesia. Lublin era mucho más pequeño que Varsovia y también había menos coches de la categoría del que nosotros llevábamos. Cuando llegamos a la iglesia, las miradas de todos los invitados se volvieron hacia el Ferrari negro.

—De puta madre —mascullé encantada con el interés que despertábamos.

Massimo se bajó del coche con elegancia, se arregló la chaqueta y vino a abrirme la puerta. Salí agarrada de su mano y oculta tras unas gafas de sol. La gente reunida se quedó en silencio y yo agarré con fuerza el brazo de Black. «No es más que mi familia», repetía mentalmente como un mantra mientras dirigía a todos una sonrisa falsa.

La voz de mi hermano vino a rescatarme.

—Hola, niña. Veo que los relatos de mamá sobre tu trabajo de fábula son ciertos —dijo acercándose a mí y dándome un abrazo—. Tienes un aspecto cojonudo, ¡y menudo cochazo llevas!

Lo achuché todo lo fuerte que pude. Nos veíamos pocas veces debido a la distancia que nos separaba. Era para mí un amigo, un hombre maravilloso y un ideal inalcanzable. Era el hombre más sabio que conocía, una mente matemática invencible y, además, un guaperas. Cuando vivíamos en la casa familiar, se lio con todas mis amigas, cosa que ellas agradecieron mucho. Un hombre completo, inteligente, atractivo, elegante y riguroso. Éramos muy diferentes tanto físicamente como de forma de ser. Yo, una morena bajita con los ojos casi negros; él, un rubio alto de mirada color esmeralda. De pequeño parecía un angelito, con unos rizos casi plateados.

—Jakub, hermanito, qué alegría verte. Había olvidado

por completo que vendrías. Deja que te presente —dije, y cambié al inglés—: Mi… Massimo Torricelli, trabajamos juntos.

Ambos intercambiaron miradas y se dieron la mano, pero, más que saludarse, parecían medir sus fuerzas antes de un combate.

—Ferrari Italia, motor de cuatro litros y medio, quinientos setenta y ocho caballos. Un monstruo —dijo Jakub asintiendo con admiración.

—He traído este porque las llaves se habían quedado sobre la mesa —replicó Massimo poniéndose las gafas de sol.

Su indiferencia resultaba cautivadora, pero no funcionó con mi hermano, que lo observó con mirada escrutadora, como si quisiera penetrar en su mente.

La misa fue aburrida y demasiado larga, pero toda mi familia no apartaba la mirada del guapísimo italiano que estaba a mi lado. Mientras duró, solo recé por que empezara de una vez el banquete y que la atención de los invitados se centrara en los novios y el alcohol.

Durante las promesas me vino a la cabeza lo que había dicho Black cuando llegamos a casa de mis padres: que dentro de una semana nosotros estaríamos haciendo lo mismo. Pero ¿deseaba hacerlo? ¿Quería casarme con un hombre al que casi no conocía y que me asustaba y cabreaba hasta límites insospechados? Además, ¿quería unirme a alguien junto a quien no podría tomar ninguna decisión? Alguien que en todo momento impondría su opinión y no me permitiría hacer muchas de las cosas que me encantaban, argumentando que era para protegerme, porque yo lo necesitaba. Por desgracia, la triste realidad era que estaba muy enamorada de él y no conseguía pensar racionalmente. No concebía perder a Massimo otra vez y por eso abandonarlo no era una opción.

—¿Te encuentras bien? —susurró cuando la ceremonia estaba llegando a su fin—. Estás muy pálida.

La verdad era que, desde hacía varios días, no me encontraba muy bien, estaba cansada y no tenía apetito, pero no era extraño: teniendo en cuenta el enorme estrés que sufría últimamente, podía dar gracias a Dios por seguir viva.

—Me siento un poco débil, pero será por los nervios. Enseguida termina esto.

Tras salir de la iglesia, la cosa mejoró. Todos fueron a felicitar a los novios y a presentarles sus mejores deseos.

El banquete se celebró en una pintoresca finca rústica, a unos treinta kilómetros de la ciudad. El complejo estaba compuesto por varios edificios, un hotel, una cuadra y la sala donde habían preparado el convite. Llegamos los últimos porque le pedí encarecidamente no llamar de nuevo la atención y, por una vez, Black me hizo caso. Cruzamos la sala pasando casi inadvertidos y fuimos hasta la mesa redonda en la que nos habían puesto. Respiré aliviada al comprobar que Jakub se sentaba con nosotros. Mi hermano tenía la costumbre de acudir a estas recepciones sin pareja y dedicarse a cazar. Le encantaba que las mujeres lo halagaran, cayeran rendidas a sus pies y, en consecuencia, se fueran a la cama con él. Era un auténtico coleccionista. En mi caso, el tema del sexo había sido más complicado y muchas veces había sufrido por culpa de los hombres. El único sufrimiento de mi hermano era alguna negativa esporádica que le fastidiaba la estadística.

Cuando nos sentamos a la mesa, quedaba un sitio libre.

Miré las caras conocidas de las personas que nos acompañaban tratando de adivinar quién faltaba, pero no lo logré. Cuando trajeron los entremeses, me lancé sobre la comida, porque desde el día anterior no había sido capaz de tragar nada, así que, cuando por fin me entró hambre, el apetito se impuso a la mente.

—Que aproveche —dijo una voz que me resultó familiar y levanté la mirada del plato.

Estuve a punto de escupir sobre la mesa la comida que acababa de meterme en la boca. Uno de mis exnovios estaba retirando la silla vacía. Había sido mi pareja de baile durante años. «Me cago en la puta, peor no puede ir», pensé mirándolo fijamente.

Mi hermano me observaba con una sonrisa irónica que dejaba patente la gracia que le hacía aquella situación. Por suerte, Massimo no advertía nada, o al menos eso parecía. Me salvaba el hecho de que no entendiera absolutamente nada.

Piotr ocupó su sitio y empezó a comer sin apartar la mirada de mí. Entonces mi apetito se fue al garete. Aparté asqueada la crema de calabaza a medio comer y agarré el muslo de Black bajo la mesa. Acarició con delicadeza mi mano y me miró extrañado. Leía en mí como en un libro abierto y por eso sabía que, antes o después, tendría que presentarle al hombre de mi pasado.

Piotr formaba parte de una vida que prefería olvidar. Nos conocimos cuando yo tenía dieciséis años, empezó por un baile y, como suele suceder, acabó en una relación. Primero fue mi instructor, después mi pareja y, al final, mi verdugo. Tenía entonces veinticinco años y todas las mujeres que lo miraban se enamoraban de él. Cortés, atractivo, atlético, seguro de sí mismo y, además, buen bailarín. Por desgracia, también tenía sus demonios, de los cuales el más importante era la cocaína. Al principio yo no veía nada malo en ello, hasta que su vicio empezó a tener consecuencias en mí. Cuando iba drogado no le interesaba lo que yo sentía, ni lo que pensaba, ni lo que quería; solo importaba él. Pero yo, a mis diecisiete años, lo tenía en un pedestal; no sabía en qué consistía una relación ni cómo me tenían que tratar. Naturalmente, no habría aguantado cinco años en una relación permanentemente tóxica. Cuando estaba sereno, se esforzaba por conseguirme lo que le pidiera y me pedía mil perdones por su comportamiento. Gracias a él, o más bien por su culpa, me marché a Varsovia, porque sabía que, de otro modo, no podría liberarme de él. Su voz me sacó de esos recuerdos, no especialmente agradables.

—Tinto, si no recuerdo mal, ¿verdad? —me preguntó Piotr inclinado sobre la mesa con una botella de vino en la mano.

Sus ojos verdes se clavaron en mí de una manera hipnótica y su enorme boca dibujó una sutil sonrisa. No se podía negar que no había perdido ni un ápice de su magnetismo. Su mandíbula cuadrada y su cabeza completamente rapada no encajaban con la imagen de un bailarín, pero eso lo hacía aún más interesante. Se notaba que ya no entrenaba tanto como antaño, porque su cuerpo había ganado masa.

Bebí un trago de la copa y entorné los ojos.

—¿Qué demonios haces aquí? —susurré entre dientes con una sonrisa tonta para que el resto de los invitados, en particular uno de ellos, no sospecharan qué ocurría.

—Maria me ha invitado, o más bien su marido. Desde hace medio año he estado ayudándoles a preparar el primer baile y nos hemos caído bien. Además, los conocí hace tiempo en el aniversario de boda de tus padres, por si no lo recuerdas.

Me hervía la sangre de rabia y me preguntaba cómo había podido hacerme eso mi prima, cuando de repente noté que la mano de Black subía por mi espalda.

—¿Podrías hablar en inglés? —preguntó irritado—. Me revienta no entender nada.

Hice una leve mueca, cerré los ojos y deseé morirme en ese momento.

—No me encuentro bien. Vamos a dar un paseo —dije levantándome de la mesa, y Massimo me siguió.

Cruzamos el jardín que había al lado y nos dirigimos hacia el establo.

—¿Sabes montar a caballo? —le pregunté con la intención de desviar su atención de mi estado de ánimo.

—¿Quién es ese hombre, Laura? Cuando ha aparecido, te has puesto tensa.

Se detuvo y me miró fijamente con las manos en los bolsillos.

—Mi pareja de baile. No me has contestado si sabes montar —respondí sin detenerme.

—¿Solo pareja de baile?

—Por Dios, Massimo, ¿qué importa eso? No, no solo, pero no quiero hablar de ello. Yo no te pregunto por tus exnovias.

—O sea, que estuvisteis juntos. ¿Mucho tiempo?

Inspiré profundamente y traté de dominar mi irritación.

—Varios años. Te recuerdo que, cuando me conociste, no era virgen y, por mucho que te esfuerces, eso no lo vas a cambiar. No tienes una máquina del tiempo, así que no pienses en ello ni me obligues a recordarlo.

Regresé a la sala muy enfadada. Ya habían hecho el primer baile y los invitados empezaban a desmelenarse en la pista. Cuando crucé la puerta, mi prima salió corriendo y agarró el micrófono.

—Nuestro primer baile ha sido posible gracias a nuestro fantástico profesor, que está hoy con nosotros. Piotr, ven aquí, por favor. Y por una feliz coincidencia también está presente la que fue su pareja de baile durante muchos años, mi prima Laura.

Al oír eso, pensé que me desmayaba. «¿Qué coño hace?»

—Hacednos el favor de enseñarnos cómo se baila.

En la sala resonaron los aplausos. Piotr me cogió de la mano y me sacó a la pista. «Creo que voy a vomitar», pensé arrastrándome detrás de él.

—*Bailamos*, de Enrique Iglesias, por favor —le gritó al DJ—. Salsa, querida... —susurró, y levantó las cejas. Luego, muy satisfecho, tiró la chaqueta sobre una silla.

Me coloqué junto a él y di gracias a Dios por que no hubiera elegido un tango. Cuando estábamos juntos, nuestros tangos siempre terminaban en la cama.

De los altavoces salieron las primeras notas de la guitarra y yo miré hacia la puerta, donde estaba Massimo apoyado en el marco con furia en la mirada. Vi a su lado a mi hermano, que se inclinó hacia él para explicarle algo. No tenía ni idea de si le estaba contando por qué estábamos en la pista de baile o si estaban hablando sin más, pero los ojos de Massimo seguían llenos de ira. Solté la mano de Piotr y corrí hasta Black, lo besé lo más fuerte que pude para que supiera que era solo suya y regresé sonriendo a la pista en medio de una ovación. El DJ volvió a poner *Bailamos* y yo me coloqué en la posición de inicio.

Fueron los tres minutos más largos de mi vida y el mayor esfuerzo que hice nunca para ejecutar un baile. Cuando terminamos, la sala se vino abajo con los aplausos y los gritos de admiración. Maria vino corriendo, nos besó y nos abrazó mientras mi madre recibía las felicitaciones del resto de los invitados. Poco a poco, me retiré en dirección a Massimo.

Cuando llegué a su lado, aún seguía serio.

—Querido, no podía negarme, es mi familia —balbucí tratando de calmarlo—. Además, solo es un baile.

Massimo no dijo una palabra. Después se dio la vuelta y salió. Quise ir tras él, pero a mi espalda oí la voz de mi madre:

—Laura, querida, veo que no desaprovechaste las clases y que sigues siendo una bailarina estupenda.

Me giré y me abrazó, luego me besó y se me quedó mirando.

—Estoy muy orgullosa de ti —dijo casi llorando.

—Todo gracias a ti, mamá.

Seguimos allí un rato, recibiendo felicitaciones de cuando en cuando, hasta que me acordé del pobre Massimo.

—¿Ocurre algo, tesoro? —preguntó al ver que me cambiaba el semblante.

—Massimo es un poco celoso —susurré—. Así que no le ha hecho mucha gracia que bailara con mi ex.

—Recuerda, Laura, que no puedes permitirle absurdos arranques de autoritarismo. Además, debe comprender que no le perteneces.

Se equivocaba por completo. Le pertenecía enterita, sin límites; aquí no se trataba de si me daba o no permiso, sino de lo mucho que me importaba cómo se sintiera él. Sabía que la manera autoritaria de tratarme era consecuencia de su educación y de las condiciones en que vivía, y no del deseo de esclavizarme.

Salí y lo busqué por todo el complejo, pero no lo encontré. El Ferrari negro seguía en el aparcamiento, así que no había vuelto a casa. Oí una conversación en inglés que salía por la ventana abierta de uno de los edificios, y reconocí la voz de mi hermano. Fui hacia allí.

—Buenas noches —le dije a la mujer que atendía en la recepción—. Busco a mi prometido, un italiano alto y muy atractivo.

La mujer sonrió y miró el monitor del ordenador.

—Apartamento número once, tercera planta —dijo señalando las escaleras.

Llegué hasta la puerta y llamé. Al momento abrió mi hermano, que parecía muy alegre.

—¿Qué haces tú aquí, niña? ¿Piotr se ha aburrido de bailar? —comentó de forma irónica.

Lo ignoré, entré en el apartamento, crucé el pasillo y llegué a un enorme salón. Massimo estaba sentado en un sofá de cuero junto a una mesa baja y tenía entre los dedos una tarjeta de crédito con la que jugueteaba.

—¿Lo estás pasando bien, querida? —preguntó, y se inclinó sobre la mesa.

En ella había un polvo blanco que Black estaba repartiendo en finas rayas. Estaba anonadada mirando esa imagen cuando apareció mi hermano con una botella de Chivas.

—Mola tu tronco —dijo dándome un pequeño empujón con el hombro, y luego fue a sentarse a su lado—. Sabe cómo divertirse.

Don Massimo se agachó sobre la mesa, se tapó un orificio de la nariz y aspiró una raya con el otro.

—Massimo, ¿podemos hablar?

—Si me vas a preguntar si puedes unirte a nosotros, la respuesta es no.

Al oír el comentario, mi hermano soltó una carcajada.

—Mi hermana y la cocaína serían una mezcla mortífera.

Nunca había probado las drogas, no por elección, sino por miedo. Había visto lo que hacía a las personas que las tomaban y lo irresponsables que se volvían. La imagen que tenía delante trajo a mi mente los peores recuerdos y un sentimiento de horror que no quería volver a experimentar.

—Jakub, ¿podrías dejarnos solos? —le pregunté a mi hermano.

Al ver mi expresión, se levantó despacio y se puso la chaqueta.

—De todas formas, me tenía que ir ya, porque la rubia de la tercera mesa me tiene nerviosito.

Al salir, se giró y le dijo a Black:

—Volveré.

Miré a Massimo, que se metió otra raya y luego dio un trago de whisky. Al rato me acerqué y me senté a su lado.

—¿Piensas pasar así la velada?

—Tu hermano es un tío estupendo —comentó como si no hubiera escuchado mi pregunta—. Muy inteligente, tiene enormes conocimientos sobre economía. Nos vendrá bien un contable creativo en la familia.

Solo de pensar que Jakub pudiera pertenecer a la mafia, se me puso mal cuerpo.

—¿Qué tonterías dices, Massimo? Él nunca será de la familia.

Black se rio irónicamente y dio otro trago.

—Tú no decides esas cosas, nena. Si él lo desea, lo convertiré en un hombre muy feliz y rico.

El defecto de mi hermano, aparte de su pasión por las mujeres, era su desmedida pasión por el dinero.

—¿Se tendrá alguna vez en cuenta mi opinión a la hora de tomar decisiones? ¡Porque, si no, ya le pueden dar por culo a esta vida! —bramé, y me levanté de golpe—. Estoy harta de no tener voz ni voto en nada y de haber perdido el control sobre mi vida desde hace varias semanas.

Salí cabreada de la habitación, di un portazo, bajé las escaleras y me senté en el cenador del jardín.

—¡Hostia puta! —murmuré entre dientes.

—¿Problemas en el paraíso? —me preguntó Piotr sentándose a mi lado con una botella de vino en la mano—. ¿Tu amigo te ha puesto de mala leche? —Echó un trago a morro.

Lo observé un momento y ya me iba a levantar cuando decidí que en realidad no me apetecía huir de él. Estiré el brazo, le quité la botella y empecé a verter su contenido en mi garganta.

—Con calma, Laura. No querrás caerte redonda, ¿no?

—Ni yo misma sé ya lo que quiero. Y encima apareces tú. ¿A qué has venido?

—Sabía que estarías aquí. ¿Cuántos años han pasado? ¿Seis?

—Ocho.

—No contestaste a mis correos, no cogiste mis llamadas, no quisiste hablar conmigo. Ni siquiera me dejaste pedirte perdón y explicarme.

Me giré hacia él irritada y volví a quitarle la botella de las manos.

—¿Explicar qué? Te estabas matando ante mis ojos.

Agachó la cabeza.

—Es cierto, fui un estúpido. Después de todo aquello, hice una cura de desintoxicación y desde entonces no tomo drogas. Traté de reorganizar mi vida, pero al cabo de un tiempo llegué a la conclusión de que seguramente eras la única mujer con la que podría vivir y dejé de intentarlo. No sé qué se me pasó por la cabeza para aceptar venir a la boda, quizá pensé que estarías sola y que puede que…

Levanté la mano para que se callara.

—Piotr, eres el pasado, esta ciudad es el pasado, mi vida es ahora diferente y no te quiero en ella.

Se echó hacia atrás y se apoyó en el respaldo del sofá.

—Lo sé, pero eso no cambia el hecho de que me alegre de verte, sobre todo porque cada año estás más guapa.

Nos quedamos allí sentados, hablando de las cosas que habían sucedido durante ese tiempo, de mis comienzos en Varsovia y de su escuela de baile. Una botella de vino, luego otra y otra más.

18

Me despertaron los rayos del sol que me daban directamente en la cara y un fuerte dolor de cabeza.

—Dios mío —me lamenté saliendo de la cama.

Miré a mi alrededor y vi que, sin lugar a dudas, no estaba en casa de mis padres. Pasé al salón y, al ver la mesita, recordé lo que había ocurrido la noche anterior. Massimo inclinado sobre el polvo blanco y la conversación con Piotr. Pero después de eso, nada. Cogí el teléfono y marqué el número de Black, pero no contestó. «Y estas son las consecuencias», pensé, aunque en el fondo de mi alma me alegraba de no tener que hablar con él sumida en una resaca como aquella.

Fui al baño y me di una larga ducha. Al salir, me acerqué a la ventana y vi un SUV negro junto al que estaba Paulo fumando un cigarrillo. Miré el lugar donde habíamos aparcado el Ferrari negro, pero había desaparecido. Me vestí y bajé.

—¿Dónde está don Massimo? —le pregunté a Paulo, que en ese momento apagaba el cigarrillo.

No me contestó, solo me señaló el asiento del coche. Me subí y cerró la puerta. Fuimos a casa de mis padres, pero

Paulo aparcó junto a la verja, no dentro de la finca. Mi chófer bajó del coche y me abrió la puerta.

—Esperaré aquí —me dijo, y volvió a subir.

Crucé la verja con los zapatos en la mano, llamé al timbre y poco después mi madre abrió la puerta.

—No hay nada como marcharse a la francesa y volver por la mañana —comentó torciendo un poco el gesto—. Ven, he preparado el desayuno.

—Ahora vengo —dije, y fui a mi habitación para cambiarme.

Cuando me senté a la mesa, mi madre me dio un plato con beicon y huevos.

—Que aproveche.

El olor de la comida hizo que el estómago se me subiera a la garganta y me fui corriendo al baño.

—¿Te encuentras bien, Laura? —preguntó llamando a la puerta.

Salí secándome la cara con la mano.

—Anoche se me fue la mano con el vino. ¿Sabes dónde está Massimo?

Mi madre me miró con gesto interrogativo.

—Pensaba que contigo. ¿Cómo has llegado hasta aquí?

No tenía sentido mentir, así que le dije la verdad:

—Me ha traído un chófer. Ya te dije que también tiene negocios en Polonia; uno de sus empleados me estaba esperando. Dios, la cabeza me duele horrores —balbucí dejándome caer en una silla.

—Veo que, después del baile, la fiesta se trasladó a otro sitio.

La miré tratando de recordar qué había pasado, pero no sirvió de nada. Recogí mis cosas, me bebí un té con mis padres y me preparé para marcharme.

—¿Cuándo volverás? —preguntó mi madre al despedirnos.

—La semana que viene vuelo a Sicilia, así que tardaré algún tiempo. Pero hablaremos por teléfono.

—Cuídate, querida —dijo mientras me daba un fuerte abrazo.

El viaje a Varsovia me lo pasé durmiendo, aunque me desperté dos veces y traté en vano de contactar con Massimo.

—Hemos llegado, señorita Laura. —La voz de Paulo me sacó del sueño.

Abrí los ojos y descubrí que nos encontrábamos en la terminal VIP del aeropuerto.

—¿Dónde está Massimo? —pregunté sin salir del coche.

—En Sicilia. El avión la espera —dijo ofreciéndome su mano.

Al oír la palabra «avión», me puse nerviosa y empecé a buscar las pastillas en mi bolso. Me tomé dos y me dirigí al mostrador de facturación. Media hora después ya estaba sentada en el avión privado, colocada y esperando el despegue. La resaca no era buena para viajar, pero mezclada con los tranquilizantes me daba sueño.

Casi cuatro horas más tarde llegamos a Sicilia. En el aeropuerto, que ya me conocía de memoria, me esperaba un coche. Cuando llegué a casa, Domenico me esperaba en la puerta.

—¡Hola, Laura! Qué bien que ya estés aquí —dijo dándome un abrazo.

—¡Cómo te he echado de menos, Domenico! ¿Dónde está don Massimo?

—En la biblioteca. Tiene una reunión y me ha pedido que te diga que te refresques un poco. Os veréis en la cena.

—No pensé que volveríamos tan rápido. ¿Mis cosas de Polonia están ya aquí?

—Las traerán mañana, pero he rellenado tus armarios y creo que no te faltará de nada.

Al ir por el pasillo, me detuve junto a la puerta de la estancia donde estaba Black. Oí una fuerte discusión que venía del interior. A pesar de lo mucho que deseaba entrar, me contuve y seguí adelante.

Me di una ducha y me preparé para la cena. Como no sabía muy bien qué había ocurrido anoche, decidí vestirme de gala, por si las moscas. Entré en el vestidor y elegí mi lencería favorita, de encaje rojo. Abrí el armario y cogí de una percha un vestido negro amplio que llegaba a los tobillos. Me calcé unas sandalias con plataforma y me dirigí a la terraza. La mesa estaba servida e iluminada con velas. Massimo ya estaba sentado y hablaba por teléfono.

Me acerqué, lo besé en el cuello y me senté en una silla contigua. Sin dejar de conversar, me observó con una mirada oscura y gélida que no presagiaba nada bueno.

Cuando terminó, dejó el móvil sobre la mesa y le dio un trago a la copa que tenía delante.

—¿Cuánto recuerdas de lo ocurrido anoche, Laura?

—Creo que lo más importante, o sea, a ti delante de una mesa llena de cocaína —repliqué con ironía.

—¿Y después?

Me quedé un momento pensando y empecé a asustarme. No tenía ni idea de lo que había sucedido tras la segunda botella de vino que me bebí con Piotr.

—Fui a charlar y a beber vino —contesté encogiéndome de hombros.

—¿No recuerdas nada? —insistió con los ojos entornados.

—Recuerdo que bebí mucho. Joder, Massimo, ¿a qué viene esto? ¿Vas a decirme lo que pasó o no? Vale, sí, se me fue la olla, ¿y qué? Estaba cabreada contigo y con lo que vi, me fui al jardín y me encontré a Piotr. Quería charlar y bebimos un poco de vino, eso es todo. Además, te volviste a marchar sin decir una palabra. Ya estoy harta de que siempre desaparezcas así.

Black se recostó sobre el respaldo. Su pecho se agitaba cada vez con más fuerza.

—Eso no es todo, nena. Cuando tu hermano vino a verme un rato después, me contó por qué habías reaccionado así al ver la cocaína. Salí a buscarte y entonces os vi. —Sus mandíbulas se apretaron—. Es cierto que al principio charlabais, pero después tu amigo se pasó de la raya con eso de abrirse a ti y trató de aprovecharse del estado al que te había llevado. —Se detuvo y sus ojos se volvieron totalmente negros.

Se levantó de la silla y estrelló la copa contra el suelo de piedra. El cristal se rompió en mil pedazos.

—Ese hijo de puta quería follarte, ¡¿lo entiendes?! —gritó apretando los puños—. Estabas tan borracha que creías que era yo quien estaba a tu lado. Ibas a entregarte, así que tuve que intervenir.

Me asusté muchísimo, intentando recordar qué había sucedido, pero en mi cabeza solo había un agujero negro.

—Mi madre no me dijo nada. ¿Qué pasó? ¿Le pegaste?

Massimo se rio con ironía, se acercó a mí, me volvió hacia él con silla incluida y apoyó las manos sobre los reposabrazos, a ambos lados de mi cuerpo.

—Lo maté, Laura —murmuró entre dientes—. Pero antes me confesó las cosas que te hizo en el pasado cuando iba drogado. Si lo hubiera sabido antes, no habría cruzado la puerta de ninguna estancia en la que tú estuvieras. —Se notaba que las emociones lo tenían a punto de explotar—. ¡¿Cómo pudiste ocultarme algo así y permitir que comiera en la misma mesa que ese degenerado?!

Atónita y horrorizada, intenté tomar aliento y me puse a rezar por que estuviera mintiendo.

—Creo que, desde el principio, tenía pensado acostarse contigo, pero mi presencia torció un poco sus planes. Por eso esperó al momento adecuado. Llevaba unas drogas que seguramente había echado en el vino. Para demostrarte que no miento, te haremos un análisis de sangre.

Se apartó y apoyó las manos sobre la mesa.

—Cada vez que pienso en lo que ese hijoputa te hizo cuando estaba contigo, me entran ganas de matarlo de nuevo.

No sabía ni lo que sentía. El miedo se mezclaba en mi interior con la rabia y la impotencia. Por mi causa, había muerto un hombre, aunque quizá Black solo iba de farol, a lo mejor quería darme otra lección y asustarme. Me levanté poco a poco de la silla. Massimo vino hacia mí, pero estiré el brazo para que no se acercara y me fui en dirección a la casa con paso inestable. Atravesé el pasillo pegada a la pared, entré en mi habitación y cerré la puerta con llave. No quería que entrara, no quería verlo. Tomé una pastilla para que mi corazón desbocado se ralentizara un poco, me desnudé y me metí en la cama. No podía creer lo que había hecho. Cuando el medicamento hizo efecto, me dormí.

A la mañana siguiente me desperté al oír que llamaban a la puerta.

—Laura —dijo la voz de Domenico—. ¿Puedes abrir?

Fui hasta la puerta y di vuelta a la llave. El joven italiano entró en la habitación y me miró compadeciéndose de mí.

—Domenico, me gustaría pedirte un favor, pero no quiero que se entere don Massimo.

Me observó desconcertado, sin saber bien qué contestar.

—Eso depende de lo que me pidas.

—Me gustaría ir al médico. No me encuentro muy bien, pero no quiero preocupar a Massimo.

—Pero si tienes a tu propio médico, puede venir a verte.

—Quiero visitar a otro. ¿Podrías arreglarlo? —No me daba por vencida.

Domenico me miró intrigado.

—Claro. ¿Cuándo quieres ir?

—Dame una hora —contesté entrando en el baño.

Sabía que Black acabaría por enterarse de todo, pero necesitaba comprobar si decía la verdad y si dos días antes mi organismo había estado bajo los efectos de algo más que el alcohol.

Antes de la una nos montamos en un coche y fuimos a una clínica privada de Catania. El doctor Di Vaio me recibió casi de inmediato. No era el cardiólogo que me había visto la otra vez, sino un médico de cabecera, que era lo que yo tenía en mente. Le expliqué lo que quería comprobar y le pedí que me hiciera unos análisis. Mientras esperábamos los resultados, Domenico me llevó a tomar un aperitivo y a las tres estuvimos de vuelta en la clínica. El médico me invitó a entrar en su gabinete, me indicó que me sentara y echó un vistazo a los resultados.

—Efectivamente, señorita Laura, en su sangre aparece un estupefaciente; en concreto, la ketamina. Es una sustancia psicoactiva que provoca amnesia. Y este hecho me preocupa, así que debemos realizarle una serie de pruebas y consultar con un ginecólogo.

—¿Un ginecólogo? ¿Por qué?

—Como está usted embarazada, debemos asegurarnos de que al bebé no le haya pasado nada.

Cerré los ojos y me esforcé por tragar lo que acababa de oír.

—¿Cómo dice?

El médico me miró sorprendido.

—¿No lo sabía? El análisis de sangre indica que está usted embarazada.

—Pero me hice un test hace varios días y antes tuve la regla. ¿Cómo es posible?

El médico sonrió con dulzura y apoyó los codos en la mesa.

—Verá usted, estando embarazada se puede tener la regla incluso durante tres meses. Y el resultado del test depende de muchos factores, por ejemplo, de cuándo tuvo lugar la fecundación. Le haremos unos análisis y una ecografía. El ginecólogo le dará más detalles. Pero tenemos que extraer otra muestra de sangre.

Apreté los párpados cada vez más fuerte y sentí que se me estaba poniendo mal cuerpo.

—¿Está usted seguro al cien por cien? —volví a preguntar.

—¿De que esté usted embarazada? Por completo.

Traté de tragar saliva, pero tenía la boca totalmente seca.

—Doctor, está usted obligado a guardar el secreto profesional, ¿verdad?

Asintió con la cabeza.

—En tal caso, deseo que no se informe absolutamente a nadie de los resultados de mis análisis.

—Comprendo, así se hará. La recepcionista le indicará dónde tiene que ir y luego le dará cita con el ginecólogo.

Me despedí y salí del gabinete con las piernas temblando. Primero fui donde la enfermera para que me volvieran a sacar sangre y después a la sala de espera, donde aguardaba Domenico.

Pasé a su lado sin decir palabra y me dirigí al coche. Cuando me alcanzó, me miró con gesto interrogativo. Los acontecimientos de los últimos días, mi rabia, todo carecía de importancia porque estaba embarazada.

—¿Todo bien, Laura?

Reuní todas las fuerzas que me quedaban y contesté con una sonrisa falsa:

—Sí. Tengo anemia y por eso estoy cansada tan a menudo. Tengo que tomar hierro y se me pasará.

Estaba como en trance, sabía lo que ocurría, pero en realidad no entendía nada. En mi cabeza oía un ruido sordo; mi piel se empapaba de sudor y al instante se me ponía de gallina. Procuraba no respirar con mucha fuerza, pero mis intentos por tranquilizarme acababan en nada.

El coche arrancó y saqué el teléfono para llamar a Olga.

—Hola, zorra —dijo la voz de mi amiga con su encanto acostumbrado.

—Olga, ¿vas a estar muy ocupada la próxima semana?

—Pues aparte del rubiales, que desaparece a la velocidad del rayo, no tengo gran cosa que hacer. Mi adorador se ha ido de viaje a conquistar nuevos mercados para sus cosméticos, así que seguramente me aburriré bastante. ¿Es que tienes alguna propuesta?

Domenico me miraba sin comprender ni jota y yo trataba por todos los medios de mantener la naturalidad.

—¿Vendrías a visitarme a Sicilia?

Al otro lado de la línea se hizo un incómodo silencio.

—¿Qué pasa, Laura? ¿Por qué te has ido ya? ¿Va todo bien?

—Olga, dime simplemente si te vienes —murmuré irritada—. Yo me encargo de todo, pero di que sí, te lo ruego.

—Claro que iré, querida, dime cuándo y dónde tengo que estar en cuanto lo sepas. ¿Ese semidiós italiano te ha hecho algo? Porque me cargo a ese hijoputa y me importa una mierda la mafia.

Me arrancó una sonrisa y me eché hacia atrás en el asiento.

—No, no me pasa nada, pero te necesito a mi lado. Te avisaré cuando esté todo listo. Ve haciendo las maletas.

Guardé el teléfono en el bolso y miré a Domenico.

—Me gustaría que mi amiga viniera a verme mañana desde Polonia. ¿Podrías encargarte de comprarle un billete?

—Supongo que se quedará a la boda, ¿no?

Joder, la boda. Con las revelaciones de anoche y la consulta al médico, me había olvidado por completo.

—¿Lo sabía todo el mundo menos yo? —pregunté malhumorada.

Domenico se encogió de hombros como gesto de disculpa y marcó un número en el teléfono.

—Me ocuparé de todo —dijo llevándose el móvil a la oreja.

Cuando el coche aparcó frente a la mansión me bajé sin esperar a que el chófer me abriera la puerta y entré en la casa. Atravesé el laberinto de pasillos y llegué a la biblioteca. Massimo estaba sentado junto a una gran mesa en compañía de varios hombres. Todos se callaron al verme aparecer. Black les dijo algo y se levantó.

—Tenemos que hablar —le dije apretando los dientes.

—Ahora no, nena, tengo una reunión. ¿No podemos dejarlo para esta noche?

Me quedé mirándolo fijamente, intentando calmar mis nervios. Sabía que, en mi estado, no debía alterarme.

—Necesito un coche, pero sin chófer. Quiero dar una vuelta y pensar.

Me miró con suspicacia, entornando los ojos.

—Domenico te traerá un coche, pero no puedes pasear sin escolta —susurró—. ¿Va todo bien, Laura?

—Sí, quiero pensar lejos de este lugar.

Me di media vuelta y cerré la puerta al salir. Fui a hablar con el joven italiano, que estaba en la entrada.

—Necesito un coche. Massimo ha dicho que tú me lo traerías, así que, si no te importa…

Se volvió sin decir nada y nos dirigimos hacia las escaleras que conducían al camino de acceso. Al llegar abajo, me detuvo.

—Espera aquí. Te traeré tu coche.

Un momento después aparcó ante mí un Porsche Macan color cereza. Domenico se apeó y me entregó las llaves.

—Es la versión turbo, tiene un motor muy potente, alcanza los doscientos setenta por hora, pero es mejor que no lo pongas a esa velocidad —me advirtió sonriendo—. ¿Por qué quieres conducir sola, Laura? ¿No prefieres quedarte y hablar conmigo? Don Massimo trabajará hasta muy tarde, así que podemos tomarnos un vino.

—No puedo —repliqué quitándole las llaves de la mano.

Subí al interior color crema del suntuoso vehículo y casi me da un patatús: botones, cientos de botones, conmutadores, palancas. Como si no pudieran poner simplemente un volante, unos pedales y una caja de cambios. El joven italiano se acercó y dio unos golpecitos en la ventanilla.

—Tienes las instrucciones en la guantera, pero te lo resumiré mucho: esto es para regular el aire acondicionado, la caja es automática, como ya te habrás dado cuenta... —Siguió enumerando todas las funciones del coche y yo noté que los ojos se me llenaban de lágrimas.

—Vale, ya lo sé todo, adiós —lo interrumpí, arranqué y pisé el acelerador.

Cuando salí de la finca, vi que me seguía un SUV negro. No tenía ganas de compañía y mucho menos de que me controlaran. En cuanto estuve en la autopista apreté a fondo el acelerador y sentí la potencia de la que había hablado Domenico. Corrí como una loca, adelantando a un coche tras otro, hasta que el vehículo negro de mis guardaespaldas desapareció del retrovisor. En el primer desvío que encontré, giré en dirección a Giardini Naxos. Pensé que no se imaginarían que regresaba a la ciudad.

Aparqué en el paseo marítimo, me puse las gafas de sol y caminé hacia la playa. Me senté en la arena y un torrente de lágrimas cayó de mis ojos. ¿Qué demonios había hecho? Dos meses antes había ido allí de vacaciones y ahora era la mujer de un jefe de la mafia y, además, le iba a dar un hijo. Me quedé allí sentada, inmóvil, sollozando desesperada, y las horas corrieron como minutos. Por mi cabeza pasaban cientos de ideas por segundo, incluida la de librarme del problema que llevaba en mi vientre. ¿Qué le voy a contar a mi madre? ¿Cómo se lo voy a decir a Massimo? ¿Qué va a ocurrir ahora? ¿Cómo había podido ser tan estúpida, por qué me fui con él a la cama y por qué coño confié en él?

—¡Me cago en la puta! —solté en voz alta mientras escondía la cabeza entre las rodillas.

—Conozco esa palabra.

Levanté la cabeza y vi que Black se estaba sentando a mi lado sobre la arena.

—No puedes huir de los guardaespaldas, nena, no te siguen para cabrearte, sino para protegerte. —Sus ojos mostraban preocupación y me observaban aguardando una respuesta.

—Lo siento, necesitaba estar un rato a solas. No caí en la cuenta de que mi coche también tendría un transmisor. Porque lo tiene, ¿verdad?

Massimo asintió.

—Tendrán muchos problemas por haberte perdido, debes saberlo. Si una chiquilla como tú es capaz de darles esquinazo, ¿cómo van a protegerte?

—¿Los vas a matar? —pregunté asustada.

Black soltó una carcajada y se pasó la mano por el pelo.

—No, Laura, ese no es motivo para matar a nadie.

—Soy mayorcita y sé cuidar de mí misma.

Me rodeó con un brazo y me apretó contra él.

—No lo dudo, pero ahora dime qué te ocurre. ¿Para qué has ido al médico?

«Muchas gracias, Domenico», pensé encantada con su discreción.

Acurrucada contra él, me preguntaba si debía decirle la verdad o si de momento me convenía más mentir.

—Han pasado demasiadas cosas. Fui a la clínica a comprobar si tenías razón. Y la tenías. En mi sangre había ketamina, por eso no recuerdo nada. Massimo, ¿de verdad lo has matado? —Me incorporé y me quité las gafas.

Black se volvió hacia mí y cogió mi cabeza entre las manos con suavidad.

—Le pegué y luego me lo llevé al estanque que había junto al establo. Solo quería asustarlo, pero cuando empecé no fui capaz de parar, sobre todo porque lo había confesado todo. Sí, Laura, lo maté. Del resto se encargó la gente de Carlo.

—Dios —susurré, y se me saltaron las lágrimas—. ¿Cómo has podido hacerlo? ¿Por qué?

Massimo se levantó y me alzó por las axilas. Sus ojos estaban casi completamente negros y su mirada era gélida.

—Porque quise. No pienses más en ello. Como me dijiste una vez, no tienes una máquina del tiempo, así que ya no puedes hacer nada.

—Déjame, quiero quedarme aquí un rato más sin ti —le dije mientras volvía a sentarme en el suelo.

Sabía que no me dejaría en paz y que necesitaba decirle algo que lo convenciera y me asegurara unos momentos de tranquilidad. Paradójicamente, no me preocupaba en absoluto la muerte de Piotr, solo el hecho de que le iba a dar un hijo al hombre que estaba a mi lado.

—Por mi causa has matado a un hombre. Me has ocasionado unos remordimientos que no soy capaz de soportar. Ahora mismo tengo ganas de subirme a un avión y no volver a verte jamás, así que o respetas mi voluntad o este será nuestro último encuentro.

Se quedó un momento mirándome y luego empezó a caminar hacia la acera.

—Olga llega mañana a las doce —dijo mientras se alejaba, y un momento después se subió a un SUV negro y desapareció.

El sol empezaba a ponerse y yo recordé que casi no había comido. Ya no podía permitirme ese tipo de vida. Me levanté y me dirigí a unos bares cercanos. Al poco me di cuenta de que estaba junto al restaurante en el que vi a Massimo por primera vez. Cuando pensé en ello, me entró un calor sofocante y un escalofrío me atravesó el cuerpo. Había sido poco tiempo atrás, pero desde entonces habían cambiado muchas cosas. A decir verdad, todo.

Entré y me senté a una mesa con vistas al mar. El camarero acudió de inmediato, me saludó en un correcto inglés, dejó la carta y se marchó. Le eché un vistazo preguntándome qué podría comer y si habría algún plato que no debería probar teniendo en cuenta mi estado. Al final me decanté por la opción más segura: la pizza.

Recogí las piernas y saqué el teléfono. Quería hablar con mi madre. En otras circunstancias habría sido la primera persona a la que habría llamado para contarle la buena nueva, pero no en ese momento, porque la noticia de mi embarazo no era buena y yo habría tenido que destapar todas mis mentiras, lo que seguramente le habría provocado un infarto.

Después de comerme la pizza y beberme un vaso de zumo, entregué al camarero la tarjeta de crédito con la vista fija en el mar, ya casi negro.

—Señorita Biel, lo siento mucho —oí que decía a mi espalda—. No la había reconocido con ese color de pelo.

Me giré hacia él y lo miré extrañada. El joven camarero se acercó y me devolvió la tarjeta con manos temblorosas.

—¿Y cómo sabe usted cuál era mi aspecto?

—Tenemos su fotografía como invitada VIP, nos la mandaron de parte de don Massimo. Le ruego nuevamente que me disculpe, no le hemos cobrado nada.

—Tráigame un zumo de tomate —le dije mirando hacia otro lado.

La idea de volver a la mansión y encontrarme con Black me provocó un nudo en el estómago.

La siguiente hora se me pasó volando y decidí que ya era hora de volver y echarme a dormir. Al día siguiente, Olga estaría conmigo y todo iría bien, podría llorar cuanto quisiera.

—Veo que te aburres mucho, permíteme acompañarte —dijo un joven de pelo moreno sentándose a mi lado—. He oído cómo hablabas con el camarero. ¿De dónde eres?

Miré al desconocido llena de rabia y frustración.

—No tengo ganas de compañía.

—Nadie la tiene cuando quiere estar solo, pero a veces vale la pena vomitarle encima a un extraño, porque su opinión no será importante para ti, pero te quedarás a gusto.

Me hacía gracia, pero me irritaba a la vez.

—Me parece muy bien tu rollo de tío guay, pero, primero, de verdad quiero estar sola y, segundo, podrías tener problemas por sentarte aquí, así que te aconsejo de corazón que te busques otra presa.

El joven no se daba por vencido y acercó su silla a la mía.

—¿Sabes lo que creo?

Me importaba una mierda, pero sabía que no se iba a callar.

—Creo que el hombre en el que piensas no te merece.

Lo interrumpí y le hablé mirándolo a los ojos:

—Lo que pienso es que estoy embarazada y el sábado me caso, así que haz el favor de irte por ahí a buscarte otra.

—¿Embarazada? —dijo una voz a mi espalda.

El chico se levantó de un salto y se marchó a toda prisa, y su lugar lo ocupó Massimo.

Mi corazón estaba desbocado y él me miraba con sus enormes ojos negros. Tomé aliento y me volví hacia el mar para evitar el contacto visual.

—¿Y qué otra cosa podía decirle? ¿Que lo ibas a matar? Mentir es más fácil y más seguro. Y, por cierto, ¿qué haces aquí?

—He venido a cenar.

—¿Se ha acabado la comida en casa?

—Faltabas tú en la mesa. Además, mañana me marcho y quería despedirme.

Me volví hacia él y lo miré con el ceño fruncido.

—¿Cómo que te marchas?

—Tengo trabajo, nena. Pero no te preocupes, llegaré a tiempo para desposarte —dijo guiñándome un ojo—. Quería llevarte conmigo, pero como viene tu amiga, podéis quedaros a hacer una despedida de soltera. La tarjeta de crédito que recibiste con las llaves del piso es tuya, así que empieza a usarla de una vez. Aún no tienes vestido de novia.

Su cálida voz y su preocupación por mí me calmaron y me convencieron de que todavía no era el momento de decírselo. Estaba totalmente desconcertada. ¿Cuál era su verdadero yo? Pero al mismo tiempo adoraba esa manera de ser, tan imprevisible.

—¿Cuándo vuelves? —En mi voz se notaba claramente que se me había pasado el enfado.

—Cuando llegue a un entendimiento con la familia que controla Palermo. La muerte de Emilio me causará algunos problemas, pero tu linda cabecita no debe preocuparse por esos asuntos —dijo levantándose y besándome en la frente—. Si ya has terminado y estás lista, nos vamos. Quiero despedirme de ti en casa.

Llegamos hasta el coche y le entregué las llaves del Porsche.

—¿No te gusta? —preguntó al abrirme la puerta.

Me subí y esperé a que él entrara.

—No se trata de eso. Es precioso, pero demasiado complicado. Además, me gusta que conduzcas tú.

Durante un momento dudé si abrocharme el cinturón, porque había leído una vez que las mujeres embarazadas no debían hacerlo.

—¿Cómo sabías dónde estaba?

Black se rio, arrancó derrapando y yo sentí la fuerza del motor turbo.

—Recuerda, niña, que yo siempre sé lo que haces.

Unos minutos después aparcamos en el remodelado camino de acceso. Black se bajó del coche y me abrió la puerta.

—Me voy a mi habitación —murmuré frotándome la tripa suavemente.

—Por supuesto, pero te la he cambiado, así que permíteme que te lleve a la nueva —dijo, y me agarró de la mano.

—Me gustaba la otra —comenté mientras caminábamos por el pasillo.

19

Nos detuvimos delante de una puerta del piso superior. Massimo agarró el picaporte y la abrió. Ante mis ojos apareció un aposento que ocupaba toda la planta.

Las paredes estaban revestidas de madera desde el suelo hasta el techo, en el centro había un enorme sofá claro en forma de C y delante de él colgaba un televisor encima de la chimenea. A continuación había unas ventanas y unas escaleras que conducían a un entresuelo donde estaba el dormitorio. En él había una gigantesca cama negra sujetada entre cuatro columnas. Parecía el dormitorio de un rey. Más allá estaba el vestidor y el baño, y después una terraza con vistas al mar.

—Desde hoy este es tu sitio, Laura: a mi lado —dijo acercándome a la balaustrada, pues me había quedado atónita contemplando el paisaje—. He mandado que traigan tus cosas, aunque hoy no creo que las vayas a necesitar.

Noté que sus labios besaban mi cuello y que su cintura empezaba a agitarse pegada a mi espalda. Me di la vuelta y tomé aliento.

—Hoy no, Massimo.

Black me rodeó con sus brazos y me miró con gesto interrogativo. Parecía que sus ojos negros me iban a atravesar.

—¿Qué ocurre, nena?

—Me encuentro mal, creo que aún me duran los efectos de la fiesta del sábado.

Sabía que mis argumentos no resultaban demasiado convincentes, así que cambié de estrategia:

—Tengo ganas de abrazarme a ti, darme una ducha, ver la tele y echarme a dormir. Además, en unos días nos casaremos. Deberíamos guardar un poco las formas y contenernos hasta el sábado.

A Massimo pareció hacerle mucha gracia y me miró sin creer lo que había escuchado.

—¿Guardar las formas? Pertenezco a una familia de la mafia, ¿recuerdas? Bueno, querida, será como deseas. Además, veo que algo no va bien, así que me conformaré con frotarte la espalda.

Me llevó al interior del apartamento sin dejar de sonreír.

—No, no, mejor lo hago sola, que los dos sabemos cómo terminan nuestras duchas juntos.

Una hora después, ambos estábamos sobre la cama viendo la televisión.

—No te librarás de aprender italiano. Si vas a vivir en este país, deberías conocer el idioma. El lunes nos ocuparemos de arreglarlo —dijo poniendo las noticias locales.

—¿Tú también aprenderás polaco? ¿O siempre tendré que hablar en inglés, incluso en mi país?

—A lo mejor ya me están dando clases... ¿No lo has pensado? —preguntó abrazándome y peinándome el pelo con los dedos—. Me alegro de que Olga vaya a pasar unos días contigo, creo que os vendrá bien estar a vuestro aire. Pero ni por un momento pienses que los guardaespaldas se quedarán en casa. Y no huyas de ellos, porque no quiero ponerme nervioso. —Apretó la mano alrededor de mi brazo—. Si queréis ir a bucear o de fiesta, díselo a Domenico, él lo organizará todo, Laura —dijo con tono serio—. Recuerda que muchas personas ya saben quién eres. Me importa mucho tu seguridad, pero sin tu colaboración no podré protegerte.

Me intrigó el sentido de esas palabras y la expresión afligida de Black.

—¿Corro algún peligro?

—Nena, tu vida ha estado amenazada desde el momento en que te introduje en mi mundo, por eso debes permitir que me ocupe de este asunto, para que nunca te suceda nada malo.

Instintivamente, me agarré el vientre bajo la colcha. Sabía que en ese momento no solo era responsable de mí, sino también de la personita que crecía en mi interior.

—Haré lo que digas.

Massimo se incorporó sorprendido y me miró arrugando la frente.

—Laura, no te reconozco. ¿De dónde sale esta repentina docilidad?

Sabía que tenía derecho a saber lo de nuestro bebé y también que esa conversación tendría lugar antes o después, pero no quería decírselo en ese momento, antes de su marcha. Me parecía que no era el adecuado.

—He comprendido que tenías razón. Soy una chica lista, no lo olvides.

Le besé y me acurruqué entre sus brazos.

A eso de las siete de la mañana me despertó un ligero empujón. El pene erecto de Massimo presionaba contra mi culo. Volví la cabeza hacia él y descubrí con una sonrisa que aún seguía dormido. Metí la mano bajo la colcha, agarré su miembro y empecé a agitarlo de arriba abajo. Black dejó escapar un leve gemido y se puso boca arriba. Me tumbé de lado, apoyada en un codo, y observé sus reacciones a lo que le hacía. Moví la mano más deprisa y la cerré con más fuerza. De repente abrió los ojos, pero, cuando me vio, se tranquilizó y volvió a cerrarlos. Metió la mano bajo la colcha y empezó a acariciar mis bragas de encaje.

—Más fuerte —susurró.

Hice lo que me pedía y noté cómo la mano con la que me tocaba se desplazaba hasta mi raja húmeda. Tomó aire y empezó a juguetear mientras se retorcía de placer y su polla cada vez crecía más y se ponía más dura.

—Siéntate encima de mí —dijo, y tiró la colcha al suelo, lamiéndose los labios.

Ante mis ojos apareció una tremenda erección matutina que me subió la temperatura varios grados.

—Nada de eso, querido —repliqué, y le besé en el mentón—. Quiero aliviarte de esta forma.

—Y yo quiero entrar.

Después de decir eso, se volvió hacia mí, me quitó las bragas y me penetró brutalmente. Grité y le clavé las uñas en la espalda. Me la estaba metiendo con toda la fuerza que tenía, hasta que recordó que no podía correrse dentro porque no teníamos preservativos. La sacó y, jadeando ruidosamente, subió por la cama hasta dejar la cadera a la altura de mi cabeza y se apoyó con ambas manos en la pared que había detrás.

—Termina tú —dijo, y me introdujo el pene hasta la garganta.

Mamé con ganas, acelerando poco a poco, mientras le masajeaba los testículos con una mano.

Un momento después, su cuerpo se tensó y una ola de semen caliente cayó por mi garganta. Gritó a pleno pulmón, agarrándose con fuerza al cabecero de la cama. Cuando terminó, cayó a mi lado y trató de recuperar el aliento.

—Puedes despertarme así todos los días —dijo sonriendo.

Me esforcé por tragármelo todo, pero noté que el contenido del estómago me subía a la boca. Salté de la cama y entré en el baño abriendo la puerta de un golpe. Me arrodillé ante la taza del váter y empecé a vomitar. Cuando lo eché todo, me apoyé en la pared y recordé que estaba embarazada. «Dios mío, qué drama —pensé—. Si voy a potar después de todas las mamadas, será mejor que no lo haga durante los próximos meses.»

Massimo apareció en la puerta del baño y cruzó los brazos sobre el pecho.

—Ayer me sentó mal la pizza. Durante la noche ya he notado que algo no iba bien.

—¿La pizza te sentó mal?

—Sí. Además, las drogas cambian el sabor y el olor del esperma, así que tenlo en cuenta la próxima vez que te apetezca meterte una raya —repliqué.

Me levanté y fui a buscar mi cepillo de dientes.

Black se quedó junto a la puerta, observándome con suspicacia.

Cuando terminé de lavarme los dientes, le di un beso en la mejilla al pasar a su lado.

—Es muy pronto, creo que me voy a echar un rato.

Extendí la colcha, me metí debajo y encendí el televisor. Él no se movió del sitio, aunque se había girado hacia el dormitorio. Mientras pasaba los canales, notaba su mirada clavada en mí.

—Me gustaría que te examinara un médico antes de irme —comentó pasando al vestidor.

Al oírlo, casi se me para el corazón. No sabía a qué médico quería llamar, aunque ni siquiera un curandero podría deducir que estaba embarazada al tomarme el pulso. Al menos eso esperaba yo.

Veinte minutos después estaba otra vez junto a la cama. Tenía el mismo aspecto que el primer día que lo vi en el aeropuerto. El traje negro y la camisa oscura combinaban a la perfección con el color de sus ojos y con su bronceado. Con ese atuendo era autoritario, intransigente y muy mafioso. Traté de mantener la calma todo lo que pude y le dije sin desviar la vista del televisor:

—No creo que una indigestión sea motivo para avisar a un médico, pero se hará lo que tú digas. Por mi parte, ya me he diagnosticado y me voy a prescribir un tratamiento: un antiácido, un té sin azúcar y pan tostado. ¿Te receto algo a ti para tu inquietud por mí?

Massimo se acercó esbozando una media sonrisa.

—Más vale prevenir que curar, ¿eh? —Lo agarré del cinturón—. ¿La mamadita mañanera no ha sido suficiente, señor Torricelli? ¿O ya estás saciado?

Black acarició mi cara soltando una carcajada.

—Nunca estoy saciado de ti, pero por desgracia ahora no tengo tiempo para satisfacer mi deseo por completo. Prepárate para la noche de bodas, nena, tendremos que recuperar el tiempo perdido.

Se inclinó y me dio un beso largo y apasionado. Después fue hacia las escaleras.

—Recuerda, me has prometido que no huirás y que dejarás que te protejan. En el teléfono tengo una aplicación para saber dónde estás. Pedí que también te la instalaran en el tuyo, así estarás más tranquila. Domenico te enseñará cómo funciona. Si no quieres conducir el Porsche, un chófer te llevará, pero no cojas ninguno de los coches deportivos. Me da miedo que no te las apañes bien con ellos. He preparado varias sorpresas para vosotras, así no os aburriréis, pero tienes que buscarlas. Están en nuestros primeros lugares. Hasta el sábado.

Cuando empezó a bajar las escaleras, noté que los ojos se me llenaban de lágrimas. Me levanté de la cama y corrí detrás. Salté sobre él y empecé a besarlo con ansia, colgada como un mono.

—Te quiero, Massimo.

Gimió, me puso contra la pared y me metió la lengua hasta la garganta.

—Me gusta que me quieras. Y ahora vuelve a la cama.

Me quedé con los ojos vidriosos viendo cómo abría la puerta.

—Volveré —susurró, y la cerró al salir.

Me quedé allí un rato preguntándome si siempre que saliera de viaje iba a rezar por que volviera sano y salvo. Ahuyenté los pensamientos pesimistas y me fui a la terraza. Sicilia despertaba a otro hermoso día. El cielo algo nublado dejaba paso al sol, cuyos rayos atravesaban las nubes cada vez más alegremente. Me senté en un sillón y miré el mar, que se mecía suavemente. Noté que me ponían sobre los hombros una manta de agradable tacto.

—Te he traído té con leche —dijo Domenico sentándose a mi lado—. Y varias medicinas para tu anemia.

Dejó sobre la mesa unos frascos y empezó a explicarme lo que contenían.

—Ácido fólico, zinc, hierro y todas las demás cosas necesarias en el primer trimestre.

Me quedé mirándolo con los ojos muy abiertos.

—¿Sabes que estoy embarazada?

El joven italiano asintió sonriendo y se acomodó en el sillón.

—No te preocupes, solo lo sé yo. Y no tengo intención de compartir con nadie esta información, porque opino que es asunto vuestro.

—Pero ¿se lo has dicho a Massimo? —le pregunté asustada.

—Por supuesto que no. Laura, hay cosas en las que ni siquiera la familia tiene derecho a inmiscuirse. Eres tú quien debe decírselo, nadie más.

Respiré aliviada y le di un sorbo al té.

—Rezo por que sea una niña —comenté con una sonrisa triste.

Domenico se volvió hacia mí y sonrió con dulzura.

—A fin de cuentas, una chica también puede ser la cabeza de familia —replicó irónicamente alzando las cejas.

Le di un golpe en el brazo.

—Eso no lo digas ni en broma, no me hace gracia.

—¿Has pensado ya en el nombre?

Lo miré pensativa. Sabía lo del embarazo desde el día anterior, pero ni se me había pasado por la mente esa cuestión.

—De momento tengo que ir al médico y enterarme bien de todo. Ya habrá tiempo para ocuparse de esos detalles.

—Te he pedido cita para mañana a las tres en la misma clínica que el otro día. Y ahora vístete y ven a desayunar. Como estoy al tanto de tu secreto, debo cuidar bien tu dieta.

Cuando pasábamos por el dormitorio, vi que sobre la cama había una caja enorme.

—¿Qué es eso? —le pregunté a Domenico.

—Un regalo de don Massimo —contestó con una sonrisa cómplice, y se dirigió a las escaleras—. Te espero en el jardín.

Abrí la caja y aparecieron otras dos más pequeñas con el logo de Givenchy en la tapa. Las cogí y las abrí. Eran las espectaculares botas mosqueteras que llevaba la mujer de Karol cuando nos conocimos. Estaba absolutamente enamorada de esas botas, pero nadie en su sano juicio se gastaría siete mil eslotis en ellas, unos mil quinientos euros. Di un salto de alegría al verlas. Eran dos pares del mismo modelo, pero de diferente color. Las cogí, me las pegué al pecho y me fui al vestidor. Contemplé las decenas de cosas preciosas que colgaban de las perchas. «Dentro de un par de meses no me valdrá nada de todo esto —pensé—. No podré emborracharme en Nochevieja ni ir de fiesta con Olga. ¿Y cómo demonios se lo voy a explicar a mis padres?» Resignada, me senté en un sillón con las botas en las manos y un torrente de ideas se agolpó en mi cabeza.

Y de pronto lo vi claro: tengo que visitar a mi madre antes de que se me note la barriga y después pondré el trabajo como excusa. Serán solo unos meses. Sin embargo, mi genial plan tenía un defecto: al final, el bebé nacería y me resultaría difícil explicarles a mis padres por qué se lo había ocultado.

—Menudo follón —dije levantándome del sillón.

Decidí aprovechar activamente el contenido del armario mientras mi figura siguiera intacta. Para el primer día con Olga, elegí las botas claras que me había regalado Black. Las combiné con unos pantalones cortos blancos y una camisa gris amplia con las mangas recogidas. Me pinté un poco los ojos y recompuse con cuidado mi peinado estilo *bob* rubio. Cuando terminé, eran más de las diez. Guardé mis cosas en un bolso color crema de Prada y me puse unas gafas de aviador doradas. Al salir me detuve frente al espejo que había junto a la puerta y solté una exclamación. Mi atuendo costaba lo mismo que el primer coche que tuve, aunque sin contar el carísimo reloj, porque con él llegaba al valor de un piso. Me sentí muy atractiva, luciendo las mejores marcas, pero ¿seguía siendo la misma?

No creí que Domenico llegase a preocuparse tanto por mi estado. Como si fuera mi madre, me obligó casi a la fuerza a comer varias raciones.

—Joder, Domenico, sabes que estar embarazada no es lo mismo que sufrir de inanición, ¿no? —murmuré irritada cuando me sirvió más huevos revueltos—. No quiero comer más, vuelvo a tener náuseas. Vámonos o llegaré tarde.

El joven italiano me miró con lástima.

—Al menos coge una manzana para el camino, ¿vale?

—¡Dios! Cógela tú y déjame en paz, pesado.

El viaje a Catania fue increíblemente corto, o quizá me lo pareció por la cantidad de cosas en las que tenía que pensar. Para que Massimo estuviera tranquilo, decidí que me llevara un chófer.

Aparcamos en la terminal de llegadas. Me alegraba tener la posibilidad de estar a solas con Olga. Domenico intuyó que lo necesitaba y se quedó en la mansión. Cuando vi que mi amiga iba a salir, no esperé a que se abriera la puerta y me lancé en su dirección.

—¿Esas son las botas de Givenchy que yo no me puedo permitir? —me preguntó cuando me abalancé sobre ella y nos abrazamos con fuerza—. Sujetarme no te servirá de nada, te las quitaré igualmente.

—Hola, querida. Me alegro de que hayas llegado.

—Bueno, es que me lo pediste con tanta urgencia y en un tono… que supe que no tenía elección.

El chófer cogió el equipaje y nos abrió la puerta.

—Vaya lujo —dijo Olga mientras subía al coche—. Chófer y todo. Me pregunto qué será lo siguiente.

—Guardaespaldas, servicio y sistemas de control —le expliqué encogiéndome de hombros—. Transmisores, seguramente también micrófonos y gánsteres a cada paso. Bienvenida a Sicilia. —Abrí los brazos y sonreí con sarcasmo.

Olga torció ligeramente el morro y me miró como si tratara de radiografiarme la cabeza.

—¿Qué pasa, Laura? Hacía mucho que no me hablabas como lo hiciste ayer.

—Quería contarte una trola, pero creo que no tiene sentido. Me caso el sábado y me gustaría que fueras mi madrina.

Se quedó mirándome con la boca abierta.

—¡¿Tú estás gilipollas o qué?! —gritó—. Entiendo lo de que te hayas enamorado de un mafioso y que quieras probar con él, sobre todo si te ofrece una vida de novela, tiene una polla que le llega a las rodillas y parece un semidiós, pero ¿casarte? ¿A los dos meses de conocerlo? Soy yo y no tú la que cree incondicionalmente en el divorcio. Tú siempre habías querido casarte para siempre con el hombre de tu vida, tener una casa, hijos. ¿Qué pasa contigo? Te lo impone él, ¿verdad? Me cago en la puta, lo voy a hacer trizas por obligarte a todo. Te has marchado del país, te ha convertido en una muñeca del *Vogue*, ¡y ahora os casáis! —gritó casi sin aliento.

No podía aguantar más sus voces y me giré hacia la ventanilla.

—Estoy embarazada.

Olga se calló y se frotó los ojos de tal modo que estaba convencida de que se le iban a caer al suelo.

—¿Que estás qué?

—Me enteré ayer, por eso quería que vinieras. Massimo todavía no lo sabe.

—¿Podemos parar un momento? Necesito un pitillo.

Le pedí al chófer que se detuviera en el primer sitio que le fuera posible. Olga salió del coche de un brinco y encendió un cigarrillo con las manos temblorosas. Cuando se lo terminó, sacó otro sin decir palabra, dio una calada y por fin me habló:

—Vives en una jaula de oro, pero jaula al fin y al cabo. Y ahora esto. ¿Eres consciente de dónde te metes?

—Y, según tú, ¿qué debería hacer ahora? Ya no hay remedio y no voy a deshacerme del niño. —La miré desde mi asiento y mi tono fue subiendo—. Me abroncas como si pensaras que soy retrasada y que no sé lo que he hecho. Sí, he sido una idiota, sí, no he tenido cuidado, sí, la he jodido, pero no tengo una máquina del tiempo. Si tú la tienes, dámela; si no, cállate de una vez y empieza a apoyarme, ¡joder!

Olga se me quedó mirando y yo rompí a llorar.

—Ven aquí —dijo apagando el cigarrillo—. Te quiero, pero un bebé... —Se detuvo un momento—. Al menos será una monada, teniendo unos padres así.

El resto del viaje lo hicimos en silencio, como si las dos tuviéramos que organizar mentalmente lo que había escuchado. Sabía que Olga tenía razón, había plasmado en palabras mis pensamientos, pero eso no cambiaba el hecho de que hubiera perdido completamente el control sobre mi vida.

Cuando llegamos a casa, me giré hacia ella.

—Procuremos divertirnos. No quiero pensar en todo esto.

—Lo siento —dijo con las gafas de sol puestas—. Pero no me habías preparado para estas noticias.

El coche se detuvo en el camino de acceso, donde ya esperaba Domenico. Olga miró a su alrededor alucinando con lo que veía.

—Me cago en la puta, es como en *Dinastía*. ¿Aquí solo vivís vosotros dos o tenéis montado un hotel?

Me hicieron gracia sus palabras y noté que volvía a estar de buen humor.

—No sé, da un poco de miedo, pero te gustará. Ven —dije cuando el joven italiano abrió la puerta por mi lado.

Los presenté y me alegró ver que enseguida se cayeron bien. Era fácil prever que así sería, porque a Olga, igual que a mí, le encantaba la moda y los hombres galantes y atractivos.

—Yo creo que es gay —dijo cuando íbamos por el pasillo—. Y menos mal que no nos entiende —añadió con una sonrisa.

—Siento decirte que la palabra «gay» se dice igual en muchos idiomas, así que la probabilidad de que lo haya entendido es alta —susurré.

Al pasar junto a mi antigua habitación, recordé lo que

me había dicho Massimo por la mañana acerca de nuestros primeros lugares y las sorpresas.

—Esperad un momento —les dije abriendo la puerta.

Entré y sentí tranquilidad. Todo era tan mío, tan familiar, tan como antes... Lo único diferente era que habían cambiado las sábanas y que el vestidor estaba vacío. Sobre la cama había un sobre negro. Me senté en el colchón y lo abrí. En el interior había un pase para un *spa* de lujo y una nota que decía: «Lo que te gusta». Me llevé el papel al corazón y me di cuenta de que añoraba a Black. Incluso a distancia era capaz de sorprenderme. Saqué el teléfono y le llamé.

—Esperaremos al final del pasillo —me informó Domenico llevándose a Olga.

Después de tres tonos, oí su voz en el móvil.

—Pienso en ti —susurré.

—Yo en ti también, nena. ¿Ha ocurrido algo?

—No, solo he encontrado un sobre y quería darte las gracias.

—¿Uno solo? —preguntó extrañado.

—¿Hay más?

—Tienes que seguir buscando, Laura. Hubo más de una primera vez, ¿no? ¿Olga ya ha llegado?

—Sí, gracias, ya estamos en casa.

—Divertíos, querida, y no te preocupes, todo marcha a pedir de boca.

Pulsé el botón rojo y me fui a buscar las demás sorpresas.

Me pasaron varias ideas por la cabeza, pero no sabía por dónde empezar. Lo más lógico era seguir los pasos de nuestro pasado común.

—La biblioteca —susurré, y caminé por el pasillo.

Sobre el sillón en que me había sentado la primera noche

había otro sobre negro. Lo abrí y encontré una tarjeta de crédito con el mensaje: «Gástatelo todo». «Dios, no quiero ni pensar cuánto dinero hay», pensé. Después me dirigí al jardín y fui hasta el diván donde besé a Massimo.

Allí estaba el siguiente sobre y, dentro, una invitación para nuestra boda acompañada por la frase que estaba esperando: «Te quiero». Besé el sobre y volví a casa, en busca de mi amiga y del joven italiano.

Los encontré en la terraza del dormitorio que había al final del pasillo, cerca del que había sido el mío. Era evidente que se habían caído bien.

—Champán para desayunar a la una —dijo Olga levantando una copa de Moët Rosé—. Tu mafioso nos cuida bien.

Señaló con la mano un enorme jarrón con hielo en el que había varias botellas de mi espumoso favorito. Domenico se encogió de hombros a modo de disculpa y me dio un vaso de zumo de naranja.

—He encargado champán sin alcohol, pero hasta mañana no llega desde Francia.

—No hay que exagerar —dije sentándome en un gran sillón blanco—. Puedo pasarme unos meses sin probar el alcohol.

Olga se apretujó a mi lado y me rodeó con el brazo.

—Pero ¿por qué? Además, si te casas dentro de unos días y Massimo no sabe nada del niño, habría que guardar las apariencias. El agua con gas sabor champán no te hará daño.

Me asustó la idea de que debía organizar la vida de un ser que todavía no había nacido. Y eso no era más que el principio. Sabía que lo más difícil llegaría en unos meses.

—Domenico, ¿te gustaría comer con nosotras? ¿Podrías hacer una reserva?

El joven italiano le llenó la copa a mi amiga y se marchó.

—¿Y por qué no le has dicho nada sobre el niño a Black?

—Porque, mientras él no lo sepa, yo tengo elección. Olga, yo no quería este hijo, pero también sé que no soy capaz de librarme de él. Además, Massimo tenía que salir de viaje y no quería que tuviera que cambiar de planes por mi causa. Se lo diré después de la boda.

—¿Crees que se alegrará?

Me quedé un momento en silencio mirando el mar.

—Sé que enloquecerá de alegría. En realidad, este embarazo no deseado lo planeó él. —Torcí el gesto y me encogí de hombros.

Olga me miró con los ojos como platos.

—¿Qué cojones quieres decir?

Le conté la historia de mi implante y de nuestra primera noche en el yate. Le expliqué por qué me había mentido. Le comenté que entonces tenía días fértiles y que el test que me hice dio negativo.

—Así que, por estúpido que suene, al parecer me quedé embarazada cuando lo hicimos la primera vez.

Olga se quedó un momento en silencio analizando toda la historia. Después dio un trago de champán y dijo:

—No quiero adoptar el tono irracional de una adivina, pero sabes que esas casualidades ocurren pocas veces. Quizá sea tu destino. A lo mejor tenía que suceder así, Laura. Tú eras la que siempre me decías que en la vida todo ocurre por alguna razón. ¿Ya has pensado en el nombre?

—Todo va tan deprisa que todavía no me lo he planteado.

—Pero ¿polaco o italiano?

La miré buscando una respuesta a su pregunta.

—No sé, me gustaría unir ambas opciones de alguna forma, pero creo que esperaré a Massimo para decidirlo. Y no hablemos más de eso. Vamos a comer algo.

La tarde se nos pasó contando chismes y recordando nuestra infancia. Siempre habíamos sabido que seríamos madres, pero en nuestros planes no entraba que fuera por accidente. Cuando volvimos a casa ya era tarde y Olga estaba muy cansada.

—¿Duermes hoy conmigo? —le pedí mirándola con ojos de perrillo.

—Claro, querida.

La agarré de la mano y la arrastré escaleras arriba. Cuando entramos en el apartamento, se quedó a cuadros.

—¡La madre que me parió! —dijo con su encanto habitual—. Laura, ¿cuánto dinero crees que tiene?

Me encogí de hombros y fui hacia las escaleras que llevaban al entresuelo.

—No tengo ni idea, pero debe de ser asquerosamente rico. Me agobia un poco, pero no te negaré que resulta fácil acostumbrarse al lujo. Aunque nunca le he pedido nada, no me ha hecho falta; me da incluso cosas que no necesito.

Nos sentamos en la cama y señalé la puerta del vestidor, que estaba abierta.

—¿Quieres ver lo que es una verdadera exageración? Ve allí. Por el contenido de mis armarios se pueden comprar varios pisos en Varsovia.

Cuando cruzó la puerta, la seguí. La luz se encendió y ante sus ojos apareció un vestidor de más de cincuenta metros cuadrados. En la pared frente a la puerta había una estantería con zapatos, desde el suelo hasta el techo, desde

Louboutin hasta Prada. Tenía adosada una escalerilla móvil, gracias a la cual podía coger lo que estaba en lo más alto. En el centro de la habitación había una isleta de cajones iluminados desde abajo que contenían relojes, gafas y joyas, sobre los cuales colgaba una gigantesca lámpara de cristal. Mis cosas ocupaban el lado derecho del vestidor y las de Massimo, el izquierdo. En una esquina, junto a la puerta del baño, había un enorme sillón acolchado en el que se dejó caer Olga atónita.

—Hostia puta. No sé qué decir, pero desde luego no te compadezco.

—Yo tampoco me compadezco, pero a veces pienso que no me merezco todo esto.

Olga se levantó, se acercó a mí y me agarró de los brazos.

—¡¿Qué tonterías dices?! —gritó zarandeándome—. Laura, estás con un millonario, le amas y él a ti, le das todo lo que desea y ahora, además, un hijo. No necesitas ser tan rica como él para darle lo que quiere y necesita. Y si él puede colmarte de regalos y quiere hacerlo, ¿cuál es el problema? ¡Lo estás enfocando mal! —Me amenazó con el dedo—. Para él, diez mil eslotis son como para ti cien, no lo valores por tu nivel económico, porque la escala es distinta.

Me pareció que su comentario tenía lógica.

—Si tuvieras tanto dinero como él, ¿no querrías entregarle el mundo entero? —continuó.

Asentí dándole la razón.

—Pues entonces agradece lo que tienes y no pienses en tonterías. Vamos a dormir, futura mamá, que me caigo de sueño.

20

Al día siguiente desayunamos demasiado tarde porque nos quedamos vagueando en la cama hasta mediodía.

—Tengo que pedirte un favor —le dije a Olga—. Hoy voy al ginecólogo, pero la cita está a tu nombre, así que, en teoría, tú eres la paciente.

Olga me miró levantando una ceja.

—No sé hasta qué punto Massimo es capaz de controlar lo que hago. El plan es decirle que olvidaste los anticonceptivos y que vamos a la clínica para que te los receten. Gracias a ello no se preguntará qué hago yo allí, si es que comprueba dónde estoy.

Olga se estaba comiendo un bollo que acompañaba con un café.

—Estás como una puta cabra, ¿lo sabes? De todos modos, acabará enterándose, pero en fin, haz lo que quieras.

—Genial. Después iremos de compras a Taormina. Quiero vestir a mi madrina y además tengo que encontrar un vestido para mí —dije sonriendo—. ¿Sabes lo que eso significa?

—¡Compras! —gritó, y empezó a bailar junto a la silla con el bollo en la boca.

—Massimo nos ha regalado una tarjeta de crédito que tenemos que vaciar. Me da miedo saber cuánto dinero contiene. Bueno, voy a llamarle, que quiero quitarme esto de la cabeza cuanto antes.

Me fui a mi diván favorito. Black se tragó el cuento de las pastillas de Olga con sorprendente facilidad. Solo quiso asegurarse de que no se trataba de algo más grave, únicamente de los anticonceptivos. Después cambió de tema para hablar de nuestra boda. Dijo que no habría banquete y que sería una ceremonia íntima. Al final hizo una extraña pausa.

—¿Va todo bien, Massimo? —pregunté intranquila.

—Sí, solo que me gustaría estar ya en casa.

—Tres días más y estarás en Taormina.

De nuevo se hizo el silencio. Al final, como haciendo un esfuerzo, comentó:

—No se trata del lugar, sino del hecho de que no te tengo a mi lado. Mi casa está allí donde estés tú, no es un edificio, nena. Sobre todo porque en Palermo también tenemos un apartamento.

«Tenemos.» Al oír esa palabra me sentí muy bien y lo eché de menos. Me daba cuenta de ello cuando hablábamos por teléfono.

—Tengo que colgar, Laura. Quizá no puedas contactar conmigo hasta el viernes, pero no te preocupes y usa la aplicación del móvil si estás intranquila.

Volví a la mesa con el teléfono apretado contra el pecho.

—Sí que estás colada por él, qué fuerte —dijo Olga balanceándose en la silla—. Oyes su voz por el teléfono y, si pudieras, le harías una mamada a distancia.

—Deja de decir chorradas y vamos al vestidor a buscar

algo que ponernos. Después de la consulta iremos a gastarnos algo de dinero. Pareceremos unas chicas del *Vogue*.

Rebuscar en el armario nos llevó un tiempo excesivo y, de no haber sido por Domenico, seguramente habríamos llegado tarde al médico.

Salimos de casa listas para pasar el día fuera. Yo me puse las botas mosqueteras, pero esta vez las negras, y un vestido negro ligero, sin mangas. Olga optó por el estilo puta rica y eligió un pantalón corto de Chanel de color claro y con talle alto que le cubría casi todo el culo, y un top del mismo color. A eso añadió unos zapatos de tacones altísimos de Giuseppe Zanotti con detalles dorados y unas gafas claras. Desde luego, nuestro aspecto no era el de una preñada y su amiga mantenida.

Al doctor Ventura le extrañó que en el gabinete entraran dos mujeres. Le expliqué rápidamente que necesitaba el apoyo de una amiga porque mi prometido estaba de viaje. Accedió a que estuviera presente durante el reconocimiento, que de todas formas tuvo lugar detrás de un biombo. Cuando terminó, me vestí y me senté junto a Olga. El médico se puso las gafas y cogió los informes.

—Sin duda, está usted embarazada, al principio de la sexta semana, tal y como muestran la ecografía y los análisis. El feto se desarrolla con normalidad y los resultados de sus análisis son satisfactorios, pero me preocupa su corazón enfermo. Puede dar problemas durante el parto. Es imprescindible que la examine un cardiólogo cuanto antes y le cambie los medicamentos, y sobre todo nada de sobresaltos ni emociones fuertes —me advirtió. Luego se dirigió a Olga—: Cuide de su amiga, por favor. Las próximas semanas serán las más importantes para el desarrollo del bebé.

Le recetaré unos suplementos. Si no tiene preguntas, nos vemos dentro de dos semanas.

—En realidad tengo una: ¿por qué estoy adelgazando?

El doctor Ventura se echó hacia atrás en la silla y se quitó las gafas.

—Eso ocurre a menudo. Las mujeres pueden engordar bruscamente al comienzo del embarazo, pero también adelgazar mucho. Coma regularmente, incluso aunque no tenga hambre. Si durante todo el día no tiene apetito, fuércese a comer, porque el niño necesita alimento para crecer.

—¿Y qué hay del sexo? —preguntó Olga.

El médico carraspeó y me miró extrañado.

—Con mi prometido, por supuesto. ¿Hay alguna contraindicación?

Sonrió amablemente y contestó:

—No la hay, puede practicar el sexo con normalidad.

—Muchas gracias, doctor —dije.

Le estreché la mano y nos despedimos.

—Qué de puta madre, estamos embarazadas —se alegró Olga cuando ya nos dirigíamos a Taormina—. Hay que celebrarlo: yo bebo y tú me miras.

—Pero qué boba eres. —Me puse a ordenar mis pensamientos en silencio y, tras hacer examen de conciencia, dije—: Menos mal que el niño está sano, a pesar de todo lo que he bebido últimamente, además de las drogas.

Olga se volvió hacia mí con gesto de extrañeza.

—¿Qué drogas, Laura? Si nunca las has tomado.

Le conté brevemente la historia de la boda, sin mencionar el detalle de la muerte de Piotr.

—Menudo capullo —comentó—. Siempre te dije que era un gilipollas, así la palme, el muy cabrón.

«Y palmó», repliqué mentalmente, y después meneé la cabeza para ahuyentar de ella ese recuerdo.

Antes de ir de compras, recogimos a Domenico en la mansión, porque era quien conocía las mejores y más caras *boutiques* de la ciudad. Taormina es un lugar maravilloso y hermosísimo, pero, por desgracia, no hay dónde aparcar.

—Vale, dejaremos aquí el coche y daremos un paseo —dijo nuestro guía al abrirnos la puerta.

Del vehículo que nos había seguido se bajaron dos guardaespaldas, que esta vez caminaron a una distancia bastante grande.

—Domenico, ¿irán siempre detrás de mí a todas partes? —pregunté molesta.

—Me temo que sí, pero te acostumbrarás. ¿Empezamos por la novia o por la madrina?

Sabía que me resultaría difícil decidirme por un vestido, así que empezamos por mí. A decir verdad, por un lado me daba igual el vestido, ya que nadie me vería, pero, por otro, deseaba tener un aspecto deslumbrante para Massimo. Recorrimos las tiendas de las principales firmas, pero en ninguna había nada que mereciera la pena. De no haber sido porque Olga iba cargada de bolsas como una nómada, seguro que me habría enfadado un poco, pero su alegría compensaba la ausencia de un vestido para mí.

—Creo que aquí no encontraremos nada —dijo Domenico—. Iremos al estudio de una diseñadora amiga mía y comeremos allí. Mucho me extrañaría que no encontraras lo que buscas, así que no hay de qué preocuparse.

Caminamos por calles estrechas, pasamos por callejones y subimos escaleras hasta que llegamos ante una pequeña puerta color berenjena. El joven italiano introdujo el código de acceso y entramos.

«Debe de conocer bien a la dueña para que le deje entrar así en su taller», pensé.

Llegamos a uno de los lugares más mágicos que jamás había visto. Toda la casa era un único espacio abierto, aunque había algunas columnas repartidas por el piso adornadas con lámparas con forma de pompones blancos y grises. Había decenas de vestidos colgados en perchas: de noche, de boda, de cóctel. En una esquina, cerca de una ventana que daba a la bahía, había un enorme espejo que llegaba desde el suelo hasta el techo, es decir, de unos cuatro metros. Ante él había una alfombra roja al final de la cual vimos un monumental sofá blanco de asientos acolchados. Entonces apareció en el estudio una mujer extraordinariamente bella, alta y esbelta. Su pelo moreno, largo y liso, caía a los lados de su rostro delgado. Tenía una boca muy grande y unos ojos como los de las chicas de los dibujos animados japoneses. Sencillamente ideal. Llevaba un vestido corto y estrecho que dejaba ver sus larguísimas piernas y ponía de manifiesto unos pechos de reducidas dimensiones, como en mi caso. Se notaba que cuidaba de su físico y que hacía ejercicio, pero su silueta seguía siendo femenina y sexy.

Domenico se acercó a ella, que lo saludó muy efusivamente. Se quedaron abrazados varios segundos, como si ninguno quisiera ser el primero en despegarse.

Me acerqué despacio y le tendí la mano.

—Hola, soy Laura.

La hermosa italiana soltó a Domenico y me besó en las mejillas esbozando una radiante sonrisa.

—Sé quién eres y sin duda te queda mejor el pelo rubio

—dijo—. Soy Emi. He tenido ocasión de ver tu rostro en las decenas de cuadros que hay en casa de Massimo.

Esas palabras me borraron la sonrisa de la boca: en casa de Massimo. ¿Qué hacía ella en su casa y por qué hablaba de él con esa confianza? Me vino a la mente la imagen de Anna, la hermosísima exnovia de Black. ¿Emi también se contaba entre sus conquistas? Domenico no me expondría a tal estrés, aunque, por otro lado... La cabeza me iba a estallar con la cantidad de ideas que acudían a mi mente.

—Por cierto, Domenico —le dijo Emi al joven italiano—. ¿Qué se cuenta tu hermano? Hace mucho que no lo veo y me da que ya necesita unos cuantos trajes.

—¿Tu hermano? —repetí frunciendo el ceño y mirando a Domenico con cara de no entender a qué se refería.

Se volvió hacia mí y comentó tranquilamente:

—Massimo y yo tuvimos el mismo padre, así que somos hermanastros. Si quieres, te lo contaré todo en casa. Ahora ocupémonos de una vez de tu vestido de boda.

Me quedé mirándolos boquiabierta mientras Olga se iba a ver los vestidos. Ya no sabía qué me interesaba más, si la relación entre Emi y Massimo o el hecho de que Domenico fuera su hermano.

—Laura, ¿has pensado ya en algo? —me preguntó Emi—. ¿Algún modelo? ¿Alguna tela en concreto?

Me encogí de hombros y torcí la boca.

—Sorpréndenos, querida —le dijo Domenico dándole una palmada en el culo.

Me quedé completamente descolocada, porque también estaba convencida de que era gay, y de repente eso.

—Esperad un momento —dije moviendo las manos, y

los tres me miraron—. Explicadme una cosa, porque estoy perdida: ¿qué relación hay entre vosotros?

Emi y Domenico se echaron a reír y la bella italiana abrazó a mi asistente.

—Somos amigos —empezó a contar alegremente—. Nuestras familias se conocen desde hace años. El padre de Massimo y Domenico y el mío eran amigos de la infancia. Durante una época estuve enamorada de Massimo, pero él no estaba interesado en mí y su hermano pequeño me conquistó. —Besó a Domenico en la mejilla—. Si quieres conocer los detalles te diré que nos acostamos juntos, aunque desde que has aparecido lo hacemos con menor frecuencia. Pero nos las apañamos —comentó guiñándome un ojo—. ¿Quieres saber algo más o nos ponemos con el vestido? No me tiro a Massimo, si es eso lo que te ronda por la cabeza. Los prefiero más jóvenes.

Estaba avergonzada, pero, por otro lado, esa lapidaria información me alivió y me puse de muy buen humor.

—Me gustaría que tuviera mucho encaje, o mejor aún, que fuera entero de encaje. Italiano y de encaje, clásico, ligero y sensual.

—Tienes una visión muy concreta de lo que quieres, pero resulta que hace poco he cosido un vestido para una pasarela y creo que puede gustarte. Ven. —Me agarró de la mano y me llevó detrás de una enorme cortina—. Domenico, encarga la comida y saca vino de la nevera. Siempre es más fácil pensar tras tomar una copa.

Después de diez minutos peleando con el vestido y clavando millones de alfileres para ajustarlo, salí y me subí a la tarima que había en medio de la alfombra roja, entre el sofá y el espejo.

—Ay, la hostia —dijo Olga—. Laura, estás…

Se detuvo y empezaron a caerle lágrimas por las mejillas.

—Estás tan guapa, querida —susurró poniéndose detrás de mí.

Levanté la mirada y, cuando me vi en el espejo, casi me caí de bruces. Era la primera vez en mi vida que llevaba un vestido de novia y la primera vez en mi vida que veía una creación tan adorable.

No era blanco, sino tirando a color melocotón, la espalda quedaba completamente al aire pero cubierta por un fino encaje. Muy ajustado en la cintura y muy suelto de caderas hacia abajo, con una larga cola de unos dos metros. Por delante, el escote estaba cortado en forma de V, se ajustaba a mis pequeños pechos y me permitía no llevar sujetador. Bajo el busto había un delicado adorno de cristal que daba vida al conjunto con su brillo. Era un vestido ideal, perfecto, y sabía que impresionaría a Massimo.

—Necesitas un velo —dijo Emi—. Tiene que taparte la espalda, porque, sabes, estamos en Sicilia y aquí los curas están colgados. —Se dio unos golpecitos en la frente con el dedo índice—. Tengo algo que puede valer.

La diseñadora desapareció entre las perchas y, cuando volvió, me puso encima una delicada tela de encaje casi completamente transparente que me cubría entera. El velo era lo bastante translúcido como para que se me viera sin problemas, pero tapaba mi cuerpo lo suficiente como para no alterar la tranquilidad del sacerdote.

—Así no pondrá objeción alguna —dijo Emi asintiendo.

Olga estaba sentada en el sofá y ya iba por su tercera copa de vino.

—No pensé que lo consiguieras a la primera y que resultara tan sencillo, pero tienes un aspecto cojonudo.

Era cierto, estaba guapísima y sabía que Massimo opinaría lo mismo. Cuanto más me miraba, más me daba cuenta de que me iba a casar, y poco a poco empecé a sentirme feliz.

—Bueno, quítamelo ya o acabaré echándome a llorar —dije bajando de la tarima, arrastrando tras de mí el velo y la cola.

Cuando acabé de cambiarme, sobre una mesa cercana al sofá ya habían colocado el marisco del aperitivo. Todos nos sentamos en sillas blancas y nos pusimos a comer.

—Mañana estará listo y ajustado —comentó Emi entre bocado y bocado—. Domenico te lo llevará a la mansión. Espero que le dejes dormir esta noche conmigo.

Me eché a reír y abracé a Olga, que estaba en la silla de al lado.

—Ya tengo compañía para las noches solitarias, así que puedes retener a Domenico todo el tiempo que necesites. —Dirigí la vista hacia el joven italiano—. Creo que deberías quedarte ya aquí y así vigilas a Emi para que termine el vestido a tiempo.

—Siempre estoy vigilando a alguien. Cuando no es a la novia de mi hermano en sus huidas, es a la mía junto a la máquina de coser. Es mi destino: uno es don y el otro, niñera.

Emi lo empujó con el brazo y le lanzó una mirada provocadora.

—Si no quieres, puedes irte.

Domenico se inclinó hacia ella y le susurró algo al oído, a lo cual ella reaccionó lamiéndose los labios de manera expresiva. Sentí envidia, no por mi asistente, o más bien mi cuñado, sino porque estaban juntos y podían disfrutar de ello. Me preguntaba si alguna vez Massimo y yo nos podríamos comportar así ante los demás.

—¿Y qué hay de mí? —preguntó Olga—. Entre toda esa montaña de trapos que hemos comprado no hay ni un vestido que combine con el tuyo.

Emi dejó el tenedor después de comerse un trozo de pulpo y se acercó a una de las perchas.

—Veo que te gusta el estilo ramera —comentó volviendo con un vestido—. Pero en este caso no será posible, mucho menos teniendo en cuenta la iglesia que ha escogido Massimo. Pruébate este.

Olga puso mala cara y cogió el vestido. Al rato dijo, desde detrás de la cortina:

—Laura, mira los sacrificios que hago por ti.

Sin embargo, cuando salió y se puso ante el espejo, cambió de opinión. El modelo que llevaba era de un color idéntico al del mío, pero de un corte y una longitud muy diferentes: un elegante vestido de tubo con tirantes hecho de delicada seda en tono mate. Resaltaba de manera perfecta su prominente culo, su vientre plano y su enorme pecho.

—Menos mal que no habrá banquete, porque apenas puedo mover las rodillas —dijo viniendo hacia nosotros con pasos cortos—. Con este modelito solo valen los bailes lentos, pero es una maravilla.

Respiré aliviada al ver lo bien que le quedaba el vestido y supe que ya estábamos listas para el gran día.

Cuando terminamos de comer, ya era muy tarde y la noche había caído sobre Taormina.

—Laura —me dijo Domenico cuando me despedí de Emi—. Si pasa algo, me llamas, ¿vale?

—¿Qué podría pasar? —preguntó Olga irritada—. ¡Eres peor que su madre!

—Os acompaño hasta el coche —nos propuso.

—¿Sabes qué? No estoy cansada y me gustaría dar una vuelta. ¿Qué te parece, Olga?

—Por qué no, la noche es cálida y yo llevo aquí dos días y aún no he visto nada.

Domenico no se mostró muy contento con nuestra idea, pero no podía prohibírnoslo, sobre todo porque los guardaespaldas no se separaban de nosotros.

—Dame un momento, llamaré a los chicos. Cuando bajéis, esperadles si aún no han llegado, por favor. O mejor, os acompaño.

—¡Domenico, estás enfermo! —grité empujándolo al interior del taller—. Durante casi treinta años me las he arreglado sin hombres armados, y esa sigue siendo mi intención. ¡No me pongas nerviosa!

Se quedó con los brazos cruzados y cara de pocos amigos.

—Pero esperadlos —murmuró entre dientes cuando cerré la puerta.

—Nos vemos mañana. ¡Adiós! —gritó Olga, y bajamos las escaleras.

Esperamos un rato a esos tristes señores y, cuando aparecieron a lo lejos, nos pusimos a caminar.

La noche era maravillosa, cálida, y por las calles de la pequeña ciudad paseaban miles de turistas y lugareños. Taormina estaba llena de vida, de música y del delicioso olor de la comida italiana.

—¿Te vendrías a vivir aquí? —le pregunté a Olga agarrándola del brazo.

—¿Yo? —chilló sorprendida—. Pues no sé. En teoría, nada me retiene en Polonia, pero, aparte de ti, nada me atrae a este lugar.

—¿Y eso es poco?

—No, pero recuerda lo que me costó mudarme a Varsovia. No me gustan los cambios y, si son drásticos, los temo.

En efecto, recordaba lo mucho que tuve que insistirle para que viniera a vivir conmigo.

Yo llevaba ocho años en Varsovia. Había salido de Lublin para huir del amor enfermizo de Piotr. Cuando me trasladé a la capital, no tenía dónde vivir y, aunque el trabajo que me ofrecían cumplía mis aspiraciones profesionales, no se correspondía con mis aspiraciones económicas. Mi madre aún no entendía cómo pude aceptarlo, aunque seguramente, después de lo que sabía, ya le parecería un paso correcto. Tuve dos propuestas. Por un lado, el puesto de gerente de ventas en un hotel de cinco estrellas, que me ofrecía un sueldo muy bajo, pero me permitía tener tarjetas de visita y halagaba mi ego. Por otro, un salón de belleza quería que fuera su estilista, lo cual suponía para mí estar siempre «al servicio» de mujeres ricas y pomposas. Lo curioso era que, como gerente, ganaba tres veces menos de lo que me habían ofrecido en el salón de belleza. Pero la perspectiva de desarrollar una carrera se impuso y me decidí por la hostelería. Después fueron llegando otros hoteles y sucesivas relaciones fracasadas. La hostelería es un sector que te tiene ocupada veinticuatro horas al día, siete días a la semana. Puede ser una solución cojonuda para alguien sin compromisos, pero un drama para quien vive en pareja. Hay que elegir continuamente entre el trabajo y dedicar más tiempo al ser querido, y eso cansa. Así que unas veces me cargaba la relación y otras el trabajo. Al final, cuando decidí estar sola y conseguí el puesto de directora de ventas, algo se rompió en mi interior. Como tenía bastante dinero ahorrado, podía permitirme mandarlo todo al cuerno y buscar una ocupación que me trajera más alegrías. Martin me animó mucho a que tomara esa decisión, opinaba que me tenían explotada, pero la verdad era que él necesitaba a una cocinera y limpiadora a tiempo completo.

—Pero, Laura, sabes… —La voz de Olga me sacó de mis recuerdos—. Sabes que, si quieres, puedo venirme aquí cuando nazca el niño y quedarme un tiempo. En realidad, no tengo ni idea de niños, me dan miedo y opino que, si se cagan, hay que huir de ellos, pero por ti lo aguantaré.

—¡Joder, lo que me gustaría saber es cómo lo voy a soportar yo! —solté meneando la cabeza—. En otras circunstancias, llamaría a mi madre para que viniera en mi auxilio, pero cuando viera todo esto, la gente con armas, la casa, los coches…, me mataría o se mataría ella o los mataría a ellos.

—¿Y qué hay de la madre de Massimo? ¿No puede ayudarte?

—Sus padres están muertos. Fallecieron en un accidente en el mar. Por lo visto, fue un atentado, aunque nunca se probó que alguien provocara la explosión y el hundimiento del yate. Al parecer, la madre era extraordinaria, muy afectuosa, y quería mucho a Massimo. A veces me cuenta cosas de sus padres, pero cuando habla de ella le cambia la mirada. Y su padre, pues ya sabes, el cabeza de una familia mafiosa, más una figura autoritaria que un apoyo emocional. De su familia solo conozco a Domenico, y acabo de enterarme de su parentesco.

—¿Por qué habrán ocultado que son hermanos? —preguntó cuando nos metíamos por otra callejuela.

—No creo que lo ocultaran, simplemente no me lo dijeron y a mí no se me ocurrió preguntarlo. Me parece que

Massimo lo eligió para que me cuidara porque es su persona de confianza.

—¿Recuerdas a Mariusz, el que trabajaba en una inmobiliaria, que también te buscó a alguien para que te cuidara? —Soltó una carcajada—. Menudo número... El tío resultó ser un psicópata.

Asentí y torcí el gesto al recordarlo. Una vez estuve saliendo con un hombre que quería hacer méritos delante de mí para conquistar mi corazón. Vivía muy por encima de sus posibilidades, como descubrí después, pero al principio decidió interpretar una comedia. Una vez íbamos a ir con Olga a una discoteca y nos dijo que él no podía acompañarnos, pero que mandaría a uno de sus hombres. Mariusz le había dado dinero para que cuidara de nosotras y así fue en un primer momento: pagaba, vigilaba y ahuyentaba a los moscones. Sin embargo, cuando se tomó una copa de más, salió la bestia que llevaba dentro. Nos metió mano y montó un escándalo, gritando e insultándonos, pero como Olga conocía a casi todos los seguratas, al poco rato le calentaron los morros y se fue llorando a casa.

—Vaya la que se lio. Pero fue mejor aquella vez que fuimos solas a una fiesta y todos pensaron que éramos prostitutas.

—¡Sí! —gritó—. Nos vestimos de blanco y el chico ese celebraba su cumpleaños. ¡Qué mal lo pasó!

Apreté fuerte su mano y dije apenada:

—Sabes que ya no será así, ¿verdad? Ahora todo cambiará, tendré marido y niño, el pack completo...

—Yo creo que exageras —replicó Olga—. Mira, te puedes permitir contratar a una niñera. Además, con los constantes viajes de Massimo, la necesitarás igualmente, no podrás sola con todo. Además, ¿con quién dejarás al bebé si os toca ir a alguna cena oficial, por ejemplo? Tienes que empezar a pensar en ello.

—¿Para qué? —Me encogí de hombros—. Sé que al final Black se encargará de todo y yo no tendré ni voz ni voto. Entrará en juego la seguridad del bebé. —Moví la cabeza aterrada—. ¡Dios, entonces sí que perderá el juicio por la ansiedad!

Olga se rio alegremente y yo me uní a ella.

—O igual os encierra en el sótano para estar completamente seguro.

Paseamos durante una hora más recordando tiempos no tan lejanos, hasta que se hizo muy tarde. Decidimos pararnos y dejar que nuestros guardaespaldas nos alcanzaran para pedirles que nos llevaran a casa.

21

Al despertar por la mañana, me encontraba sola en la cama. Olga no estaba por ninguna parte. «¿Para qué se habrá levantado tan pronto?», me pregunté mientras buscaba el teléfono en la mesilla para ver qué hora era.

—¡Ay la hostia! —grité al ver en la pantalla que era la una.

No sabía que se pudiera dormir tanto tiempo, pero el médico había dicho que sentir un gran cansancio era normal en mi estado.

Fui al baño medio dormida para refrescarme un poco y después me dediqué a buscar a mi amiga. Salí al jardín y me encontré a Domenico bebiendo café.

—Buenos días. ¿Qué tal te encuentras? Tengo unos periódicos para ti —dijo empujándolos hacia mí.

—No sé cómo me encuentro porque no puedo despertarme. ¿Y Olga?

El joven italiano sacó el teléfono del bolsillo, hizo una llamada y un momento después un chico del servicio me sirvió un té con leche.

—Olga está tomando el sol en la playa. ¿Qué quieres desayunar?

Me tapé la boca con la mano. Solo de pensar en comida

se me subió el estómago a la garganta. Hice una mueca y agité la mano.

—No me encuentro bien, de momento no quiero nada, gracias. Me voy a la playa. —Cogí una botella de agua y me dirigí al muelle.

Al bajar las escaleras tuve un recuerdo muy excitante. La lancha motora amarrada al muelle me trajo a la mente el día que salí huyendo de la ducha, en la que dejé a Massimo con la polla empalmada.

—¿Por qué te has quedado mirando esa lancha como si te la quisieras follar? —Oí la voz de Olga y enseguida la vi salir del agua medio desnuda—. Echasteis un polvo ahí, ¿a que sí? —No se daba por vencida.

Cuando se acercó, levanté un poco las cejas y le dediqué una sonrisa misteriosa.

—Qué buenas tetas tienes —comenté—. Ahora ya sé por qué Domenico estaba tan tenso.

—Vino a traerme una botella de vino. Tenía muchas ganas de mirarme a los ojos. Lástima que te lo perdieras. ¿Has descansado? —preguntó mientras se tumbaba en la hamaca.

Me eché a su lado para que me diera el sol en la cara.

—No lo sé. Creo que podría dormir veinticuatro horas. No es normal.

—De todas formas, no tienes nada que hacer, así que o duermes o vas a por tu bañador. Aún podemos coger un poco de color antes de la boda.

No sabía si podía tomar el sol, ni siquiera se me ocurrió preguntárselo al médico.

—¿Crees que puedo tomar el sol estando embarazada?

—No tengo ni idea, me queda muy lejos lo de ser madre. Pregúntale a nuestro colega Google.

Me pareció lo más lógico, así que saqué el teléfono del bolsillo y tecleé mi pregunta. Después de mirar unas páginas, me giré hacia Olga.

—Adiós al bronceado. Escucha: «Gracias a la acción del sol, nuestra piel produce vitamina D, muy necesaria para el desarrollo del bebé. Basta con que la futura mamá pasee entre sol y sombra. No es recomendable broncearse al sol, entre otras razones, porque resulta difícil protegerse completamente de los dañinos rayos ultravioletas. La piel de la embarazada es muy sensible y el sol la puede irritar, causar hiperpigmentación y, además, el organismo se deshidrata, lo cual no es bueno para el bebé».

Olga me miró, se bajó las gafas y dijo:

—¿Te has pimplado litros y litros de vino estando embarazada porque no lo sabías y lo que hará daño al bebé es que tomes un poco el sol? Absurdo.

—Ahora ya no estoy segura y no pienso arriesgarme a que me salga una enorme mancha hormonal en la barbilla. Tenemos invitaciones para el *spa*, así que tú eliges: o te quedas ahí tirada y envejeces por el efecto de los rayos UV o vamos a darnos una sesión de hidroterapia.

Cuando terminé de hablar, ya se había puesto de pie, tenía el bolso en la mano y se estaba colocando un pareo.

—Bueno, qué, ¿nos vamos?

Una hora después ya estábamos listas para irnos y Domenico trajo mi Porsche color cereza. Se bajó y me dijo un poco serio:

—No huyas de ellos. —Señaló un SUV negro que acababa de aparcar detrás—. Después Massimo se enfada muchísimo con ellos y los pone a caldo.

Le acaricié el brazo y abrí la puerta.

—Ese tema ya lo he hablado con el «don», así que tranquilo. ¿Has introducido en el GPS la ruta al *spa*?

Domenico asintió y levantó una mano como gesto de despedida.

—Vaya una puta nave espacial —dijo Olga mirando el interior del coche—. ¿Para qué cojones puede querer nadie tantos botones, si es un coche? Un volante, unos pedales, una caja de marchas, unos asientos y listo. ¿Este para qué es?

—¡No lo pulses, por Dios! Seguro que salimos catapultadas o que el coche se convierte en un avión. —Le di un golpe en la mano cuando quiso pulsar otro botón—. No lo toques. —Meneé la cabeza—. Yo dije lo mismo cuando me lo dieron, pero por lo visto es muy seguro y todo eso. —Me encogí de hombros con resignación.

Cuando salimos a la autopista, decidí mostrarle qué era lo que me gustaba de mi Macan y pisé el acelerador. El motor rugió y el coche se lanzó hacia delante, mientras nosotras nos hundíamos en los asientos.

—¡Es un puto avión! —gritó Olga entusiasmada, y subió la música.

—Verás cómo les entra el pánico a los chicos de atrás. Ya hui de ellos una vez.

Avancé a todo gas haciendo zigzag entre los coches a los que iba adelantando. Me alegré mucho de me enseñaran a conducir hombres. Mi padre siempre le dio mucha importancia a la conducción segura y por eso tanto mi hermano como yo hicimos un curso de pilotaje extremo. El objetivo no era convertirnos en unos piratas, sino que aprendiéramos a reaccionar en situaciones de peligro. De repente oí sirenas de policía detrás de nosotras y vi a dos hombres en un Alfa Romeo sin distintivos oficiales.

—La jodimos —murmuré al tiempo que aparcaba en el sitio que me indicaban.

Un policía de uniforme se acercó a la ventanilla y dijo varias palabras en italiano. Abrí los brazos y traté de explicarle en inglés que no entendía ni jota. Por desgracia, ni él ni su compañero hablaban idiomas extranjeros. Al final, por señas, entendí que me estaban pidiendo la documentación. Saqué los papeles del coche y se los entregué.

—Mierda —susurré girándome hacia Olga—. He olvidado el carnet de conducir en el otro bolso.

Me miró con reproche y se levantó los pechos.

—Pues voy a hacerles una mamada, ¿te parece?

—No me hagas reír, Olga, que hablo en serio.

Detrás de nosotras se detuvo el SUV negro y se bajaron los dos hombres que nos protegían. Al verlo, Olga comentó:

—Ahora sí que la hemos jodido.

Los cuatro hombres se saludaron con apretones de manos. Más que un control policial, parecía el encuentro casual de unos amigos en la carretera. Conversaron un momento y después el agente volvió y me devolvió los documentos del coche.

—*Scusa* —murmuró tocándose con dos dedos la visera de la gorra.

Olga me miró sorprendida.

—Y encima nos pide perdón. Increíble.

La policía se marchó y uno de los guardaespaldas se acercó a la ventanilla, se inclinó para verme y dijo tranquilamente:

—Si desea probar las prestaciones del coche, podemos ir a un circuito, pero tenemos permiso de don Massimo para quitárselo si vuelve a intentar huir de nosotros, así que, o bien conduce con calma, o bien se suben a nuestro coche y nosotros las llevamos.

Torcí el gesto y asentí.

—Lo siento.

El resto del viaje transcurrió sin prisas ni excesos. Cuando llegamos al *spa*, nos sorprendió el lujo del lugar y la enorme cantidad de servicios que ofrecían. También había tratamientos especiales para embarazadas, de manera que podía disfrutar sin temor de las terapias que proponían en este lugar tan extraordinariamente hermoso.

Pasamos allí casi cinco horas. Cualquier hombre que oyera eso seguro que se llevaría un dedo a la sien y lo giraría en círculos, pero una mujer sabe cuánto tiempo lleva cuidar de una misma. Tratamiento facial, tratamiento corporal, masaje y los servicios habituales: pedicura, manicura y peluquería. Pensando en el acontecimiento que me esperaba el sábado, escogí colores que combinasen con el vestido. Tenía que estar lo más perfecta posible, por eso lo dejé todo en las manos expertas del peluquero y le pedí que me tiñera las raíces. Para mi satisfacción, Marco, cien por cien gay, se las apañó a las mil maravillas con la tarea, lo que me animó a pedirle que también me cortara un poco las puntas. Perfumadas, bellas y relajadas, nos sentamos en la terraza y el camarero nos trajo la cena.

—Comes muy poco, Laura, es tu primera comida del día. Sabes que eso no puede ser.

—Qué fácil es decirlo. Constantemente tengo ganas de vomitar. Si estuvieras en mi lugar, veríamos si tú comías bien. Además, se acerca el sábado y estoy nerviosa.

—¿Tienes dudas? Recuerda que no estás obligada a hacerlo. Ni un hijo significa que deba haber boda, ni una boda ha de ser para siempre.

—Le quiero, deseo casarme con él y decirle cuanto antes que vamos a ser padres, porque ya me está martirizando el hecho de que él no lo sepa —comenté dejando el vaso en la mesa.

Tras un entrante, dos platos y el postre, apenas podíamos movernos. A duras penas llegamos hasta el aparcamiento y nos montamos en el coche con gran esfuerzo.

—Vuelvo a tener náuseas, pero esta vez por empacho —dije al encender el motor.

Vi por el retrovisor que se encendían las luces del SUV y me puse en marcha. Encendí el GPS y marqué la ruta que había introducido Domenico bajo el nombre de «casa». Como ya era tarde, había pocos coches en la autopista. Conecté el regulador de velocidad y apoyé el codo izquierdo en la ventanilla y la cabeza en la mano izquierda. El cambio automático tenía la ventaja y la desventaja de que una no sabía qué hacer con las manos, o al menos con una. Olga estaba mirando cosas en el móvil sin prestarme atención y a mí me entraron ganas de dormir después de la comilona.

Al pasar junto a la falda del Etna vi un torrente de lava, un espectáculo increíble y aterrador a la vez. Absorta en esa imagen tan inusual, no advertí que el SUV que nos seguía se había acercado demasiado a nosotras. Cuando miré por el retrovisor, noté un golpe en la parte trasera del coche.

—¡¿Qué coño están haciendo?! —bramé.

Entonces volvieron a chocar con el Porsche con la intención de sacarnos de la calzada. Pisé el acelerador y me despegué de ellos. Le lancé mi bolso a Olga y le dije, muy nerviosa:

—Busca mi teléfono y llama a Domenico.

Muerta de miedo, Olga rebuscó en el bolso con las manos temblando y, después de un rato, encontró el teléfono. El SUV oscuro no se daba por vencido, pero, gracias a Dios, el motor de mi coche era más potente, lo que nos daba la oportunidad de escapar.

—Basta con que marques el número, está el manos libres activado.

Olga pulsó el botón verde y yo recé para que lo cogiera rápido, pero tardaba en descolgar.

—¿Qué hacéis ahí tanto rato? —dijo por fin mi futuro cuñado, al otro lado de la línea.

—¡Domenico, nos están persiguiendo! —grité cuando le oí hablar.

—¿Qué ocurre, Laura? ¿Quién os persigue? ¿Dónde estáis?

—Nuestros escoltas se han vuelto locos y quieren destrozar mi coche. ¡¿Qué hago?!

—No son ellos. Me llamaron hace cinco minutos, siguen esperando fuera del *spa*.

Sentí que una ola de terror invadía mi cuerpo. No podía dejarme dominar por el pánico, pero no tenía ni idea de cómo actuar.

—No cuelgues —dijo.

Oí cómo gritaba algo en italiano y un momento después volvió a dirigirse a mí:

—Los hombres ya han salido, te veré en el localizador en un momento. No tengas miedo, enseguida están ahí. ¿A qué velocidad vas?

Asustada, miré el cuentakilómetros.

—A doscientos siete por hora —balbucí asombrada por las cifras que había visto.

—Escucha, no sé qué coche os sigue, pero si pensabas

que era nuestro, probablemente sea un Range Rover. No tiene tanta potencia como tu Porsche, así que, si te ves con fuerzas para ir más deprisa, puedes perderlos.

Apreté el acelerador y sentí que aumentaba la velocidad y que las luces del coche que nos seguía quedaban atrás.

—Dentro de quince kilómetros está el desvío hacia Mesina. Toma esa salida. Mis hombres van hacia allí y tus guardaespaldas están a unos treinta kilómetros. Recuerda que en la salida hay un peaje, así que empieza a reducir la velocidad, pero si no logras perderlos antes, bajo ningún concepto abras las ventanas ni os bajéis. Es un coche blindado, no os ocurrirá nada estando dentro.

—¿Qué? ¿Nos van a disparar?

—No lo sé, solo digo que no os mováis del sitio porque en el interior estáis a salvo.

Le escuchaba hablar y al mismo tiempo noté que empezaba a sonar un ruido en mi cabeza y que el corazón me aporreaba el pecho. Estaba a punto de desfallecer. Miré por el retrovisor y vi que las luces del coche iban desapareciendo. Aceleré más todavía. «O me mato o me matan, no hay otra», pensé. Unos metros más adelante apareció el cartel indicando la salida.

—¡Domenico, llego al desvío!

Oí que decía algo en italiano y un momento después me habló en inglés:

—Estupendo. Están llegando al peaje. Es un BMW negro, van cuatro hombres dentro. A Paulo ya lo conoces. En cuanto lo veas, detente lo más cerca de él que puedas.

Empecé a frenar para tomar la salida de la autopista y recé para que estuvieran allí esperando. Cuando pasé la última curva, vi que un BMW negro se paraba y salían de él cuatro hombres. Pisé el freno y me detuve justo antes de empotrarme contra la parte trasera del vehículo.

Paulo abrió la puerta y me sacó del coche, me metió en el BMW y salió de allí a todo gas. Intenté respirar acompasadamente para calmar mi corazón. Escuché la voz de Domenico, que hablaba en italiano con mi chófer por el móvil conectado al manos libres.

Con todo el lío, me había olvidado por completo de Olga. Estaba a mi lado, pero miraba fijamente por la luna trasera.

—Olga, ¿qué te pasa? —susurré agarrándola del brazo.

Se volvió hacia mí. Sus ojos estaban vidriosos por las lágrimas que estaba a punto de soltar. Se quitó el cinturón y se echó a mis brazos sollozando.

—¿Qué hostias ha sido eso, Laura?

Nos quedamos abrazadas, llorando y temblando como si en el coche hubiera treinta grados bajo cero. Noté lo asustada que estaba. Era la primera vez que la veía en ese estado de histeria. A pesar de que yo también estaba aterrorizada, comprendí que debía ocuparme de ella.

—Ya ha pasado todo, estamos a salvo. Solo querían asustarnos.

No me creía del todo lo que decía, pero tenía que calmarla a toda costa.

Llegamos a casa y Domenico nos esperaba en la puerta. En cuanto el coche se detuvo, abrió la puerta por mi lado. Salí y me eché a sus brazos.

—¿Estás bien? ¿No te ha pasado nada? El médico está en camino.

—No me pasa nada —susurré sin separarme de él.

Olga se bajó del coche y le agarró del brazo.

Domenico nos llevó al gran salón de la planta baja. Veinte minutos después llegó el médico, me tomó la tensión y me dio unas pastillas para el corazón, pero no encontró ninguna lesión. Después se ocupó de Olga. Como seguía muy nerviosa, el médico le dio tranquilizantes y somníferos. Domenico la agarró del brazo y la llevó a su dormitorio en el momento en que las pastillas empezaban a hacer efecto. Cuando se fueron, el médico me recomendó que fuera cuanto antes al ginecólogo, para comprobar que todo fuera bien con el embarazo. Me encontraba muy bien, tanto como cabe estarlo después de una aventura como esa, así que estaba tranquila respecto al resultado de las pruebas que me hicieran. Los golpes en el coche no habían sido fuertes, el cinturón me había rozado un poco la clavícula, pero no me había apretado el vientre. De todas formas, coincidí con el doctor en que era mejor asegurarse. Al rato volvió Domenico y el médico se despidió y se marchó.

—Laura, escucha, tienes que decirme exactamente qué ha ocurrido.

—Salimos del *spa*, el botones me dio las llaves del coche...

—¿Cómo era el botones? —me interrumpió.

—No lo sé, como un italiano, no me fijé en él. Cuando nos montamos, un SUV negro se puso en marcha detrás de nosotras. Pensé que eran los escoltas. Después, al entrar en la autopista, empezó esa pesadilla. El resto ya lo conoces, porque estuve hablando contigo todo el rato.

Cuando terminé, le sonó el móvil y salió del salón muy enfadado.

Lo seguí intranquila. Domenico cruzó la puerta de entrada corriendo y fue a encontrarse con mis guardaespaldas, que en ese momento estaban aparcando en el camino de acceso. Cuando salieron del coche, Domenico derribó a uno de un puñetazo y después al otro, al que además le dio una patada. Los hombres del BMW, que también estaban allí, sujetaron al conductor contra el suelo y Domenico siguió dándole puñetazos.

—¡Domenico! —grité asustada por lo que estaba viendo.

Se levantó lentamente y dejó al hombre en el suelo casi inconsciente.

—De todas formas, mi hermano los matará —comentó limpiándose las manos llenas de sangre en el pantalón—. Te acompaño a tu habitación, vamos.

Me senté en la enorme cama y Domenico fue a lavarse. Noté que las pastillas empezaban a hacer efecto y que me entraba sueño.

—Laura, no te preocupes, no se repetirá esta situación. Encontraremos a quien te perseguía.

—Prométeme que no los matarás —susurré mirándolo a los ojos.

Torció el gesto y se apoyó en el marco de la puerta.

—Yo puedo prometértelo, pero la decisión es de Massimo. No pienses ahora en ello, lo importante es que estás bien.

Oí que llamaban a la puerta. Domenico fue a abrir y volvió con una taza de cacao caliente.

—Normalmente te habría dado una copa —dijo mientras dejaba la taza en la mesilla—. Pero, dadas las circunstancias, solo puedes beber leche. Tengo que irme, pero esperaré a que te cambies y te acuestes.

Fui al vestidor, me puse una camiseta de Massimo, volví y me metí en la cama.

—Buenas noches, Domenico. Gracias por todo.

—Siento lo ocurrido —dijo desde las escaleras—. Recuerda que, junto a la cama, hay un botón. Si necesitas algo, púlsalo.

Me tumbé de lado y encendí el televisor. Apagué todas las luces con el mando y apoyé la cabeza en la almohada. Vi las noticias durante un rato y me quedé dormida.

Me desperté en mitad de la noche. El televisor seguía encendido. Me giré para coger el mando y me quedé helada. En el sillón junto a la cama estaba Massimo, observándome. Permanecí un momento tumbada, mirándolo, preguntándome si estaría soñando o si lo que veía era real.

Momentos después, Black se levantó y cayó de rodillas para pegar su cabeza contra mi vientre.

—Perdóname, querida —susurró abrazándome con fuerza.

Me arrodillé a su lado y lo rodeé con los brazos.

—No puedes matarlos, ¿comprendes? Nunca te he pedido nada, pero ahora te lo ruego. No quiero que muera más gente por mi causa.

Massimo no dijo una palabra, solo se quedó acurrucado contra mí. Estuvimos unos minutos así, en silencio. Podía escuchar su respiración tranquilizadora.

—Ha sido por mi culpa —dijo apartándose y cogiéndome en brazos.

Se levantó, me dejó sobre la cama, me cubrió con la colcha y después se sentó a mi lado. Fue entonces cuando me desperté de verdad y pude darme cuenta de la situación. Se notaba que había vuelto apresuradamente, porque no había tenido tiempo de cambiarse de ropa. Acaricié los faldones del esmoquin que llevaba.

—¿Has estado en una fiesta?

Black agachó la cabeza y se quitó la pajarita del cuello.

—Te he fallado. Prometí protegerte siempre, que nunca dejaría que te pasase nada. Me he ido tres días y has escapado a la muerte de milagro. Todavía no sé quién iba al volante ni cómo se llegó a esa situación, pero te juro que encontraré a quien esté detrás de esto —dijo enfadado, y se levantó de la cama—. Laura, no sé si todo esto es una buena idea. Te amo sobre todas las cosas, pero no puedo ni imaginar que por mi culpa puedas perder la vida. He demostrado ser el mayor de los egoístas al traerte aquí y ahora que la situación es tan inestable no puedo estar seguro de nada.

Lo miré asustada por lo que decía.

—Creo que deberías marcharte durante un tiempo. Vienen muchos cambios y, hasta que no se den, no estarás segura en Sicilia.

—¿De qué hablas, Massimo? —dije levantándome de la cama—. ¿Quieres mandarme fuera a dos días de la boda?

Se volvió hacia mí y me agarró con fuerza mirándome fijamente a los ojos.

—¿Estás completamente segura de que quieres casarte? Laura, quizá debería seguir solo. Yo he escogido esta vida, pero a ti no te he permitido elegir. Al retenerte a mi lado, te condeno a estar constantemente en peligro.

Me soltó y se dirigió hacia las escaleras.

—Fui un estúpido pensando que sería diferente, que lo conseguiríamos. —Se detuvo y se dio la vuelta—. Te mereces a alguien mejor, nena.

—¡No te creo, joder! —grité corriendo hacia él—. ¿Ahora se te ocurren esas ideas? ¡¿Después de casi tres meses, de prometernos y de hacerme un hijo?!

Agradecimientos

Todos tenemos en nuestra vida a alguien que cree en nosotros más de lo que debería.

Para mí esa persona es mi hermana por elección, Anna Mackiewicz.

Gracias, querida, por animarme sin descanso, y con buenos resultados, a que publicara este libro.

Gracias por tu fe.

Mamá, papá, a vosotros os doy las gracias por ser como soy, alguien capaz de hablar de sexo, de amor y de sentimientos.

¡Os quiero mucho!

Pero mi más ferviente agradecimiento es para el hombre que me dejó, me rompió el corazón y me inspiró para ponerme manos a la obra. Gracias a ello, tienes este libro en las manos.

KM, gracias.

©Maciej Dworzanski

Blanka Lipińska es una de las autoras más populares y una de las mujeres más influyentes de Polonia. Su obra nace más del deseo que de la necesidad, de modo que escribe por diversión y no por dinero. Le encantan los tatuajes y valora la honradez y el altruismo.

Molesta porque hablar de sexo siga siendo un tabú, decidió tomar cartas en el asunto y comenzar un debate sobre las diferentes caras del amor. Como ella suele decir: «Hablar de sexo es tan fácil como preparar la cena».

Con más de 1.500.000 ejemplares vendidos en Polonia de su trilogía, Blanka apareció en el ranking de la revista *Wprost* como de una de las autoras mejor pagadas de 2019. En 2020, la misma publicación la consideró una de las mujeres más influyentes de su país. Una encuesta entre los lectores de la Biblioteca Nacional de Polonia la encumbró en el top 10 de las escritoras más populares de Polonia, y la revista *Forbes Woman* la situó en lo más alto de las marcas femeninas.

Su novela superventas *365 días* fue objeto de una de las películas emitidas por Netflix más exitosas del 2020 en todo el mundo. El film se colocó en el primer lugar de las listas durante diez días y se convirtió en la segunda película más vista de la historia de la plataforma.